Maria Bockelmann · Mein eigener Weg

Maria Bockelmann wurde 1917 in Dubrovnik geboren. 1937 heiratete sie einen norddeutschen Gutsbesitzer aus Barendorf bei Lüneburg. Seit ihrer Scheidung 1950 lebte und arbeitete sie in verschiedenen Berufen u.a. in Österreich, der Schweiz und Hamburg und machte sich zuletzt in Bremen im Einzelhandel erfolgreich selbständig. Maria Bockelmann lebt heute bei einer ihrer drei Töchter in Reinbek bei Hamburg.

Maria Bockelmann

# Mein eigener Weg

Erinnerungen

Bibliografische Information der Deutschen Nationalbibliothek:

Die Deutsche Nationalbibliothek verzeichnet diese Publikation
in der Deutschen Nationalbibliografie;
detaillierte bibliografische Daten sind im Internet
über < http://dnb.d-nb.de > abrufbar.


Satz und Layout: Buch&media GmbH, München
Umschlaggestaltung: Kay Fretwurst, Freienbrink
Herstellung und Verlag: Books on Demand GmbH, Norderstedt
Printed in Germany
ISBN 978-3-8370-3082-2

# Inhalt

# Warum ich dieses Buch schreibe

Meine Familie ist groß, und ich habe das Glück, dass sie mich von ganzem Herzen liebt und jede Gelegenheit wahrnimmt, mir dies stets aufs Neue zu beweisen. So ist es mir auch immer wieder eine Freude, ihnen meine Liebe zu zeigen. Diesmal soll es durch dieses Buch geschehen, das ich in den Jahren 1985 bis 1993 verfasst habe.

Beim Schreiben wurde die Vergangenheit wieder lebendig – wie hat doch der Wechsel von Glück und Traurigkeit, von Liebe und Enttäuschung mein Leben geprägt! Trotzdem konnte ich in diesen 90 Jahren, die ich nun schon überschritten habe, meinen Blick voll Vertrauen nach vorne richten und habe nie den Glauben an das Gute verloren. Der Sensibilität, die ich in großem Maße von meinen Vorfahren geerbt habe, verdanke ich eine Aufgeschlossenheit allem Schönen gegenüber, denn es ist ein Geschenk der Natur, ein begeisterungsfähiges Herz zu haben, das staunen und lieben kann.

Mein Bestreben war es auch immer, meine Zeit voll zu nutzen – wie Hans-Christian Andersen sagt: »Die Zeit vergeht, wenn man etwas tut, sie vergeht auch, wenn man nichts tut. Die Zeit ist gleich lang, aber nicht gleich nützlich.«

Ich berichte von meinem Leben trotz oft unerfüllter Wünsche. In jüngeren Jahren meinte ich, um jeden Preis glücklich sein zu müssen. Als ich dann älter wurde, änderte sich das und siehe da – immer häufiger wurden Wünsche Wirklichkeit.

Das Leben ist voller Überraschungen, bestimmt von guten und schlechten Erlebnissen. Hiervon möchte ich erzählen, um vielleicht auf diesem Wege ein wenig Freude und Hoffnung weiterzugeben.

# Wo ich aufgewachsen bin: Mein Dubrovnik

*Maria Bockelmann (1950)*

Drei Jahrzehnte waren vergangen, als ich 1968 zum ersten Mal wieder in Dubrovnik war. Mit meiner Heirat hatte ich die Heimatstadt verlassen. Nun zog mich der Süden erneut in seinen Bann – fast hatte ich seinen Zauber vergessen. Ich fühlte eine unbeschreibliche Leichtigkeit in mir, ja, die jugendliche Unbeschwertheit war wieder da. Mein Gang war nicht der einer älteren Dame, gemessen und ruhig, wie es sich geziemt, sondern eine große Eile trieb mich vorwärts. Fast im Laufschritt ging ich mal geradeaus, dann bog ich wieder in eine Seitengasse ein, weil mir einfiel, dass dort eine Freundin von mir gewohnt hatte. Ganz in der Nähe befand sich das italienische Konsulat. Hier hatte mich seinerzeit Graf Stafetti, der damals Konsul war, gebeten, seine Frau zu werden; vor lauter Verlegenheit musste ich damals darauf lachen. Da wir uns nur flüchtig kannten, war ich auf diesen Antrag völlig unvorbereitet. Nur auf einigen Festen waren wir einander begegnet, hatten wenige Worte auf Italienisch gewechselt, und er versäumte dabei nie, mir die Hand zu küssen. Seine Mutter nahm mich bei solchen Anlässen immer herzlich in die Arme. Das war alles. Heute ist es eine nette Erinnerung.

Ich wollte gleich weitergehen zum Kloster, wo ich zur Schule ging, in der Hoffnung, noch eine meiner Lehrerinnen anzutreffen. Aber ich entschloss mich, zuerst zu der felsigen Bucht hinunterzusteigen. Hier hatte ich früher manchmal gebadet, jedoch nur bei ganz ruhiger See, dann war es ungefährlich. Bei starkem Wellengang konnte es passieren, dass man mit Wucht gegen die Felsen gedrückt wurde. Faszinierend waren das Klippengezack, die Felsterrassen und die Steinwände. Durch das klare Wasser sah man tief unter der Oberfläche andere Spitzen und Blöcke. Die unruhige See wurde einmal so beschrieben: »Solange du dich weit vom Ufer schaukelst, zeigt die See eine heuchlerisch glatte Miene, aber strebst du dem Land zu, springt sie dich mit einem Satze lachend an und will dich mit Gewalt an die Klippen schleudern, du entrinnst gerade noch, und sie spuckt wütend Gischtspritzer hinter dir drein.«

Auf dem Weg zum Meer, auf halber Höhe, stand damals eine kleine Holzbank. Diese suchte ich und erblickte sie dann auch, war aber enttäuscht, dass ein alter Mann auf ihr bereits Platz genommen hatte. Ich setzte mich dennoch zu ihm. Sein Blick prüfte mich eine kurze Zeit – dann kam die Frage: »Wer sind Sie?« Als er meinen Namen erfuhr, sagte er: »Ich war dein Kinderarzt, schönes Kind, und ich erinnere mich sehr gut an dich. Da war doch damals die Romanze mit dem Deutschen. Bist du glücklich mit ihm geworden?«

Dr. Orlić muss bei unserer Begegnung wohl um die 90 Jahre alt gewesen sein. Er fasste meine Hand und erzählte, dass er jeden Tag hierher käme, um den Sonnenuntergang zu erleben – und das schon seit vielen Jahren. Es gibt in Dubrovnik nur wenige Tage, an denen das Wetter dies nicht erlaubt.

Wir sprachen die ganze Zeit sehr wenig. Gemeinsam erlebten wir den Sonnenuntergang, diese herrliche Naturerscheinung, die der Eine geschaffen hat, an den wir beide glaubten. Ich fühlte, dass der alte Mann an meiner Seite solchen Gedanken nachhing. Er war mit diesem Leben versöhnt und vertraute sich dem Kommenden bewusst und voll an. Ein glücklicher Mensch. In seiner Nähe fühlte ich mich wohl, denn er strahlte Güte und Dankbarkeit aus. Was zog diesen Mann Tag für Tag, Jahr für Jahr zu dieser Bank, um den Sonnenuntergang zu betrachten? Sicherlich war es nicht nur die Freude an der Abendstimmung mit ihrem prachtvollen Farbenspiel. Vielmehr ging sein Blick in die Weite, und ich ahnte, dass sein Auge auch für die Gezeiten des Lebens geschult ist. An diesem Ort konnte er über vieles nachsinnen. Hier fand er die Ruhe, die er suchte. Hier konnte er Gottes Werke bewundern und loben.

Langsam verschwand die Sonne hinter dem Horizont. Stille trat ein.

Schon in jungen Jahren hatte mich der Anblick der untergehenden Sonne traurig gestimmt – vielleicht, weil er mich an das stete Kommen und Gehen von allem Schönen im Leben erinnerte. Auch ich hatte vieles nicht festhalten können. Dabei war mein Schicksal eines von vielen, weder außergewöhnlich traurig noch besonders glücklich.

In diese Gedanken vertieft, saß ich auf der Bank neben meinem alten Kinderarzt. Wenn ich auch bedeutend jünger war als Dr. Orlić, so kam mir doch der Gedanke, dass auch ich sehr oft diese Bank aufsuchen würde, hätte ich nur die Möglichkeit dazu. Wie wunderbar das wäre!

Dann erinnerte ich mich an meine Mutter, die mit nach Dubrovnik gereist war. Sie machte sich wegen meines langen Ausbleibens bestimmt schon Sorgen. So stand ich schließlich auf, und wir trennten uns wie zwei alte Freunde.

Dubrovnik-Gruda ist meine Geburtsstadt, auf die ich stolz bin. Diese zauberhafte Stadt ist sehr oft beschrieben und besungen worden. Sie wird geliebt – seit mehr als tausend Jahren. Dort aufzuwachsen war schön, besonders in einer so großartigen Familie, wie meine es war.

Ich hatte immer viele Freundinnen um mich, später auch ebenso viele Verehrer. Es waren alles Menschen voller Herzlichkeit, mit südlichem Charme, Leichtigkeit und Temperament. Auch meine Schule – eine Klosterschule – liebte ich sehr. Dort waren auch meine Großmutter und meine Mutter Schülerinnen gewesen, bis zu ihrem Abschluss als examinierte Lehrerinnen. Ich blieb dort bis zur mittleren Reife.

Gewohnt haben wir bei meiner Großtante Maria Pretner, der Schwester meiner Großmutter Ruša Klaić. Ihr Haus stammte aus dem 18. Jahrhundert. Es war sehr groß und sehr schön, auf einem Felsen erbaut, mit Blick aufs offene Meer. Gegenüber lag Italien. Schiffe aus aller Welt fuhren vorbei. Im Sommer sah man sie abends unter Musikklängen und bunt beleuchtet in die Ferne ziehen. Näher zum Ufer hin schaukelten Fischerboote auf dem silbrig glitzernden Wasser, und oft hörte man von dort wehmütig Lieder. Im Winter konnte man haushohe Wellen bestaunen oder sich vor ihnen fürchten, wenn sie mit starkem Brausen an die Felsen schlugen. Schaute man auf den südlichen Himmel voller leuchtender Sterne, erschien einem die Größe des Universums unvorstellbar, ja, man wurde wehmütig. Oft weinte ich, ohne zu wissen, warum.

Das Haus meiner Großtante war fast ausschließlich mit Antiquitäten eingerichtet, da mein Großonkel ein leidenschaftlicher Sammler war. Nach seinem Tode pflegte meine Tante mit großer Perfektion diese Sachen.

Der Großonkel stammte aus einem Adelsgeschlecht aus Zagreb. Er hieß Dragutin Pretner und besaß einen Verlag in Dubrovnik. Sein Haus zählte zu den schönsten der Stadt. Auch bei größter Hitze im Sommer war es immer luftig bei uns und zwar durch die jahrhundertealten Bäume, die vor und hinter dem Haus standen. Es waren gewaltige Pinien, die immer etwas in Bewegung waren. Der Besitz lag zirka 100 Meter über dem Meer. Wenn ich von unserer Mauer, die etwa zehn Meter hoch war, hinunterschaute, sah ich die Straße, die Straßenbahn und immer viele Leute, die des schönen Ausblickes wegen kamen. »Bella Vista« hieß dieser Streifen Dubrovniks.

Auch unser Garten war sehr groß, er besaß vier Zisternen, zwei von ihnen waren unheimlich – wegen ihrer Tiefe. Als Kind warf ich Steinchen hinein, und es dauerte lange, bis man sie aufschlagen hörte. Die Zisternen waren immer mit dicken Holzdeckeln gesichert. Nur dann und wann wurde Wasser für die Blumen mit Eimern heraufgeholt. Diese waren an dicken Tauen befestigt und wurden heruntergelassen, mit Wasser gefüllt und wieder hochgezogen. Auch für die Waschküche, einem separaten Haus im Garten, holte man so das Wasser. Mir war es als Kind verboten, zu den Zisternen zu gehen, wenn sie offen waren.

Im ganzen Garten wuchsen Pittosporum-Sträucher, die so groß waren, dass sie Bäumen glichen. Sie dufteten sehr stark, ähnlich Orangenblüten. Ein Teil des Gartens wurde natürlich belassen:

*Tizzi und Jan Ziska v. Trocnov, Malvine und Maria Hörzer (1921)*

Gras und dazwischen eine Orchideenart, die sehr klein war, mit grün-brauner Färbung. Wir hatten nur eine Palme, die zwischen dem Haus und der großen Terrasse stand. Sie war mit Hunderten von runden Steinen eingesäumt. Die Sitze auf der Terrasse waren auch aus Stein, auf die Kissen gelegt wurden. Eine Zisterne befand sich in der Mitte der Terrasse. Auf dem großen Holzdeckel stellten wir Getränke ab. Die Beleuchtung, die am Hause angebracht war, spendete ein angenehmes Licht. Ins Haus führten drei Eingänge. Meine Eltern und ich – später, nach fast zehn Jahren, bekam ich einen Bruder – bewohnten die Hälfte des oberen Hauses, in der anderen Hälfte lebte Tante Tizzi, die Schwester meiner Mutter, mit ihrem Mann, Onkel Franz, sowie mein Vetter Jan. Sie hießen Ziska von Trocnov und stammten von dem berühmten Jan Ziska von Trocnov ab, der um 1400 in Böhmen lebte und dem in Prag ein großes Denkmal gewidmet ist. Die untere Hälfte des Hauses bewohnte meine Großtante; hier standen die schönen Möbel und die Vitrinen mit Glas und Porzellan.

Besonders interessierte mich der Raum mit den chinesischen Kostbarkeiten, der fast immer abgeschlossen war. In der ebenfalls sehr schönen Halle standen Möbel, die ich heute nach langer Erfahrung mit Antiquitäten gut einordnen kann – formschöne Sessel und ein Sofa aus der Barockzeit, alles mit Seidendamast bezogen, in einem kardinallila Farbton. Heute weiß ich auch, warum meine Schwiegermutter damals davon so begeistert war.

Welch ein Glück, dass es in diesem Hause so viele schöne Sachen gab – vom Verkauf lebten beide Schwestern meiner Mutter eine lange Zeit nach dem Krieg, denn Onkel Franz und Jan waren von Partisanen erschossen worden. Vielen, die Rang und Namen hatten, ist es damals so ergangen. Ihre Frauen bekamen keine Pension. Da ich 1937 und meine Eltern und mein Bruder Karl ein Jahr später Dubrovnik verließen, haben wir die Schrecken des Krieges dort nicht erlebt. Wie es meinen Verwandten damals erging, erfuhren wir erst lange nach dem Krieg. Ich war 1941 für zwei Tage nach Zagreb gefahren, um meinen Vetter Jan zu besuchen. Bei diesem Wiedersehen gab es eine Überraschung. Wir waren jetzt beide erwachsen – ich hatte schon zwei Kinder, er war Soldat, blendend aussehend –, sein Geist und sein Witz, alles an ihm war faszinierend. Er machte mir große Komplimente, und das Wiedersehen fing an, für uns gefährlich zu werden. Ich reiste deshalb früher ab als vorgesehen. Heute noch denke ich mit Liebe und Ergriffenheit an diese Stunden mit Jan in Zagreb.

Erst 1968 sah ich Dubrovnik wieder. Es hatte sich seit damals vieles verändert, auch der kleine Ort Gruda bei Dubrovnik, wo mein Vater im Ersten Weltkrieg stationiert war. Ungefähr ein Jahr nach dem Ersten Weltkrieg gingen meine Eltern mit mir nach Österreich zurück, nach Leoben. Vater quittierte – noch nicht 40 Jahre alt – seinen Dienst und setzte sich als Oberstleutnant zur Ruhe. Als Tiroler Kaiserjäger liebte Oskar Hörzer seinen Kaiser und die Monarchie und wollte nach deren Zusammenbruch nicht länger Soldat sein.

Er hatte einen zweiten Beruf: Diplomingenieur und Baumeister. In seiner zweijährigen Tätigkeit in Leoben hat er dort einiges gebaut. Meine Mutter aber wollte wieder in ihre Heimat nach Dubrovnik zurück, was dann auch geschah. Von dieser Rückreise habe ich nur in Erinnerung, wie meine Mutter bei der

Ankunft im Hafen Gruz von ihren Schwestern erfuhr, dass sich ihr Bruder Ivo erschossen hatte – woraufhin sie in Ohnmacht fiel. Ich bekam Angst und weinte. Onkel Ivo war ein sehr gut aussehender Mann gewesen, der Stolz meiner Großeltern Marko und Ruša Klaić, und hatte sich als Leutnant in die Frau seines Generals verliebt. Die große Liebe wurde bekannt, und sicherlich hat man ihm nahegelegt, sich das Leben zu nehmen. Meine Großmutter wurde daraufhin herzkrank.

Ich kannte sie nur als Kranke. Sie war sehr lieb, etwas dick – vielleicht von den Medikamenten aufgeschwemmt. Außerdem litt sie an Allergien, ihre Hände waren immer verbunden und sie trug gehäkelte weiße Handschuhe. Großmama und Großpapa lebten in Popovići, in dem Dorf, aus dem Großpapas Familie, die Klaić hieß, stammte. In ihrem Haus befand sich auch die Schule.

*Jan und Tizzi Ziska v. Trocnov, Marco Klaić, Mary Klaić, Franz Ziska v. Trocnov*

Hier hatte meine Großmutter unterrichtet. Als sie dann krank war, saß sie oft vor dem Haus. Großpapa hatte einen Sessel gefertigt, der es ihr ermöglichte, auch die Füße bequem zu stützen. Der Sessel war verbunden mit einer Tischplatte, auf der sie essen, schreiben, Karten legen und lesen konnte. Wenn Dorfbewohner vorbeigingen, war es beindruckend zu sehen, mit welchem Respekt sie ihre frühere Lehrerin grüßten. Sie wirkte wie eine Figur aus einem Märchen: Rings um sie waren Rosenstöcke, alles blühte. Meine Mutter hatte vor dem Haus noch 20 bis 30 Quadratmeter Garten mit blauen Wasserlilien bepflanzt, die jedes Jahr einen prachtvollen Anblick boten. Hinter dem Haus begann der Wald, wo die Vögel den ganzen Tag zwitscherten und sangen. Rechts vom Haus führte ein breiter Weg zu unserer Kapelle. Sie wurde im Jahre 1802 von meinen Urgroßonkeln erbaut, zum Dank dafür, dass sie von einer gefährlichen Seereise gesund heimgekommen waren. Marco und Luca Klaić waren Kapitäne und brachten von ihren Fahrten Schätze aus aller Welt mit nach Hause. Die Familie Klaić war sehr wohlhabend. Im großen Haus, dem Sitz meiner Urgroßeltern, herrschte nach der Erzählung Verschwendung in allem. Es gab Unmengen von Gold, Silber, Marmor, Seide und Leinen. Ihre Ländereien erstreckten sich kilometerweit. Viele Dörfer gehörten ihnen, ebenfalls ein Teil des Berges Snjesnica. Auch das Terrain des jetzigen Flugplatzes von Dubrovnik zählte dazu.

Nach dem Tode des Urgroßvaters teilten die neun Geschwister den Besitz unter sich auf, wobei es dramatisch zuging. Obwohl der Staat zweimal einen großen Teil enteignet hatte, blieb für jeden noch sehr viel. Auch mir gehört heute noch einiges, doch ich glaube nicht, dass ich das Glück haben werde, meinen Nachkommen geordnete Besitzverhältnisse hinterlassen zu können. Großpapa hat 30 Jahre Prozesse geführt und dafür ein Vermögen ausgegeben. Ich werde das nicht tun. Als Großvater das Geld knapp wurde, musste Großmutter ihre Pension zur Bezahlung der Gerichtskosten hergeben!

In der Familie Klaić hat es nie Frieden gegeben und Großmutter litt sehr darunter. Tante Mary, die Zwillingsschwester meiner Mutter, hat in den gleichen Angelegenheiten auch sehr viel mit dem Gericht zu tun gehabt. Die Arme – sie war im Recht, aber sie bekam es selten. Nach ihrem Tod habe auch ich mich ein wenig damit befasst, besonders, was das Erbteil der Schwester meines Großvaters anbelangte, die in Amerika lebte. Sie hatte ihm ihren Besitz in Jugoslawien testamentarisch vermacht. Dieses Schriftstück war jedoch nach dem letzten Weltkrieg bei Gericht nicht mehr auffindbar. Alle Bemühungen meines Anwalts Dr. Grbić, über die Konsulate etwas zu erreichen und die Zeugen zur Aussage zu bewegen, blieben erfolglos. Die Zeugen kannten die Gegenpartei und hatten Angst, auszusagen. Die Sache wurde noch dadurch erschwert, dass die zwei Söhne der Tante, die Bescheid wussten, inzwischen verstorben waren. Einer war mit dem Flugzeug abgestürzt, der andere hatte sich das Leben genommen; er war Arzt gewesen und durch ein von ihm entwickeltes Medikament sind damals mehrere Menschen gestorben. Mein Vorschlag in dieser Sache lautete, auf den alleinigen Anspruch zu verzichten und stattdessen mit entfernten Verwandten zu teilen. So hätte es endlich Frieden geben können und jeder von uns hätte einen Teil des Besitzes bekommen. Dieser Vorschlag wurde schon vor fünf Jahren angenommen, aber bisher rührte sich nichts. Zwischenzeitlich ist Dr. Grbić verstorben und ich habe einen neuen Anwalt. Er heißt Ucović und ist der Bruder meiner Freundin Mira. Auch er bemüht sich weiter.

*König Peter v. Jugoslawien, Franz Ziska v. Trocnov*

Da ich für diese Angelegenheit nicht viel Geld ausgeben möchte und nicht kann, wird mich dieser Fall sicherlich überleben.
Recht bald möchte ich das Haus in Popovići verkaufen, das schon seit Längerem auf meinen Namen eingetragen ist. Es handelt sich um den Besitz meiner Großeltern und dieser war ihnen bei der

*Maria Hörzer,* zwei *Marineoffiziere, Tizzi, Jan und Franz v. Trocnov (1922)*

Aufteilung des Erbes unter den Geschwistern zugefallen. Das Haus, das sie davor bewohnten und in dem auch die Schule war, erhielt Großvaters älterer Bruder. Als sie dann ihr Haus übernahmen, befand es sich in einem schrecklichen Zustand. Zu seiner Verschönerung holten wir aus Dubrovnik einige wertvolle Möbel, ebenso Bilder, Teppiche sowie aus dem Garten einige alte Steinsäulen. Das Haus ist im Gegensatz zum Garten nicht sehr groß, aber es besitzt Atmosphäre. Diverse Antiquitäten sind jetzt noch dort vorhanden. Jedes Mal, wenn ich in Popovići war, nahm ich etwas mit zurück nach Bremen: die Aquarelle von Venedig und Triest sowie auch Porzellan, und zwar handelt es sich hierbei um Tafelgeschirr aus dem Besitz Kaiser Maximilians von Mexiko, dem ein Schlösschen auf der kleinen Insel Lokrum bei Dubrovnik gehörte. Onkel Pretner hatte es nach dem Tod des Kaisers auf einer Versteigerung erworben. Von dem Geschirr ist nicht mehr viel übrig. Hergestellt wurde es im Jahr 1850 – es ist weiß mit einem hell- und dunkelblauen Rand. Von unserem Haus wird im Übrigen erzählt, dass auch Napoleons Marschall Mormon eine Zeit lang darin wohnte.

Als Kind war das Schönste für mich, einen Ausflug zu den Großeltern in Popovići zu machen. Wir fuhren dann mit unserem Auto und Papa chauffierte selbst. Wir blieben ein paar Stunden dort, aßen Schinken, selbst gebackenes Brot, Weintrauben und Kekse – die Erwachsenen tranken natürlich Wein. Bei Großvater gab es besondere Trauben – die Beeren waren nicht rund, sondern länglich und ähnelten in der Form winzigen Bananen. Sie waren etwa zwei bis drei Zentimeter lang und gelbgrün. Im Winter wurden sie im Weinkeller gelagert, mit Bindfäden an der Decke befestigt. Ich ging gern mit Kate, unserem Dienstmädchen, in den Keller, der ziemlich dunkel war. Interessant waren die vielen Fässer, große und kleine, die vielen Flaschen, Körbe voll mit Zwiebeln und Zitronen; ganze Schinken hingen von den Balken. Da gab es eigenartige, mit Öl gefüllte Tonkrüge, getrocknete Feigen auf Fäden aufgereiht. Es roch nach Kork, Essig, aber auch nach getrockneten Früchten und Käse.

Lustig war es anzuhören, wenn mein Vater sich mit meinem Großvater unterhielt. Es war ein Gespräch in mehreren Sprachen – Deutsch, Italienisch und Serbokroatisch. Großpapa konnte wenig Deutsch, mein Vater nur ganz wenig Serbokroatisch. Onkel Franz dagegen sprach sieben Sprachen perfekt. Vater war deswegen neidisch auf seinen Schwager und dieser wiederum auf ihn, wegen seiner Musikalität, seinem mathematischen Wissen und seiner praktischen Veranlagung.

Wenn wir zurückfuhren, nahmen wir auch immer Futter für die Tiere mit. Papa hatte nämlich im Garten Käfige mit wilden Tieren. Ich hatte die Uhus am liebsten. Papas Liebling war ein kleiner Wolf. Im hinteren Teil des Gartens war ein zehn bis zwölf Meter langer Eisendraht gespannt. Daran entlang konnte Wolfi, wie Papa ihn nannte, an einer Kette angeleint laufen. Dies verursachte ein ständiges Geräusch, weil er den ganzen Tag hin und her lief, und das machte meine Mutter sehr nervös. Als Wolfi größer wurde und Papa in die Hand biss und er ihn doch nicht wie erhofft zähmen konnte, mussten wir ihn erschießen lassen. Die ganze Familie atmete auf, als es im Garten keinen Wolf mehr gab. Papas Liebe zu Tieren war schon immer groß gewesen. Als junger Leutnant in Wien hielt er sich einen Fuchs in der Wohnung, mit dem er spazieren ging und den er überall mitnahm, auch ins Kaffeehaus.

Am 18. August 1926 bekam ich ein Brüderchen: Karl. Es kam in unserer Wohnung zur Welt, und ich erfuhr es früher als Papa, der nämlich gerade im Garten war. Ich lief zu ihm, um es ihm mitzuteilen. In diesem Moment fuhr der Eismann mit seinem kleinen Wägelchen auf der Straße und schrie: »Sladoled! (Eis).« Schnell drückte Papa mir Geld in die Hand, ohne zu schauen, was er mir gab. Diesmal konnte ich sehr, sehr viel Eis kaufen! Doch ich bedauerte, dass gerade Schulferien waren und ich nicht allen in der Schule mitteilen konnte, dass ich ein Brüderchen hatte.

*Oskar Hörzer (1920)*

In den ersten Schuljahren unterrichtete mich meine Mutter, die Lehrerin war, zu Hause. Erst danach besuchte ich die Klosterschule – vom ersten bis zum letzten Schuljahr mit

*Oskar, Maria und Malvine Hörzer (1920)*

großer Freude. Meine Lehrerinnen waren Nonnen. Ich fand sie so liebenswert, dass ich auch eine von ihnen werden wollte. Fast bis zur mittleren Reife hegte ich diesen Wunsch.

Zu Hause hatten wir ein buckliges Dienstmädchen, das ich sehr gern hatte. Als sie eines Tages erkrankte und ins Krankenhaus kam, besuchte ich sie oft. Bald aber starb sie, woran, wurde mir nicht gesagt.

Nach ihrem Tod ging ich weiterhin ins Krankenhaus, um andere Kranke zu besuchen. Meine Eltern wussten davon nichts. Eines Tages aber erfuhren sie davon und wurden gebeten, mir diese Besuche zu verbieten. Mich zog es weiter dorthin. Es machte mir Freude, den Kranken etwas mitzubringen, meist etwas zu essen, manchmal nur ein Schulbrot. Trotz des Verbots machte ich meine Besuche und schlich mich sogar in die Isolierhäuser. Die Tuberkuloseabteilung lag ganz für sich am Ende des Krankenhausgeländes, nahe am Meer. Wenn mich dort der Arzt erwischte, versuchte er mir jedesmal liebevoll zu erklären, wie gefährlich diese Besuche für mich seien. Einmal muss ich ihn wohl flehend angesehen haben, denn er rief eine Schwester – es waren dort nur Nonnen tätig – und bat sie, mir die Händchen gut zu desinfizieren. Danach rochen sie furchtbar, sodass ich sie zu Hause schnell mit Seife wusch, damit der Krankenhausduft mich nicht verriet.

Damals war ich ungefähr zehn Jahre alt. Die Klinik lag zwischen unserem Haus und der Schule, etwa fünf Minuten entfernt, also günstig für meinen Besuch. Manchmal, wenn ich verweint nach Hause kam, ahnten meine Eltern, wo ich gewesen war. Aber ich liebte diese Menschen und dachte bei mir: Wenn ich erst groß bin, werde ich euch ganz bestimmt helfen.

Heute noch sind es die Hilflosen, die Armen und Kranken, die meinem Herzen am nächsten liegen. Ich könnte über das empfundene Glück und die Freude beim Geben, Helfen und Verzeihen viel schreiben. Aber der Sache würde ich nicht ganz gerecht werden, denn es ist mehr, als man in Worten ausdrücken kann. Ich habe immer mehr zurückbekommen, als ich gegeben habe. Diese Erfahrung machte ich schon sehr früh. Demjenigen, der Menschen liebt, ist es ein Bedürfnis, jedem zu helfen, der Hilfe braucht, wenn auch die Möglichkeiten, dies zu tun, begrenzt sind. Nicht begrenzt aber ist die Liebe, die man auf vielerlei Arten beweisen kann und die ihre Wirkung nie verfehlt.

Manchmal hilft schon ein Wort im rechten Augenblick, ein schweigendes Zuhören zur richtigen Zeit, ein Händedruck, ein Geschenk, ein Gebet. Sie können ein ganzes Leben verändern, wenn nicht Berechnung, sondern Liebe daraus spricht.

In vielem waren mir meine Eltern ein Vorbild, und ich bin ihnen von Herzen dankbar. Allerdings hat manches in ihrer Ehe, das ich von Jugend an erlebte, noch später eine nachhaltige Wirkung auf mich gehabt und begünstigte schließlich meine Scheidung. Die Erinnerung an ihr ständiges Streiten rief auch später noch große Angst in mir hervor, ein solches Klima könnte auch bei Gert und mir vorherrschen. Die ersten Anzeichen äußerten sich nach 13 Jahren.

Meine Eltern waren prachtvolle Menschen, jedoch im Wesen grundverschieden. Sie liebten sich sehr, dennoch zankten sie sich fast jeden Tag, oft wegen irgendwelcher Kleinigkeiten. Darunter habe ich sehr gelitten, und es hat meine Kindheit überschattet. Ich glaube nicht, dass ihnen bewusst war, was sie mir damit antaten, denn stets waren sie lieb zu mir, nie hat mich ein Elternteil beschimpft, bestraft oder meinen Wunsch nicht erfüllt.

Meine Mutter, Malvine Klaić, nimmt einen großen Platz in unserem Familienleben ein. 1892 wurde sie mit ihrer Zwillingsschwester Mary in Dubrovnik geboren. Von ihren Eltern kann ich berichten, dass auch sie grundverschieden waren – der Vater, Marko Klaić, ein dinarischer Typ, gebürtiger Kroate aus dem Konavle-Tal, die Mutter, Ruša Casilari, aus dem italienischen Zara, ein durch und durch musischer Mensch. Sie spielte gut Geige und gab auch Konzerte in Dubrovnik. Ihre erste Stelle als Volksschullehrerin trat sie in Popovići an, wo sie meinen Großvater kennenlernte. Die große und reiche Familie Klaić stellte eines ihrer Häuser als Schulgebäude zur Verfügung, in das auch die junge, besonders schöne Lehrerin, eben meine Großmutter, einzog. Schon kurz danach hatten der Ort und die umliegenden Dörfer, die schulmäßig zu Popovići gehörten, nur ein Gesprächsthema: die große Liebe zwischen ihrer Lehrerin und einem der Söhne von Ivan Klaić, dem großen und mächtigen Grundbesitzer. Unmissverständlich wurde die Nachricht verbreitet, dass

Markos Vater niemals einer Heirat zustimmen würde. Bei seiner Ablehnung blieb er für immer und mit ihm seine ganze große Familie. Viele Legenden rankten sich um die Liebenden. In Popovići erzählt man von Generation zu Generation von dieser Geschichte. Als junges Mädchen konnte ich nicht genug davon erfahren und sog wie ein Schwamm alles auf, was ich hörte. Ich träumte von dieser großen, großen Liebe. Wenn diese auch so viel Leid mit sich gebracht hatte, erhoffte ich dennoch das Gleiche für mich.

In unserer Familie hat es im Übrigen früher schon viel Leid gegeben. Der Sohn meiner Großmutter beging Selbstmord, der Sohn meiner Urgroßmutter wurde gekidnappt. Den Hergang des letzteren dramatischen Ereignisses will ich hier so, wie er mir erzählt wurde, weitergeben:

Es war in der Mitte des 19. Jahrhunderts, als meine Urgroßmutter, eine Witwe, zusammen mit ihren drei Töchtern und ihrem Sohn einer Einladung in die Türkei folgte. Ihre Kinder waren damals im Alter von 14, 16, 18 und 20 Jahren. Ihr Aufenthalt dort erstreckte sich über mehrere Monate. In dieser Zeit lernte sie, sich gut auf Türkisch zu verständigen, was später bei der Rückreise auf dem Schiff von Vorteil war.

Als der Tag der Abreise kam, gingen sie an Bord des Schiffes, das in der Hauptstadt Fracht geladen hatte. Ihr Ziel war die Stadt Zara in Italien. Sie befand sich mit ihren drei Töchtern schon auf dem Schiff, als sie feststellte, dass ihr Sohn fehlte. Besorgt hielt sie Ausschau nach ihm, aber er war nirgends zu sehen. Ihre Unruhe steigerte sich zu großer Angst, da die Vorbereitungen zum Ablegen in vollem Gange waren. Eilig lief sie zum Kapitän, um ihm das Verschwinden ihres Sohnes zu melden. Er versprach ihr, sich darum zu kümmern, aber ihre Unterredung war noch nicht ganz beendet, da legte das Schiff schon ab. Ihre Hoffnung, dass ihr Sohn an Bord war, sank, obendrein war es in der damaligen Zeit fast aussichtslos, eine Erfolg versprechende Suche durchzuführen. Urgroßmutter war verzweifelt und weinte, ihre Töchter standen verängstigt bei ihr und versuchten sie zu trösten.

Auf dieser für sie so unglücklichen Reise erlebte sie noch etwas sehr Dramatisches. Als sie, immer noch auf der Suche nach dem Vermissten, in die Laderäume des Schiffes ging, wurde sie Zeuge eines Gesprächs, das sie dank ihrer türkischen Sprachkenntnisse verstand. Eindeutig wurde hier ein Verbrechen geplant: Das Schiff sollte versenkt werden. Sofort ging sie zum Kapitän und informierte ihn über das Gehörte. Daraufhin konnte dieser dann noch rechtzeitig eingreifen und das Unglück verhindern.

Nach wochenlanger Fahrt erreichten sie Zara. Von dort fuhr Urgroßmutter mit ihren Töchtern bald weiter nach Dubrovnik. Eine ihrer Töchter hieß Rosa Casilari. Sie war meine Großmutter. Zu ihren Lebzeiten hörte Urgroßmutter nie wieder etwas von ihrem Sohn.

Erst 50 Jahre später erfuhr meine Familie vom Ableben eines hohen türkischen Staatsbeamten mit dem Geburtsnamen Casilari, nach dessen Verwandten gesucht wurde. Über die Konsulate erfuhren sie auch von einem großen Nachlass, der seiner Familie übergeben werden sollte. Aber meine Familie verleugnete die Verwandtschaft. Abgesehen von der allgemeinen Ablehnung der Türken nach so vielen Kriegen, war es besonders für einen Christen damals eine Schande, einen Mohammedaner als nahen Verwandten zu haben.

Dazu waren meine Ahnen streng katholisch, einige von ihnen sogar hohe kirchliche Würdenträger – der Klerus ging in unseren Häusern ein und aus. Fast alle Familienmitglieder wurden im Kloster erzogen – so auch meine Urgroßmutter, meine Großmutter, meine Mutter und ich.

Doch nun wieder zu meinen Großeltern. Sie hatten vier Kinder, und Großmutter wachte liebevoll über ihre Ausbildung. So konnte meine Mutter ebenfalls Lehrerin werden. Vorher hatte sie auch Klavier- und Gesangunterricht erhalten und wurde in Malen und Handarbeiten unterwiesen. Am 3. September 1916 heiratete sie den Hauptmann Oskar Hörzer, der in Gruda, unweit von Popovići, sein Kommando hatte. Mama war dort als Lehrerin tätig. Es war ihre erste Stelle. Die Dorfbewohner, die damals zu ihren Schülern zählten, erinnerten sich an die Freude, die sie hatten, wenn mein Vater angeritten kam. Kaum hatte ihre Lehrerin ihn erblickt, gab sie den Kindern das Zeichen zum Aufstehen und sagte: »Im Namen des Vaters, des Sohnes und des Heiligen Geistes. Für heute ist der Unterricht beendet. Geht nach Hause und helft euren Eltern!« Zur großen Freude der Kinder geschah das im Laufe der Zeit häufiger.

Im Hause meiner Großeltern war man um Papa sehr bemüht, weil er sich für ihre Tochter interessierte, die noch stark unter ihrer erst jüngst erfolgten Entlobung litt. Der Verlobte stammte ebenfalls aus Popovići und war Marineoffizier. Er heiratete schließlich ihre Freundin aus Dubrovnik. Mama erzählte mir einmal, dass sie erst viel später begonnen hatte, meinen Vater zu lieben. Dann, als ich geboren wurde, verblasste ihre frühere große Liebe. Nach vielen Jahren trafen sich die beiden bei einer Gelegenheit wieder und er gratulierte meiner Mutter zu ihren beiden Kindern. Er selbst war kinderlos geblieben und sagte, dies belaste seine Ehe sehr.

In der Zeit, als Papa der Mama den Hof machte, kam ihre jüngere Schwester Tizzi zu Besuch. Mein Vater war von der Schönheit seiner künftigen Schwägerin wie geblendet, was ihrer Mutter nicht entging. Sie veranlasste Tizzis sofortige Abreise. Die Hochzeitsvorbereitungen für meine Mutter begannen. Es war eine Kaution von 40 000 Gulden erforderlich, um Papa heiraten zu können. Diese Summe war für einen österreichischen Offizier im Range eines Hauptmanns festgelegt.

Tante Tizzi heiratete dann zwei Jahre später den Hauptmann Franz Ziska von Trocnov. Tante Mary, Mamas Zwillingsschwester, blieb unverheiratet. Zwischen den drei Schwestern gab es immer eine innige Beziehung, wobei Mama meist die Gebende war. Sie war für meinen Bruder, der auch Lehrer wurde, und mich ein Vorbild. Stets trat sie für den Schwächeren ein und scheute sich auch nicht, an das Gewissen anderer zu appellieren, wenn es einer guten Sache diente, obwohl sie wusste, dass die meisten Menschen solche Appelle hassen. Weil sie sich damit oft unbeliebt machte, empfahl ich ihr, etwas diplomatischer zu sein, hatte damit aber nie Erfolg.

Ihre Güte war groß, ihre Freude am Geben ebenfalls und immer war sie hilfsbereit. Bis ins hohe Alter machte sie Krankenbesuche und half auch der Kirche, wenn es um die Verteilung von Zeitungen ging. Eine tiefe Gläubigkeit zeichnete unsere Mutter aus. Karl und ich liebten sie von ganzem Herzen. Sie zeigte uns, wie dankbar und glücklich sie ist, und wir nutzten jede Gelegenheit, bei ihr zu sein. Mein Bruder konnte dies ausgiebiger tun, denn in den Schulferien wohnte er bei ihr und verbrachte auch seinen freien Tag, den er jede Woche hatte, bei Mama.

Als sie dann krank wurde – fast ein Jahr lang war sie es – konnten wir Kinder bei ihr sein. Sie blieb zu Hause, wie sie es wünschte. Im November 1981 verloren wir unsere Mutter dann. Sie wurde fast 89 Jahre alt. Ihr Tod erschien uns viel zu früh, und wir erlebten wieder einmal, wie schrecklich es ist, sich von einem geliebten Menschen trennen zu müssen. Nur Gott kann da recht trösten. Wenn ich jetzt ihr Bild vor mir sehe, ist es das einer Mutter, die die Liebe ihrer Selbstlosigkeit verkörperte und auslebte.

Mein Papa war immer fröhlich. Er suchte Gesellschaft – mit Gesang, Spaß, Wein und schönen Frauen. Dann war er glücklich. Fast jeden Abend ging er fort. Immer bat er meine Mutter mitzugehen – doch sie tat es nicht. Sie wartete zu Hause, meistens bis spät in die Nacht hinein. Wenn er dann kam, krachte es – ich wurde wach und hatte Angst. Papa war meiner Mutter, so glaube ich, nie untreu, aber sie war schrecklich eifersüchtig. Da er die meiste Zeit in Dubrovnik als Privatier von seiner Offizierspension lebte, langweilte er sich zu Hause. Nachmittags war er im Kaffeehaus, las alle Zeitungen, die es dort gab, und abends ging er mit Freunden aus.

In Dubrovnik waren häufig bekannte Persönlichkeiten aus Österreich und Deutschland zu Besuch. Wenn die UFA aus Neu-Babelsberg bei Berlin in der Umgebung filmte, war Papa immer dabei. Im »Zigeunerbaron« hat er sogar eine kleine Rolle mitgespielt: einen Gutsbesitzer – mit mir als dessen Tochter. Meine Rolle war noch kleiner als die von Papa, aber ich war einmal dabei und sah die Traumwelt aus der Nähe. Adolf Wolbrück und Hansi Knotek spielten die Hauptrollen in diesem Film, der in Sarajevo gedreht wurde.

Wenn Papa abends weg ging, blieb Mama meistens zu Hause. Ich verstehe bis heute ihre Zurückhaltung nicht, was das Ausgehen anbetraf. Sie war eine hübsche, temperamentvolle Frau, 13 Jahre jünger als Papa, sehr elegant und modern. Kaum war der Bubikopf Mode – trug sie ihn. Auf dem Dach unserer Waschküche lag sie sehr oft, um recht braun zu werden. Ihre Kleider, meist Modelle aus Wien, könnte ich heute noch mit Begeisterung beschreiben. In jedem dieser Kleider sah meine Mutter anders aus, in einem sogar wie eine Japanerin. Der Stoff dieses Kleides war sehr leicht, der Grundton hellgrau, mit dunkelbraunen und weißen zarten Strichen ausgefüllt – das Ganze gearbeitet in Volants, die alle mit roten, schmalen Biesen besetzt waren. Papa hatte Freude an Mamas schönen Kleidern.

Manchmal frage ich mich, ob Mama vielleicht deshalb so oft zu Hause blieb, weil jemand von uns krank war, oder wegen ihrer Mutter, die wochenlang wegen der Thermalbäder bei uns in Dubrovnik weilte. Ich kann da nur vermuten.

Ich bin heute noch erschüttert, wenn ich im Geiste meine Mutter sehe, wie sie versucht, sich durch einen Sprung in die Zisterne das Leben zu nehmen, und das nicht nur einmal. Die Ursache hierfür könnte ihr Klimakterium gewesen sein. Ich habe später erfahren, wie sehr sie darunter gelitten hatte und dass sogar Depressionen als Begleiterscheinungen aufgetreten waren. Papa, wie wohl viele Männer, hatte hierfür wenig Verständnis. Demgegenüber erinnere ich mich aber auch an viel Gutes und Schönes, das diese Ehe begleitete.

Als ich dann 16 Jahre alt wurde, wendete sich vieles für mich zum Guten. Papa ging meist mit mir aus. Mama war damit zufrieden und manchmal kam sie auch mit. Sie hat mich immer schön angezogen und war stolz auf mein Äußeres, besonders als ich eines Abends zur »Miss Dubrovnik« gewählt wurde, aber auch darauf, dass man mich sehr oft zum Tanz aufforderte. Es kam vor, dass sechs bis acht Herren auf einmal vor unserem Tisch standen. In Dubrovnik gab es jeden Tag neue, interessante Gesichter zu sehen, ob an der Promenade, am Strand, im Café oder abends auf der Tanzfläche. Die schöne Prinzessin Marina von Kent hat damals den größten Eindruck auf mich gemacht, woraufhin ich beschloss: Wenn ich einmal eine Tochter haben sollte, muss sie Marina heißen. Jahre vergingen, und am 31. Mai 1938 war es dann soweit. Das Telegramm an meine Eltern lautete:

*Lieber Großpapa, liebe Großmama, lieber Onkel Karlo, ich bin da …*
*Marina*

*Maria Hörzer (2. v. l.) im Kreise ihrer besten Freundinnen (1933)*

Für meine fünf Freundinnen und mich – wir waren meistens zusammen – war der Strand der liebste Ort. Dort trafen wir auch unsere Verehrer. Wir führten ihnen Wasserkunststücke vor oder ließen uns von ihnen in Schubkarren fahren. Auch die Schaukeln dort benutzten wir gern, und oft ließen wir uns mit Erfrischungen verwöhnen, erzählten uns Geschichten vom Vorabend und planten schon für den nächsten Abend. Als ich einmal Willy Fritsch in unserer Nähe erblickte, wollte ich auf mich aufmerksam machen. Ich spielte mit meinem goldenen Ring, den ich auf den kleinen Zeh zu stülpen versuchte. Er fiel in den Sand und war verschwunden. Daraufhin bat ich Willy Fritsch, mir den Ring suchen zu helfen, was er auch tat. Und er fand ihn sogar. Abends forderte er mich dann zum Tanz auf. Ich hatte erreicht, was ich wollte!

Eines Tages trat etwas Ernstes in mein heiteres, verspieltes Leben – ein Heiratsantrag. Diesmal vom reichsten Mann Jugoslawiens, dem Reeder Ivo Banac, dem Inhaber des Jugoslawischen Lloyd. Er sah nicht gut aus, war ungefähr 20 Jahre älter als ich und schon zwei Mal verheiratet. Aber dieser Reichtum! Welche enormen Möglichkeiten, Gutes zu tun, würden sich hier für mich auftun. Als Erstes fragte ich ihn, ob er mir für die Armen, um die ich mich kümmern wollte, ein Krankenhaus bauen würde. Er versprach es mir, denn er war ein sehr gutmütiger Mensch – und da ich das wusste, entschloss ich mich, ihn zu heiraten.

Vorbei war es nun mit dem Ausgehen, wenn er nicht da war. Papa ging wie immer nachmittags ins Kaffeehaus, um Zeitungen zu lesen. Abends holte ich ihn ab.

# Gert

Eines Tages erzählte mir meine Freundin Ina, dass ihre Eltern verreist seien und ihr Freund für einige Tage mit dem U-Boot im Hafen liege. Da es sich damals für ein Mädchen nicht gehörte, ohne Begleitung auszugehen, bat sie mich, meinen Vater zu fragen, ob er uns ausführen würde. Er tat es, obwohl das wiederum, was mich betraf, nicht in Ordnung war, denn ich hätte wegen meiner Verlobung gar nicht ausgehen dürfen.

Damals waren Kasak-Kleider Mode. Ich trug ein solches aus weinroter Seide und als Schmuck eine venezianische Goldkette mit einer Rose (Marina hat sie jetzt). Mein Haar war goldblond – von der Sonne gebleicht, und ich selbst hatte auch noch nachgeholfen (von Natur aus bin ich dunkelblond).

Als ich den Tanzraum betrat, erblickte mich der deutsche Gutsbesitzer, der später mein Mann werden sollte. Sein Name war Gert Bockelmann und er befand sich in Begleitung seines Freundes Günter von Borsig sowie seines Vetters Günter Hamman.

Später erzählte er mir, was er damals zu seinen Freunden gesagt hatte: »Dieses Mädchen heirate ich, oder ich heirate nie.« Diese reagierten ähnlich – jeder meinte: »Wenn nicht du, dann ich …« Zum Auftakt wurde das italienische Lied »Vergiss mein nicht« gespielt und Gert Bockelmann forderte mich auf. Er bat mich, den Text ins Deutsche zu übersetzen – dieses Liebeslied, das wir nach vielen Jahren noch oft und gerne hörten. Ich erzählte ihm, dass ich verlobt sei, aber das störte ihn nicht. Er forderte mich immer wieder auf und ließ keinen Tanz aus.

In den darauffolgenden Tagen saß er im Kaffeehaus am Tisch meines Vaters und las Zeitungen, denn er wusste, dass ich Papa dort immer abholte. Er erzählte ihm viel von seiner Familie und Gut Barendorf, und jeden Abend berichtete Papa meiner Mutter und mir davon mit großer Begeisterung.

Das ging so drei Wochen lang, bis er meinen Vater bat, mit mir die Stadtmauer besichtigen zu dürfen. Und Papa erlaubte es.

Die Mauern mit ihren schönen Türmen sind malerische Bauwerke, deren Entstehung bis ins frühe Mittelalter zurückreicht. Es handelt sich um einen mächtigen Mauerring, der die Stadt noch heute vollständig umgürtet. Oben angelangt nahm er mich in die Arme und bat mich, ihn zu heiraten, was auch ich im Grunde wünschte. Ich war gebunden – aber wir setzten uns darüber hinweg und verbrachten viel Zeit miteinander. Man hat uns dann oft zusammen gesehen und die Sache wurde publik.

Schließlich kam mein Verlobter aus Venedig zurück und es wurde ihm viel Ungutes über mich berichtet. Ich gab zu, Gert Bockelmann zu lieben. Er merkte, dass er mich nicht halten konnte, und böse und gekränkt trennte er sich von mir.

Nun stand fest, dass ich nach Deutschland heiraten würde gleich meiner Freundin Miranda Gozze, die schon ein paar Jahre in Gymnich bei Köln lebte. Wie von vielen Bekannten, so wurden Gert und ich an einem Abend auch von Mirandas Onkel eingeladen. Wir fuhren mit dem Auto von Gruz, dem Hafen von Dubrovnik, an der Mündung des interessanten Ombla-Flusses vorbei zu dem auf hoher Steilküste gelegenen und hauptsächlich durch seine Riesenplantagen berühmt gewordenen Canossa (Trsteno).

Dort lag der Besitz des Grafen Gozze. Der alte Herr, Vito de Gozze, begrüßte uns sehr herzlich. Er holte aus dem Schlosskeller seinen ältesten Cognac. Feierlich wurde die Flasche geöffnet, aber sie hatte nur so etwas wie Spinnweben zum Inhalt – sie war tatsächlich alt und wir lachten sehr darüber.

In unserer Unterhaltung ging es hauptsächlich um Dubrovnik, aber auch über Barendorf und Lüneburg wollte der Graf viel erfahren. Begeistert von Gerts Erzählung beglückwünschte er mich zu meiner neuen Heimat und zu dem sympathischen Deutschen. Dass dieser so wissbegierig war und recht viel über Dubrovnik erfahren wollte, schmeichelte dem alten Herrn, und er fuhr fort zu berichten, wie diese Stadt bereits im Mittelalter eine der fortschrittlichsten in Europa war. Voller Stolz merkte er an, dass es seine Ahnen gewesen waren, die im 15. Jahrhundert das erste Waisenhaus in Dubrovnik errichtet hatten, und dass es zu dieser Zeit schon eine öffentliche Krankenpflege gab. 1317 wurde die erste Apotheke gebaut, die älteste Europas. Ich sagte, dass Gert sie bereits bewundert habe. Über die anderen Sehenswürdigkeiten haben wir noch lange gesprochen, auch die

Sparkasse wurde erwähnt, die schon 1650 in diesem seit Jahrhunderten florierenden Wirtschafts- und Handelszentrum gegründet wurde.

Im Flur des Hauses befand sich eine Tafel mit dem Stammbaum der Familie des Onkels von meiner Freundin, aus dem zu ersehen war, dass die Vorfahren Mitbegründer des ragusäischen Patriziats waren (Dubrovnik hieß früher Ragusa). Dieses geht zurück bis ins 10. Jahrhundert. Die Gozzes pflegten als Rektoren im Sommer hier den Senat zu versammeln, um der Hitze der Stadt zu entfliehen.

Nach der Lobeshymne auf Dubrovnik führte uns der Graf in den Park. Er wurde in seiner jetzigen Gestalt 1525 angelegt und ist eine Lobpreisung des dalmatinischen Südens – dargestellt durch eine Fülle von mediterranen und tropischen Gewächsen, die sich durch prächtige Blüten und Früchte auszeichnen: Magnolien, Orangen- und Mandarinenbäume, Lorbeer, Feigenkakteen, Agaven, Brotfruchtbäume, Zedern, Zypressen, Kampfer. Aus der Menge immergrünen Laubes und farbiger Früchte erheben sich die Wedel hoher Palmen. Als Parkbäume im Rayon des Aquäduktes stehen prächtige Exoten. Es überraschte auch eine hübsche Szenerie eines kleinen Wasserspiels, mit Aronstab und Teichrosen, hinter welchem sich Statuen und eine Grotte erhoben.

Gert und ich gingen Hand in Hand und wir näherten uns den zwei Kastanienbäumen, in welche Erzherzog Max und seine Gemahlin Charlotte ihre Initialen eingeschnitten hatten, als sie in Canossa noch glückliche Tage verlebten – so wie Gert und ich in diesem Moment. Auch wir waren unserer Zukunft sicher und glaubten fest, dass sie glücklich werde und unsere Liebe ein ganzes Leben halten würde. Alles deutete auf eine harmonische Ehe hin. In Gert sah ich einen romantischen Nordländer, dem, wie mir schien, meine südländische Seele nicht fremd war. Verliebt und verträumt wie wir waren, empfanden wir alles als freundlich und hell. Dazu trug bei, dass wir uns in einem verglasten Lusthäuschen aufhielten, in dessen Inneren Kanarienvögel herumflogen und ihre Lieder schmetterten. Wir glaubten zu schweben und uns mit ihnen vergleichen zu können. Nach außen bot sich uns ein herrlicher Blick aufs Meer. Man sah über einen tiefen Steilsturz, dessen Felsen durch aufragende Kakteen, Ölbäume,

Oleander usw. überwuchert erschienen, hinab auf die kleinen Häuschen am Strand und hinaus über die blaue, sonnenbeglänzte Flut zu den Inseln hinüber, welche dem ragusäischen Gestade vorgelagert sind. Gert war fröhlich und fotografierte. Er konnte alles unbeschwert genießen. Ich dagegen empfand trotz meiner Verliebtheit etwas Angst und eine ungestillte Sehnsucht – aber wonach, das wusste ich nicht.

Wir gingen zum Schlösschen zurück. Am Eingang stand eine 600 Jahre alte Eiche, als würde sie Wache halten. Gert erzählte mir, dass auch in Barendorf viele alte Bäume standen und ich mich in meinem neuen Zuhause sehr wohlfühlen würde.

Es kam der Tag seiner Abreise. Aus Barendorf erreichten mich danach viele Briefe von ihm, alle in deutscher Schrift abgefasst. Wie sehnsüchtig ich auch auf sie gewartet hatte, konnte ich jetzt keinen einzigen von ihnen lesen – es war fast unmöglich, in der Antwort auf seine Fragen einzugehen. Nur selten überwand ich mich, mir den einen oder anderen Brief von Papa vorlesen zu lassen.

Nach einem Vierteljahr war Gert wieder in Dubrovnik, diesmal mit seiner Mutter, denn unsere Verlobung stand bevor. Anna Bockelmann war eine Dame von Welt, gebildet, belesen, war viel in der Welt herumgekommen, sprach fünf Sprachen und war musisch begabt. Ihre Vorfahren waren Hugenotten – ihre Eltern und Großeltern lebten in Moskau, wo sie auch geboren war. Sie besaßen dort ein Bankhaus (Junker-Bank), das später durch die Heirat der Tochter mit Heinrich Bockelmann aus Oldenburg/Bremen unter dessen Leitung kam. Alle fünf Söhne aus dieser Ehe, Johann, Gert, Werner, Erwin und Rudolf, sind in Moskau geboren.

Die Familie lebte dort bis 1915. Sie wurde dann wegen ihrer deutschen Herkunft ausgewiesen, ging nach Schweden und blieb dort fünf Jahre. Als sie anschließend nach Deutschland kam, kaufte sie Gut Barendorf bei Lüneburg, und die beiden Söhne, die Landwirtschaft studiert hatten, übernahmen die zwei Güter: Rudi Gut Ottmanach und Gert Gut Barendorf. (Die Übernahme von Barendorf erfolgte allerdings erst nach unserer Heirat; bis dahin wurde es von einem Inspektor geführt.)

Gut Barendorf ist 1200 Morgen groß. Angebaut wurden damals Getreide, Zuckerrüben, Kartoffeln und Raps. Zirka 120

Kühe wurden gehalten, ebenso viele Schweine sowie ungefähr 25 Pferde: die schwere Rasse, die die Hälfte ausmachte, für die Feldarbeit, die übrigen für die Kutschen und zum Reiten. Es wurde auch Wert darauf gelegt, dass der Betrieb über die modernsten landwirtschaftlichen Maschinen verfügte. Zum Gut gehört auch ein gepflegter, etwa 300 Morgen großer Mischwald mit einem reichen Bestand an Rehen, Wildschweinen und Hasen.

Der Park ist vier Morgen groß und bewachsen mit vielen schönen, alten Eichen und Buchen. Der größte Baum ist eine Hängebuche, deren Äste bis zum Boden reichen. Bis auf zwei Öffnungen, die als Ein- und Ausgang dienen, ist sie zugewachsen. Man geht regelrecht hinein und ist überrascht zu entdecken, wie viel Platz dort ist, nämlich für ungefähr 40 Personen. Die meisten Kinder der Familie Bockelmann wurden unter dieser Buche getauft. Im Park befindet sich auch ein Badeteich mit natürlichen Quellen.

Das Gut zählt zu den schönsten in der Lüneburger Heide, und besonders Gerts Mutter liebte es. Jeden Tag und bei jedem Wetter zog es sie hinaus auf die Felder. Sie sprach mit den Leuten über das Pflanzenwachstum und erkundigte sich dabei auch nach den privaten Belangen. War jemand krank, sorgte sie für Medikamente, bekam eine Arbeiterfrau ein Kind, besuchte Mama sie, schaute, ob sie Hilfe brauchte, und schickte ihr tagelang aus dem Herrenhaus das Essen. Sie kannte jede Familie und deren Kinder. Es waren mehr als 25 Familien, die in den zum Gut gehörenden Einzel- und Doppelhäusern wohnten. Jede Familie bekam auch ein kleines Stück Land, um es selbst zu bebauen. Der Lohn wurde wöchentlich von einer Sekretärin im Büro ausgezahlt, das sich in einem Gebäude auf dem Hof befand. Dort liefen alle Fäden des Guts zusammen.

Gerts Mutter hatte mich gleich nach ihrer Ankunft in Dubrovnik in ihr Herz geschlossen und mir viel von Barendorf erzählt. Sie hoffte sehr, dass ich mich dort wohlfühlen würde. Meine Familie fand sie sehr nett und diese wiederum war von ihr begeistert.

Die Verlobung feierten wir in unserem Haus. Das Essen wurde von einem Koch der Marineakademie bereitet, an der Onkel Franz Sprachen und Fechten unterrichtete. Es gab an diesem Abend Hummer und noch viele andere Köstlichkeiten. Mein kleiner Bruder unterhielt uns mit Gesang. Er war damals zehn Jahre alt und hatte eine wunderschöne Stimme. Ein kleines Lied hat er wiederholen müssen – es sollte ein Kompliment für mich sein und lautete:

*Kleine entzückende Frau,*
*schau in den Spiegel genau,*
*denn in dem Spiegel steht geschrieben:*
*man muss dich lieben,*
*du kleine entzückende Frau.*

Gert und seine Mutter hielten es für notwendig, dass ich noch eine Landwirtschaftsschule besuche, damit ich später nicht ganz so hilflos auf dem Gut dastünde. Deshalb wurde ich für ein halbes Jahr in Bückeburg angemeldet.

Nachdem ich noch Abschied von meinen Freundinnen genommen hatte, die mir zu diesem Anlass eine goldene Armbanduhr schenkten, traten wir die Reise nach Deutschland an. Von Dubrovnik fuhren wir zuerst mit dem Schiff, dann mit der Bahn in Richtung Norden. Bereits ab München ging es mir gesundheitlich nicht mehr so gut.

In Barendorf angekommen, wurde ich der großen Familie vorgestellt und lernte jeden Tag neue Verwandte und Freunde kennen. Auch Gerts Brüder waren oft in Barendorf und brachten ihre Freunde mit, zum Tennisspielen, Reiten oder auch zum Baden. Überwältigt von der Größe des Hauses, konnte ich mich noch nach Tagen nicht zurechtfinden. Oft suchte ich mein Zimmer, und es war mir so unangenehm, wieder einmal die falsche Tür geöffnet zu haben. Obwohl alle reizend zu mir waren, voller Verständnis, und ich auch Gerts Liebe spürte, war ich unsicher und traurig.

Meinen 20. Geburtstag erlebte ich in Barendorf und wurde von der ganzen Familie mit liebevoll ausgesuchten Geschenken verwöhnt. Im Haus gab es viel Personal, wobei Pascha besonders wichtig war. Dieses Mädchen hatte Gerts Mutter aus Russland mitgebracht und sie war mittlerweile schon über 30 Jahre in der Familie. Zu den Angestellten, die sie unter sich hatte, war sie sehr streng. Ständig schimpfte sie mit der Köchin oder war unzufrieden mit der Kinderschwester, die angeblich nicht gut

*Hintere Reihe v. l.: Rudolf Bockelmann, Gert Bockelmann, Werner Bockelmann Vordere Reihe v. l.: Erwin Bockelmann, Anna Bockelmann (Mutter der fünf Brüder), Johann Bockelmann*

genug auf die Kleinen aufpasste. Der Gärtner, der Chauffeur, die Eleven, die Sekretärin – keiner von ihnen war so gut wie das Personal in Russland. Sie sprach fast immer Russisch. Ich konnte sie verstehen, weshalb sie mich schon bald als Familienmitglied akzeptierte.

Rührend hat sich Pascha auch um mich gekümmert, als der Arzt eine doppelseitige feuchte Rippenfellentzündung bei mir feststellte. Mehrere Wochen musste ich im Bett bleiben und wurde öfter punktiert. Dazu kam dann noch eine Lungenentzündung, sodass ich auch nicht die Landwirtschaftsschule in Bückeburg besuchen konnte. Gelegen habe ich im schönsten

Zimmer des Hauses im ersten Stock, das einen großen Balkon besaß. Dort hielt ich mich oft auf, als es anfing, mir besser zu gehen und wenn schönes Wetter war. Ich konnte den größten Teil des Parks sehen sowie einen Teil des Hofes und das rege Treiben dort. Gert hatte mir neben meinen Liegestuhl eine Schrotflinte hingestellt, damit ich mich nützlich machte durch das Abschießen der Spatzen, die in Barendorf zu einer Plage geworden waren. Langeweile hatte ich nie – man besuchte mich den ganzen Tag.

Als ich wieder gesund war, fuhr ich oft nach Lüneburg zum Einkaufen. Die Entfernung betrug nur sieben Kilometer. Gelegentlich ging Gerts Mutter mit mir in die katholische Kirche – mir zuliebe, denn sie war evangelisch wie die ganze Familie, ja, wie der ganze Ort. Dass ich katholisch bin, wurde nach Möglichkeit nicht erwähnt.

Gerts Großmutter, Anna Förster, lebte auch im Haus. Sie war bescheiden und gütig, eine gebildete, feine alte Dame, die von allen verehrt wurde. Mit ihr unterhielt ich mich am liebsten. Beide waren wir fasziniert von Albert Schweitzer und seiner Arbeit, ein Thema, bei dem uns der Gesprächsstoff nie ausging. Sie erzählte mir auch von ihrer glücklichen Ehe, die sie mit ihrem John geführt hatte, und von ihren drei Töchtern, von denen eine, Manja, gestorben war. Sie fand, ich würde ihr ähnlich sehen und nannte mich auch Manja, was auf Deutsch Maria heißt. Ihre zweite Tochter Jenny lebte auf Gut Nierendorf am Schalsee und war mit Werner Vogel verheiratet. Sie sollte ich besuchen. Großmutter war überzeugt, dass wir uns sehr mögen würden. Ich folgte ihrem Vorschlag und fuhr kurz danach voller Freude dorthin. Tante Jenny war eine schöne Frau und es bestätigte sich, dass wir uns besonders mochten. Sie hatte ihr Haus märchenhaft gestaltet. Ein verträumter Raum war ganz in Königsblau und Gold gehalten, an den Wänden hingen Bilder mit russischen Motiven, die sie zum größten Teil selbst gemalt hatte. Alles in diesem Raum erinnerte an ihre russische Heimat.

Für meine Ankunft war im Esssaal feierlich gedeckt worden. An meinem Platz stand ein großer Strauß roter Nelken. Onkel Werner hielt eine Rede, in der er mich mit großer Herzlichkeit in der Familie willkommen hieß. Am liebsten wäre ich für immer geblieben!

Als Lunge und Rippenfell gesund waren, fingen die Schwierigkeiten mit den Zähnen an. Ich fuhr nach Hamburg zu einem renommierten Zahnarzt. Viele Male musste ich dorthin. Schwierig war es für mich, anlässlich der Zahnarztbesuche im Hause meiner Schwägerin Lilo zu übernachten. Sie meinte ihrem Personal Logisgäste nicht zumuten zu können. Das verstand ich nicht und es kränkte mich, aber dennoch blieb ich einmal über Nacht.

In Hamburg kaufte ich in einem Souvenirladen fünf Matrosenpuppen mit der Aufschrift »Hamburg« auf der Mütze und schickte sie an meine fünf Freundinnen in Dubrovnik. Diese kleinen Geschenke wurden mit Begeisterung aufgenommen.

Unser Hausarzt aus Lüneburg meinte, ich sollte die Winter nicht in Norddeutschland verbringen. Also kam Papa aus Dubrovnik, um mich abzuholen. Wir fuhren über Klagenfurt, um noch Gerts Bruder und seine Familie zu besuchen, die dort seit einigen Jahren auf Schloss Ottmanach lebten. Sie waren inzwischen schon halbe Österreicher und schlossen gleich Freundschaft mit meinem Vater.

Von dort aus ging unsere Reise weiter nach Meran, wo Gerts Vater, Heinrich Bockelmann, mit seiner zweiten Frau Grete lebte. Er war gegen unsere Hochzeit gewesen, weil eine Südländerin seiner Meinung nach nicht die richtige Frau für Gert sein konnte. Als wir uns aber dann kennenlernten, war die Abneigung gegen mich verflogen, und ich wurde bald sein Liebling. Er schlug sogar vor, wir sollten bei ihm in Meran heiraten und die Hochzeitsreise im Winter nach Sizilien machen, mit einem dreimonatigen Aufenthalt dort. Das wollte er finanzieren. Erst danach sollten wir nach Norddeutschland fahren oder – das hielt er für noch besser – nach Ottmanach ziehen. Dafür sollten Rudi und Käthe nach Barendorf gehen. Ottmanach gehörte Gerts Vater, Barendorf seiner Mutter. Der Grund für diesen Gedanken war das bessere Klima in Ottmanach. Außerdem meinte er, ich passe als Österreicherin eher dorthin und Käthe, die aus Schleswig-Holstein stammte, besser nach Barendorf. Leider war das nicht zu machen, weil Rudi und Käthe nicht nach Barendorf wollten. Ich habe das damals sehr bedauert, zumal meine Eltern planten, nach Graz zu ziehen, was sie ein Jahr später auch taten.

Die Idee seines Vaters, bei ihm in Meran zu heiraten, fand Gert gut und auch Schwiegermutter war einverstanden. So sagten wir zu und waren dabei doch etwas stolz darauf, dass beide Seiten – Barendorf und Meran – gegeneinander konkurriert hatten, wer die Hochzeit ausrichten dürfe.

Von Meran fuhren Papa und ich nach Dubrovnik, wo ich mich gut zwei Monate aufhielt. Diese Zeit brauchte ich auch, um Vorbereitungen zu treffen und meine persönlichen Dinge zusammenzustellen – eine eigentliche Aussteuer war nicht nötig, weil in Barendorf alles vorhanden war.

Dann war es soweit! Mit Papa fuhr ich nach Rosenheim, wohin auch Gert und seine Brüder kamen. Am 27. Dezember 1937 fand dort die standesamtliche Trauung statt. Wir hatten diesen Ort gewählt, weil er, an der deutsch-österreichischen Grenze gelegen – der geografisch günstigste für alle war.

Von dort fuhren wir nach Meran und wurden am 29. Dezember kirchlich getraut. Die Hochzeitsfeier hat Grete liebevoll arrangiert. Schwiegervater war enttäuscht, dass seine erste Frau seine Einladung zu diesem Tag nicht angenommen hatte, aber er freute sich, alle seine fünf Söhne bei sich zu haben. Ich war eine glückliche Braut und jeder sah es mir an. Gert war genauso verliebt, und für alle waren wir ein Traumpaar.

Ein kleiner Schatten fiel auf das Fest: Zwei Dackel, die Schwiegervater wie Kinder liebte und sie auch so behandelte, waren plötzlich verschwunden. Als wir von der Kirche nach Hause fuhren, müssen die beiden Hunde wohl unbemerkt in ein fremdes Taxi gesprungen sein, denn wir kamen ohne sie an. Schwiegervater konnte sich nicht beruhigen, zumal er einmal gehört hatte, dass Hunde zuweilen als Delikatesse verspeist werden. Er schickte seinen Chauffeur, sie zu suchen, der dann mehrere Stunden ohne Erfolg unterwegs war. Doch gegen Abend kam schließlich ein Taxifahrer vorgefahren und brachte »Medi« und »Perle«. Schwiegervater weinte vor Freude und wir freuten uns alle mit. Am Abend davor, dem Polterabend, hatten die beiden Tiere mein schönes Reisekleid aus dem Zimmer verschleppt und zerfetzt. Schwiegervater fand es lustig, das war sein einziger Kommentar dazu.

Zu unserer Hochzeit hatte er noch ein junges Mädchen eingeladen, das mit ihrer Großmutter in Meran lebte. Sie hieß Rita Pfaff, war in Russland, in Taschkent, geboren und sprach fließend

Russisch. Das war Musik in den Ohren der Familie Bockelmann. Gerts Bruder Werner umwarb sie. Als er später, nach unserer Hochzeitsreise, zu Besuch in Barendorf war, fragte er mich, was ich von dem Mädchen hielt, das er in Meran kennengelernt hatte. Ich sagte: »Hoffentlich bist du noch in Verbindung mir ihr, denn sie wäre die Frau für dich.«

Doch er hatte mich listigerweise gefragt, denn er war bereits mit ihr verheiratet, nur die Familie wusste noch nichts davon.

Gert und ich brachen Richtung Sizilien auf, wo wir nach 14 Tagen ankamen. Dazwischen lagen eine Woche Florenz und eine Woche Rom. Florenz bezauberte mich besonders. Auf unserer Italienreise habe ich sehr viel Schönes gesehen und es oft mit Dubrovnik verglichen, wobei meine Geburtsstadt nicht schlecht abschnitt. Es begegnete uns aber auch viel Elend, was mir wehtat. In Palermo zum Beispiel wohnten wir in einem luxuriösen Hotel und nicht weit davon entfernt krochen Kinder aus höhlenähnlichen Behausungen. Ihre Augen, die mich so traurig anschauten, werde ich nie vergessen.

Bei dem Hotel handelte es sich um die Villa Igea am Fuße des Monte Pellegrino, dessen blühende Terrassen bis ans Meer reichen. Es gehört zu den schönsten Hotels Europas. Beeindruckt hat mich auch das alte kostbare Silber und Porzellan, mit dem unsere Tische gedeckt waren. Wahrhaft höfischer Prunk umgab uns dort.

# Mein neues Zuhause

*Herrenhaus in Barendorf*

Nach drei Monaten kehrten wir nach Barendorf zurück. Diesmal war mir schon alles vertrauter. Zur Begrüßung hatten sich alle vor dem Herrenhaus eingefunden, auch Inspektor Jahnke mit seiner Frau und den Hofleuten. Wie hier üblich, ging alles feierlich vor sich.

Für mich fing jetzt ein neuer Lebensabschnitt an, die glücklichste und traurigste Zeit meines Lebens. Diese dreizehn Jahre Barendorf fingen mit so viel Hoffnung an und endeten in einer herben Enttäuschung.

Alle 25 Zimmer in meiner neuen Umgebung waren mit einer Fülle von Blumen geschmückt. Der Gärtner, der ein großes Gewächshaus unterhielt, sorgte für ständige Blütenpracht im Haus. Gert und ich bewohnten die großen unteren Räume. Mama richtete uns das ehemalige Musikzimmer als Schlafzimmer ein. Der Flügel kam ins Herrenzimmer. Wir scherzten oft und behaupteten, wir hätten das schönste Schlafzimmer Norddeutschlands. Die Wände waren lindgrün tapeziert, durch weiße, breite Holzleisten unterteilt. Dazwischen hingen große Bilder in vergoldeten ovalen Rahmen. Aus dem gleichen Material und in gleicher Farbe war der Kronleuchter. Das Zimmer besaß drei Fenster mit weiß getupften Mullgardinen, deren Rüschen nach jeder Wäsche mit einer Lockenschere onduliert wurden. Das bedeutete eine Tagesarbeit für das Mädchen, denn die Lockenschere musste immer wieder in der Holzkohle heiß gemacht werden.

Das Mobiliar war aus hellem Kirschholz, schwarz abgesetzt, und stammte aus der Biedermeierzeit. Die Betten standen in einem kleinen Erker. Vor einem Fenster war eine mit Chintz bezogene Sitzgruppe und auf dem Tisch stand eine Porzellanlampe in Lindgrün und Gold. Einige pokalförmige Vasen aus dem gleichen Porzellan befanden sich auch im Zimmer. Auf dem Parkett lagen helle Orientbrücken.

Unser Wohnzimmer war als Jagdzimmer eingerichtet. Gert war ein passionierter Jäger und konnte sehr viele Trophäen vorweisen, von denen die meisten aus Afrika stammten. Er war nämlich anderthalb Jahre zur Ausbildung auf Farmen in Ost- und Südafrika gewesen. Diesen Aufenthalt hatte ihm sein Vater zum 21. Geburtstag geschenkt.

*Gert Bockelmann, Ostafrika (1931)*

Besonders stolz war er auf den Mähnenlöwen, den er am Fuß des Kilimandscharo erlegt hatte. Dessen Fell, 3,13 Meter lang, hing an der Wand. Vor seinem Schreibtisch lag ein Leopardenfell. Ein Straußenei, das auch zu der Sammlung gehörte, erregte besonders die Aufmerksamkeit der Kinder. Ich erinnere mich, wie Gert ihnen erzählte, dass darin 24 Hühnereier Platz hätten.

Das sehr geräumige Esszimmer teilten wir mit meiner Schwiegermutter. Mit den Besuchern, den Eleven, der Sekretärin, der Kinderschwester und der Haushälterin, dem Lehrer, mit Schwiegermutter, Großmama und uns waren wir täglich meistens 15 bis 20 Personen bei Tisch. Damit ich mit Gert und den Kindern auch einmal alleine essen konnte, richtete ich mir später ein kleines Zimmer ein, das vorher als Abstellraum gedient hatte, als Bauernstübchen ein. Es wurde sehr gemütlich. Im ersten Stock hatte Schwiegermutter noch ein kleines Wohnzimmer. Wintergarten und Billardzimmer wurden gemeinsam benutzt. Im Keller befand sich eine sehr große Küche mit separatem Eingang. Die Speisen wurden mit einem Aufzug in einen Anrichteraum befördert und von dort aus ins Esszimmer. Wer am unteren Ende des Tisches saß, bekam oft sein Essen etwas abgekühlt. Elli, die für uns kochte, sorgte für Abwechslung: Es gab russische, schwedische und französische Gerichte, auch Gebackenes, süß und salzig. Noch heute schwärmt die Familie von ihren Kochkünsten.

Bei unserem Einzug waren die Räume, die wir bewohnen sollten, von Mama schon vollständig eingerichtet. Meine persönlichen Dinge, die ich aus Dubrovnik mitgebracht hatte, konnte ich aber noch unterbringen. Meine Garderobe war groß und gut sortiert. Ich hatte viel ländliche Kleidung dabei sowie Reit- und Jagdkostüme, aber auch eine Anzahl von Abendkleidern und noch mehr Morgenröcke. Die Sachen waren nach meinen Entwürfen genäht und wurden in Barendorf sehr bewundert, auch wegen des Materials, das meine Eltern hauptsächlich aus Italien kommen ließen.

Meine großen Verpflichtungen begannen nicht gleich nach meiner Ankunft in Barendorf, denn ich brauchte auch etwas Zeit zum Einleben. Die Wohnung war ja schon perfekt eingerichtet und so hatte ich diese nur zu bewundern, mehr nicht.

Die Blumen waren es, worauf ich mich stürzte. Meine Arrangements brachten mir so viel Bewunderung ein, dass es mich manchmal verlegen machte. Über sie wurde ausführlich berichtet und sie wurden auch fotografiert. Die hübschen Vasen und Schalen, die mir zur Verfügung standen, machten es mir leicht, immer wieder neue Kompositionen zu schaffen. So habe ich mich in meinen Arrangements nie wiederholt.

Blumen sind meine große Liebe und davon hatte ich in Barendorf die ganze Fülle. Die Stauden im Park pflegte ich gerne selbst – gepflanzt wurden sie von dem Gärtner. Nur der farbige Ginster, den ich aus Italien von unserer Hochzeitsreise mitgebracht hatte, wurde von mir selbst gepflanzt.

Beim Reiten machte ich Fortschritte, und Gert war stolz auf mich. Ich bekam von ihm viele Bücher übers Reiten, so auch Bindings »Reitvorschriften für eine Geliebte«. Am schönsten war das morgendliche Ausreiten – meistens durch den Wald. Der Raureif bedeckte noch alles und vielen Tieren konnte man begegnen: fast immer Eichhörnchen, Hasen und Kaninchen, auch Rehen – seltener Fuchs oder Dachs. Bezaubernd war der Anblick dieser Tiere, wenn sie dem gedämpften Hufschlag des Pferdes lauschten, sich ihrer Lage nicht sicher waren, dann aber zum Sprung ansetzten, um im Schutz des Waldes zu verschwinden. Nicht immer liefen sie ängstlich fort, manchmal schauten sie einen neugierig an. Auch den meisten Vögeln war unser Ritt keine Störung – sie sangen und zwitscherten weiter. Noch heute erinnere ich mich daran, wie glücklich mich diese Erlebnisse gemacht haben.

Gert nahm mich oft mit auf die Felder, in die Stallungen und Scheunen. Er erklärte mit laufend etwas und ich brauchte Zeit, um mir alles zu merken. Ich musste einen Blick dafür bekommen, wie eine gute Saat aussieht oder was von der kommenden Kartoffel-, Zuckerrüben- oder Rapsernte zu halten war. Außerdem lernte ich, gesunde von kranken Tieren zu unterscheiden. Begleitet hat uns immer ein Schäferhund, der im Zwinger gehalten wurde.

Schon bald hielten mich die Vorbereitungen für das Baby auf Trab, das zu meinem 21. Geburtstag kommen sollte. Die ganze Babyausstattung wollte ich allein waschen und bügeln – und das mit Mundschutz. Auch das Kinderzimmer durfte von niemandem mehr betreten werden, denn dort lagen alle Babysachen – auch das Zimmerwägelchen aus Korbgeflecht, mit vielen Stoffrüschen ausgestattet, stand dort. Nur Gert nahm ich manchmal an die Hand und führte ihn dorthin.

In diesen Tagen bewegte mich der Einmarsch der Deutschen in Österreich. Meine Traurigkeit darüber konnte ich nicht verbergen, denn immer wieder musste ich weinen. Überall sonst war darüber Jubel ausgebrochen. Man sprach über den begeisterten Empfang, den man Adolf Hitler bereitet hatte, und welch großartige Sache das sei. Ich hingegen fragte mich: Was wird mit Österreich geschehen? Doch bald kamen beruhigende Briefe meiner Eltern, die mir schrieben, dass der Anschluss Österreichs an Deutschland für das Land große Vorteile bringe und ich stolz darauf sein könne. Das meinte mein Vater und viele dachten so. War damals jemand anderer Meinung, wurde er nicht ernst genommen, später gar verfolgt. Aber darüber ist schon so viel geschrieben worden, dass ich es bei dieser Erwähnung belasse.

Inzwischen waren meine Eltern und mein Bruder Karl von Dubrovnik nach Graz übergesiedelt. Meine Mutter wollte mir jetzt, da ich ein Kind erwartete und der Norden mein Zuhause war, näher sein. Sie selbst war nur im Süden glücklich. Papas Heimat war Österreich und er wollte, dass mein Bruder eine deutschsprachige Schule besucht. Das waren die Gründe für den Umzug nach Graz. Es war für meine Eltern leicht, eine schöne Wohnung – in der Morellenfeldgasse 8 – zu bekommen: Nach dem Anschluss wanderten viele Juden aus und so wurde viel Wohnraum frei. Mein kleiner Bruder konnte einem damals leidtun, er sprach kaum ein Wort Deutsch und wurde in Graz in das deutschsprachige Lichtenfels-Gymnasium eingeschult. Dem Unterricht konnte er nicht folgen, dafür aber umso besser Streiche aushecken. Bestrafungen waren die Folge – in der Schule und auch zu Hause. Zu diesen Schwierigkeiten kam außerdem noch, dass man ihn aufgrund seines Äußeren für ein Judenkind hielt. Er war ein schmächtiges Bürschlein mit außergewöhnlich großen Augen, einem schmalen Kopf und langen, dünnen Gliedern. Im Süden war dieser Typ häufig anzutreffen, hier in Graz dagegen fiel er auf und wurde gehänselt. Man zeigte oft mit den Fingern auf ihn und rief: »Jude, Jude!« Er aber verstand nichts von alledem, was um ihn geschah. Das änderte sich erst, als er neue Freunde gewann, und zwar die Kinder der Offizierskameraden meines Vaters. Diese hielten zu ihm und nahmen ihn in Schutz. Die Hänselei hatte ein Ende, als er die Uniform eines Hitlerjungen, eines Pimpfes, bekam. Denn diese durfte nur ein Arier tragen.

# Unsere erste Tochter ist da

Am 31. Mai 1938 bekamen Gert und ich eine bezaubernde Tochter, die wir, wie von mir gewünscht, Marina nannten. In der Privatklinik Dr. Sauke in Lüneburg sagten mir die Schwestern, Marina sei das schönste Baby, das dort geboren wurde, solange sie sich erinnern konnten. Sie kam zur Welt mit einem Köpfchen voller blonder Locken und hatte schöne, große Augen mit langen Wimpern. Alles an ihr war perfekt proportioniert und sie erschien so vollkommen. Was ich damals empfand, wenn ich sie anschaute, ist mit nichts zu vergleichen. Es war ein unfassbares Glück, ein Geschenk, das nur der Himmel geben kann.

Zu Hause wartete die Kinderschwester auf uns. Wenn diese ihre freien Tag hatte, freute ich mich, weil ich dann Marina ganz für mich hatte. Den ersten Ärger gab es für mich, als Gerts Mutter bestimmte, wann die Schwester freihaben sollte und wann nicht. Da merkte ich, dass auch über mich bestimmt wurde. Aber es war alles zu ertragen, weil Gert und ich uns liebten. Einige Wochen später fuhr ich mit Marina in die St.-Marien-Kirche nach Lüneburg. Dort wurde sie katholisch getauft. Ich tat dies heimlich, bevor in Barendorf die evangelische Taufe stattfand, wofür die Vorbereitungen schon begonnen hatten. Damals wusste ich nicht, dass die evangelische Taufe von der katholischen Kirche anerkannt wird. Gert versprach ich, auf die Kinder nicht religiös einzuwirken, bis sie in Lüneburg in die Oberschule gingen. Es wurde vereinbart, dass ich dann freie Hand hätte, sie katholisch zu erziehen. In all den Jahren habe ich mit den Kindern nur dieses eine Gebet gebetet: »Lieber Gott, mach mich fromm, dass ich in den Himmel komm.«

Niemals nahm ich sie mit in die katholische Kirche; in mir lebte die Hoffnung, dass sie eines Tages meinen Glauben annehmen würden.

Religion war für Gert eine Prestigefrage, und er glaubte es seiner Familie schuldig zu sein, »linientreu« zu bleiben. Dazu kam noch die Sorge, was die Freunde, die Dorfbewohner sagen würden. Denn das ganze Dorf schaute ja auf unsere Familie. Welche Macht hatte hier doch das Gerede der Leute!

Marina entwickelte sich prächtig. Sie war der Mittelpunkt unseres Lebens und Gerts und mein großes Glück – wenngleich Gert lieber zuerst einen Sohn gehabt hätte. Ich kaufte Marina gleich eine winzige Lederhose, später dann größere und größere. In diesem Aufzug nahm Gert sie gerne mit über die Felder und manchmal auch zur Jagd. Die beiden verband ein inniges Verhältnis. Ganz gerührt war er, als ich ihm einmal erzählte, dass Marina, damals noch nicht zweijährig, den Regen durchs Fenster betrachtete und sagte: »Jetzt wird mein armer Papi nass.«

# Der Krieg

Ich habe nicht die Absicht, den Krieg wie ein Historiker zu beschreiben, sondern vielmehr meine persönliche Einstellung dazu, damals und heute. Wie der Krieg in unser Leben in Barendorf eingriff, werde ich auf den nächsten Seiten immer wieder schildern.

Zu Kriegsbeginn war ich 22 Jahre alt. Zwar bin ich 1917 im Ersten Weltkrieg geboren, habe aber keinerlei Erinnerung an diese Zeit. In den darauffolgenden 20 Jahren des Friedens habe ich mir keine Gedanken über den Krieg gemacht, auch nichts darüber gelesen. Dann war er da – der Krieg, mit all seinem Schrecken. Am Anfang war das Entsetzen nicht einmal so groß. Die ersten militärischen Erfolge sorgten dafür, dass ein Stolz aufkam, der heute beschämend wirkt – angesichts des unbeschreiblichen Grauens und Leidens dieses Weltkriegs.

Der Krieg, so lehren die Weisen immer wieder, bringt die Welt nicht vorwärts, er schiebt nur auf, wirft nur den Leidenschaften vorübergehend neue Ziele hin, und nachher, früher oder später, steht die soziale Not wieder da, groß und furchtbar wie nie zuvor.

Die Angst, die ich in dieser Zeit in Barendorf durchlebte, begleitet mich immer noch, wenn auch in abgeschwächter Form. Das Frühere wird wieder gegenwärtig, wenn das Fernsehen Kriegsberichte aus irgendeinem Teil der Welt bringt. Der Wunsch nach Frieden für die ganze Welt wird in mir immer mehr zum Wunsch Nummer eins.

Beglückend ist es hingegen, wenn man hört: Spannungen werden abgebaut, Feinde reichen sich die Hände, Hilfsaktionen werden in Gang gebracht, Feindbilder verschwinden. Dieses trifft aber leider nur für einen kleinen Teil der Menschheit zu. Wenn wir uns heute den gegenwärtigen Nöten und Forderungen gegenüber einigermaßen menschlich und anständig verhalten, wird auch die Zukunft menschlich sein können. Dies stammt aus der Feder eines Dichters, es könnte uns als Wegweiser dienen. Hermann Hesse schrieb dazu:

*Zwei Geisteskrankheiten sind es nach meiner Meinung, denen wir den heutigen Zustand der Menschheit verdanken: der Größenwahn der Technik und der Größenwahn des Nationalismus. Sie geben der heutigen Welt ihr Gesicht und ihr Selbstbewusstsein, sie haben uns zwei Weltkriege samt ihren Folgen beschert und werden, bis sie sich ausgetobt haben, noch manche ähnliche Folgen zeitigen. Der Widerstand gegen diese beiden Weltkrankheiten ist heute die wichtigste Aufgabe und Rechtfertigung des Geistes auf Erden. Diesem Widerstand hat auch mein Leben gedient, eine kleine Welle im Strom.*

Meine »kleine Welle im Strom« ist damals ausgeblieben. Den Problemen der Kriegsjahre habe ich mich in Barendorf gestellt. Dort lagen mir das Wohlergehen und die Achtung des Einzelnen sehr am Herzen. Zu sorgen hatte ich für unsere Barendorfer Arbeiter, für Fremdarbeiter, Gefangene, Flüchtlinge sowie für unsere Familienmitglieder, die in den Städten ausgebombt waren. Sie zogen zu uns aufs Land, und einige von ihnen blieben mehrere Jahre. Meine Gefühle für unsere Gefangenen waren warm. Wenn sie krank wurden, sorgte ich für sie. Es macht mich noch heute froh, alles für diese Menschen getan zu haben, was damals in meiner Macht stand, und auch, dass ich keinen Schritt tat, den ich nicht noch morgen und übermorgen billigen könnte.

9. August 1940. Gert erfüllt meinen großen Wunsch: Wir heiraten jetzt auch noch katholisch in der St. Bonifatius-Kapelle der Marienkirche in Lüneburg. Von der Familie war niemand anwesend. Unsere Trauzeugen waren zwei Ordensschwestern dieser Kirche. Unser Spruch lautete: »Der Herr behüte euren Eingang und euren Ausgang von nun an bis in Ewigkeit.«

In diesem Jahr wurde Tamara geboren. Sie kam mit Verspätung zur Welt. Dreimal fuhr ich von Barendorf nach Lüneburg in die Klinik, blieb eine Zeit dort und wurde wieder nach Hause geschickt. Dass Tamara sehr ungünstig lag, hat alles Weitere sehr erschwert. Groß war aber dann die Freude, als ich ein gesundes Töchterchen bekam. Sie hatte dunkle Haare, eine schöne bräunliche Hautfarbe und wunderschöne Augen. Sie wog ein Pfund weniger als Marina und war auch etwas kleiner als sie. Zur Freude aller konnten Tamara und ich an Heiligabend zu Hause sein.

Alle Weihnachtsvorbereitungen waren zu meiner vollen Zufriedenheit schon getroffen. Im Weihnachtszimmer stand geschmückt, ganz in Weiß, ein großer, schöner Baum und um ihn herum drei ganz kleine. Die Zweige hingen schwer zu

Boden, denn das Gewicht des Salzes, das auf ihnen lag, drückte sie nieder. Diese Art des Schmückens erforderte viel Zeit. Zuerst wurden alle Zweige mit einem Pinsel mit Kleie bestrichen, die einen Klebeeffekt hat. Dann schüttete man von oben viel Salz über den Baum, das auf den Zweigen haftete und nach einigen Stunden fest wurde. Eine weiße Pracht bot sich einem, kaum zu unterscheiden von natürlich verschneiten Tannen. Um die Bäume herum, auf weißen Tüchern lagen die Geschenke. Das Kerzenlicht spendete dem großen Raum Wärme.

Marina, jetzt zweieinhalb Jahre alt, trug ihr erstes langes Seidenkleid, das meine Mutter aus Österreich geschickt hatte. Es war zartgrün, meins dagegen ziegelrot und auch lang, das des Babys war weiß. Papi ging in Schwarz, wie seine Mutter – an ihr funkelte der auffallend schöne Schmuck aus Russland. Nach der Bescherung gab es russische Spezialitäten und der Samowar brodelte.

*Maria u. Tamara Bockelmann, Oskar Hörzer, Marina und Gert Bockelmann (1941)*

Im Februar fuhren Gert und ich für vier Tage nach Berlin, um Uli Würz, seine frühere große Liebe, zu sehen. Sie hielt sich zurzeit dort auf und lebte sonst, inzwischen verheiratet, in Ostpreußen. Gert wollte mich ihr jetzt »vorführen«. Natürlich hatte ich mich so schön gemacht, wie ich nur konnte, und erschien in einem schwarzen Samtkostüm mit Hermelin. Als wir dann zusammensaßen, war Gert besonders liebevoll und aufmerksam zu mir, um mich in den Mittelpunkt zu stellen, was ich genoss. Uli Würz war eine hübsche Frau, aber das hatte, besonders wegen Gerts vorbildlichem Verhalten mir gegenüber, keine Bedeutung mehr für mich.

Ich hatte diese Reise nach Berlin angetreten, obwohl ich Tamara noch stillte und in Kauf nehmen musste, Schmerzen in der Brust zu bekommen. Ausgerüstet war ich mit einer Milchpumpe, unsere Tochter bekam in diesen vier Tagen das Fläschchen. Versorgt hat sie eine alte Kinderschwester, die Gerts Mutter in Russland schon für ihre Kinder hatte.

Die Silberhochzeit meiner Eltern stand bevor. So reiste ich mit Marina im September 1941 nach Graz. Damals standen noch die schönen Renaissancemöbel in der Wohnung, die sie von jüdischen Auswanderern übernommen hatten. Seinerzeit war das Angebot in solchen Dingen leider sehr groß. Für meine Eltern war unser Besuch eine große Freude, Gert dagegen wartete mir Ungeduld auf unsere Rückkehr. Wieder in Barendorf feierten wir Erntefest. In der größten unserer Scheunen hatten die Arbeiterfrauen Tische und Bänke aufgestellt. Die Erntekrone hing schon, ebenso wie die Girlanden aus Blumen, Früchten und Papier. Der Kuchen und die Getränke kamen aus dem Herrenhaus, das meiste hatte Elli Feiser, eine Cousine von Gert, gebacken. Die Kinder der Arbeiter scharrten sich um die Musik und Gert und ich eröffneten den Tanz – das Gedränge ging los, die Bretter des Bodens knarrten und alle wurden fröhlich und ausgelassen. Mit jedem der anwesenden Männer musste ich einmal tanzen, Gert mit jeder Frau. Als er eine unserer dicken Frauen im Arm hielt, rief er mir zu: »Ich tanze mit der besten Tänzerin des Abends, denn die schweren Maschinen fahren sich bekanntlich am besten.« Sie lachte. An diesem Abend hatte ich den Eindruck, dass unsere Leute auf dem Gut mit Gert und mir zufrieden waren. Ein beglückendes Gefühl!

Weihnachten rückte näher, und ich dachte mir für Gert eine Überraschung aus: Ich wollte den Jagdschein machen. Es sollte mein Geschenk für ihn sein. So musste ich öfter von Barendorf nach Lüneburg fahren, immer unter einem anderen Vorwand, um am Unterricht teilnehmen zu können. Damals war dieser Schein schwer zu bekommen. Das ganze Reichsjagdgesetz musste man lernen. Die Prüfung nahmen fünf Herren ab. Jeder von ihnen in seinem Fach, und die ganze Prüfung dauerte fünfeinhalb Stunden. Die Weihnachtsüberraschung für Gert wurde ein voller Erfolg. Es dauerte nicht lange und Gert schenkte mir ein Damengewehr. Allerdings machte ihm das mehr Freude als mir, denn das Schießen bei der Jagd, das eigentliche – liebte ich nicht sehr. So ließ ich denn auch manches Tier vorbeiziehen, als hätte ich es nicht gesehen. Das wurde immer weniger glaubwürdig, da Gert mir die besten Plätze aussuchte oder mir das Wild sogar zutrieb. Es muss ihm aufgefallen sein, denn beim Scheibenschießen war ich immer die Beste – bewundert von den alten Profis.

In unserem Revier trafen wir immer weniger Fasane an. So entschloss ich mich, um Gert eine Freude zu machen, selbst welche aufzuziehen. Ich kaufte eine große elektrische Glucke. Sie sah aus wie ein groß aufgespannter Schirm, war aber ganz niedrig. Nachdem einige Rhodeländer Hühner die Fasaneneier ausgebrütet hatten, nahm ich ihnen die Küken weg und setzte sie unter die elektrische Glucke. Das alles fand in unserem schönen Wintergarten im Haus statt. Mit Ameiseneiern, frisch gehackten Brennnesseln und hart gekochten, ebenfalls gehackten Hühnereiern wurden sie aufgezogen. Zum Trinken bekamen sie Wasser, in das ich immer eine Chinosol-Tablette (Desinfektionsmittel) gab. Nicht alle habe ich großgekriegt, aber doch immerhin etwa 20 Stück. Als sie ausgewachsen waren, musste ich mich schweren Herzens von ihnen trennen. Denn es war die Zeit gekommen, wo Gert und ich sie ins Freie aussetzten, damit sie sich vermehrten und den Bestand in unserem Revier ergänzten. Oft gingen wir zu den Stellen, wo wir sie sich selbst überlassen hatten und waren so glücklich, wenn wir einige von ihnen antrafen. Es wurde aber leider immer weniger bei unseren weiteren Erkundungsgängen. Da wurde uns klar, dass wir sie durch die Aufzucht zahm gemacht hatten und sie so für ihre Feinde eine leichte Beute geworden waren. Viel Mühe hat es gekostet, sie aufzuziehen. Wir hatten sie lieb gewonnen – und dann solch ein Ende!

Da Gert einen Betrieb führte, der für die Versorgung der Bevölkerung wichtig war, wurde er über die Kreisbauernschaft vom Wehrdienst zurückgestellt. Nur ab und zu musste er als Flakhelfer im Ort an einer Übung teilnehmen. Viele unserer Leute wurden eingezogen, viele Pferde mussten wir abgeben. Langsam wurde das Wirtschaften schwerer, auch für mich. Für das Schlachten von Schweinen und Rindern zur Versorgung der Arbeiter war uns die Menge jetzt genau vorgeschrieben. Auch Milch und Butter wurden zugeteilt. Je länger der Krieg dauerte, desto strenger wurde kontrolliert und bei Übertretung scharf bestraft. Doch uns auf dem Land ging es unvergleichlich besser als den Städtern, die jetzt auf ihre Marken immer weniger zugeteilt bekamen und von denen schon viele hungerten. Den Verwandten, Freunden und denen, die zu uns aufs Land kamen, den sogenannten Hamsterern, gaben wir, was uns möglich war, bis zum Ende des Krieges, als wir nur noch ein paar Kartoffeln entbehren konnten. Meinen Eltern in Graz habe ich einmal ein Paket geschickt mit einigen Pfund Möhren. Nicht selten holte ich mir nachts die Schlüssel zur Milchkammer, die in der Wohnung des Melkers hingen, und nahm unbemerkt etwas Sahne aus den für die Molkerei bereitstehenden Milchkannen. Die Sahne schüttelte ich dann zu Hause in einer Weinflasche, bis sie zu Butter wurde. Ich musste das heimlich tun, um weder meinen Mann noch den Melker zu gefährden.

Einmal wollte ich nachts einige Kisten mit Silber, wertvollen Waffen, Esskonserven und diverse Sammelstücke im Obstgarten vergraben. Die Kisten sollten in der Erde lagern und so vor Bomben sowie vor fremdem Zugriff geschützt werden. Leider wurde ich beim Graben aus der Ferne beobachtet, begünstigt durch den Mondschein. Nachdem ich fort war, wurden die Kisten ausgegraben und weggeschafft – von wem und wohin, haben wir nie erfahren.

Tamara Macciabelli, eine Verwandte von Gerts Mutter, hatte ich damals besonders ins Herz geschlossen. Für kurze Zeit hielt sie sich in diesen Kriegsjahren in Barendorf auf und erzählte viel Interessantes aus ihrer Zeit in Paris, wo sie sich als Immigrierte aufhielt. Sie war eine georgische Prinzessin und mit dem Fürsten Macciabelli verheiratet. Als sie ihren Sohn in einem Pariser Krankenhaus bekam, wo sie mit vielen anderen Frauen in einem Saal lag, wurde sie arg verspottet – ihrer vornehmen Herkunft wegen. Ihr Mann hatte ihr Blumen mitgebracht. Unter Gelächter stellten sie diese in einen Nachttopf, statt in eine Vase. Sie ist Patentante von unserer Tamara.

Dann kam Irenchen zur Welt, unsere dritte Tochter – ein bezauberndes, zierliches Geschöpf. Als ich sie das erste Mal sah, dachte ich: »Dich, mein Liebling, möchte ich nicht gegen einen Sohn tauschen!« Was hätte Gert wohl gesagt, wenn er diesen Gedanken gehört hätte.

Es herrschte noch Krieg (1943), und ich war fest davon überzeugt gewesen, dass Irene ein Friedenskind werden würde. Wir waren immer noch auf die deutschen Erfolge stolz. Kein Zweifel kam auf, ob alles seine Richtigkeit hatte. Wie verblendet waren wir! Die Einladungen in die Kasinos der Reiter, Flieger und anderer Militärs nahmen wir gerne an – und sahen uns nur von Helden umgeben. Wir luden sie zu uns ein und pflegten unsere Freundschaften. Ängstlich verfolgten wir ihre Einsätze, natürlich immer in der Hoffnung, dass der Krieg bald aus wäre. Langsam aber begriffen wir das Ausmaß der Katastrophe, obwohl

*Tamara, Maria, Marina und Irene Bockelmann (1943)*

noch immer die Hoffnung verbreitet wurde, dass wir eine Waffe besäßen, die uns den Sieg und damit den Frieden, den wir herbeisehnten, bringen würde. Wenn unter äußerster Vorsicht jemand etwas über die schlimmsten Verfolgungen der Juden erzählte – dann glaubten wir diese Gräueltaten nicht. Wir glaubten eher, dass die feindliche Propaganda damit etwas zu tun hatte. Dass die Juden, die Zigeuner und die Gefangenen am meisten zu leiden hatten, war uns schon klar, aber wir wussten auch um das Leid und die Not in den Großstädten, die dem ständigen Bombardement des Feindes ausgesetzt waren. Mit diesen Menschen fühlten wir mit. Andere fürchterliche Geschehnisse, die ab und zu durchsickerten, wurden gar nicht recht wahrgenommen.

Unsere ständige Liebe und Fürsorge galten den Soldaten an der Front, von denen wir wussten, dass sie zum Teil ganz junge Burschen waren, fast noch Kinder, die die strengen Winter besonders zu spüren bekamen. Wenn dann Kleidersammlung für die Frontsoldaten war, trennte man sich gern von seinen warmen Sachen. Auch war es einem eine Freude, wertvolle und schöne Sachen abzugeben. Gerts Brüder, Johnny und Werner, wurden auch eingezogen. In unserem Bekanntenkreis hörten wir von vielen Verlusten, was uns sehr bedrückte.

Jeder Tag in Barendorf war mit unsagbar viel Arbeit ausgefüllt. Man traute sich in der Not auch an Arbeiten heran, die einem ganz fremd waren, wie zum Beispiel Seife kochen. Aus dem Fett eines Dachses, den Gert geschossen hatte, und einigen Chemikalien gelang es mir, ein paar Stück Seife herzustellen. Aus Zuckerrüben kochte ich sehr oft Sirup, für viele dann ein wertvoller Brotaufstrich. Aus Kartoffeln gewann ich Stärke, die es auch nicht mehr zu kaufen gab. Geradezu erfinderisch wurden wir und nutzten alles Essbare aus.

Haus und Hof füllten sich immer mehr. Die Schwierigkeiten wuchsen. Meine Schwägerin Rita war in Hamburg ausgebombt und zog zu uns ins große Haus, mit ihren zwei Kindern und ihrer Haushaltshilfe. Meine Schwägerin Lilo aus Hamburg wohnte schon länger in Barendorf in der Villa. Aus Österreich zog zu uns Schwägerin Käthe mit ihren Kindern John, Udo und Manfred. Gerts Freund Karl Villwock kam mit seiner Frau aus Berlin. Bei uns wohnten auch Mamas Verwandte, die Stuckens und die Menzingers, mit ihren Kindern. In der Nacht des großen Angriffs auf Dresden, als die Stadt dem Erdboden gleichgemacht wurde, gelang es unserer Verwandten Anja Stucken, mit dem Fahrrad zu entkommen und zu uns zu flüchten. Erschütternd waren ihre Erzählungen, unvorstellbar, was sich dort abgespielt hatte. Am 1. November 1944 wurden auch meine Eltern in Graz total ausgebombt. Kurz danach zogen sie zu uns nach Barendorf, ebenso mein Bruder. Als die Bomben auf das Haus in der Morellenfeldgasse in Graz fielen, stürzte das Treppenhaus zusammen und verschüttete meinen Vater. Meine Mutter befand sich in einem Luftschutzkeller und blieb unversehrt. Mein Bruder beobachtete das Geschehen vom Nebenhaus aus. Papa konnte aus dem Schutt befreit werden. Großes Glück hatten meine Eltern bei diesem Angriff: drei große Bomben à 100 Kilo explodierten nicht, sonst wäre niemand am Leben geblieben. Diese drei Bomben fand man 1952 beim Wiederaufbau des Hauses und entschärfte sie.

Die Sirenen heulten jetzt in Barendorf häufiger. Nachts hatten wir dann immer große Angst, weckten die Kinder, zogen sie an und eilten in den Keller. Kurz danach hörten wir schon die feindlichen Bomber über uns hinwegfliegen und waren dankbar, dass sie wieder einmal in großer Höhe flogen. Aber man konnte nicht immer sicher sein, dass sie Berlin oder andere Großstädte anflogen und wir verschont blieben. Denn vier Kilometer von uns lag der Lüneburger Flugplatz, der oft ein Ziel war.

Viel Zeit verbrachte ich jetzt in der Küche und ebenso viel Zeit brauchte ich für das heranschaffen des Essens, denn ich hatte für sehr viele Menschen zu sorgen. Ganz am Anfang arbeiteten Italiener bei uns. Sie kochten für sich selbst, wobei ich nur die Vorräte ausgab. Für Polen, Franzosen und Russen kochte ich selbst. Zwei russische Gefangene in Begleitung eines Wachmanns holten täglich ihr Essen. Mittags gab es Zusammengekochtes, meistens eine Milchkanne voll Suppe – 20 bis 25 Liter. Morgens und abends gab es ein großes Brot, das sie in zehn Teile teilten, dazu ein Paket Butter (250 g) für alle oder eine Dose Wurst oder etwas Sirup. Natürlich waren sie nie ganz satt, aber ich hatte nun mal nicht mehr zur Verfügung. Ich führte sowieso einen ständigen Kampf mit meiner Schwiegermutter, da sie der Meinung war, dass die Leute zu gut aßen im Vergleich zu einigen ihrer Familienmitglieder, die von ihrer Zuteilung als Städter leben sollten. Die Landbevölkerung bekam mehr, wegen der schweren körperlichen Arbeit. Meine Hauptsorge war, dass diese Suppe, die die Leute bekamen, auch schmeckte und nicht nur aus gefärbtem Wasser bestand. Aber meiner Schwiegermutter schmeckte sie immer noch zu gut, wenn sie in die Küche kam, um zu probieren.

Ihre Sorge um ihre große Familie war verständlich, aber Gert und ich sahen auch, dass die Leute bei noch geringerer Zuteilung kaum in der Lage gewesen wären, ihre Arbeit auf den Feldern zu verrichten. So bat ich Gert, meinen Haushalt – das Personal, die Vorratskammern und die Küchen – vom Haushalt der Schwiegermutter völlig zu trennen. Ebenso sollten das Gemüse und das Obst aus der Gärtnerei getrennt werden. Das sah Gert ein und sprach mit seiner Mutter, die dann mit dieser Regelung einverstanden war. Es brachte auch den Vorteil mit sich, dass ich jetzt für meinen Mann, der einen empfindlichen Magen hatte, besser sorgen konnte – und auch für meine drei Kinder. Besonders wichtig war das für Tamara, die unter Ekzemen litt. Denn wir wussten: Sie vertrug kein tierisches Eiweiß, ohne gleich am ganzen Körper Ausschlag zu bekommen. Lange Zeit wurde ihr Badewasser mit verschiedenen Kräutern, die die Apotheke zusammenstellte, aufbereitet. Der Juckreiz wurde dadurch gemildert.

Ich konnte nun also für meine Arbeiter sorgen, ohne ständig kritisiert zu werden. Wenn ich Besuch bekam, brauchte ich nicht zu fragen, ob ich etwas anbieten durfte oder nicht. Meinen Kindern konnte ich nun das zu essen geben, was ich für richtig hielt. Durch diese Ordnung trat eine Beruhigung im Hause ein, die für mich notwendig war, weil immer mehr Aufgaben auf mich zukamen. Mein Tag begann sehr früh und ging bis spät in die Nacht. Allen wollte ich gerecht werden. Zunehmend trafen auch Trecks aus dem Osten bei uns ein. Auf dem Hof wurde in Kesseln für sie gekocht. Man half, Not zu lindern. Viele Flüchtlinge waren krank, viele hatten unterwegs Läuse bekommen, mit denen wir uns ansteckten. Ich lief den ganzen Tag mit einem Turban auf dem Kopf herum, unter dem das Mittel Cuprex wirkte – ebenso machte es meine Schwiegermutter.

Das Elend der Flüchtlinge erlebten wir jetzt unmittelbar. Wenn sie von ihrer Flucht erzählten, von den Angriffen der Tiefflieger und wie sie unter Beschuss geraten waren und dabei ein Kind oder ein Elternteil verloren hatten, konnte ich nachts nicht schlafen. Immer wieder dankte ich dem Herrgott, dass ich davon verschont geblieben war und meine Kinder in meiner Nähe behütet und gedeihen sah.

Wenn ich abends zu Ruhe kam, schliefen meine Kinder schon. Versorgt wurden sie den ganzen Tag von einer Kinderschwester. Mir blieb nur noch ein Kuss für sie. So war es für mich das höchste Glück, wenn dann doch einmal Zeit übrig war, mit ihnen im Wald spazieren zu gehen – Pilze zu suchen oder Blümchen zu pflücken. Wenn die Kinderschwester einmal in der Woche freihatte, konnte ich sie selbst baden, füttern und auch ein wenig mit ihnen spielen. Die Kinder waren Gerts und meine ganze Freude.

Unsere Ehe lief sehr gut, wenn auch meiner Mutter einiges über Gerts Verhalten Frauen gegenüber nicht ganz verborgen blieb und sie mich immer wieder darauf ansprach. Es war nun einmal seine Art zu leben. Aber ich wusste, dass er nur mich liebte und ich seine Leichtfertigkeit akzeptieren musste. Wäre mir damals bewusst gewesen, was sich daraus entwickeln konnte, hätte ich dies mit aller Kraft unterbunden. Denn früher oder später führt so etwas zum Bruch. Warum erkannte ich nicht rechtzeitig, wie wichtig Treue in der Ehe ist? Sie bildet das Fundament. Aber ich glaubte, dass nichts eine so große Liebe wie die unsere zerstören könnte.

In dieser Kriegszeit war Pascha, das russische Kindermädchen, der gute Geist in Barendorf. Sie war unermüdlich mit der Kaninchenzucht beschäftigt und versorgte mehrere Ställe. Kaninchen waren auf dem Speiseplan sehr willkommen. Vor allem die Kinder aßen ihr Fleisch besonders gern, weshalb Pascha sich immer wieder erweichen ließ, einige zu schlachten. Und das waren die, deren Hunger gestillt werden musste: Wolf-Dieter, Heide, Peter, Johnchen, Udo, Manfred, Marina, Tamara, Irene, Mischa und Andrej. Pascha half auch mir, die Hühner und die Gänse zu versorgen. Obwohl die Ställe abgeschlossen waren, wurden Hühner, Gänse und Eier öfter gestohlen. Auf dem Hof kamen in dieser Zeit auch viele Fremde, die etwas Essbares von uns erhofften. Auch die Gärtnerei wurde nachts manchmal aufgesucht und morgens war dann für uns kaum noch etwas da.

*Gert Bockelmann, Tamara, Peter, Marina, Irene, Anna (hinten), Heide und Maria Bockelmann (1946)*

Ich fuhr ab und zu das kleine Auto meines Schwagers Johnny, der Soldat war, und erledigte Einkäufe oder brachte Familienmitglieder zum Arzt. Obwohl ich seit 1939 einen Führerschein besaß, konnte ich nicht gut fahren. So bekam Gert oft Rechnungen von Tankstellen, wo ich Pfeiler beschädigt oder umgerissen hatte. Trotzdem fuhr meine Schwiegermutter gerne mit mir. Einmal brachte ich sie ins Nachbardorf, wo sie – bei Kaffee und Kuchen – mit dem Mutterkreuz geehrt werden sollte. Es gab sogar echten Kaffee. Das Mutterkreuz bekam sie, weil sie fünf Söhne hatte – ich nicht, weil ich drei Kinder hatte. Auf dem Rückweg nach Hause war es dunkel geworden und es gelang mir trotz vieler Mühe nicht, den Lichtschalter zu finden. So zockelten wir im Dunkeln schrittweise nach Hause. Dort angekommen lobte mich meine Schwiegermutter, wie gut ich diese Schwierigkeit gemeistert hatte. Sonst fuhr sie am liebsten mit dem Chauffeur, aber der wurde jetzt oft auf dem Hof gebraucht, steuerte den Traktor und reparierte Maschinen oder andere Geräte. Unser großes Auto, den Opel Admiral, mussten wir der Wehrmacht zur Verfügung stellen.

In dieser Zeit gab es wenig Spielzeug zu kaufen. Manchmal

konnte ich etwas für Lebensmittel erstehen, wie zum Beispiel einen 80 Zentimeter großen Osterhasen im Frack aus Pappmaché. Er sah aus wie ein Kellner. Eigentlich war er eine Schaufensterdekoration. Besondere Freude bereitete er Marina, und an Ostern wurde er immer zur Freude aller Kinder aufgestellt.

Ende Januar 1945 wurde mein Bruder als Offiziersbewerber eingezogen. Den Reichsarbeitsdienst hatte er wegen seines Untergewichts nicht leisten brauchen, weshalb er noch bei uns war. Er kam an die holländische Grenze, dann nach Munsterlager und anschließend nach Barendorf/Lauenburg. Als er mit seiner Einheit in der Nähe von Barendorf war – dies war einige Tage vor dem Zusammenbruch –, erzählte er seinem Leutnant, dass er eine Schwester auf Gut Barendorf hätte. Daraufhin bat ihn der Leutnant, ihm dort ein Fläschchen Parfum für seine Braut zu besorgen. Mein Bruder sollte sich danach bei Lauenburg der Einheit wieder anschließen. Als er bei uns ankam, waren seine Füße eine einzige Wunde, und wir redeten ihm alle gut zu, bei uns zu bleiben. Denn wir gingen davon aus, dass der Krieg in den nächsten Tagen zu Ende sein würde und dass er mit diesen wunden Füßen nicht mehr marschieren konnte. Dennoch ging er zu der verabredeten Stelle, fand aber seine Einheit nicht mehr. Als diese über eine Brücke marschierte, wurde sie gesprengt und alle kamen ums Leben. Durch seinen Aufenthalt bei uns wurde mein Bruder davor bewahrt.

# Endlich: Der Krieg ist aus

Ein befreites Aufatmen löste diese seit Jahren herbeigesehnte Nachricht aus. Große Dankbarkeit fühlten wir in diesem Moment, allein schon, weil wir noch am Leben waren. In den Kellerräumen des Herrenhauses war unsere Großfamilie versammelt, als die Sieger dieses schrecklichen Krieges unser Haus betraten. Ihre Blicke waren misstrauisch und vorwurfsvoll auf uns gerichtet und man sah, dass sie bereit waren, von ihren Waffen Gebrauch zu machen. Weil sie aber merkten, dass wir uns friedlich verhielten, entspannten sich ihre Hände, mit denen sie die Waffen umklammerten. Dann folgte eine Diskussion, in deren Verlauf sie unseren Worten immer weniger Glauben schenkten. Leider erweckten wir den Eindruck, nur zu lügen. Denn viele der von ihnen genannten Gräueltaten, die wir Deutschen begangen hatten, waren uns nicht bekannt.

In Heide in Holstein geriet mein Bruder in englische Gefangenschaft, die für ihn nur sechs Wochen dauerte. Er wurde entlassen, weil er nachweisen konnte, dass er bei seinem Schwager in der Landwirtschaft unterkommen konnte. In der Zeit seiner Gefangenschaft war sein Hunger so groß, dass er sogar seine Zahnpasta aß. Damals wussten wir nicht, ob er überhaupt noch lebte. Viele Gefangene lagen in der Nähe von Lüneburg – unter freiem Himmel. Sie waren ausgehungert und trugen zerfetzte nasse Kleider am Körper, weil es oft regnete. Wie ich später sehen konnte, waren viele von ihnen krank. Als ich sie von der Straße her hinter dem Stacheldraht sah, hatte ich nur noch ein Ziel: ihnen etwas Essbares zu bringen. So fuhr ich zweimal am Tag die sechs Kilometer dorthin, mit Pferd und Wagen, mit Waschkörben voll Brot. Dann kam es zu folgendem Zwischenfall: An einem Tag war der Andrang so groß, dass ich beinahe zu Tode getrampelt wurde. Von da an untersagte mir die Lagerleitung, das Gelände zu betreten. Alle meine Aktionen waren nur möglich gewesen, weil Papa für Mehl sorgte, indem er nachts Korn zur Mühle schaffte. Er fuhr im Dunkeln, um den Kontrollen am Tag zu entgehen.

Wir waren alle froh, dass der Krieg aus war. Unsere Besatzungsmacht waren die Engländer. Auch in unserem großen Haus waren viele untergebracht. Wir lebten zwar sehr beengt, aber unsere Familie durfte zunächst dort wohnen bleiben. In unseren großen Räumen, Esszimmer, Wohnzimmer, Billardzimmer und Wintergarten, schliefen nachts die Soldaten auf dem Fußboden. Wenn ich morgens etwas für die Kinder warm machen wollte, für Irene noch das Fläschchen, musste ich über die Soldaten steigen, um in die Küche zu gelangen. Ängstlich versuchte ich, mit meinen 28 Jahren, würdevoll zu wirken, damit mir jede Annäherung seitens der Soldaten erspart bliebe. Eng war der Pfad, auf dem ich schreiten konnte, denn sie lagen dicht nebeneinander – mindestens 40 bis 60 Mann in einem Raum.

Ängstlich waren diese Männer mit Waffen in der Hand zu uns ins Haus gekommen. Doch sie merkten bald, dass wir froh waren, diesen Krieg überstanden zu haben und dass wir friedlich waren. Ein Offizier, der gut Deutsch sprach, trat an mich heran und fragte, was ich vom Konzentrationslager Bergen-Belsen hielt. Da ich darüber nichts wusste, sagte ich, dass mir davon nichts bekannt sei. Er glaubte mir nicht, weil dieses Lager nicht weit von uns entfernt lag. Er schaute mich verächtlich an und spuckte vor mir aus. Aber wie konnte man darüber etwas erfahren, wenn alles abgeriegelt war und keiner die Möglichkeit hatte, je in die Nähe zu kommen?

Nach ein paar Tagen mussten wir das Haus räumen, wofür uns lediglich ein Tag zu Verfügung stand. Nur das Notwendigste konnten wir mitnehmen. Gert, die Kinder und ich zogen auf den Hof in das Haus unseres Melkers, der zu dieser Zeit in einem anderen Gebäude wohnte. Die Räume, die wir jetzt bewohnten, waren sehr klein. Mama zog zu Lilo in die Villa, meine übrigen Schwägerinnen mit ihren Kindern und die anderen Verwandten verteilten sich auf die Hofgebäude. Meine Eltern zogen nach Lüneburg. Alle unsere Gefangenen waren jetzt frei. Von anderen Gütern und Höfen hörte man viel über Plünderungen und anderes Unerfreuliches mehr. Bei uns ist nichts dergleichen vorgekommen. Unsere zehn Russen hatten nur den Wunsch, mit mir Schnaps zu trinken, und jeder wollte dann einen Anzug für die Heimreise haben, den sie auch erhielten. Als mir das Schnapstrinken zu viel wurde, goss ich etwas davon auf den Boden, nahm ein Streichholz und zündete es an. Damit zeigte ich ihnen, wie der Fusel in mir brannte. Gutmütig lachten sie und ließen mich in Ruhe.

Gert war traurig, dass er sein schönes Löwenfell im großen Haus zurücklassen musste. Doch darauf hatten die Besatzer bestanden. Vor dem jetzigen Kasino war immer eine Wache, die Tag und Nacht ums Haus ging. Ich beobachtete dies eine Zeit lang und beschloss, mich unbemerkt ins Haus zu schleichen, was mir auch glückte. Drinnen war ich sehr vorsichtig und ich schaffte es, ins frühere Jagdzimmer vorzudringen, wo das Löwenfell hing. Ich riss es von der Wand, machte leise das Fenster auf und warf das Fell hinaus. Dann sprang ich hinterher. Unbemerkt brachte ich es in unsere jetzige Unterkunft und versteckte es. Nur Gert wusste davon. Bald entdeckte man das Fehlen des interessanten Fells. Der General war wütend, aber niemand konnte ihm etwas über das Verschwinden der Trophäe sagen.

Aus dem Kasino bekamen wir manchmal Weißbrot, was wir schon lange nicht mehr gegessen hatten. Auf Umwegen erhielten wir auch Zigaretten, die wir zu Tauschzwecken benutzten. Es hat lange gedauert, bis eine Verbesserung der Ernährung spürbar wurde, auch sonstige Dinge wie Kleidung, Haushaltsgeräte, Kosmetika und Spielsachen gab es nicht. Die Entbehrungen hielten an.

Wir versuchten die kleinen Räume, die wir jetzt bewohnten, nett zu gestalten. Einige schöne Sachen aus dem großen Haus konnten wir noch herüberholen. Papa machte auch den Vorschlag, an diesem Haus einen Holzbalkon anzubringen, der allerdings nach seinen Berechnungen sehr schmal ausfallen würde. Wir stimmten begeistert zu und der Balkon wurde gebaut. Von dem neuen Balkon aus schaute man auf die Wiesen. Unterhalb des Balkons befand sich leider der Schweineauslauf, der jetzt verlegt werden musste. An seiner Stelle wollte ich einen kleinen Garten anlegen und begann damit, die stinkende Erde abzutragen und sie durch frische zu ersetzen. Ich pflanzte Sträucher und Blumen und in der Mitte legte ich einen kleinen Teich an. Dieser Garten sollte ein kleiner Ersatz für den Park sein, in dem wir nicht gern gesehen waren. Zwar war es unserer Familie nicht verboten, sich dort aufzuhalten, aber wir waren jetzt nicht mehr die Herren. Tennisplatz und Badeteich zum Beispiel wurden von der Besatzung benutzt.

Marina ging inzwischen schon zur Schule. Wir kauften ihr eine Dreiviertelgeige und sie begann mit dem Unterricht. Sie hatte ihr eigenes Zimmer, das sie vorbildlich in Ordnung hielt. Von ihrem ersten Taschengeld kaufte sie sich eine Topfblume – eine rote Gloxinie. Das überraschte uns sehr.

Da die letzten Jahre an meiner Gesundheit Spuren hinterlassen hatten, beschloss Gert, mich mit den Kindern an die See zu schicken. Auf die Insel Langeoog. Das Reisen verlief noch immer chaotisch. So herrschte in Lüneburg solch ein Andrang auf unseren Zug, dass wir nur durchs Fenster hineingelangen konnten. Nach einiger Zeit auf Langeoog besuchten uns Gert und mein Bruder, der nach der Entlassung aus der Gefangenschaft bei Gert als Landwirtschaftseleve arbeitete. Die Kinder waren über diesen Besuch so glücklich und ausgelassen, dass sie Kunststücke im Wasser vorführten – unter anderem zeigten sie, wie sie mich zu dritt unter Wasser halten konnten. Ich fand dies gar nicht so lustig, denn ich erwartete mein viertes Kind und war damals im vierten Monat. Mein Bruder blieb eines abends bei den Kindern, während Gert und ich einen Spaziergang am Strand machten. Diesen Spaziergang werde ich nie vergessen. Zu dem eindrucksvollen Sonnenuntergang – Himmel und Meer hatten die gleiche orangerote Farbe so weit das Auge reichte, kam eine Stille, schön und doch gleichzeitig beängstigend. Ich empfand Wehmut, so als wenn ich von allem und für immer Abschied nehmen müsste. Darüber selbst erschrocken erzählte ich es Gert, der allerdings meine Gedanken nicht gut fand, ja sogar etwas lächerlich. Er überging einfach meine Ängste.

In dieser Nacht musste der Arzt für mich geholt werden, denn ich blutete unaufhörlich. Seine Diagnose: Bauchhöhlenschwangerschaft. Er meinte, ich müsste aufs Festland ins Krankenhaus gebracht werden.

Für solche Fälle stand immer ein Flugzeug zur Verfügung. Doch ausgerechnet an diesem Tag war es zur Überholung weggebracht worden. Der Arzt veranlasste, ein Schiff für mich bereitzustellen. Nach zwei Stunden war es so weit, sodass ich direkt aufs Deck des Schiffes gebracht wurde, in Decken eingehüllt. In Begleitung des Arztes fuhr ich Richtung Esens. Sehr schwer fiel mir der Abschied von den Kindern. Es fing an zu regnen – vier Matrosen kamen mit einer großen Plane an, jeder von ihnen nahm ein Ende der Plane in die Hand und so hielten sie diese über mich. Mitleid im Gesicht, standen sie unbeweglich im Regen.

In Esens angekommen, übergab mich mein Arzt dem dortigen Krankenhauspersonal, das mich vom Schiff abholte. Der Arzt fuhr sofort mit demselben Schiff nach Langeoog zurück. Ich erinnere mich, dem Chirurgen vor der Narkose gesagt zu haben: »Bitte, ich habe drei kleine Kinder.« Bei der Operation ergaben sich Schwierigkeiten, weil ich nur noch die Hälfte des zum Leben erforderlichen Blutes hatte; und da der Krieg gerade erst vorbei war, fehlten in den Krankenhäusern vor allem Blutkonserven. Obwohl man sich lange und intensiv bemühte, mich am Leben zu erhalten, glaubte der Arzt am Schluss, dass es ihm doch nicht gelungen war. Wie in solchen Fällen üblich, wurde ich in die Abstellkammer gebracht, sicherlich mit großem Bedauern. Am nächsten Morgen betraten Frauen diese Kammer, um ihre Putzutensilien zu holen. Ich hörte Schreie: »Sie lebt, sie lebt!«, ein Eimer fiel zu Boden, Wasser floss heraus – dann eifriges Laufen im Korridor und schrilles Klingeln. Bald befand ich mich wieder im Operationssaal und um mich sah ich diesmal nur freudige Gesichter.

In diesem Krankenhaus blieb ich noch einige Wochen. Aus der Zeit habe ich einen Zettel aufbewahrt, auf dem die Medikamente, die ich dort bekam, vermerkt sind: Peristen 500, Sterofungin 500, Sympatol 3, Cardiazol 3, Coramin 4, Campfer 2, Secacornin 2 und Tibatin 10,5. Später wurde ich mit dem Krankenwagen ins Lüneburger Krankenhaus verlegt, wo man für mich schon einen Blutspender gefunden hatte. Der junge Mann lag in meinem Zimmer neben meinem Bett. Dann wurde alles für die Übertragung vorbereitet, aber man konnte meine Venen nicht finden. Ein Arzt nach dem anderen versuchte es – ohne Erfolg. Dann wollten sie durch einen Schnitt an die Venen herankommen. Die langen und schmerzhaften Versuche an mir verängstigten den Blutspender derart, dass er weglief. Meine Behandlung wurde mit Spritzen und anderen Medikamenten fortgesetzt, und bald war ich so weit, dass ich zu meiner Familie nach Hause zurückkehren konnte. Ich war glücklich darüber, aber dann merkte ich, dass Gerts große Familie ihn mehr bedauerte und sich mehr Sorge um ihn machte als um mich.

Ich bekam öfter zu hören: »Was machst du für Geschichten, wie soll das weitergehen? Der Gert kann einem leidtun.« Vielleicht war ich überempfindlich geworden, sodass mich vieles schnell kränkte und eine Enttäuschung der anderen folgte. Zwar war die Anspannung der Kriegszeit gewichen, aber sie war noch nicht ganz überwunden, und das erschwerte meine Lage. Doch ich sagte mir immer wieder: Was ich auch in letzter Zeit erlebt und erlitten hatte, war wenig im Vergleich zu den weit schwereren Schicksalen anderer.

Tamara hatte damals schon mehrmals eine Mittelohrentzündung gehabt. Es war auch die Rede davon gewesen, dass die Nasenpolypen entfernt werden müssten – eine schreckliche Vorstellung für mich. Langsam fing ich an, Tamara auf einen solchen Eingriff vorzubereiten. Sie willigte ein, wenn sie dafür einen Hund bekäme, den sie dann auch wirklich bekam. Wenn sie nachts Ohrenschmerzen hatte, kroch sie zu mir ins Bett, legte sich auf meine Brust, hörte auf zu weinen und schlief ein. Die Kleine, die sonst am Tag in ihrer Art mehr einem Lausbuben glich und einen Streich nach dem anderen spielte, war nachts so liebebedürftig. Sie kletterte gern auf Bäume und Sträucher, blieb meistens hängen, sodass ihre Kleider oft zerrissen waren. Ihr Lieblingsort war der Heuboden. Einmal versteckte sie sich im Jauchewagen. Danach roch sie natürlich penetrant. Unangenehm roch Tamara auch, wenn sie vom Misthaufen kam, den sie als Insel beim Fangenspielen wählte. Denn sie wusste, dorthin würde ihr kein Kind folgen, da alle Angst vor der Schelte der Eltern hatten. Tamara war nicht einzuschüchtern, bis ich sie wiederholt beim Spielen mit Streichhölzern und dem Anzünden von Papier erwischte. Nachdem mehrmalige Ermahnungen nichts genutzt hatten, entschloss ich mich, ihren Geburtstag nicht zu feiern. Keiner durfte sie beschenken und keine Kinder wurden eingeladen. Das durchzuziehen fiel Gert, meiner Schwiegermutter und mir sehr schwer. Denn Tamara war sehr unglücklich und konnte die Strafe zunächst nicht verstehen. Sie baute sich selbst einen Geburtstagstisch auf, mit einer Postkarte aus Österreich, einer Packung Leibniz-Kekse (von wem sie die hatte, wollte sie uns nicht sagen), ein paar selbst gepflückten Blümchen und einer Kerze, die anzuzünden sie sich nicht traute. Wir waren alle froh, als der 14. Dezember vorbei war und Tamara nie wieder ein Streichholz anzündete. Irene hat auch manches Unerlaubte getan, aber sie ließ sich meist nicht erwischen.

Marina war zu der Zeit schon sehr vernünftig. Sie hatte viel Sinn für Schönes und ein sicheres Auge dafür. Sie war elf Jahre alt, als der Maler Kaehren, ein Flüchtling aus Ostpreußen, eine private Gemäldeausstellung bei uns veranstaltete. Herr Kaehren stellte viele Bilder mit Motiven aus der Lüneburger Heide und von Barendorf vor. Marina bat ihn, die Bilder heraussuchen zu dürfen, die ihr am besten gefielen. Es wurde ihr erlaubt und vorsichtig stellte sie diese zur Seite. Der Maler war überrascht über die Auswahl, die sie traf, und meinte, er selbst halte diese Bilder für die besten seiner Arbeiten.

Wenn ich abends eingeladen war, fragten mich die Kinder, ob ich ihnen etwas mitbringen würde. Meistens hatte ich etwas, aber wenn nicht, nähte ich nachts noch schnell etwas für die Puppen. Manchmal fiel es mir schwer, mein Versprechen zu halten, besonders wenn es spät geworden war und Gert sich ärgerte, dass ich nähte, statt zu schlafen.

Die Kinderlähmung breitete sich aus und wir hatten große Angst davor. Einer unserer Neffen war bereits daran erkrankt. Schrecklich war dann der Morgen, als mir Marina sagte, sie könne sich nicht bewegen, und dabei weinte. Ich bat Gert, sofort einen Arzt anzurufen, doch der saß vor Schreck wie erstarrt auf der Bettkante und konnte nicht aufstehen. So rief ich den Arzt an, der auch bald kam. Nachdem er Marina untersucht hatte, sagte er uns, dass er den Fall melden und Marina ins Krankenhaus einweisen müsse. Aber da er nicht ganz sicher war, ob es sich nicht nur um eine Reizung handelte und sie dann trotzdem viele Wochen im Krankenhaus gehalten würde, schlug er vor, dass sie zu Hause blieb. Mir trug er auf, dass nur ich das Kind betreuen und streng dafür sorgen sollte, andere Kinder fernzuhalten. Für diesen Vorschlag waren wir mehr als dankbar. Wir hatten unsagbare Angst davor, Marinas Zustand könnte sich verschlechtern – aber, Gott sei Dank, wurde sie bald gesund. Diese Zeit war für die Familie sehr hart, wir waren erfüllt von Angst und Sorge.

Tatkräftig und vorausplanend führte Gert das Gut und ich stand ihm zur Seite, wo ich nur konnte. Wir unterhielten einen guten Kontakt zu den Nachbargütern, vor allem zu Burmesters von Gut Horn und von Spörkens, Gut Lüdersburg. Oft besuchten wir uns untereinander und feierten gemeinsame Feste. In Lüneburg war besonders die Einladung zum Krebsessen bei Möllerings (Bierbrauerei) beliebt. Insgesamt besaßen wir einen großen Bekannten- und Freundeskreis. Der Name unserer Familie war sehr gut und sehr bekannt. Nach dem Krieg trat unsere Familie noch mehr in die Öffentlichkeit: Erwin durch British Petroleum, Werner als Oberstadtdirektor von Lüneburg und später als Oberbürgermeister von Ludwigshafen und von 1957 bis 1964 als Oberbürgermeister von Frankfurt am Main. Seine Zeit in Lüneburg war jedoch überschattet von dem Tod seines Sohnes Micha. Die Stadt Lüneburg hatte Werner eine schöne Villa mit einem großen Garten zur Verfügung gestellt. Dieser Garten sollte neu gestaltet werden. Beim Umgraben kam eine Granate zum Vorschein, die der Gärtner nicht bemerkt hatte. Der sechsjährige Micha entdeckte sie und warf sie zusammen mit seinem Bruder und Spielkameraden mehrmals hin und her, bis sie schließlich explodierte. Micha und sein Bruder Andrej wurden schwer verletzt. Im Krankenhaus erlag Micha den Folgen seiner Verletzungen, Andrej kam durch. Micha war in den ganzen Kriegsjahren Marinas Spielgefährte gewesen. Die beiden wuchsen in Barendorf glücklich auf. Micha war ein bezauberndes Kind, die große Liebe seines Vaters. Sein Tod hat unsere ganze Familie erschüttert, meine Mutter band für ihn einen kleinen Kranz aus Schneeglöckchen, der in den kleinen Sarg gelegt wurde. Ich streichelte noch einmal das liebe Köpfchen dieses Jungen und werde nie vergessen, mit welch schmerzerfüllten Augen mich mein Schwager dabei anschaute. Er erzählte mir, dass Micha ihn öfter gebeten hatte, ihn in die Johanniskirche zu Lüneburg zu führen, und wie er das Innere der Kirche entzückt und verklärt betrachtet hatte. Werner sagte mir auch, wie sehr er darunter leide, dass er Micha nicht hatte taufen lassen. Dazu konnte ich ihm sagen und ihn beruhigen, dass meine Mutter am Teich in Barendorf eine Nottaufe vorgenommen hatte. Er war dafür so dankbar. Kurz danach ließ er seinen Sohn Andrej taufen, der schon fünf Jahre alt war. Damals dachte ich, dass das Schicksal oft sonderbare Wege wählt, um zu erziehen.

Im Januar 1946 tagte der von der Besatzungsmacht eingesetzte Kreistag zum ersten Mal. Ich war Kreistagsabgeordnete im

Parlament geworden und dabei parteilos. In den folgenden 25 Jahren der Kreistagsgeschichte gab es nur drei Frauen als Abgeordnete im Parlament. Für den darauffolgenden frei gewählten Kreistag habe ich mich nicht mehr aufstellen lassen. In der Zeit meiner Tätigkeit im Parlament bemühte ich mich sehr darum, von der Besatzungsmacht für das Krankenhaus, für Heime und Kindergärten das Nötigste an Verbandszeug, Medikamenten, Windeln und Nahrungsmitteln zu bekommen. Fast nichts war dort vorhanden.

Einmal fuhr ich mit Gert und zwei Abgeordneten nach Hannover zu einer Tagung des Landtags, der uns eingeladen hatte. Aber wir kamen dort nicht an. Folgendes passierte uns zwischen Ülzen und Celle: Wir kamen von der Fahrbahn ab, stürzten die Böschung hinunter und überschlugen uns zwei Mal. Da wir mit einem Mercedes fuhren, der eine Stahlkarosse besaß, waren wir gut geschützt und erlitten nur leichte Verletzungen. Dank der Geistesgegenwart des Fahrers – es war ein Einfahrer des Rennfahrers Bernd Rosemeyer –, der sofort den Zündschlüssel zog, kam es nicht zu einer Explosion. Das erste Überschlagen des Autos ging sehr schnell vor sich, das zweite kam mir vor wie in Zeitlupentempo. Zu dem Unfall kam es, weil ein Reifen geplatzt war, und das bei extrem glatter Fahrbahn. Uns kam nicht gleich jemand zu Hilfe. Zwei Fahrer schauten sich den Unfall von oben an und fuhren weiter. Erst der dritte half. Das Verhalten der ersten beiden Fahrer war nicht gerade vorbildlich.

1947 erfolgte die Repatriierung meiner Eltern und meines Bruders nach Österreich. Mein Bruder hatte die Prüfung als Landwirtschaftsgehilfe bestanden und ging zu meinem Schwager nach Schloss Ottmanach in Kärnten, um dort weiter in der Landwirtschaft tätig zu sein. Dort blieb er einige Jahre, bis er auf Anraten unseres Vaters Ottmanach verließ, um nach Seefeld in Tirol zu gehen. Dort holte er in der Bundeslehranstalt für Alpine Landwirtschaft sein Abitur nach und absolvierte mit Auszeichnung den dreijährigen landwirtschaftlichen Lehrgang. Zwei Jahre musste er dann noch auf eine Anstellung als Lehrer warten, bis schließlich Papas Freund, Erzbischof Pawlikowski, ihm eine Stelle zuerst in Silberberg später in Grottendorf-Hardt besorgte. In dem dortigen Internat war er über 30 Jahre als Lehrer und später als Internatsleiter tätig.

Meine Eltern wohnten nach ihrer Rückkehr aus Barendorf in Graz zur Untermiete und sehr beengt. Da sie ausgebombt waren, besaßen sie kein Möbelstück mehr, und mein Vater fing an, selbst Möbel zu bauen: Betten, Schränke, Tische – so viel, dass, wenn auch meine Kinder zu Besuch kämen, alle ein Bett hätten. Und der Tisch sollte so groß werden, dass alle daran Platz hätten – die Tischplatte wurde achteckig zugeschnitten. Auch einen Teewagen und einen Schreibtisch baute mein Vater. Da er manchmal bis spät in die Nacht sägte und hämmerte, also Krach machte, wurde ihm oft mit der Kündigung gedroht. Dadurch herrschte zwischen Mama und Papa viel Unfrieden. Papa war besessen von seiner Arbeit und wollte alles schnell schön haben. Mamas ständige Rücksichtnahme auf die Hausbewohner machte Papa nervös und so entzündeten sich Reibereien.

Das Jahr 1949 begann – für mich der Anfang eines Zeitraums von zehn Jahren, die unsagbar schwer waren. Damals wie heute stelle ich mir die Frage, wie ich alles aushalten konnte und wie Herz und Verstand das mitmachten. Oft bat ich meinen Herrgott, mir diese Zeit anzurechnen, wenn ich vor sein Angesicht trete.

# EINE EHE BEGINNT ZU ZERBRECHEN

*Maria Bockelmann (1950)*

*Gert Bockelmann (1950)*

Von jeher hatte die Liebe für mich den höchsten Wert. Ich wusste auch, welche Macht von ihr ausgeht. Aber dass sie mich in so kurzer Zeit derart verändern und ich ihr ohnmächtig gegenüberstehen würde, hatte ich nicht für möglich gehalten. Allgemein wird das Phänomen Liebe, wenn sie wie ein Blitz einschlägt, belächelt. Wer dies aber selbst erlebt hat, wird sich nie mehr darüber lustig machen.

Diese starke Liebe ist eine Macht, die von einem Besitz ergreift – wie sehr man sich auch bemüht, von ihr freizukommen. Sie ist ein wundervolles Glück, dem man auf dieser Erde nichts gleichzustellen vermag. Sie kann aber auch zu einer schweren Bürde werden.

Mit einem Ball, zu dem Gert und ich eingeladen waren, begann Anfang 1949 eine Zeit, die Komplikationen auslöste, mit denen ich nicht fertig wurde. An jenem Ballabend lernte ich den Schauspieler Hans Günther von Ulardt kennen, der eine unerklärliche Anziehungskraft auf mich ausübte. Ebenso unerklärlich war, dass ich sofort eine drohende Gefahr für mich spürte – eine Angst wie damals auf Langeoog, als mich eine Vorahnung erfüllte, die sich kurz danach bestätigte. Auch in diesem Fall stellte sich meine Vorahnung später als richtig heraus, denn meine große Liebe zu ihm brachte mir unsagbar viel Leid. Als in der Folgezeit meine Familie und auch meine Freunde in allem nur mein Unglück sehen konnten, widersprach ich ihnen dennoch. Meine Liebe ließ mich zwar viel, sehr viel Leid erfahren, aber auch Höhen, die ich in meinem Leben sonst nie erlebt hätte. Ist es nicht fast immer so, dass man die Freude einer großen Liebe nicht ohne das Leid haben kann? Daher will ich jene Zeit als eine Bereicherung meines Lebens ansehen und nicht nur verurteilen.

Noch während des Tanzabends erzählte ich Gert von meiner Angst. Da er dies als einen Scherz auffasste, versuchte ich ihm noch in derselben Nacht, als wir nach Hause kamen, meine Ängste zu schildern mit der Bitte: »Halte mich ganz fest, hilf mir!« Ich wusste, dass nur er mir helfen konnte. Er war es, der mich führte, mit ihm verbanden mich Liebe und Achtung schon seit 13 Jahren. Aber er war durch Elke Mackensen, ein junges Mädchen vom Lüneburger Ballett, abgelenkt – er hatte sie am selben Abend kennengelernt. Wie schon öfter zuvor schmeichelte ihm die Zuneigung eines jungen Mädchens, und auch diesmal berichtete er mir freudig davon. Für mich hatte er nur folgende tröstende Worte, als ich ihm von meiner Angst erzählte: »Mach dir nicht so schwere und dumme Gedanken darüber. Mach es wie ich – flirte nur ein bisschen, amüsier dich; natürlich darf man sich dabei nicht verlieben, du, mein Dummchen.« – Gert war sich seiner Liebe zu mir und meiner zu ihm so sicher, dass er solche Spielchen reizvoll fand. Je mehr mich die Angst erfasste, desto mehr zeigte er sich mir als der Unwiderstehliche, Starke und Siegreiche.

Gert war acht Jahre älter als ich, jetzt also 39 Jahre alt. Er war ein sehr gut aussehender Mann, 1,90 Meter groß, sein Haar war blauschwarz, sein Teint bräunlich. Er war sehr schlank, sein Gang elegant, seine Haltung gerade. Auffallend waren seine Hände wie auch seine Zähne. Die Augen wirkten etwas traurig, aber voller Leidenschaft. Die Nase war groß, was aber gut aussah. Gert kleidete sich meistens sportlich und geschmackvoll. Er war sehr belesen, man konnte sich mit ihm über alles gut unterhalten. Seines Äußeren war er sich bewusst, wirkte dabei aber nicht arrogant. Er war sich auch seiner Wirkung auf Frauen sicher. Es gab keine Frau, die er nicht erobern konnte. Die Bestätigung hierfür suchte er leider allzu oft.

Ein liebevoller Vater war er, besonders solange unsere Töchter klein waren. Später begannen Schwierigkeiten, da er die weibliche Psyche nicht verstand. Er aber glaubte, sie sehr gut zu verstehen. Hätte er Söhne gehabt, wäre er mit ihnen großartig fertiggeworden. Zu den Arbeitern war er gerecht und sorgte für sie; bei den Leuten war er beliebt und geachtet. Er hatte viele Freunde – die Freundschaften pflegte er, und einige hielten ein Leben lang. Großen Wert legte er darauf, was seine Brüder von ihm hielten – beinahe hörig war er ihnen. Auch das Gerede der Leute hat er stets ernst genommen. Er neigte zu Übertreibungen und dazu, eine Sache so darzustellen, dass er zuletzt recht behielt. Das war ein Punkt, der meinem Wesen fremd war, weil ich die Wahrheit mit Leidenschaft verteidigte.

Wenn Gert auf diesem Bühnenball aufgefallen wäre, dass Hans nur mit mir tanzte und seine Augen mich suchten, dann hätte er meine Befürchtungen sicherlich ernster genommen. Am darauffolgenden Tag meldete sich Hans telefonisch bei uns. Auch Elke brachte sich per Telefon in Erinnerung und erzählte Gert, dass Hans sich rettungslos in mich verliebt habe. Gert schmunzelte und stellte mir die Frage: »Wie hast du das angestellt?« In diesem Moment wurde mir bewusst, dass ich mich schuldig gemacht hatte, als ich Hans auf dem Ball ein Foto von mir gegeben hatte, das für Gert bestimmt war und das ich an diesem Abend bei mir trug. Hans bat mich so zärtlich und flehentlich um dieses Bild, dass ich nicht Nein sagen konnte. Das war ein gefährliches Spiel mit dem Feuer, indem ich in Hans Hoffnungen weckte und ihm erlaubte, mir seine ganze Liebe zu offenbaren.

13 Jahre wurde Gerts und meine Ehe als Musterehe angesehen, denn sie erfüllte alle Grundbedingungen, die man an eine gute und dauerhafte Ehe stellte. Sie sollte aus Liebe geschlossen wer-

den – das traf bei uns zu. Die gesellschaftliche Herkunft stimmte. Der Altersunterschied von acht Jahren galt als ideal. Soziale Schwierigkeiten, die ja bekanntlich auch eine Ehe zerrütten können, hat es bei Gert und mir nie gegeben. Kinder waren da, die als ein starkes Bindeglied gelten. Gemeinsame Interessen waren vorhanden. Wir engagierten uns beide stark sozial. Gert bewies es, als er nach dem Krieg den Flüchtlingen aus dem Osten Land abtrat. An Temperament hat es uns beiden nicht gefehlt. Unsere Familien schätzten einander und standen immer in herzlicher Verbundenheit zueinander. Auch war Gert stolz auf mich – und ich auf ihn. Unsere Ehe war bestimmt von Zärtlichkeit und Leidenschaft.

Wie konnte es trotz dieser so positiven Grundlage zu einer Trennung kommen? Sicherlich war es auf den Leichtsinn aller Beteiligten zurückzuführen, dass jener schicksalhafte Bühnenball unsere Krise auslöste.

Auch der Verantwortungslosigkeit machten wir uns alle schuldig. Dazu kam Gerts paschahaftes Gebaren; außerdem seine Unkenntnis darüber, dass sich Liebe in der Treue bewährt. Aus heutiger Sicht ist mir unbegreiflich, dass ich Gert nicht immer wieder darauf aufmerksam gemacht habe. Seine »Spielchen« – so nannte er sein Verhalten dem weiblichen Geschlecht gegenüber – hätte ich entschieden unterbinden müssen, auch wenn er der Meinung war, unsere Liebe würde davon nicht berührt. Das war aber doch der Fall, weil sie meiner Achtung, die ich vor ihm hatte, schadete. Auch störte mich immer mehr, dass Gert nicht wahrheitsliebend war. Unser Zusammenleben in der Großfamilie, mit Schwiegermutter, Schwägerinnen, Tanten und Cousinen – als eine Folge des Krieges – brachte auch manchen Missklang in unsere Ehe. Befremdet hat mich noch dazu, dass Gert mir in Bezug auf die religiöse Erziehung der Kinder auswich, als Marina als Erste die Dorfschule verließ und auf die Oberschule nach Lüneburg kam. Es war sein Vorschlag und sein Versprechen gewesen, die Kinder in die Oberschule am katholischen Religionsunterricht teilnehmen zu lassen. Später sollten sie dann selbst über ihre Religionszugehörigkeit entscheiden. Diese Übereinkunft war seinerzeit auch Bedingung gewesen, um katholisch getraut werden zu können. Jetzt war er der Meinung, dass hiervon niemals die Rede gewesen sei und bezeichnete das alles als eine Spinnerei von mir. Dazu kam, dass durch kriegsbedingten Zuzug der Anteil der Katholiken im Dorf gestiegen war, wodurch sein Argument, unsere Kinder wären dann die einzigen im Ort, die zur katholischen Kirche gehörten, nichtig wurde. Außerdem wäre seine Unterschrift vor der Trauung eine reine Formsache gewesen.

Als ich Hans kennenlernte, brauchte ich dringend Hilfe, und zwar gerade Gerts Hilfe. Hier wäre Goethes weisen Ratschlag zu befolgen das Beste gewesen: »Gegen große Vorzüge eines anderen gibt es kein anderes Rettungsmittel als die Liebe.« Genau diese Liebe blieb Gert mir in dieser kritischen Zeit schuldig. Hätte er mir diese Hilfestellung gegeben, wäre ich, so glaube ich jedenfalls, gegen alle Anfechtungen stark genug gewesen. Damit hätte ich aber zu viel von ihm verlangt, denn Einfühlungsvermögen war nicht seine Stärke, auch nicht Rücksichtnahme auf meine Gefühle, was er für übertrieben hielt und sich bemühte, sie zu dämpfen. Meine Empfindsamkeit war ihm unbequem.

In den anderthalb Jahren nach dem Bühnenball war mir oft, als würde ich Gert erst jetzt richtig kennenlernen. In dieser Zeit war ich sehr, sehr häufig krank. Pascal sagt: »Die Krankheiten des Körpers sind nichts als sowohl Strafen wie Sinnbild für die Krankheiten der Seele.« Ja, meine Seele war jetzt sicherlich krank. Viele Enttäuschungen und sehr viele Schmerzen hatte ich in der letzten Zeit erlebt. Dann die Angst, einen Weg vor mir zu haben, der nichts Gutes verhieß, dem ich aber nicht ausweichen konnte. Weil ich mich selbst aufgab, leistete ich keinen Widerstand und verteidigte mich auch nicht mehr. Mit Schuldgefühlen beladen, erschien mir mein Dulden heroisch und meine schwierige Lage verdient. Da ich für Hans große Liebe empfand, fühlte ich mich Gert gegenüber schuldig und wollte ihn daher trotz seiner Kapriolen in jeder Hinsicht schonen. Aus dieser Haltung heraus verteidigte ich mich später auch nicht vor Gericht. Die Folgen, die sich daraus für mich ergaben, waren erdrückend. Auf die Frage, ob denn niemand da war, der mir einen guten Rat hätte geben können, muss ich antworten: »Doch, aber in meiner Traurigkeit, die mich ganz beherrschte, war ich wie blind.« Zuletzt war ich ganz aus der Bahn geworfen und flüchtete in Hans' Arme, der all das verkörperte, was meine Sehnsucht ausmachte. Ich hatte in den Jahren meiner Ehe nicht gewusst, dass ich auf der Suche war nach etwas, was ich bei Gert nicht fand: nämlich Feingefühl. Dies erkannte ich erst in der Begegnung mit Hans. Mangelndes Feingefühl war aber nicht der einzige Grund dafür, dass die Ehe mit Gert zerbrach. Vielmehr fehlte es an seiner Bereitschaft, sich mit mir auszusprechen, was bei mir dazu führte, dass ich mich verschloss.

Schließlich resignierten wir beide, weil wir Aussprachen für überflüssig hielten, weil wir uns nicht verstanden. Das zeugt von unserer Unreife. Auch bin ich nicht sicher, ob Gert überhaupt merkte, dass er mich kränkte. Hätte ich es ihm deutlicher zeigen müssen? Mögen sich die Empfindungen eines Mannes noch so stark von denen einer Frau unterscheiden, man tut gut daran, miteinander darüber zu sprechen. Durch Kommunikation wäre damals noch einiges zu retten gewesen.

Kurz nach dem Bühnenball, als ich Gert um Hilfe bat, da ich zu sterben glaubte, standen uns für eine Aussprache nur Stunden zu Verfügung. Schon am nächsten Tag erkrankte ich an Scharlach und musste ins Lüneburger Krankenhaus eingeliefert werden. Es sollten sechs schicksalhafte Wochen werden. Das Krankenhaus stellte sich auf mehrere Einweisungen von Scharlachpatienten ein, weil ich an diesem Ballabend mit sehr vielen Menschen in Berührung gekommen war. Die Scharlachsymptome waren bei Hans nicht ganz deutlich, aber er wollte um jeden Preis ins Krankenhaus. Der damalige Chefarzt kannte unsere Familie, und er glaubte, etwas Gutes zu tun, indem er mich auf die Diphtherie- und Hans auf die Scharlachstation legte. Auf diese Weise schuf er eine räumliche Distanz zwischen Hans und mir, denn mittlerweile wusste man im Krankenhaus um den Bühnenball und unsere dort entstandene Zuneigung. In den folgenden Briefen von Hans ist dieser sechswöchige Ablauf festgehalten.

# Die Briefe von Hans

*Hans Günther v. Ulardt*
*(um 1950)*

Ist es nötig, dass Briefe, die mir Hans während unseres gemeinsamen Krankenhausaufenthaltes geschrieben hat, in diesem Buch preisgegeben werden – und hätte Hans, würde er noch leben, dazu sein Einverständnis gegeben? Diese Fragen kann ich uneingeschränkt mit Ja beantworten, denn durch diese Briefe wird die damalige Situation verständlicher und das liegt mir am Herzen.

Begünstigt wurde die Korrespondenz zwischen Hans und mir durch Gerts und Elkes Verhalten in jener Zeit. Leider hat uns das, was mir über Gert im Krankenhaus zugetragen wurde, noch mehr zu diesen Liebesbriefen ermutigt. Verhängnisvoll wurden jene sechs Wochen für Gert und mich, weil wir beide zur gleichen Zeit das Falsche taten. Hätte einer von uns verantwortungsvoll gehandelt, wäre unsere Ehe nicht so schnell der Auflösung zugesteuert. Oder war diese bereits im Kern nicht mehr intakt? – Jeder dieser Briefe gibt Aufschluss über das gesamte spätere Geschehen, über die Zeit, als es kein Zurück mehr gab.

*Sonntag, 13. Februar 1949, 17 Uhr*

*Maria, du unendlich Geliebte!*

*Was kann es für mich Schöneres geben, als dir jetzt zu schreiben, nach den unvergesslich schönen Stunden, die ich mit dir verlebt habe. Ich bin von dir so restlos und ganz erfüllt, ich liebe dich so unsagbar, ich bin dem Schicksal so dankbar, das mich zu dir geführt hat, ja, du, ich bin – trotzdem – sehr, sehr glücklich. Diese Zeilen sind meine erste Tat heute. Bis ein Uhr habe ich geschlafen, dann bis jetzt gelegen und von dir geträumt. Ich finde es wundervoll, dass ich dir schreiben kann, dadurch bin ich dir bzw. bist du mir noch näher. Dein liebes Bild habe ich vor mir, ich habe dir eben einen Kuss gegeben – ich sehe dieselbe Perlenkette, die du gestern Abend trugst. Du bist schön, Maria, es gibt nichts, was ich nicht an dir liebe. Mir sind nachmittags so viele Gedanken durch den Kopf gegangen und ich bedaure, dass unsere Sprache viel zu arm ist, um all das, was man empfindet, in Worte kleiden zu können. Aber eines ist mir heute ganz klar geworden. Der einzelne Mensch ist nichts Ganzes, er ist immer im Unterbewusstsein auf der Suche nach dem ihn voll ergänzenden Teil. Nur wenigen ist es vergönnt, diesen zu finden. Wir beide, Maria, bilden zusammen ein Ganzes, ich weiß jetzt, dass ich allein immer nur ein Teil sein kann, ich ein Teil von dir oder du ein Teil von mir. Wenn wir auch nicht immer zusammen sein können, so gehören wir doch unlöslich zusammen. Muss ich dem Schicksal dafür nicht dankbar sein, dass es mich dich hat finden lassen! Wenn es mir so viel gegeben hat, soll ich dann hadern, weil es mir nicht alles gibt? Maria, ich gehöre dir, nimm mich in dich auf.*

*Ich weiß, wir beide werden unter oder durch unsere Liebe viel zu leiden haben, aber alles, alles will ich gerne ertragen, wenn du nur da bist und mich immer lieb behalten wirst.*

*Dein Hans*

---

*16. Februar, 11 Uhr vormittags*

*Meine Maria!*

*Beinahe hätte ich es geschafft. Ich war meiner Sache gestern Abend sehr sicher. Schüttelfrost, Fieber, Halsschmerzen. Ich sah uns bereits für sechs Wochen zusammen isoliert und war schon ganz glücklich. Dann die Enttäuschung heute früh beim Arzt – Mandelentzündung. Gegen Scharlach hat sich mein Körper mit Erfolg gewehrt, und das ist alles, was von deiner*

*Krankheit bei mir übrig geblieben ist. So etwas Lächerliches. Mandelentzündung. Damit soll ich auch noch im Bett bleiben. Da müssten schon andere Dinge eintreten, die mich davon abhalten können, heute Nachmittag zu dir zu kommen. Ich spiele auch abends. Lediglich den Proben bleibe ich fern. – Gestern ist also ein Tag gewesen, an dem ich dir nicht geschrieben habe. Ich wollte es gestern Abend tun, aber nachdem es mir so erfreulich schlecht ging, hoffte ich, dich heute persönlich sprechen zu können. Maria, Liebste, sei nicht böse, wenn ich heute noch einmal hinkomme, um dir diese Zeilen zu bringen, heute Abend werde ich dann durch die Post meinen nächsten Brief an dich befördern lassen. Hoffentlich kriegst du ihn dann morgen, aber werde ich dann auch von dir durch die Post Briefe kriegen? Das ist meine größte Sorge. Anschrift: H. G. Lün., Lüneburger Bühnen.*

*Maria! – Bevor ich zu deinem gestrigen Brief und zu uns komme, will ich zunächst kurz die Ereignisse des gestrigen Tages streifen, denn du sollst doch alles wissen, mein Liebstes. Gestern war ich mit Janka, Mrs. Dyers, Arnemann und Frau sowie Frau Wischniewski (mit der ich, deiner Frage am Sonnabend gedenkend,* nicht *näher befreundet bin) auf der Hühnerfarm. Ich glaube, es war sehr nett, denn ich persönlich bin, wo es auch sei, immer nur bei dir. Nachmittags vor meiner Arbeit traf ich Gert Am Sande, er kam gerade von dir. Abends rief ich ihn dann nochmals an, um ihn darauf vorzubereiten, dass es bei mir wahrscheinlich geschnappt hat, und heute früh teile ich ihm den ärztlichen Befund mit. Kannst du verstehen, dass ich sehr gerne mit Gert telefoniere, weil er aus deiner Welt ist; ich habe das Gefühl, dir dann näher zu sein. Und nun will ich dir noch von einer sehr schönen Viertelstunde berichten, die ich gestern mit dir verlebt habe. Ich war am frühen Nachmittag in der Kirche, Maria. Ich war ganz alleine, habe mich hinten auf ein Bänklein gesetzt und plötzlich warst du dann da, mir so nah, Maria, du sagtest nichts, sondern hast nur meine Hand gestreichelt, und ich habe gefühlt, dass Gott uns zusammen geführt hat, unsere Liebe ist so groß, so rein und so schön, dass nichts sie zu beeinträchtigen vermag, auch wenn wir im irdischen Leben nicht immer zusammen sein können. Du bist mein Leben, Maria, ich gehöre dir, und ich weiß, dass es nie anders sein kann. Über deinen lieben, ach so lieben Brief habe ich mich so sehr gefreut. Ich danke dir dafür, Liebste. Unsere Liebe steht über Zeit und Raum, sie gibt unserem Leben Zweck und Inhalt, ganz unabhängig davon, ob wir uns Tage, Wochen oder Monate nicht sehen und sprechen können. So wie du in mir lebst, lebe ich auch in dir. und dieses Bewusstsein soll uns über die Sorgen und Schwierigkeiten des täglichen Lebens hinweghelfen. Ich liebe dich, meine Maria, und kann dir heilig versprechen, dass ich dich immer lieben werde. Dein Bild steht vor mir, ich streichele dich und küsse deine Augen und deinen Mund. Ich sehne mich unsagbar nach dir, Geliebte. Ich würde sehr gerne dein Fenster vom Oedemerweg aus sehen und dann vielleicht auch dich sehen, aber ich fürchte, es wird dann noch schwerer für uns, und dir vor allem könnte es schaden, wenn du aus dem Bett aufstehst. So will ich lieber darauf verzichten. Hättest du dich gefreut, wenn ich heute dort eingeliefert worden wäre? Ich sehr. Vor allem möchte ich dich innigst bitte, Maria, sehr vernünftig zu sein, damit deine Krankheit nicht schlimmer wird, sondern dass du ganz gesund wirst. Tu alles, was der Arzt sagt, Liebste, tu es für mich. Ich bin mit meinen Gedanken immer, immer bei dir. Ohne dich kann ich nicht mehr und mag nicht mehr leben.* Zweifele nie an mir, *du Geliebte, und behalt mich lieb. Ich streichele dich, ich küsse dich, ich umarme dich, ich bin und bleibe immer*

*dein Hans*

---

*16. Februar 1949, 18 Uhr*

*Maria, meine geliebte Maria!*

*Ich schreibe schon wieder an dich. Das ist das Einzige, was ich tue und wozu ich Lust habe. Nach dem Besuch bei dir habe ich mich gleich wieder hingelegt. Voraussichtlich werde ich die nächsten 40 Tage vorwiegend krank sein. Es gibt für mich nur einen Arzt, der bist du. Vielen Dank für deinen lieben Brief und die Zettelchen von deinen Kindern. Es ist sehr lieb, dass du mir die geschickt hast, ich lege sie dir wieder bei. Mein Liebstes, ich bin mir sehr böse. Ich lasse beim Schreiben meinen Gefühlen für dich so freien Lauf, dass ich dir dadurch noch alles schwerer mache. Ich merke deinem letzten Brief eine innere Zerrissenheit an. Du hast ihn noch unter dem Eindruck der Besuche aus Barendorf und der Briefe von Gert geschrieben. Du hast mir geschrieben, um mir zu schreiben, und alles, was dich quält, für dich behalten, um mich nicht damit zu belasten. Liebes, du, ich verstehe dich so gut. Ich weiß alles, was dich drückt, und will alles versuchen, um es dir leichter zu machen. Es ist unser Schicksal, dass wir uns gefunden haben, es macht uns beide glücklich und unglücklich zugleich. Aber wie wenige erleben das, dass sie einmal wirklich lieben und, wenn auch nur für kurze Stunden, glücklich sind. Das danke ich dir, Maria. Wenige Stunden Glück können viel Leid ausgleichen. Dass wir nicht nur in unserm Glück leben können, ist sicher. Gert und die Kinder müssen an erster Stelle stehen. Weil ich dich unsagbar liebe, Maria, wäre ich zu jedem, selbst zum größten Opfer bereit. Das ist, nichts mehr von mir hören und sehen zu lassen – wenn du es von mir verlangst. Wie und ob ich das überstehen würde, steht dabei auf einem anderen Blatte. Es sind die zwei Möglichkeiten: ein ruhiges Leben ohne mich oder ein Leben voll Glück und Leid mit mir. Bei mir sieht es so aus: Leben mit dir, eingehen ohne dich. Ich sehne mich unsagbar nach dir, Maria, ich liebe dich wahnsinnig, ich schließe jetzt, sonst schreibe ich dir mehr, als ich verantworten kann. Ich küsse dich ganz innig.*

*Dein Hans*

---

*Maria Bockelmann (1950)*

*19. Februar 1949, 11 Uhr*

*Meine geliebte Maria!*

*Immer wieder habe ich dieses wundervolle Gefühl, dass wir beide ganz eng vereint sind und dass die Außenwelt an uns nicht herankann. Es ist schon beinahe die einsame Insel. Trotzdem wir gar nicht zusammen sind und uns nicht sehen können, fühle ich mich mit dir unheimlich schön verbunden. Über deinen lb. Brief von gestern Abend habe ich mich wieder sehr gefreut. Vielen Dank auch für das Briefpapier, wehe, wenn das von dem Kontingent der für mich bestimmten Briefe abgeht. Zu meiner großen Freude musste ich heute früh feststellen, dass ich dem Professor Unrecht getan habe. Er gefällt mir sehr gut und man kann sehr nett mit ihm sprechen.*

*Übrigens, wenn man darüber hinaus ist, auf Klatsch u. dergl. etwas zu geben – und wir und auch Gert sind es –, dann fängt es an, manchmal Spaß zu machen. Z. B. sagte am Mittwoch jemand zu mir: »Wissen Sie, dass Elke mit Herrn B. zusammen im Harz war? Aber sagen sie das um Gottes willen nicht Frau B.« Ist das nicht schön? Und was glaubst du, was jetzt, seit ich hier bin, im Städtchen fällig ist. Nun, wir leben unser Leben. Mein Leben bist du. Durch dich hat mein Leben seinen Zweck und seine Erfüllung erhalten. Ich liebe dich.*

*12 Uhr*

*Soeben habe ich mit Gert durchs Fenster gesprochen. Ich habe mich sehr gefreut, als ich plötzlich meinen Namen rufen hörte und Gert da war. Bademantel an und ans Fenster war im Nu geschehen. Mit Gert habe ich mich dann sehr nett unterhalten, er sagte nur, dass wir hier beide isoliert sind, sei bis in die kleinste Hütte gedrungen.*

*Eben gab mir der junge Assistenzarzt deinen lieben Mittagsbrief. Dieser war leider noch nicht fertig, sonst hättest du ihn gleich bekommen. Während ich zu lesen anfing, kam das Essen, das war schlecht, denn ich las weiter und habe dann so lachen müssen, besonders über einen Satz (ich sage ihn dir einmal später), dass ich fast erstickt wäre. Du, mein Süßes, du, ich habe dich ja so lieb. Ich liebe dich unsagbar.*

*Eben gab mir die Schwester den Brief von Gert. Es ist sehr lieb, dass du ihn mir schickst. Der Brief hat mich sehr traurig gestimmt. Gert ist so ein lieber und anständiger Mensch; irgendeinen Weg müssen wir finden, und verlasse dich drauf, Maria, wir werden ihn finden. Ich will dich nie betrügen, Maria, ich bleibe für immer*

*dein Hans*

---

*23. Februar 1949, 17 Uhr*

*Meine Maria!*

*Zu meiner großen Freude habe ich vorhin deinen Brief erhalten, den du ans Theater geschickt hast. Er ist sehr lieb. Trotzdem habe ich eine Feststellung gemacht. Die Briefe, die du mir jetzt schreibst, klingen ganz anders. Ja, du, trotzdem wir uns nicht gesehen haben, sind wir uns in dieser Woche noch viel, viel nähergekommen. Es ist nahezu unglaublich, wie sehr uns diese Zeit vereint und zusammenschmiedet. Es ist herrlich. Ich bin überzeugt, dass wir immer gern an diese Zeit zurückdenken werden, an diese Zeit, die uns restlos und ganz zusammengeführt hat. Ich habe vorhin Besuch gehabt von Herrn und Frau Schulze (Tochter von Dr. Zahrt) und Frau Wischniewski, die mir die Post mitgebracht hat. Auch zwei Einladungen. Eine zum Kopefest und eine zu einem Götterball, die ich so nett finde, dass ich sie dir beilege. Hans Bauer hat auch angerufen und sich nach meinem Befinden erkundigt. Er wollte mich gerne selbst sprechen, aber das ging nicht. Ich schicke dir etwas Papier mit. Gib mir Bescheid, ob ich dir Tee schicken darf. Hast du Fieber? Marialein, reg dich über nichts auf. Dass du dir Sorgen um deine Kinder machst und Sehnsucht nach ihnen hast, versteh ich nur zu gut. Aber da kannst du ja nun leider nichts ändern. Sei nicht traurig, du, denk immer daran, dass ich stets bei dir bin, dass ich dir gehöre, und dass ich dich wahnsinnig liebe. Ich küsse dich heiß und innig.*

*Dein Hans*

---

*23. Februar 1949, 20 Uhr*

*Meine Geliebte!*

*Vielleicht werde ich diesen Brief heute noch los, dann sage ich dir noch einmal herzlich Gute Nacht. Eben habe ich deinen Brief erhalten, wenn ich Fragen unbeantwortet lasse, geschieht es nicht beabsichtigt. Ich lasse dann meinen Gedanken so freien Lauf, dass ich das ganz vergesse, zumal die Fragen oft nicht so eindeutig zu beantworten sind. Wie es in mir aussieht, weißt du. Wie die Umstände sind, wissen wir auch. Ich glaube fest daran, dass wir einmal noch fürs Leben zusammenkommen werden. Ich fürchte allerdings, dass hierüber eine Zeit, vielleicht, ja bestimmt sogar, Jahre vergehen werden. Ich denke vor allem an deine Kinder. Wie sich unser Leben in nächster Zukunft entwickeln wird, ist schwer abzusehen. Du wirst es sehr, sehr schwer haben, wahrscheinlich. Das ist dir heute nach dem Brief von Gert ganz klar geworden. Es fragt sich nur, wie straff man den Bogen spannen kann, damit er nicht springt. Ich bin immer und nur für dich da. Ich bleibe dir auch fern, wenn du es willst. Ich warte Jahre auf dich. Ich werde nie mehr eine andere Frau lieben. Wenn du mir eines Tages mitteilen solltest, dass du mich nie mehr sehen willst, dass du versuchen willst, mich zu vergessen, dann weiß ich, dass mit dem Moment mein Leben abgeschlossen ist. Was dann noch käme, wäre ein Dahinfristen, in mir wird alles tot sein, ein Leben ohne Hoffnung und ohne Ziel, ein Leben ohne Seele. Aber ein Wort von dir, Liebste, und du wirst mich nie mehr sehen. Das will ich dir sagen, damit du keine Angst vor meiner übergroßen Liebe hast und nicht fürchten musst, dass ich dich in der Freiheit deiner Entschlüsse hemmen werde.* Freiwillig lasse ich dich nie mehr los, *denn du bist mein Alles, aber wenn du es von mir verlangst, dann sofort. Hoffentlich kommt es nie dazu. Mein Marialein, ich hoffe, du verstehst diesen Brief richtig, wenn ja, dann müsstest du mich dafür noch lieber haben.*

*Ich habe Angst vorm Gesundwerden, ich bin so glücklich hier mit dir, bleibe meine Maria.*

*Ich bin immer*

*dein Hans*

---

*24. Februar 1949, 11 Uhr 30*

*Mein heißgeliebtes Marialein!*

*Vielen Dank für deinen lieben Morgenbrief. Ich freue mich sehr, dass du dich wieder gesunder fühlst, der Professor war gestern und auch heute bei mir. Das muss schon sehr schlimm gewesen sein, was du ihm gesagt hast, denn so leicht kriegt so ein reifer Mann keinen roten Kopf. Maria, lassen wir jetzt einmal für eine Weile alles Problemwälzen beiseite. Es führt doch zu keinem Resultat. Man soll dem Augenblick auch was vertrauen. Fest steht, dass wir zusammengehören, klar und eindeutig, dass wir uns nicht trennen lassen, weil wir beide daran zugrunde gingen. Zu welchen Kompromisslösungen diese Tatsache führt, wird die Zukunft zeigen. Ich werde immer ganz zu dir halten, Marialein, ich bin wohl sehr weich und sensibel und freue mich, wenn ich zu dir so sein kann, wenn ich mich ganz meinem Gefühl zu dir hingeben kann, ansonsten wäre ich ja so etwas wie ein »Waschlappen«. Du hast das nur einmal ganz kurz gespürt, als ich das letzte Mal bei dir war und du etwas komisch warst. Hinterher hast du mir dann gesagt, du hättest dich darüber gefreut. Mir wurde dadurch bewusst, dass du mich ja nur von meiner ganz weichen Seite kennst, wie es ja auch nicht anders sein kann, wenn ich mit dir zusammen bin. Ja, Liebste, ich bin weich, aber nicht weiblich, liebe alles Schöne, Romantische, ohne mich darin zu verlieren und mich dann vom nüchternen Alltag des Lebens überfahren zu lassen. Das wäre ja dann so, dass ich als Träumer durch das Leben ginge und gar nicht fähig wäre, mit den Schwierigkeiten des Lebens fertig zu werden. Diesbezüglich brauchst du keine Angst zu haben, Marialein. Nur verlange nicht, dass ich zu dir nüchtern und sachlich sein soll, das kann ich nicht, dazu liebe ich dich zu sehr. Du bist ja deshalb für mich auch ein Wesen aus einer anderen Welt. Ich möchte dich deshalb vor allem Schweren und Hässlichen auf dieser Welt beschützen und bewahren. Vergiss nie, Maria, dass ich fortan nur für dich lebe, nur dir gehöre, dass ich dein Eigentum bin, ganz*

*dein Hans*

---

*24. Februar 1949, 19 Uhr*

*Mein Marialein!*

*Eben habe ich deinen lieben Brief erhalten und mich ganz riesig darüber gefreut. Du wirst mein guter Geist, Liebste. Zwei Dinge machen wir gegenwärtig zusammen durch. (Schlecht ausgedrückt.) Erstens Scharlach, der nach Ablauf der vorgeschriebenen Zeit beendet ist, zweitens etwas, was nie beendet sein wird: unsere ganz große und einmalige Liebe. Es ist uns beiden bisher wohl oft so ergangen, dass wir mehr geliebt wurden, als wir an Liebe erwidern konnten. Jetzt lieben wir uns beide so sehr, dass keine Steigerung möglich ist, dass es auch unmöglich ist, zu sagen, dass einer den anderen mehr liebt. Und das ist das unglaublich Beglückende, alles geben zu können und alles zu empfangen, ohne jede Einschränkung. Das ist das Höchste und Schönste, was das Leben einem Menschen geben kann. Maria, wie schön wird es sein, wenn wir uns jetzt wiedersehen. Ich weiß, dass ich gar nichts werde sagen können, ich werde dich nur anschauen und an mich ziehen, dich streicheln und ganz zart küssen und deine Hand halten. Mein Marialein! Wie sehr sehne ich mich nach dir. Weißt du, was mir heute ganz klar geworden ist? Dass ich deine Kinder sehr lieb habe. Als heute plötzlich Tamara an meinem Fenster rief: »Onkel Hans«, da habe ich mich so gefreut und war ganz gerührt. Ich mag sie alle drei ganz furchtbar gern, trotzdem ich sie so wenig kenne. Ich habe einen Wunsch gehabt, den ich dir aber gar nicht sagen mag, doch jetzt weiß ich, wenn ich ihn verschweige, schreibst du mir im nächsten Brief, dass du ihn wissen willst. So will ich ihn dir sagen, du darfst aber bitte nicht böse sein und musst es gleich vergessen. Ich habe gedacht: »Wenn das doch unsere Kinder wären.« Ich weiß, dass es nicht schön ist, solche Gedanken zu haben, weil das beinahe neidisch klingt; ich werde versuchen, mich zu bessern. Marialein, Liebste, ahnst du, wie ich dich liebe? – Ich gratuliere zum Füllfederhalter. Der ist sehr gut, du musst aber noch sehr viel schreiben, ehe er richtig eingeschrieben ist. Meine Geliebte, ich wünsche dir eine gute Nacht. Wir sind Luftlinie höchstens nur sechs Meter voneinander entfernt. Ich wollte, ich wäre ein Floh. Liebste, Marialein, Geliebte, mein Leben du – ich küsse dich,*

*dein Hans*

---

*2. März 1949, 14 Uhr*

*Meine über alles geliebte Maria!*

*Zwei Briefe habe ich heute von dir bekommen, die vielleicht die schönsten sind, die du mir überhaupt je geschrieben hast. Du hast mich damit sehr, sehr glücklich gemacht. Es ist unwahrscheinlich, Maria, dieser Einklang unserer Seelen. Wenn ich sage, ich verstehe dich ganz, so ist das im Grunde gar nicht treffend und erschöpfend. Denn ich kann auch einen Menschen verstehen, der ganz anders empfindet, fühlt und handelt, als ich es tue. Ich verstehe ihn von seinem Standpunkt, von seiner Natur aus und weiß, er muss so handeln. So ist es meistens im Leben, zwei Menschen verstehen sich gut, d. h. sie kennen einer den anderen, dieses und jenes gefällt ihnen nicht, dafür ist wieder dieses und das, was für den anderen spricht. Wenn diese positiven Dinge überwiegen, dann neigt man dazu, sich darein zu verlieben und sich dem, was einem nicht besonders liegt, so gut als möglich anzupassen. Das nennt man dann aufeinander einstellen, Rücksicht nehmen, man findet sich mit den Dingen, die einem nicht zusagen, ab, man weiß, anders wäre es mir lieber, aber man gewöhnt sich daran. Bei uns dagegen, und das ist das Einmalige und Überwältigende, ist es das Für-einander-geboren-Sein, und es ist eine vollkommene Übereinstimmung des Empfindens, der Lebensauffassung, kurz in allem und jeder Kleinigkeit festzustellen. Woran du Freude hast, daran habe ich auch Freude (nicht, weil du daran Freude hast, sondern ganz von mir aus), die Menschen, die dir gefallen, mag ich bestimmt auch gern, kurz, in allem merke ich immer mehr die Übereinstimmung des Empfindens. Irrig wäre es nun anzunehmen, wenn man so in allem übereinstimmt, müsste es ja langweilig oder so ähnlich werden. Genau das Gegenteil ist der Fall, Anregungen über Anregungen empfängt einer vom anderen. Wir sind beide nicht ohne Temperament und Ideen. Jeder Gedanke fällt beim anderen auf fruchtbaren Boden – dieses Einssein aus zwei Menschen verdoppelt ja nahezu die Kraft zum Schöpfen, zum Schaffen und zur Liebe. – Es ist schwer, sich klar auszudrücken, aber ich weiß, wenn du verstanden hast, was ich ausdrücken wollte (ob es gelungen ist, bezweifele ich), dann fühlst du das genauso. Ich habe keine Angst mehr, Liebste. Habe sie im Grunde auch nie gehabt, aber mehr denn je weiß ich jetzt, dass uns kein anderer Mensch mehr retten kann. Wir können nur glücklich werden, wenn wir zusammenkommen, alles andere ist unwichtig. Ich küsse dich.*

*Dein Hans*

---

*5. März 1949, 13 Uhr 30*

*Mein Liebstes!*

*Eben erhielt ich deinen 11-Uhr-Brief, wie schade, dass ich jetzt nicht zu dir kommen kann. Auf Einzelheiten in deinem Brief will ich nicht näher eingehen. Ich weiß, aus welcher Stimmung sie geschrieben sind. Es tut mir wahnsinnig weh, mein Marialein, dass du so traurig und verzweifelt bist. Ich weiß genau, wenn ich jetzt zu dir könnte, dann wäre bald alles gut. Es ist ein großer Irrtum, anzunehmen, dass mich derartige Stimmungen dazu führen könnten, dich weniger lieb zu haben. Im Gegenteil. Dass du sehr empfindlich bist, das weiß ich und das liebe ich an dir. Gott sei Dank bist du nicht so abgestumpft, dass dich nichts mehr erschüttern kann. Wie ungerecht wäre es von mir, dir etwas übel zu nehmen, worunter du selbst am meisten zu leiden hast. Da muss ich dich doch besonders lieb haben und versuchen, dir darüber wegzuhelfen. Ich weiß auch, dass jeder sensible Mensch Launen hat, die ihn manchmal sehr ungerecht sein lassen können. Ich gehöre leider auch zu dieser Sorte. Gott sei Dank, du aber auch. Ja, mein Herzl, wenn du auch aus schlechter Stimmung heraus einmal hässlich und ungerecht zu mir bist, dann ziehe ich mich zurück, bist du dann darüber hinweg, ist gar nichts mehr darüber zu reden. – Was dich heute erschüttert hat, weiß ich nicht genau, wüsste aber viele Gründe dafür. Deshalb möchte ich ja so gerne bei dir sein. Ich habe dich ja so lieb, meine Maria. Siehst du ein, dass du Unsinn geschrieben hast? Wenn du leidest, sollte ich dich weniger lieb haben, als wenn du freudig und heiter bist? Ich kenne dich so gut, Liebste, deine Empfindlichkeit lieb ich, aber ich weiß auch, dass du nicht launisch bist. Was natürlich nicht ausschließt, dass du ab und zu schlechter Laune sein kannst. Wenn du dir dieses als Fehler anrechnest, so sei versichert, dass derselbe Fehler bei mir in wesentlich stärkerem Maße vorhanden ist. Schreib mir, Liebste, was dich bedrückt, d. h., ich kann es raten: Liegenbleiben, Gert, Alleinsein und noch manches andere. Sei nicht traurig, Liebstes. Ich bin immer, immer*

*dein Hans*

---

*8. März 1949, 14 Uhr*

*Meine unendlich geliebte Maria!*

*Vielen Dank für deinen sehr lieben Brief und die Kekse. Deine Liebe ist so groß und so stark, dass ich ganz erschüttert bin. Es wäre für mich unerträglich, wenn ich dich nicht ebenso liebte. Aber ich schwöre dir bei allem, was mir heilig ist, dass ich dich wahrhaftig tief und ernst liebe und dass mich nichts von dieser Liebe zu dir abzubringen vermag. Also, jetzt ist Folgendes passiert: Du wolltest mich gestern überraschen kommen, dabei bist du meiner Krankenschwester in die Arme gelaufen, die in ihrer Angst irgendetwas Dummes gesagt hat, und das hat dich völlig umgeworfen. Ich raufe mir die Haare, dass ich vorgestern, mehr im Scherz, da ich es für undurchführbar hielt, zu dir sagte: »Du bist gar kein höflicher Mensch, sonst hättest du mir schon einmal einen Gegenbesuch gemacht.« Ich nehme an, dass diese Bemerkung die Ursache der scheinbaren Katastrophe ist. Scheinbar, sage ich, denn im Grunde ist das ja völlig unbedeutend. Du bist mit dem Krankenhaus doch nicht verheiratet, wenn sich da einige arme Würstchen aufregen, dann kann man es nicht ändern. Aber du, mein Liebstes, solltest dich darüber nicht so aufregen. Es wird nicht lange dauern, dann werden wir bestimmt darüber lachen. Man darf um Gottes willen nicht den Abstand zu den Dingen verlieren. Was ist denn wirklich passiert? Gar nichts.*

*Ein kleiner, nicht vorbereiteter Ausbruchsversuch ist fehlgeschlagen. (Wie sehr ich dich um diesen Versuch liebe, kannst du dir gar nicht vorstellen.) Über die Ausdrucksweise irgendeiner dummen Schwester sich aufzuregen, ist gänzlich unangebracht. Dass der Professor eine Pille schlucken musste, kann nichts schaden. Glaube mir, mein Herz, es ist im Grunde alles furchtbar unwichtig. (Ich kann dir allerdings kaum schreiben, wie weh es mir tut, dass du meinetwegen gelitten hast.) Wichtig ist, dass wir uns lieben; soll sich doch irgendwer irgendwo darüber aufregen. Ich teile daher auch keineswegs deine Auffassung, dass ich dich vorläufig nicht besuchen kommen soll. Ich bin sehr traurig darüber, komme aber selbstverständlich nicht eher, als du mich rufst. Ich weiß, dass in diesem Fall vielleicht bestimmt richtiger wäre, dich vor vollendete Tatsachen zu stellen und einfach vor dir zu erscheinen, zumal man dann in einer halben Stunde mit allem klarer wäre, als man es mit zehn Briefen schaffen kann. Aber ich tue es nicht, mir widerstrebt solche Art. Also, meine Geliebte,* eine Zeile, ein Wort von dir *und ich komme. Um dich nicht zu quälen, oder zu drängen,* schreibe ich von mir aus nichts mehr vom Kommen. *Heini (Professor) war heute hier, sehr freundlich, nächste Woche werde ich herauskommen. – Mein kleines, Liebstes. Süßes Marialein, du bist viel, viel zu gut für die Menschen. Ist das Volk nicht schrecklich? Du bist ein weißes Lämmlein unter lauter schwarzen Schafen. Wenn sich das Lämmlein regt, dann beißen es die schwarzen Schafe, aber wenn das Lämmlein schreibt, dann kommt der gute Hirte und heilt die Wunden und streichelt es. Ich küsse dich, Geliebte,*

*dein Hans*

---

*16. März 1949, 15 Uhr 50*

*Meine Maria!*

*Nachdem ich bis jetzt untätig dagelegen habe und immer an dich und an uns gedacht habe, will ich versuchen, dir etwas ausführlicher zu schreiben. Meine Liebste, ich habe erkannt, dass der Mensch nur einmal im Leben lieben kann. Bisher habe ich das immer für Unsinn erklärt und gesagt: »Ja, gleichzeitig kann man wohl nur einen Menschen lieben. Aber wenn das vorbei ist, kann man auch wieder einen anderen Menschen lieben.« Das ist völlig falsch. Ich weiß jetzt, was es heißt, wirklich zu lieben, und weiß, dass es das nur einmal geben kann. Dieses Einmalige habe ich durch dich kennengelernt. Niemals wieder, das schwöre ich dir, werde ich eine andere Frau lieben können. Wer viel liebt, weiß nicht, was Liebe ist. Ich spreche aus Erfahrung, denn ich habe manchmal zu lieben geglaubt. Irrtum. Du hast in mir erst ausgelöst, was ich an Liebe zu geben vermag; ich hätte nie geglaubt, dass es so viel sein könnte. Es ist so, als wenn plötzlich ein Ventil geöffnet ist und die ganze so lange verkapselte Liebe ausströmt. Alles für dich, die erste und einzige Frau in meinem Leben. Ohne Einschränkung, mit Körper und Seele gehöre ich ganz dir. Das ist das Einswerden, das Zusammenschmelzen, das Ineinanderfließen zweier Menschen, die sich lieben. Nur wenigen wird das im Leben beschieden sein.*

*Durch einen Schlussstrich könnte verhindert werden, dass wir uns sprechen und sehen können – zu trennen sind wir nicht mehr. Ich bin in dir und du bist in mir, wir sind für alle Zeit unlöslich verbunden. Ich bin durch dich ein ganz anderer und besserer Mensch geworden. Du hast mir unendlich viel gegeben. Du hast mir den Glauben an mich selbst wiedergegeben. Wenn ich von einer Frau wie dir geliebt werde, kann ich ja gar nicht so schlecht sein. Dieser Glaube gibt mir so viel Rückgrat, nicht nur im persönlichen, sondern auch vor allem im künstlerischen Leben. Ich kann mit einer ganz anderen Schaffensfreude an die Arbeit gehen, wenn ich das Gefühl habe, du glaubst an mich. So kann mich die Liebe zu dir keineswegs von meinem Beruf entfernen, sondern sie wirkt sich im Gegenteil höchst befruchtend aus. Ich weiß, dass ich durch dich und mit dir eine künstlerische Höhe erlangen kann, die ich ohne dich nie erreichen könnte. Allein durch deine Liebe und deinen Glauben an mich.*

*Wenn ich hier rauskomme, werde ich mich mit Gert einmal zusammensetzen und mit ihm den Freundschaftspakt durchsprechen, d. h., ich habe mich schlecht ausgedrückt, ich meine mich mit ihm aussprechen. Ich hoffe, dadurch eine halbwegs klare Situation schaffen zu können. Du mein Alles, wie liebe ich dich,*

*dein Hans*

---

*20. März 1949, 10 Uhr 45*

*Mein erster Weg ist heute zur Post, um dir zu schreiben. Meine Sehnsucht nach dir ist unbeschreiblich. Ununterbrochen, in jeder Minute, denke ich an dich. Ich hätte es nie für möglich gehalten, dass es so etwas geben kann. Es ist schön und schrecklich zugleich. Als ich gestern nach Hause kam, dachte ich, wie schon es wäre, wenn wir zusammen heimgekommen wären oder wenn ich dich am Sonnabend bei mir erwarten könnte. Wunschträume darf man ja haben, nicht wahr, auch wenn sie unerfüllbar sind. Mein Zimmer ist sehr nett geworden. Ob du es einmal sehen wirst? Ansonsten ging es mir gestern nicht so besonders. War es nun das erste Mal, dass ich richtig auf war oder war es die Sehnsucht nach dir, ich habe mich jedenfalls sehr bald hinlegen müssen. Mit Bauer habe ich gestern gesprochen.*

*Er hat sich sehr gefreut, dass ich raus war, in zwei Wochen fange ich an zu arbeiten. Das war für mich überhaupt das Erfreulichste gestern, zu merken, dass ich doch vermisst worden bin und überall, ob im Theater oder auf der Straße, von der Reinemachefrau und dem Feuerwehrmann bis zu Stadtvätern herzlich begrüßt zu werden. Es hat sich, wie alles im Städtchen, anscheinend schnell rumgesprochen, sodass etliche Telefonanrufe bei meinem Wiedererscheinen kamen. Du siehst mein Liebes, ich bin doch ein sehr eitler Mensch (wieder ein Fehler mehr), sonst dürfte ich dir gar nicht schreiben, dass ich mich darüber gefreut habe. – Weißt du, was aber die größte Freude für mich war? Als ich nach Hause kam, erhielt ich als Erstes dein Päckchen mit dem lieben Gruß von dir. Ich habe mich abwenden müssen, damit ich mich nicht verrate, wie sehr mich das bewegt hat. Du bist ja so lieb, Maria, ich danke dir. Heute Nachmittag um fünf Uhr treffe ich mich mit Gert. Ich habe ihn eben angerufen. Vorher wird er sicher bei dir vorbeikommen. Ich habe immer das Gefühl, als wenn mit dem Verlassen des Krankenhauses eine sehr schöne Zeit beendet wäre, und es ist mir beinahe peinlich, von allen Seiten über diese lange Haft bedauert zu werden. Du, Liebstes, es war die schönste Zeit, die wir bisher verlebt haben, ich meine in Bezug auf uns, nicht wahr? Morgen hole ich die Briefe ab. Ich freue mich schon sehr darauf, dich zu sehen. Vielleicht nehme ich deine Briefe auf die Reise mit. Ich glaube, ich kann mich nicht so lange von ihnen trennen. – Die Adresse: H. G. Kleineich/Hunsrück, Kreis Bernkaste, bei von Uhlard. Am Dienstag werde ich wohl abfahren, und am nächsten Dienstag von dort wegfahren. Du kannst also bis Freitagvormittag schreiben. Tue es bitte, Liebstes, sonst halte ich es nicht so lange aus. Ja, heute Nachmittag werde ich mir sehr wehtun müssen. Aber eins kann ich nicht ändern, dass ich dich liebe. Mehr denn je weiß ich das und fühle ich das, jetzt, wo wir getrennt sind. Ich liebe dich, du, für immer und ewig, denn ich glaube, dass ich dich auch noch im Jenseits lieben kann.*

*Das kann mit dem Tode ja gar nicht aus sein. Ich küsse dich sehr, sehr lieb.*

*Dein Hans*

---

*22. März 1949, 7 Uhr 20*

*Meine Maria!*

*Vor 20 Minuten bin ich abgefahren, mein Herz und meine Gedanken sind bei dir geblieben. Ich muss dir gleich schreiben und freue mich, dass ich das tun kann, denn das ist ein kleines Ventil für meine überstarke Sehnsucht nach dir. Ich habe mir im Zug noch gar keinen Platz gesucht, sondern mich gleich in den Speisewagen gesetzt, weil ich hier einen schönen Tisch zum Schreiben habe. Der Zug ist nur mäßig besetzt. Du kannst dir nicht vorstellen, Liebste, wie unsagbar ich mich nach dir sehne. – Die Trennung von dir ist viel schmerzlicher, als ich je angenommen hatte. Ich liebe dich wirklich mehr, als ein einzelner Mensch ertragen kann. Im Geiste stelle ich mir vor, wie wunderbar es wäre, wenn wir hier jetzt zusammen reisen könnten. Ich weiß und fühle es immer stärker, wie sehr ich dir gehöre und dass ich nur mit dir, mein Marialein, glücklich werden kann. Auch gestern habe ich nichts tun können, nichts lesen können, sondern nur an dich gedacht. Wie sehr liebe ich dich, du mein Alles. Mach dir keine Gedanken und keine Sorgen um die Zukunft.* Nimm auf mich keine Rücksicht, *sondern tu alles, um ein gutes Zusammenleben mit deiner Familie zu ermöglichen, damit du wieder mit Gert und den Kindern ganz glücklich werden kannst. Du sollst glücklich sein, Liebste, das allein ist wesentlich. Ach, Liebste, warum muss das Leben manchmal so schwer sein, nicht wahr? Ich glaube allerdings, wenn alles so glatt und leicht vonstattenginge, würde man gar nicht empfinden können, wie sehr man sich liebt. Nun, wir wollen abwarten, was das Schicksal weiter mit uns vorhat. – Die Briefe habe ich gestern im Theater deponiert. Ich verbrenne sie nicht, mein Herz. Nur deinen gestrigen Brief habe ich bei mir und dein Bild. Diese beiden Dinge werde ich sehr oft in diesen Tagen zur Hand nehmen. Wie werde ich mich freuen, wenn ich den ersten Brief jetzt von dir bekomme. Du, Maria, Liebstes, ich liebe dich, hörst du, ich liebe dich wahnsinnig. Denke immer daran. Ich werde nie aufhören, dich zu lieben. Wenn ich dich doch streicheln und küssen könnte. Ich tue es in Gedanken. Ich bleibe immer ganz allein nur*

*dein Hans*

---

*22. März 1949, 15 Uhr*

*Meine geliebte Maria!*

*Ich muss dir schon wieder schreiben. Wie im Krankenhaus liest du am Kopf immer die Uhrzeit, nicht wahr? D. h. du bist ja noch dort, aber ich schreibe nicht mehr, leider – aus Nr. 2. Ich finde, was dir damals so schrecklich schien, ist heute schon eine erfreuliche Erinnerung, ich meine den missglückten Angriff auf Zimmer 2. Alles, was du tust, mein Lieb, kommt aus dem Gefühl echter Liebe, darum ist alles schön und gut. Du, Liebste, im gleichen Maße, wie ich mich von dir entferne, nimmt meine Sehnsucht nach dir zu. Ich zähle schon die Tage bis ich wieder in Lüneburg bin, dann bin ich doch nur sieben Kilometer von dir entfernt. Schreibe doch bitte umgehend, ob du mich noch sehr lieb hast, ha? – Oder, ob es etwas nachlässt. Wenn mich mein letzter Funken Verstand nicht hindern würde, dann würde ich mit dem nächsten Zug zurückfahren. Ja, du, es ist ganz schlimm mit mir. Meine Sehnsucht nach dir ist unbeschreiblich. So sehr liebe ich dich. Was mein Befinden anbetrifft, so ginge es mir entschieden besser, wenn ich dich weniger liebte. Wie ich dich kenne, so möchtest du aber gar nicht, dass es mir besser geht, wie? Mein Gott, Maria, du, wie sehr liebe ich dich. Ich kann es kaum ertragen. Wenn wir beide frei wären, stell dir das einmal vor. Ja, wenn … eigentlich dürfte ich dir gar nicht so schreiben, nicht wahr? Das erschwert dir sicher die guten Vorsätze. Am Sonntag habe ich wieder festgestellt, dass ich kaum jemals einen so fabelhaft anständigen Menschen kennengelernt habe wie Gert. Ich mag ihn sehr gern. Warum müsst ausgerechnet ihr verheiratet sein? Es ist zum Verrücktwerden. Wenn ich nun künftig vielleicht nur dein Freund sein darf, so werde ich dein bester Freund sein und auch nur so handeln. Aber jetzt und heute, wo ich noch nicht in dieser Hinsicht gebunden bin, sage ich dir und schwöre ich dir, dass ich dich heiß und innig liebe und nie aufhören werde, dich zu lieben. Später werde ich dir das vielleicht gar nicht mehr oder nur ganz leise sagen dürfen, und noch später??? Qui vivra, verra. Dies wird wohl der letzte Brief ins Krankenhaus sein. Deine Briefe nach Kleineich/Hunsrück beantworte ich in Lüneburg – postlagernd. In einer halben Stunde bin ich in Köln. Ich liebe dich, ich liebe dich, hast du es verstanden, meine Maria? Viel tausend herzliche Grüße und ganz innige Küsse sendet dir*

*dein Hans*

---

# Wieder zu Hause

Ich war froh, als ich endlich wieder daheim war. Sechs Wochen waren vergangen, seit mich der Krankenwagen in Barendorf abgeholt hatte. Ich erinnere mich, wie meine Kleinen an jenem Morgen vor der Haustür standen und etwas ängstlich, aber auch neugierig das Geschehen betrachteten. Ihre Blicke begleiteten mich bis zur Hofausfahrt. Die kleinen Händchen konnte ich nach so langer Zeit nun wieder festhalten, streicheln und küssen. Ich schrieb Hans darüber, berichtete aber auch von der kühlen Atmosphäre, die mich jetzt hier umgab. Mama, Schwägerinnen, Sekretärin und Gert – sie alle waren nun anders zu mir als sonst. Zu Hans sagte ich: »Niemand ist lieb zu mir.« Vorwürfe wurden mir gemacht, weil ich der Stadt Lüneburg so viel Stoff für Klatschereien gab. Gert hatte sich nach meiner Rückkehr aus dem Krankenhaus auch weiter mit Elke getroffen. Auch meine Vorhaltungen, dass er in meiner Abwesenheit mehrere Tage mit Elke im Harz gewesen und mit ihr ausgiebig den Fasching in Lüneburg gefeiert hatte, trafen ihn nicht besonders.

In dieser Zeit erreichte uns die Nachricht, dass mein Vater an Leberkrebs erkrankt war. Dies erschütterte nicht nur mich, sondern auch Gert, denn er verehrte und liebte meinen Vater aufrichtig. Vater war in Ottmanach bei meiner Schwägerin und meinem Schwager, wo er sich oft zu Besuch aufhielt, krank geworden. Sie hatten ihn immer gern bei sich, besonders die Kinder Johnchen, Udo und Manfred, mit denen er zu ihrer Freude viel Unsinn trieb. Meine Schwägerin pflegte ihn rührend – ich hätte es nicht liebevoller tun können.

So stand jetzt meine Abreise nach Österreich bevor, nur auf das Visum musste ich noch warten. Kaum war ich also zu Hause, da musste ich schon wieder fort. Mein Herz war schwer. Ich war so traurig und hatte solche Angst um Papa – aber auch bei der Frage, wie es in Barendorf weitergehen sollte. Würden Gert und ich überhaupt wieder zueinanderfinden? Wie konnte ich meine Gefühle zu Hans bezwingen, die durch den intensiven Briefwechsel im Krankenhaus noch stärker geworden waren – und wie konnte ich verhindern, dass Gert mir immer mehr zu einem Fremden wurde? Wie verhängnisvoll war in dieser Zeit das Verhalten von Gert und seiner Familie für unsere Ehe!

Als dann endlich das Visum vorlag, trat ich meine Reise an. Papas Freude über meine Ankunft war groß. Ein Brief meiner Schwägerin kreuzte sich mit meiner Abfahrt – sie hatte geschrieben, dass es sich bei Vaters Leiden doch nicht um Krebs handelte, sondern um eine Lebererkrankung, die heilbar war. Was für eine tiefe Freude für uns alle!

Aufgrund dieser günstigen Diagnose für meinen Vater reiste ich früher als geplant ab. Die gute Entwicklung seines Zustandes erfüllte mich mit großer Dankbarkeit, sodass ich mit neuen, guten Vorsätzen nach Hause fuhr. Den Vorschlag von Hans, mich mit ihm auf der Rückreise zu treffen, nahm ich nicht an. Stattdessen war ich entschlossen, für immer an Gerts Seite zu bleiben.

Auf der langen Fahrt rief ich mir all mein Glück mit ihm ins Gedächtnis zurück, wie sehr ich ihn liebte und er mich, und wie zärtlich er auch sein konnte. Bei meiner Mutter in Graz machte ich Station, bei welcher Gelegenheit ich noch von mir aufbewahrte, inzwischen acht Jahre alte Briefe von Gert fand. 1941 hatte er sie mir geschrieben, als ich anlässlich der Silberhochzeit meiner Eltern mit Marina in Graz war. Von dort hatte ich seinerzeit einen Abstecher nach Agram gemacht. Glücklich, diese Briefe noch zu besitzen, nahm ich sie auf die Reise mit.

# Die Briefe von Gert

*Gut Barendorf, Anfang August 1941*

*Meine liebe Maria!*

*Das war wirklich eine schöne Freude, dein lieber Brief und die Nachricht, dass es deinen Lieben da unten in deiner alten Heimat gut geht. Hoffentlich gehört dein Großvater zu Kroatien, jetzt wo Jan in Agram ist,* musst du unbedingt dorthin. *Ich bin sehr froh, dass der Junge in Agram unter anderen Einfluss kommt, hoffentlich braucht er nicht nach Russland. Auf jeden Fall ist er jederzeit hier bei uns aufs Herzlichste eingeladen. Ich würde mich sehr freuen, ihn hier mal zu haben, damit er Barendorf und unsere Familie kennenlernt und weiß, dass er auch etwas zu uns gehört. Hoffentlich hast du sofort wegen der Devisen eingereicht. Das Geld bekommst du extra von mir. Du müsstest 6000 Dinar erhalten, damit müsstest du gut auskommen. Solltest du im Hotel wohnen, so geh bitte in ein gutes.*

*Herrn Beneke vom Landratsamt traf ich neulich, er sagte mir, dass er einen Stempel zu wenig bei deinem Pass gemacht hat, und zwar bei dem Wort Kroatien. Er meinte, du hättest wahrscheinlich keine Schwierigkeiten. Vielleicht erkundigst du dich besser vorher bei der Polizei, im Notfall sollen sie das Landratsamt Lüneburg anrufen. Bei uns heute wieder* feste Regen! *Da kann man nichts machen.*

*Tamara entwickelt sich in letzter Zeit enorm, von Tag zu Tag. Wenn ich sage: Wo ist Ina? Dann schaut sie herum und sucht mit ihren Augen. Sie isst den Keks schon allein.*

*Genieße deine freie Zeit, liebe Maria, du hast es wirklich treu und redlich verdient. Geh ins Theater, Kino usw. du wirst wohl von der Flattnitz nach Agram fahren. Fahr aber bitte nicht nach Ragusa, wie ich neulich erfuhr, sollen in Bosnien Unruhen, Schießereien gewesen sein. Von den Kommunisten aus, und die sind uns nicht gut gesinnt.*

*Küss meine kleine Ina! Herzliche Grüße an Oskar den Aalfänger, Malvine, von der ich einen Brief erwarte, und Karli »das große Falkenauge«.*

Ich küsse dich fest ab!

*Dein Gert*

Gut Barendorf, 14. August 1941

*Meine liebe Maria!*

*Vielen Dank für deinen lieben Brief vom 10. d. M. Es freut mich sehr, dass du mit Marina beim Arzt warst. Hoffentlich wächst sich alles zurecht. Ich würde nicht zu lange mit der Reise nach Agram warten, denn wer weiß, wie lange Jan in Agram bleibt, man darf nicht vergessen, dass Kroatien Krieg mit Russland hat. Lüneburg hat nun seine Feuertaufe gehabt, in der Nacht vom 12. auf den 13. griffen englische Flugzeuge Lüneburg mit Sprengbomben an. Es wurden mehrere Häuser zerstört, zum Glück nur zwei Menschen leicht verletzt. Die Bomben sind in der Nähe vom Kalkwerk gefallen. Du kannst es dir vorstellen, wie sich die Lüneburger aufgeregt haben. Die Zeitung war voll mit großen Überschriften und langen Artikeln. Ich war am Fenster im Wintergarten und habe 16 englische Flugzeuge gezählt und habe die Bomben fallen gehört. Ein Blindgänger liegt noch zwischen Barendorf und Neuwendhausen im Walde. Nachher kamen unsere Nachtjäger, und die Engländer hauten ab. Meine beiden netten Erntehelfersoldaten sind leider plötzlich wieder abgeholt und versetzt. Heute Nacht leider wieder Regen, jetzt wieder besser. Der Winterweizen ist gemäht, mähen jetzt Hafer, der leider sehr ausfällt. Habe einen großen Fuchs geschossen.*

*Tamara ist über jedes Lob erhaben, sie ist so lieb und artig, dabei hat sie sich* sehr *entwickelt. Sie wird Ina immer ähnlicher, nur etwas dunkler, deine Haarfarbe. Habe Malvines Brief erhalten. Grüße bitte alle, dich küsst und hat sehr lieb.*

*Dein Gert*

---

Gut Barendorf, 21. August 1941

*Meine liebe Maria!*

*Heute kam dein lieber Brief von Sonntag. Du brauchst dich nicht zu ängstigen, die Tommys waren nicht mehr da, und wir haben es schon alle vergessen. Weißt du, wie sie im vorigen Jahr die Bomben auf Wendisch-Evern warfen, das noch viel näher liegt? Wir sind damals gar nicht aufgestanden.*

*Ich pass schon auf unseren Liebling auf. Tamara wird mal genauso wild wie Ina werden. Sie wird immer reizender. Sie sitzt stundenlang und spielt. Sie kann in einigen Wochen in die Box. Sie ist schon kein Baby mehr.*

*Die beiden Füchse hat Deutschmann vor mehreren Tagen nach Graz geschickt. Hoffentlich hast du sie bekommen. Elli geht es etwas besser, sie ist noch sehr schwach, sie schickte dir die Lebensmittelkarten per Einschreiben. Momentan ist Karl Villwock einige Tage in Graz, fährt morgen nach Wien. Er war dort geschäftlich. Erwin ist heute schon wieder in Berlin. Werner muss am 1. September nach Riga, ist nächste Woche in Kiel, Johnny in Hamburg, Rudi in Dresden. Wann fährst du denn nach Agram? Hoffentlich verpasst du nicht den guten Jan. Wie lange bleibt ihr auf der Fladnitz? Wo feiert ihr die Silberhochzeit? Schreibe mal etwas über deine Pläne. Nach Ottmanach fahre* nicht. *Jetzt mit den vollen Zügen und dem Kind, ich bin* sehr dagegen. *Ihr sollt euch erholen und nicht reisen. Ihr könnt euch in Salzburg treffen.*

*Ich freue mich sehr, dass du dich in Fladnitz so gut erholst und so braun geworden bist, was dir bestimmt* sehr gut *stehen wird. Was macht mein Schachspielen?*

*Brich nicht in Agram all den jungen Männern die Herzen, du mein »Schnauzerl«. Vergiss mich nicht ganz.*

*Gestern und heute bis 11 Uhr haben wir Roggen eingefahren, dann kam ein schweres Gewitter und alles ist aus. Mit den Leuten habe ich wenig Ärger. Wir haben noch anderthalb Tage Roggen einzufahren, dann Weizen und Hafer.*

*War gestern mit Lilo in Lüneburg im Kino und nachher im Ratskeller, es war sehr nett. Sie hatte mich öfter eingeladen, und ich wollte mich revanchieren. Für heute, meine Liebes, sende ich dir und Ina viele Küsschen – und Grüße an Oscar, Malvine und Carletto.*

*Dich umarmt und küsst sehr fest*

*dein Gert*

---

*Gut Barendorf, 28. August 1941*

*Liebe Maria!*

*Vielen Dank für deinen lieben Brief aus Fladnitz. Jetzt werdet ihr wohl in Graz sein. Hoffentlich sind nun die Füchse angekommen. Das gute Wetter hat leider nur zwei Tage angehalten, 13 Millimeter Regen. Heute kann man wieder einfahren, aber das Barometer fällt und der Himmel ist voller Wolken. Der Klee II. Schnitt ist eingefahren, wenn das Wetter heute durchhält, ist abends der Winterweizen drin, wenn … Gestern zogen zum ersten Mal die Wildenten, habe mit fünf Schuss vier Enten geschossen, der »Greif« hat sie alle im Schilf gefunden und gebracht, hat es sehr gut gemacht. Du müsstest deine Jagdprüfung machen, denn bei der Entenjagd fehlt immer der zweite Schütze. Tamara ist ein goldiges kleines Mädel, sie ist so lieb und artig und kann so lieb lachen. Du wirst deine schönste Freude an dem Kind haben. Ich habe Tamara genauso lieb wie Ina. Freue mich schon sehr, meine »Große« bei mir zu haben und auf die Mizzi freue ich mich nicht minder.*

*Jetzt bist du schon einen Monat fort, eine lange Zeit.*

Schreib Vater mal aus Graz!

*Wann kommt Ihr? Schreib bitte rechtzeitig, eventuell muss ich einen Tag nach Berlin. Ich habe dich sehr lieb und freue mich sehr auf dich. Die Heide blüht jetzt am schönsten. Alles rot, sie blüht dieses Jahr sehr gut. Küss meine Ina.*

*Dich küsst*

*dein Gert*

---

## Unerwünscht

Das Lesen dieser Briefe gab mir noch mehr Kraft und neue Zuversicht, dass zu Hause alles gut werden würde.

Gert wollte ich mit meiner frühen Rückkehr überraschen. Er erwartete mich noch nicht. Sein Staunen war dann auch groß, als ich mitten auf dem Hof vor ihm stand. Oh weh! Was jetzt folgte, hätte nicht kommen dürfen. Gert begrüßte mich mit folgenden Worten: »Warum bist du schon jetzt gekommen? Ich habe dich nicht erwartet – und im Übrigen muss ich morgen für ein paar Tage verreisen.« Ja, er verreiste am nächsten Morgen, mit Elke und wieder in den Harz. Sein kleiner Koffer stand schon gepackt im Büro, der Deckel war nur angelehnt. Ich schaute hinein und sah schöne Damenwäsche. Angesichts dieser Peinlichkeit blieb nicht mehr viel zu sagen.

Gert warf mir vor, ich hätte ihm aus Ottmanach nicht geschrieben. Er hätte sich bei Hans erkundigen müssen, wie es meinem Vater und mir ging. (Telefonieren war damals zu umständlich.) Was Gert sagte, stimmte aber nicht, denn ich hatte an ihn und die Kinder geschrieben. Später entdeckte ich drei Briefe von mir im Büro. Wann diese Briefe angekommen waren, ob sie jemand aufgehalten hat – und ob Gert etwas davon bekannt war, weiß ich nicht. Hatte da jemand nachgeholfen, um noch einen Keil mehr zwischen mich und Gert zu treiben? Die Familie glaubte, ich hätte nicht an Gert geschrieben. Er hat sich auch nicht bemüht, die Familie vom Gegenteil in Kenntnis zu setzen.

Das war eine Enttäuschung mehr, die meine guten Vorsätze empfindlich schwächte, und so telefonierte ich wieder mit Hans und schilderte ihm auch meine gegenwärtige Situation. Er tröstete mich und beteuerte aufs Neue seine Liebe zu mir.

Wenn ich heute über diese Zeit nachdenke, frage ich mich, warum ich damals nicht trotz allem durchgehalten habe. Wahrscheinlich habe ich versäumt, in dieser entscheidenden Lebenssituation Gott um Hilfe zu bitten. Ich war nur stolz, gekränkt, eitel – und das Schlimmste: Ich liebte Hans.

Jetzt fühlte ich mich aufs Neue zu ihm hingezogen und nützte jede denkbare Möglichkeit, mit ihm zu telefonieren, ihm zu schreiben oder ihn zu treffen. Ich schaffte es nicht, meine auf der Fahrt getroffenen Vorsätze zu wahren und meiner großen Liebe zu entsagen. Ich liebte Hans sehr, so sehr, dass ich glaubte, ohne ihn nicht leben zu können. Mein erster Gedanke am Morgen und mein letzter am Abend galten ihm, einem Mann, der mich durch sein Äußeres überhaupt nicht fesselte, der neben Gert so unscheinbar wirkte, dass er mir manchmal sogar leidtat. Aber sein feines Empfinden für das jeweils Gegebene, was den meisten Männern abgeht, erklärte meine große Zuneigung zu ihm. Er war ein Künstler der feinen Töne, er besaß einen liebenswürdigen Witz, Wärme und Adel, war hochintelligent und ein scharfer Beobachter – alles in allem ein liebenswerter Mensch. Solch einem Mann war ich noch nicht begegnet. Dazu kam, dass ich fest glaubte, zu seiner künstlerischen Laufbahn viel beigetragen zu können, um so auch der Kunst zu dienen, die mich von jeher in ihrem Bann hielt. Wenn mir dann manchmal bewusst wurde, dass ich nicht für Hans und seine Kunst da zu sein hatte, sondern für meine Familie, wünschte ich mir, ihn nie kennengelernt zu haben und meiner großen Liebe nie begegnet zu sein. Ich gestehe aber auch, dass ich Gott für diese Liebe manchmal gedankt habe. Eines war mir immer klar: Wenn es zu einer Scheidung zwischen Gert und mir käme, würde ich alle Schuld auf mich nehmen, um bei Gert etwas gutzumachen. Umgekehrt glaubte ich, dass Gert nach unseren gemeinsam begangenen Fehlern das Bedürfnis haben würde, auch an mir etwas gutmachen zu wollen. Davon war ich überzeugt. So war es mein einziges Anliegen, die Kinder zu bekommen, auch wenn ich bei der Scheidung die alleinige Schuld tragen müsste. Materielle Ansprüche an Gert wollte ich nicht stellen. Was seinen Teil der Schuld anbelangte, wollte ich schweigen, um mein Hauptziel zu erreichen: die Kinder. Auf der anderen Seite wollte ich nie, dass sie die Beziehung zu ihrem Vater abbrechen, den sie liebten und der sie liebte. Auch der Kontakt zu Barendorf sollte bleiben.

Gert wusste, dass Hans keine Kinder zeugen konnte und dass er Marina, Tamara und Irene über alles liebte. Mit Elke, die ja fast zehn Jahre jünger war als ich, wollte Gert ein neues Leben beginnen.

Es war mir klar, dass ich für die Verwirklichung meiner Pläne viel Geduld brauchte. Denn der Zeitpunkt meiner Heirat mit Hans konnte nicht festgelegt werden, da seine Scheidung noch nicht ausgesprochen war. Die Unsicherheit der gesamten Situation bereitete mir eine solche Pein, dass ich es fast nicht ertragen konnte. – Was dann später auf mich zukam, war ungleich schlimmer, und ich frage mich, wie ich das alles überlebt habe.

Einmal luden Gert und ich Hans und Elke nach Barendorf ein. An diesem Nachmittag setzte sich Hans ans Klavier und spielte für uns – zur Freude unserer Kinder und erst recht zu meiner. Meisterlich beherrschte er diese Kunst. Ich fühlte auch, dass er durch die Musik seine Liebe zu mir ausdrücken wollte, was mich sehr glücklich machte. In fröhlicher, ausgelassener Stimmung beschlossen wir vier, gemeinsam einige Tage an die See zu fahren. Der Gedanke dabei war, auf diese Weise Abschied zu nehmen, also unsere Beziehungen aufzulösen. Die Männer waren sich sympathisch, schätzten sich sogar, hielten aber beide diese Freundschaft für nicht haltbar und waren überzeugt, sie abbrechen zu müssen. Denn wir vier fingen an, darunter zu leiden.

Dieser geradezu leichtsinnige Entschluss, einige Tage gemeinsam zu verreisen, wurde dann auch in die Tat umgesetzt. Aber unser Aufenthalt an der Ostsee hat nicht zu meiner Trennung beigetragen, sondern im Gegenteil – zumindest in meinem Fall – die Beziehung noch vertieft. Diese vier Tage dort bezeichne ich als die schönste Zeit meines Lebens. Niemals wieder habe ich eine Zeit solch reinen Glücks erlebt.

Gert war im Gegensatz zu mir traurig. Er meinte: »Wie du Hans anschaust, so hast du mich noch nie angeschaut. Warum nur?« An einem dieser Abende zog ich ein hellblaues Chiffonkleid an, das zart und duftig wirkte und ganz weite Ärmel besaß. Als ich die Hoteltreppe hinunterkam, rief ein kleiner Junge: »Mami, schau ein Engel kommt. Das ist doch ein Engel?« An diesem Abend tat ich Gert sehr weh, als ich mit Hans tanzte und sagte: »Wie soll ich leben ohne dich, Hans!« – »Das brauchst du nicht, mein Herz«, antwortete er. Gert hat unser Gespräch gehört, während er mit Elke tanzte.

# Ein Lebensabschnitt, den man verachten sollte?

Ich glaube, dass eine Frau mit meiner Erziehung und einer Sensibilität, die zu solch tiefen Gefühlen befähigt, in dem Moment verloren ist, wo sie ihrer großen Liebe begegnet. Die Erziehung, die ich genoss, war streng auf die Tugenden einer Frau ausgerichtet, wobei das kämpferische Element zu kurz kam, das später im Leben nötig ist, wenn man nicht scheitern will. Trotz meines festen Glaubens – darüber wundere ich mich bis heute – fand ich damals nicht den richtigen Weg.

Für die folgenden zehn Jahre, die jetzt ausgebreitet werden sollen, wäre die Bezeichnung »tragisch« zutreffend. War es ein Fehler, Gert und Hans so restlos zu vertrauen? War es einer von vielen Fehlern, die ich beging, auch im Glauben, alles sei Bestimmung und somit unausweichlich? Ich traf viele falsche Entscheidungen. Aber das viele Fragen bringt keinen Nutzen. Ich werde nie herausfinden, wie alles ausgegangen wäre, hätte ich anders gehandelt. Dagegen will ich das Gute und Schöne, das ich in dieser Zeit erlebte, festhalten.

Wie schwer war mein Alltag, als ich von der See zurückkam. Gert gab sich große Mühe um mich. Er wollte mich zurückgewinnen – aber ich war schon zu weit von ihm entfernt. All die Kränkungen – und es waren viele – konnte ich nicht vergessen. So hatten wir eine Auseinandersetzung – es war am 28. August, an Goethes 200. Geburtstag –, bei der er leugnete, ein für mich wichtiges Versprechen überhaupt gegeben zu haben. Als ich Gert sagte, Marina werde von nun an in Lüneburg zur Schule gehen und dort, wie abgesprochen, katholischen Unterricht erhalten und dass wir keine Rücksicht mehr auf die Barendorfer Schule zu nehmen brauchten, meinte er: »Davon war nie die Rede«, auch wenn er mit mir katholisch verheiratet sei. Er würde nicht zulassen, dass die Kinder katholisch würden – in diesem Fall Marina. Ich sagte ihm, dass wir doch gemeinsam den Zeitpunkt bestimmt hatten und dass es mir in all den Jahren nicht leicht gefallen sei, so konsequent im Hintergrund zu bleiben, d. h. darauf zu verzichten, die Kinder mit in meine Kirche mitzunehmen oder mit ihnen zu beten. Ich hätte mein Wort gehalten, jetzt müsse er zu seinem stehen. Gerts Antwort war: »Du spinnst, das habe ich dir nie versprochen.« – Dieses Gespräch zeigte mir, dass die Zeit unserer glücklichen Ehe vorbei war. Ich verlor meine Achtung vor ihm.

In den letzten anderthalb Jahren unserer Ehe blieben alle Versöhnungsversuche ohne Erfolg. Meist wurden sie durch widrige Umstände vereitelt. Gab der eine sich Mühe, die Ehe wieder in Ordnung zu bringen, so nahm der andere dies nicht ernst. Und so ging es hin und her, bis es eines Tages für ein Einlenken zu spät war.

Einmal wurden wir von Elkes Eltern zum Tee eingeladen. Unsere Gespräche an diesem Nachmittag waren allgemeiner Art. Elkes Vater, ein feiner und gebildeter Herr, ließ sich in Bezug auf die Beziehung zwischen seiner Tochter und Gert nichts anmerken. Obwohl diese Angelegenheit immerhin Stadtgespräch war.

Damals gingen Gert und ich sehr oft ins Lüneburger Theater. Dort war Elke im Ballett und Hans spielte fast in jedem Stück. Er war der Liebling des Theaters und galt als sehr guter Schauspieler. Wenn es eine Premiere gab, musste ich auf jeden Fall für Hans anwesend sein. Nur so glaubte er, zu außergewöhnlicher Leistung fähig zu sein. Als wieder einmal eine Premiere stattfand, in der er spielte, passierte es, dass Gert krank war, starke Schmerzen hatte und nicht mit mir ins Theater gehen konnte. Zu der Zeit war gerade Gerts Freund Villwock zu Besuch bei uns, sodass Gert meinte, ich solle ruhig gehen – sein Freund sei ja bei ihm. Um den Leuten keinen Anlass zu geben, sich den Mund zu zerreißen, dass ich jetzt schon ohne Gert ins Theater ging, wollte ich unerkannt bleiben. So gut ich konnte, veränderte ich mein Äußeres: Ich setzte eine andersfarbige Perücke auf und trug eine dunkle Brille. Aber – ich wurde trotzdem erkannt. Durch meine Verkleidung hatte ich alles nur schlimmer gemacht, denn jetzt wurde noch viel mehr geredet und spekuliert. Besonders enttäuschte mich, dass meine Schwiegermutter sagte, Gert sei so traurig gewesen, dass ich im Theater war, wo er doch krank gewesen sei. Wie ich das nur fertiggebracht hätte, meinte sie.

Er hatte ihr nicht die Wahrheit gesagt, nämlich dass er selbst vorgeschlagen hatte, ich solle gehen. Darüber war ich verärgert. Durch mein häufiges Kranksein war ich sehr empfindlich geworden. Jeden kleinsten Angriff auf mich, jede Unwahrheit, jede Lieblosigkeit oder auch nur eine harmlose Gedankenlosigkeit, empfand ich als unerträglich. Die Folgen waren Tränen über Tränen, ja sogar Nervenzusammenbrüche. Nachdem der Scharlach überwunden war, folgten Blindarmreizungen mit kurzen Krankenhausaufenthalten. Bald danach stellten sich heftige Rückenschmerzen ein, hervorgerufen durch Senkungserscheinungen im Bauchbereich – es hieß, durch Überanstrengungen und Überlastungen des Körpers. Eine Operation war notwendig – die Mutterbänder wurden gekürzt und der Blinddarm endlich entfernt.

*Maria Bockelmann (1950)*

Es waren erst ein paar Wochen nach diesem Krankenhausaufenthalt vergangen – eine zu kurze Zeit, um schon erholt zu sein –, als ich immer häufiger die Frauenklinik aufsuchen musste. (Sie war mir vertraut, da ich dort alle meine Kinder geboren hatte.) Ein gutartiges Myom gab keine Ruhe, sodass ich wieder operiert werden musste.

Nach der Operation wachte ich in meinem Zimmer auf. Gert und seine Mutter warteten schon. Viele schöne Blumen standen um mich herum, aber ich hatte sie noch nicht wahrgenommen, dafür sehr wohl Gerts Worte, als er sagte: »Was wird mich diese Operation wieder kosten!« Dies von ihm zu hören, gerade jetzt, als ich mich nach Liebe und Trost so sehr sehnte, traf mich zutiefst. Ich griff nach der Klingel, weinte und schrie: »Bringt mich fort aus diesem Zimmer, ich will nicht mehr erster Klasse liegen.« Gert, Mama und die herbeigeeilte Schwester versuchten, mich zu beruhigen und hatten Mühe, mich im Bett zu halten. Bald aber war ich ermattet und wurde willenlos.

Nach zwei Wochen konnte ich wieder nach Hause. Außer meinen Kindern wünschte ich jetzt, niemanden mehr zu sehen. Doch keiner hielt sich daran. Ruhe und Frieden hatte ich somit nicht, stattdessen gab es viele Kränkungen, denn schonungslos berichtete man mir den Schmutz, der über mich erzählt wurde. Die gemeinste Behauptung war, alle meine Krankheiten seien Fehlgeburten gewesen. Für mich war es unbegreiflich, warum Gert sich nicht schützend vor mich stellte und diesem gemeinen Gerede energisch ein Ende setzte. Immer tiefer wurde die Kluft zwischen uns. Seine passive Haltung zerrüttete unsere Ehe immer mehr. Ich vermisste in dieser kritischen Zeit seine Stärke, seine Reife und seinen Gerechtigkeitssinn. Sicherlich hat er auch Entgegenkommen von meiner Seite erwartet, das aber ausblieb.

Viel später, aber zu spät, nämlich erst nach unserer Trennung, fand er den Mut zu sagen: »Eine Frau habt ihr mir herausgeekelt, ein zweites Mal schafft ihr das nicht!«

So wandelten wir langsam dem endgültigen Bruch entgegen. Das Wort Scheidung fiel zum ersten Mal zwischen uns. Ostern 1950 versuchte Gert in guter Absicht, über unser weiteres Zusammenleben mit mir zu sprechen, aber in einer Art, mit der er mir nicht näherkam. In meinem Inneren regte sich Widerstand, Stolz und manches stieß mich sogar ab.

Auch wenn seine Worte zum Teil zutrafen, war es doch der falsche Zeitpunkt dafür. Er sagte zu mir: »Du bist lebensfremd, niemals wirst du auf eigenen Füßen stehen können. Du bist verträumt und glaubst alles, was man dir sagt. Du bist lieb, aber du schwebst in höheren Regionen, bist für die heutige Welt nicht geschaffen. Lass dir dies gesagt sein und sei vernünftig. Du hast nichts gelernt, hast keinen Beruf, du weißt nicht, was eine Mark wert ist, geschweige denn, wie man sie verdient. Hans wird dich nie heiraten, weil er zu schwach ist, eine Scheidung durchzuführen. Wir haben beide Fehler gemacht und du hast dich ganz verrannt. Aber lass uns doch einen Strich unter all das machen und versuchen, noch einmal neu anzufangen. Ich glaube, wir werden wieder glücklich.« Meine Antwort machte ihn traurig, als ich sagte: »Ich kann nicht mehr mit dir leben.«

In dieser Stimmung holte ich Alf, unseren Schäferhund, aus dem Zwinger und ging mit ihm hinunter zum Badehäuschen. Ich setzte mich auf die Bank, von wo aus ich einen Teil des Parks betrachten konnte. Wehmütig schaute ich zu den schönen alten Bäumen, dann auf die Wege des Parks, die von prachtvoll blühenden Stauden umsäumt waren. Wie oft bin ich diese Wege mit Gert und den Kindern gegangen, scherzend, singend und überglücklich! Wohin sich mein Blick auch immer richtete, überall konnte man das Erwachen der Natur wahrnehmen. Alles erinnerte mich an meine glückliche Zeit hier.

Im Teich blühten die Seerosen noch nicht, aber es regte sich schon Leben in ihm. Die großen Rasenflächen im Park wirkten frisch in ihrem zarten Grün. Die Luft duftete und war schon etwas erwärmt und erfüllt von dem munteren Zwitschern der Vögel. Die weißen Bänke waren schon aufgestellt und glänzten von Weitem. Alles war bereit, uns zu erfreuen. Aber für mein gequältes Herz bedeutete all dies nur Trauer. Alf hatte sich zu meinen Füßen hingelegt und wich nicht von meiner Seite. Von Zeit zu Zeit hob er seinen Kopf und leckte meine Tränen. Mir wurde klar, dass ich es nicht schaffen würde, fortzugehen. Was sollte ich nur tun? – Bald nach diesen Stunden im Park suchte ich das Gespräch mit Gert. Ich bat ihn, meine früheren Worte zu vergessen, aber seine Antwort lautete: »Nein, ich habe kein Vertrauen mehr zu deinen Worten. Und jetzt ist es wirklich so gekommen, wie mir viele sagten, nämlich, dass du zum Schluss angekrochen kommst. Wie lächerlich von dir, deine Liebe zu den Kindern so zu demonstrieren, indem du mit Irenchen auf deinen Schultern auf dem Hof herumläufst. Das zieht nicht bei mir.«

Wie wenig konnte sich Gert in meine Lage versetzen. Er sah nicht, in welchem Konflikt ich stand. Einerseits wollte ich mich nicht von zu Hause und von meiner Familie trennen, andererseits zog es mich mit unvorstellbarer Gewalt zu Hans hin. Dies war eine Zerreißprobe, die mich oft in Krankheiten flüchten ließ.

In diese Zeit fiel der Tod von Elkes Vater. Er brachte eine Entscheidung, die weder Gert noch ich im Grunde unseres Herzens wollten. Als Gert nämlich Elkes Familie seinen Kondolenzbesuch abstattete, nahm ihn Elkes Mutter beiseite und bat ihn, vor dem Toten sein Ehrenwort zu geben, Elke zu heiraten. Gert tat es. Gleich nach seiner Ankunft zu Hause erzählte er mir, was vorgefallen war. Beide waren wir darüber sehr unglücklich. Ich tat Gert so leid, dass er mich mit folgenden Worten zu trösten begann: »Glaube mir, Elke wird sehr lieb zu den Kindern sein. Und wenn du erst mit Hans verheiratet bist, kommen die Kinder zu dir, das verspreche ich dir.«

Danach reichte Gert die Scheidung ein. Was ich damals empfand, war schrecklich. Alles, was ich über diesen Schritt und seine Folgen berichten werde, soll auch dazu dienen, diejenigen zu warnen, die Kinder haben und meinen, sich scheiden lassen zu müssen.

# Scheidung und Abschied

Am 18. August 1950 war es dann soweit: Gert und ich wurden geschieden. Das Gericht gab mir allein die Schuld, mit der Begründung, ich hätte meine Familie böswillig verlassen. Vor dem Termin hatten Gert und ich abgesprochen, was wir vor Gericht sagen wollten. Wir wünschten, alles schnell hinter uns zu bringen, damit die Scheidung sich nicht so in die Länge zog und – wie so oft – einer den anderen mit Schmutz bewarf. Diese unsere Zurückhaltung sollte den Kindern zugutekommen. Da sie zunächst bei Elke sein würden, wollte ich ihnen zuliebe Elke ganz aus der Verhandlung heraushalten. Das gelang mir auch, denn den Anschuldigungen des Gerichts, ich allein hätte mich einem anderen Partner zugewandt, habe ich nicht widersprochen. Ich hatte übrigens auch keinen Verteidiger. Die wahren und unwahren Schuldzuweisungen des Gerichts mir gegenüber machten Gert nervös. Er wies seinen Anwalt an zu beantragen, die Ehe aus Verschulden beider Parteien zu scheiden. Der Anwalt sagte daraufhin dem Gericht, sein Mandant fühle sich auch schuldig, weil er zu dem Zeitpunkt, als ein anderer Mann in das Leben seiner Frau getreten war, nicht genug um sie gekämpft habe. Das Gericht sah jetzt erst recht in Gert den Edelmütigen. Der Richter verneigte sich sogar vor ihm und meinte: »Sehr edel von Ihnen, Herr Bockelmann. Aber das Gericht sieht das anders.«

Ich selbst sah die Scheidung als ein einziges Unglück an, gleichgültig, ob ich allein schuldig oder nicht schuldig war. Mir ist sowieso nicht mehr zu helfen, dachte ich in meiner Verzweiflung. Gleichzeitig wurde mir aber klar, dass ich mich jetzt auf gar keinen Fall dem Schmerz hingeben durfte. Denn nun hieß es, meinen Weg allein zu gehen, wie steil und beschwerlich er auch werden würde.

Mit diesen schrecklichen Gedanken verließ ich den Gerichtssaal. Wenn es nach Gert und mir gegangen wäre, hätte er mich sicherlich untergehakt, denn ich schwankte etwas. Aber was hätte Gerts Anwalt sich dabei gedacht oder auch die anderen, denen wir im Flur begegneten! So trafen sich nur traurig unsere Blicke, und wie Fremde verließen wir in angemessener Entfernung das Gebäude – ich in Richtung eines kleinen Lokals, wo Hans auf mich wartete, und Gert zu seiner Verabredung mit Elke.

Nach diesen Ereignissen schrieb mir Elke am gleichen Tag:

*Lüneburg, den 18. August 1950*

*Liebe Maria!*

*Nachdem ich eben von der Fahrt mit Gert nach Hause komme und inzwischen alles erfahren habe, möchte ich dir doch gleich schreiben und danken. Denn dass du uns allen ein gewisses Opfer gebracht hast, habe ich wohl erkannt und erkenne es hoch an. Von all den letzten Geschehnissen bin ich doch sehr beeindruckt und kann alles noch kaum fassen. – Ich wünsche mir, dass sich alles weiterhin so zurechtläuft, dass wir alle zur Ruhe kommen und vor allem auch du glücklich wirst, da es uns sonst immer bedrücken würde. Nur wir vier allein können das vollste Verständnis füreinander aufbringen, da wir die Umstände kennen. Somit würde uns dann doch in Zukunft eine Freundschaft verbinden, die dir und uns, aber vor allem deinen Kindern alles erleichtern würde. Als Mutter deiner Kinder,* die du immer für sie bleiben sollst, *werde ich so manchen Rat von dir brauche und dazu ist dieses ehrliche, freundschaftliche Verhältnis nötig, das aber nicht erkünstelt sein soll, sondern wirklich empfunden sein muss. Heute glaube ich fest daran! – Niemals möchte ich eine Schranke zwischen dir und deinen Kindern errichten, sondern nur mit aller Macht versuchen, ihr Vertrauen zu mir zu erreichen, aber sie dir als Mutter nicht entfremden. Ich wünsche, du fühlst, dass ich es wirklich aufrichtig meine und es immer mein größter Wunsch sein wird, dass wir uns auf dieser freundschaftlichen Basis begegnen werden. Ich bin überzeugt, dass es für uns vier ein großes Glück bedeuten würde!*

Gegen Abend des Scheidungstags trafen Gert und ich uns verabredungsgemäß in der Nähe der Johanniskirche und wir fuhren zusammen nach Hause. Die Familie wusste, dass wir geschieden waren, die Fremden nicht. Als wir vor unserer Haustüre aus dem Auto ausstiegen, nahm mich Gert in seine Arme und trug mich die Treppe hinauf – dabei flüsterte er mir viel Liebes zu und sagte immer wieder: »Du warst so blass im Gericht.« Eine Woche blieb ich noch zu Hause, umhüllt von Gerts Liebe. Dann fuhr ich zu Tamara, die sich in Wyk auf Föhr aufhielt. Ich wollte sie noch einmal sehen. Sie wusste nicht, dass ich bei ihrer Rückkehr nicht mehr da sein würde. Der Abschied von jedem einzelnen meiner Kinder hat sich in meinem Gedächtnis eingebrannt. Wo immer ich danach ein Kind sah, welches mich in irgendeiner Weise an die meinen erinnerte – sei es nur, dass es Zöpfchen wie Irene oder Locken wie Marina oder Tamaras dunkles, glattes, volles Haar hatte –, so schaute ich diesem Kind nach.

Diese letzte Woche zu Hause ging zu Ende. Gert brachte mich mit dem Auto nach Uelzen, wo Hans auf mich wartete. (Den Lüneburger Bahnhof vermieden wir.) Mit Hans trat ich die Reise nach Baden-Baden an, wo er ein Engagement am Theater angenommen hatte. Vor unserer Abfahrt sagte Gert noch: »Ich übergebe dir meine Königin. Mach sie glücklich, sonst bekommst du es mit mir zu tun.« Hans hatte in Baden-Baden bei seiner Wirtin ein Zimmer für mich besorgt. So blieb mal wieder der Schein gewahrt. Ich wohnte also nicht mit Hans zusammen. Wie verlogen immer alles vor sich ging! Doch echt war unsere Liebe, getragen von der Hoffnung, dass uns nichts trennen und dass Gott diese Liebe segnen werde. Ich ahnte damals nicht, dass sich keiner meiner Wünsche und Träume erfüllen würde.

Dann saß ich den ersten Abend im Theater in der dritten Reihe und wartete, dass sich der Vorhang hob. Es war die Premiere von »Das Leben – ein Traum«. Hans spielte darin. Ich war ihm ganz nahe. Mir schien, als träumte ich den Traum meines Lebens. Ein paar Mal an diesem Abend trafen sich unsere Blicke und ich fühlte eine unendliche Liebe.

Später schrieb Hans mir einmal: »Ich spiele immer für dich. Umso enttäuschter bin ich dann beim Schlussapplaus, wenn der Platz, auf dem du bei der Premiere gesessen hast, von irgendjemand besetzt ist. Ich rufe mir alle Einzelheiten dieses Abends ins Gedächtnis zurück, und ich weiß noch eine ganze Menge.«

Zehn Tage verbrachte ich mit Hans in Baden-Baden. Dann zog ich zu meinen Eltern nach Graz.

Sie empfingen mich herzlich, die Scheidung wurde mit keinem Wort erwähnt. Auch von Hans wurde nicht gesprochen – in den ganzen folgenden Jahren nicht. Mein Vater war sichtlich beruhigt, dass ich nichts dagegen hatte, wenn sein Verhältnis zu

Gert weiter so bliebe wie bisher. Die beiden verband Freundschaft und Liebe; dem wollte ich nicht im Wege stehen. Mama, das wusste ich, hatte großes Mitleid mit mir. Als ich am ersten Abend schlafen ging, sagte sie: »Ich weiß, wie dir zumute ist. Ich gebe dir keine Schuld. Gott schütze dich, gib alles in seine Hände!« Sicherlich erinnerte sie sich an ihre große Liebe, die ebenfalls unglücklich endete.

Meine Eltern wohnten nach ihrer Ausbombung beengt bei Freunden. So musste ich mir ein Zimmer suchen und fand es bei Frau von Mehlem. Das Zimmer hatte früher als Vorratskammer gedient und war dementsprechend klein und ohne Heizung. Aufenthaltsraum und Bad von Frau von Mehlem konnte ich mitbenutzen. Fortan war ich ständig damit beschäftigt, den Kindern, dem Kindermädchen und Hans zu schreiben. Später legte man mir dann nahe, nicht so oft an das Kindermädchen zu schreiben: Meine Fürsorge war nicht mehr erwünscht. Zum Glück hat Gert mir immer ausführlich von den Kindern berichtet. Ich war froh zu erfahren, dass es ihnen gut ging und sie viel Unsinn trieben.

In dieser Zeit war die Post das Allerwichtigste für mich. Gert schrieb mir oft. Es waren die Briefe eines wahren Freundes, aber auch eines Mannes, der seine frühere Frau noch immer zärtlich liebte. Ich selbst habe dies erst viel später wahrgenommen. Wie konnte das damals auch anders sein, da Hans mir unüberhörbar seine Liebe in einem Maße bekundete, die mich fast bange machte. Ich glaubte, er bedürfe meiner Hilfe so sehr, dass sein Leben und seine künstlerische Tätigkeit ganz von mir abhingen. Seit jeher beherrschte mich ein innerer Hunger nach Edelmut – schon als Kind, dann als junges Mädchen, später, als ich in Barendorf verheiratet war, und besonders in den Kriegsjahren. Diesen inneren Drang, mich opfern zu wollen, bewies ich auch bei der Scheidung. Nicht mit einem Wort habe ich mich verteidigt und ich nahm mir auch keinen Verteidiger. Das Schwerste, was ich mir auferlegt habe, war zu warten, bis die Kinder erwachsen waren, um ihnen erst dann zu sagen, dass auch ich es gewesen war, die mehrmals die Scheidung verhindern wollte – und nicht nur ihr Vater, wie immer gesagt wurde. So wuchsen meine Kinder in Barendorf in dem Glauben auf, dass ich nicht mehr bei meiner Familie bleiben wollte, seit ich Hans kennengelernt hatte. Daher rührten später ihre Fragen: »Warum bist du nicht bei uns geblieben, wo dich Papi doch so darum gebeten hat?«

Der erste Brief, den ich vier Wochen nach der Scheidung von Gert in Graz erhielt, war herzlich. Er enthielt aber wieder diese Feststellung: *Hoffentlich hast du zwischen Ostern und Pfingsten gut gewählt. Ich bin auch heute noch* traurig, *dass es so gekommen ist und du nicht den Weg zurück gefunden hast. Die Zukunft muss es uns zeigen.* – Weder in seinen Briefen noch meinen Eltern, seiner Familie oder seinen Freunden gegenüber erwähnte er jemals, dass ich ganz zum Schluss zu ihm zurückfinden wollte und er trotzdem die Scheidung einreichte.

Wollte er dies nie wahrhaben, hat er es immer verdrängt? Er hat immer nur seine Version gesehen – vielleicht um alles leichter tragen zu können –, indem er sich einredete, alles unternommen zu haben, um mich nicht zu verlieren. Einmal schrieb er mir: *Ich bin viel allein, lese viel und höre schöne Musik. Ich lege mir oft die Frage vor, was passiert wäre, wenn du zwischen Ostern und Pfingsten* freiwillig, *ohne Zwang mein Angebot angenommen hättest. Ich bin fest davon überzeugt, wir wären heute glücklicher. Vielleicht irre ich mich, und du bist glücklich. Ich bin es heute nicht, obwohl ich die Kinder bei mir habe, die glücklich sind, herumtollen und denen man nichts anmerkt. Ich habe doch zu sehr an dir gehangen und kann dich nicht so schnell vergessen. Ich konnte dir vielleicht meine Gefühle nicht so zeigen, deshalb hatte ich dich nicht weniger lieb wie ein anderer. Wenn es nicht so wäre, hätte ich nicht die Kraft aufgebracht, so lange durchzuhalten und alles so ruhig und freundschaftlich zu lösen. Möge der Weg, den du für uns beide ausgesucht hast, der richtige sein, und ich hoffe von ganzem Herzen, dass du den Mann bekommst, der deiner würdig ist, und du noch einmal ein Zuhause finden wirst. Deine Zukunft macht mir etwas Sorge und ich nehme mit ganzem Herzen daran teil. Nun bleibt uns nichts anderes übrig, als dass jeder seinen Weg geht, und wir hoffen, dass jeder von uns einen guten und anständigen Weg gehen wird. Mama lässt dich sehr herzlich grüßen. Für unsere Kinder wird alles getan.* Diesem Brief folgten weitere. Jede Woche schrieb er ganz ausführlich von den Kindern und auch von seinen Gefühlen für mich. Er fragte mich auch immer nach Hans, und ob es nett gewesen war mit ihm, während der Tage in Baden-Baden. Er sorgte sich, wie ich mit allem fertig werde. Selber habe er viel Arbeit und der Wirtschaft Mühe und Sorgen, aber auch dies habe sein Gutes, meinte er. Weiter schrieb er:

*In Lüneburg geht das Gerücht herum, dass Hans Günther sich scheiden ließe … wie ich überhaupt, liebe Maria, oft über deine Zukunft nachdenke, als ein guter und treuer Freund, der es wirklich nur gut mit dir meint und noch heute sehr an dir hängt. Solltest du 1951 deinen Hans heiraten, das wäre ja alles in Ordnung und du hoffentlich sehr, sehr glücklich. Wenn es nicht klappen sollte, müssen wir über alles in Ruhe mal sprechen. Bis zum 31. Dezember 1951 bist du ja dann erst mal einigermaßen versorgt. Wir wollen dann im Herbst 51 zusammenkommen, über die Kinder uns aussprechen, du deine Wünsche mir mitteilen und auch über deine wirtschaftliche Zukunft sprechen. Es ist für mich eine* Ehrenpflicht, *dass die Mutter meiner Kinder wenigstens ein Auskommen hat, dazu kommt, dass du meine* beste Freundin *bist. Bitte fass es richtig auf, es sind keine »Almosen«, es ist für mich eine Pflicht vor meinem Gewissen, auch weiter für dich zu sorgen, wenn du nicht heiraten solltest, wenigstens solange ich es kann. Maria, lass uns wenigstens gute, anständige und ehrliche Freunde bleiben! Solange ich mein Auskommen habe, sollst du nicht in Not kommen. Und ich bitte dich herzlich darum, in diesem Punkt ehrlich zu mir zu sein. Ich habe es dir hier oft gesagt, aber du sollst nicht denken, ach, wenn ich erst einmal ein Vierteljahr fort bin, dann sieht alles anders aus. Es ist alles so geblieben und du hast es jetzt noch mal schriftlich. Sag es bitte auch deinem Vater und deiner Mutter, sie sollen sich wenigstens darüber keine unnötigen Sorgen machen. Hoffentlich wird für uns alle 1951 die Sonne scheinen, ich habe ja Hansens Ehrenwort, dass er dich nicht im Stich lässt und für dich sorgen wird. Sonst bin ich immer noch da.*

*Viele liebe herzliche Grüße*

*immer dein Freund Gert*

Hans schrieb mir fast jeden Tag. Mit zitternden Händen und atemlos machte ich diese Briefe auf, jedes Mal in der Hoffnung, seine Frau habe in die Scheidung eingewilligt. Aber dann musste ich lesen: *Meine Frau hat mich gestern hier in Baden-Baden besucht, ich habe ihr von deiner Scheidung erzählt. Ich wollte das erst einmal klarstellen, habe auch gesagt, dass du mir die Jacke, die ich anhatte, geschenkt hast. Ich habe das alles draußen getan wegen Hausfriedensbruch. Nun ja, Weiteres will ich nicht darüber schreiben, oder etwas später.* Wiederum in einem anderen Brief: *Ich kann dir gar nicht sagen, wie sehr ich mich immer über deine Briefe freue. Ich habe den Eindruck, als machst du in dieser schweren Zeit geradezu einen Läuterungsprozess durch, alles, was bisher in dir schlummerte, was ich aber von Anfang an gefühlt und geahnt habe, eine ungewöhnliche Reife und eine wundervolle Tiefe des Empfindens, all das, was so lange durch äußere Umstände niedergehalten wurde, bricht in einem Maße hervor, das mich zugleich beglückt und erschüttert.* In einem anderen Brief schrieb Hans: *Ich denke immer an dich immer wie an etwas ganz Reines und Schönes, wie an ein Wesen aus einer anderen Welt. Du bist der Engel, der mich Gott nahebringt.* Oder: *Ein sehr hinderlicher Faktor war jedenfalls ein Herzleiden meiner Frau und die ärztliche Verordnung für Ruhe und absolute Vermeidung jeglicher Aufregung.* Dann wieder: *Du hast recht, wenn du vermutet hast, dass ich mir von dem »Besuch« neulich etwas für uns Positives versprochen habe. Aber dieser Status quo macht mich allmählich ganz mürbe.*

Ja, ich tröstete ihn, obwohl ich selber dringend eines Trostes bedurfte. Denn Weihnachten stand bevor, und es war das erste Mal, dass ich in dieser Zeit nicht bei meinen Kindern sein konnte. Zwischendurch schrieb mir Gert Folgendes:

*Barendorf, 24. November 1950*

*Liebe Maria!*

*Nach der Rückkehr von Frau von Rosenberg aus Baden-Baden ist Lüneburg wieder voll von Gerüchten, die mir sehr nahegehen. Ich kann und will nicht daran glauben, dass alles wahr ist, was Frau von Rosenberg erzählt. Dann wäre ja Hans der größte Schuft und du eine ganz naive Frau, die sich so täuschen ließ. Gewarnt bist du ja genug worden. Wollen wir hoffen, dass alles nur blöder Quatsch ist, dann wäre es auch höchste Zeit, dieser Bande den Mund zu stopfen.*

*Ich kann es nicht vertragen, wenn du und Hans durch den Dreck gezogen werden. Wir haben alle zu viel darum gelitten. Ich wollte dich Ostern überzeugen, dass du auf dem falschen Weg warst, wollte hinter der Vergangenheit einen dicken Strich ziehen und mit dir neu und anständig anfangen. Du hast mich überzeugt, dass deine Liebe zu Hans so groß und fest ist, dass du den schweren Weg gehen wolltest und der großen Liebe große Opfer bringen wolltest. Um ganz sicher zu gehen, habe ich damals mit Hans gesprochen. Auch er hat mich damals überzeugt, dass er es hundertprozentig ehrlich mit dir meint und dass ihr euch beide einig seid und nichts euch in der Welt trennen kann. Darauf erfolgte erst die Scheidung. Hätte ich damals von Hans eine nicht so hundertprozentige Antwort bekommen, hätte ich dich noch mal gewarnt und hätte die Scheidung nicht eingereicht. Denn ich war ja damals gewillt, bei dir zu blei-*

*ben und hatte vollkommene Rückenfreiheit. Deswegen haben mich die Äußerungen von Hans in Baden-Baden,* die er gemacht *haben soll, so erschüttert. Verzeih bitte, dass ich dir so frei und ehrlich schreibe, aber ich habe keine Geheimnisse vor dir und es ist, wie es auch sei, immer besser, wenn man die volle Wahrheit weiß. Die beiden Kleinen fragen nie was. Marina fragt ab und zu, ob du und Hans schon verheiratet seid oder wann ihr heiraten werdet …*

Und ich schrieb an Hans, natürlich ohne Vorwürfe, aber ich stellte einige Fragen, die ihn sehr kränkten. Seine Antwort lautete:

*30. November 1950*

*Meine Maria!*

*Es tut mir unendlich leid, dass du so sehr gelitten hast und aus diesem Schmerz heraus mir einen Brief geschrieben hast, den ich dir beinahe sofort wieder zurückgeschickt hätte, wie es bereits einmal im Krankenhaus der Fall war. Dennoch sprach gerade aus diesem Brief so unendlich viel Liebe, dass ich ihn deshalb behalten möchte, trotzdem er inhaltlich gar nicht für mich bestimmt ist, denn derjenige, der durch sein Verhalten diesen Brief hervorgerufen hat, bin ich ja gar nicht. Ich habe ja, weiß Gott, nicht das Allergeringste damit zu tun, ich war wohl noch nie so unschuldig wie in diesem Fall und kann mich mit Recht als das Opfer von Lügen und Hirngespinsten einer sogenannten menschlichen Gesellschaftsclique ansehen, die im eigenen Schmutz ersticken müsste. Es widert mich an, überhaupt Worte darüber verlieren zu müssen, und ich möchte mich deshalb möglichst kurzfassen. Ich empfinde es nahezu als eine starke Zumutung, dass ich aufgefordert wurde, zu solchen banalen, billigen und niedrig-gemeinen Anschuldigungen Stellung zu nehmen oder mich gar zu verteidigen. Als ich Gerts Brief erhielt, habe ich ihm binnen einer Stunde mit einem Telegramm und einem Einschreibebrief geantwortet in der Meinung, dich vor diesem Schmutz bewahren zu können bzw. ihn dir als solchen kenntlich zu machen. Anschließend habe ich dir dann sofort geschrieben und dir meine Empörung darüber mitgeteilt. Wahrscheinlich habe ich dir gesagt, dass ich dir Gerts Brief später schicken würde, denn hätte ich ihn dir gleich beigelegt, hätte die Gefahr bestanden, dass du ihn vor meinem gelesen hättest und dann mal zunächst umgefallen wärst. Umso mehr befremdet es mich, dass Gert, bevor er etwas von mir gehört hat, dir diesen Mist sofort schreibt mit dem*

*Erfolg, dass du dich völlig unnötig und überflüssig gequält hast und, was noch schlimmer ist, wenn du auch nicht daran geglaubt, so doch zumindest gezweifelt hast. Wenn Gert mir schreibt, dass er es nicht glauben kann und mich um Wahrheit bittet, darf er dir das nicht vorher mitteilen. Das kommt einer weiteren Verbreitung dieser Lügen gleich oder es steckt eine Absicht dahinter. Seinen Brief an mich habe ich ihm hoch angerechnet und als außerordentlich fair angesehen, dass er dir gleichzeitig geschrieben hat, hat mir jedoch einen gewaltigen Dämpfer versetzt. Es war einzig und allein meine Sache, dich davon in Kenntnis zu setzen, was ich ja auch sofort getan habe. Wie kann man mich überhaupt einer so entsetzlich billigen Handlungsweise für fähig halten, das ist es, was mich derart kränkt.*

Nachdem Hans an Gert geschrieben und ein Telegramm geschickt hatte, dass er eine Frau von Rosenberg überhaupt nicht kenne, schrieb mir Gert, die Gerüchte hätten sich beruhigt.

Am 29. November 1950 erhielt ich einen Brief von der Kinderschwester, in dem sie meine 15 Fragen beantwortete. Das Schreiben war so nüchtern und unpersönlich abgefasst, dass ich annehmen musste, nicht mehr berechtigt zu sein, Vorschriften zu machen oder Fragen zu stellen.

Drei Monate war es her, dass meine Kinder um mich waren und meine Liebe und Sorge sie umgaben. Als ich den Brief der Kinderschwester in meinen Händen hielt, begriff ich langsam, dass es wirklichkeitsfremd war, was ich aus Barendorf erwartete. Warum sollten die Barendorfer Umständliches und Unangenehmes auf sich nehmen, wenn es ihnen keinen Vorteil brachte. Das hätte ich doch wissen müssen. Nun war ich fort und meine Situation wurde mir unheimlich, obwohl man mich sehr gern hatte und auch wohlwollend über meinen Charakter sprach wie über meine 13-jährige Ehe und ebenso anerkannte, dass ich eine gute Mutter war.

Gerts Mutter, seine Brüder und auch Pascha hatten sich von mir verabschiedet, und ich hatte Tränen in ihren Augen gesehen. Ich wollte noch nicht wahrhaben, dass die Absprachen zwischen Gert und mir bezüglich unserer Kinder ihre Gültigkeit verloren haben sollten. War ich denn jetzt eine Mutter nur auf dem Papier? Gert und ich hatten uns doch als gute Freunde getrennt, was unseren Kindern zugutekommen sollte. Es war immer die

Rede von einem intensiven Kontakt zwischen den Kindern und mir gewesen. Alles, was sie betraf, sollte mit mir besprochen werden, ebenso sollte ich sie oft sehen können bis zu dem Zeitpunkt, wenn ich ein eigenes Zuhause haben würde und sie endgültig zu mir ziehen würden. Zuerst Tamara, die mir vom Gericht zugesprochen worden war, und dann auch Marina und Irene. Dann sollte alles umgekehrt sein und ich sollte mit Gert alles die Kinder Betreffende absprechen.

Barendorf als ihr ursprüngliches Zuhause sollte ihnen erhalten bleiben. Für mich waren diese Vereinbarungen, die ja in allen Einzelheiten mit Gert besprochen waren, damals durchführbar. Ich glaubte auch, dass Gert es ehrlich meinte, auch Elkes Briefe gingen in diese Richtung und waren aufrichtig. Zwischen Gert und mir bestand ein reger Briefwechsel, jede Kleinigkeit wurde mir von den Kindern berichtet: was sie aßen, anzogen, was Neues an Kleidung gekauft wurde, alles über Schule, Gesundheit, Stimmung, Kinderschwester etc.

Am meisten freute ich mich, wenn es hieß, sie seien sehr vergnügt und trieben viel Unsinn. Und ich schrieb und schrieb unentwegt zurück. Gert und die Kinder freuten sich über meine Briefe und Gert beantwortete sie herzlich. Vielleicht war mein Brief an die Kinderschwester doch nicht ganz passend gewesen und meine Fragen hatten sie beleidigt. Hier ein Teil ihres Briefes:

*Barendorf, 29. November 1950*

*Geehrte Frau Bockelmann!*

*Hiermit beantworte ich Ihnen Ihre Fragen:*

*Marinas Wintermantel ist brauchbar. Sie trägt ihn zu Schule und sieht sehr nett darin aus.*

*Die Skistiefel passen.*

*Marina ist bei der Kälte immer warm genug angezogen. Sie hat letzthin erst Winterschlüpfer bekommen.*

*Schulbrot bekommt sie immer mit. In den seltensten Fällen bringt sie es wieder mit nach Hause. Dann kauft sie sich bei Bäcker Hesse zwei frische Brötchen.*

*Bei Tisch benimmt sie sich sehr nett. Wenn sie aus der Reihe fällt, muss sie ihren Teller im Nebenzimmer aufessen.*

*Morgens isst sie einen großen Teller Milchsuppe u. dazu eine Schnitte Brot.*

*Über ihren Fuß klagt sie kaum.*

*Die Zähne muss sie sich natürlich putzen.*

*Die Kinder müssen abends um fünf Uhr zu Hause sein.*

*Selbstverständlich bin ich bei den Kindern, wenn die Kerzen brennen.*

*Tamara hat seit der Zeit, da sie aus Wyk zurück ist, bestimmt zugenommen. Sie isst sehr gut und der Arzt hat bestätigt, dass sie sehr kräftig sei.*

*Gemüse und Obst bekommen die Kinder so oft wie möglich, dafür aber weniger Bonbons.*

*Die Milch bekommen sie in Form von Suppen.*

*Ich habe die Kinder Gott sei Dank so weit abgehärtet, dass sie morgens und abends in handwarmem Wasser gewaschen werden. Sie mögen es sehr gerne und an Erkältungskrankheiten haben sie kaum zu leiden.*

Meine Gedanken waren damals ununterbrochen bei meinen Kindern. Daneben erfüllte mich immer mehr die Furcht, meine Heirat könnte sich verzögern. Auch bekam ich Angst, weil ich merkte, dass die Zeit gegen mich, aber für Gert arbeitete. Im weiteren Verlauf würde er es vielleicht nicht mehr für wichtig halten, das Band zwischen mir und meinen Kindern in der versprochenen Form aufrechtzuerhalten. Vielleicht käme es dann so weit, dass nur das Allernötigste geduldet würde. Ich hatte nichts in den Händen. Alles sprach gegen mich: Ich hatte noch kein Zuhause, kein Geld, keinen Beruf und meine Gesundheit ließ zu wünschen übrig.

Dazu kam, dass meine Eltern nach ihrer Ausbombung in einem Zimmer lebten, Papas Pension sehr klein war, mein Bruder noch studierte und von einem Stipendium lebte. Ich sagte mir aber: Ich habe keinen Grund zur Verzweiflung, denn meinen Kindern geht es auch weiterhin gut. Hans war mit seiner Scheidung noch nicht weitergekommen. Er traf sich wieder mit seiner Frau, um darüber zu sprechen. Er schrieb: *Gebe Gott, dass ich dieses Mal Verständnis finde.*

Ich begann Russischunterricht zu nehmen. Das fiel mir nicht schwer, weil ich Serbokroatisch spreche und diese slawische Sprache Ähnlichkeit mit der russischen hat. Ferner erinnerte Russisch mich an Barendorf und war mir vertraut. Außerdem hatte ich Pascha versprochen, sie nach Russland in ihre alte Heimat zu begleiten und ich wollte dafür fleißig lernen. Irene schrieb mir einen lieben Brief und meinte: *Ich lerne Deutsch in der Schule und du Russisch.*

Damals weilte meine Freundin Erika Vollmer gerade in Graz, und wir verbrachten viele nette Stunden zusammen, die meiste Zeit auf dem Tennisplatz. Durch sie lernte ich zwar viel interessante Leute kennen, doch für mich gab es nur Hans.

Fast jeden Tag ging ich ins Theater, konnte mir aber nur Stehplätze leisten. Ich wollte so viel wie möglich sehen, um Hans besser zu verstehen. Er schrieb dazu: *Ich freue mich, dass du oft Gelegenheit hast, gute Sachen im Theater zu sehen, mein kleiner Student, ich bin stolz auf dich.* Zum Lesen kam ich ebenfalls oft. In diesen paar Monaten verschlang ich viele Werke von Nobelpreisträgern sowie Komödien von Molière, Balzac, Shaw, Kipling und Bergengruen. Keine Minute wollte ich vergeuden, ich las und lernte.

Papa war wieder in Ottmanach und hütete ein. Käthe und Rudi fuhren nach Barendorf. Papa hielt sich gern in Ottmanach auf, er liebte die ganze Familie Bockelmann. Meine Scheidung hatte daran nichts geändert. Ich unterstützte diesen Kontakt – andernfalls hätte Vater womöglich darunter gelitten. Meine Mutter dagegen dachte anders. Zu den Geburtstagen von Gert und seiner Mutter gratulierte sie – das war alles. Sie war eine sehr gläubige Katholikin und beharrte darauf, dass ich keine zweite Ehe eingehen durfte, dass meine Ehe mit Gert unauflöslich war. Immer wieder ermahnte sie mich: »Was Gott verbunden hat, das darf der Mensch nicht trennen.« Wir sprachen nie über Hans, und seine Briefe wurden mir ohne Kommentar ausgehändigt. Ein Schmerz mehr, aber nur ein kleiner. Die Sehnsucht nach den Kindern und die bohrende Angst, es könnte ihnen etwas passieren und ich wäre nicht da, war viel schlimmer. Ich fragte in jedem Brief, ob es stimme, dass sie ausgelassen und fröhlich seien und viel Unsinn trieben. Dann war ich wieder beruhigt, wenn mir viele das Gleiche berichteten, wie z. B. Gerts Cousine Alja Stucken und Martina Obst, die damals in Barendorf weilten.

Dann wurde ich ernstlich krank – mittlerweile war es Winter und sehr kalt. Mein kleines Zimmer war so eisig, dass ich an den Nieren erkrankte. Frau von Mehlen, meine Hauswirtin, hielt sich in Schweden auf, und ich war allein in der Wohnung. Da meine Eltern nur ein Zimmer hatten, konnten sie mich nicht zu sich nehmen.

Es war eine traurige Zeit. Wie habe ich das nur ertragen! Meine Eltern litten mit mir, das merkte ich, obwohl wir versuchten, uns das nicht zu zeigen. Die Weihnachtsbriefe der Kinder kamen. Sie schrieben mir lieb, aber sehr korrekt. Lieber wären mir Briefe voller orthografischer Fehler und kindlicher Ausdrücke gewesen. Noch viele andere Briefe erreichten mich aus Barendorf – irgendwie wollten mich alle trösten. In Gerts Briefen – es waren mehrere, die ich in der Weihnachtszeit erhielt, wurde auch Tamaras Geburtstag (der 14. Dezember) ausführlich erwähnt. Alle diese Briefe klangen traurig. Sein Herz war durch unsere Trennung schwer belastet. U. a. schrieb er mir:

*Die Kinder sind alle gesund und munter und freuen sich sehr auf Weihnachten. Ich werde alles versuchen, es ihnen so nett zu machen wie möglich! Ich werde froh sein, wenn alles vorbei ist. Meine Gedanken sind viel und oft bei dir. Ich weiß, was du, liebe Maria, jetzt durchmachst. Aber ich war Ostern so weit – leider zu spät. Möge Hans dir entgelten, was du an Liebe ihm entgegengebracht hast, und deiner Opfer sich würdig erweisen. Ich denke an euch alle lieb und fühl euch ganz nahe, und mein Herz ist sehr wehmütig. Liebe Maria, wir müssen tapfer sein! Würde mich sehr freuen, wenn Oskar mich 1951 hier besuchen würde. In Gedanken gebe ich dir einen festen Kuss (hoffentlich erschießt mich Hans nicht). Auch Oskar, Malvine und Carlo einen Weihnachtskuss. Alles Liebe und Gute und beste Gesundheit für 1951 – immer*

*dein Gert*

Elke schrieb mir auch auf einer Barendorfer Postkarte (die mit der Buche im Park – es war ja jetzt ihr zukünftiges Zuhause). Sie wünschte mir alles Gute zu Weihnachten und schrieb, wie sehr sie sich auf ihr Weihnachtsgeschenk freue. Gerts Bruder Johnny lobte in seinem Weihnachtsbrief mein Russisch (ich hatte Pascha auf Russisch geschrieben). Er erwähnte, dass er vor genau einem Jahr aus der russischen Gefangenschaft zurückgekommen war.

Auch in einem anderen Brief stellt Gert immer wieder die Frage: *Wie ist das möglich, dass es zwischen dir und Hans zu einer großen Liebe kommen konnte? Es war ja vom ersten Augenblick an. Lass uns tapfer jeder seinen Weg gehen und uns gegenseitig helfen.* Nach diesen so herzlichen Briefen, die noch lange Zeit herzlich blieben, stellte ich mir später oft die Frage, wie es dieser Mann in den darauffolgenden neun

Jahren fertigbringen konnte, mich von den Kindern so fernzuhalten und meine Bitten, sie häufiger als nur einmal im Jahr (in den Schulferien) zu sehen, immer wieder abzulehnen. Als Grund gab er immer an, dass dies nicht gut für die Kinder wäre und es nicht darauf ankäme, dass mein Egoismus befriedigt würde. Manchmal war mir so elend zumute, dass ich glaubte, nicht weiterleben zu können. Im Burgenland schaute ich einmal schwermütig von einer Burg in die Tiefe, aber dann warf ich nur meinen Ehering hinunter. Auf Anraten von Gert hatte ich ihn auch nach der Scheidung weiterhin getragen, denn er meinte, ich könnte auf die Weise die Männerwelt leichter von mir fernhalten.

Wenn ich auch die Kinder selten sah, bestand doch ein reger Briefwechsel. Die gesamte Familie Bockelmann hatte diesbezüglich nicht nur keine Einwände, sondern unterstützte alle Briefkontakte, ja sämtliche Familienmitglieder schrieben mir jahrelang sehr oft und ausführlich. Aber die Briefe meiner Kinder waren mir das Wichtigste. Zu einem Muttertag in diesen Jahren schrieben sie nicht. Diesen Tag, an dem ich glaubte, meine Kinder hätten mich für immer vergessen, kann ich mit kaum etwas Schmerzlicherem vergleichen.

Doch zurück zur Weihnachtspost – im ersten Jahr der Trennung von meinen Kindern schrieb Hans:

*Dies Weihnachtsfest möchte ich gerne ausfallen lassen. Es wird sehr schwer sein, aber ich bin immer bei dir, meine Maria, und im nächsten Jahr ist ein Spatz bei uns, Tamara oder Marina, nicht wahr? Wenn du doch in diesem Jahr auch einen bei dir haben könntest. Heute war ich in der Kirche, in der wir zusammen waren. Ich wollte dir ganz nahe sein. War auf demselben Platz.*

Am 20. Dezember schrieb er noch einmal:

*Meine geliebte Maria!*

*Heute fällt es mir sehr, sehr schwer, an dich zu schreiben, meine Geliebte. Bei dem Gedanken an Weihnachten tut mir mein Herz unendlich weh. Wir können nicht zusammen sein und du musst das Fest fern von deinen Schätzen verbringen. Aber dieses wird auch das schwerste Weihnachten in unserem Leben sein. Ich kann dir heute nichts weiter geben als meine große, tiefe und heilige Liebe. Du sollst es wissen und musst es fühlen, dass meine Gedanken immer bei dir sind, dass ich mich unsagbar nach dir sehne und dich wahnsinnig liebe. Dieses Bewusstsein soll dir helfen, das Fest so gut wie möglich zu verleben, wie mir auch deine Liebe helfen wird. Bleibe meine Maria, ich liebe dich und bin immer*

*dein Hans*

Mit Datum vom 26. Dezember 1950 erhielt ich einen Brief von Gerts Cousine Alja Stucken.

*Heute Abend war ich bei deinen Kindern, wir machten einige Spiele. Auch heute sah ich sie beide beim Turnen mit Tamara. Sie sind vergnügt und munter. Irenchen, treu und süß, fragt immer, ob auch mein Milchtopf gefüllt sei, sonst würde sie es tun. Tamaritschka bittet immer, zum Essen zu bleiben, heute eilte sie zum Rodeln. Marina sieht wohl aus, hat zugenommen und ist lieb. Am 1. Advent spielt sie mir auf der Geige vor. Irenchen in Tante Elkes grünem Mützchen und Schal sieht entzückend aus bei frostgeröteten Bäckchen. Tamara ist sehr groß, hustet eben etwas. Wie geht es dir? Wie sieht es mit Heiraten aus? Am 27. Januar heiratet Gert. Elke gibt sich viel Mühe, so sieht hier alles harmonisch und heiter aus. Für dich war es wohl sehr einsam am 24. Dezember? Dir alles Liebe, festen Kuss von*

*deiner Alja*

## Gert heiratet wieder

Wie mir schon seit Langem bekannt war, wollten Gert und Elke heiraten. 1951 war es dann soweit. Zu ihrer Hochzeit schrieb ich folgenden Brief:

*Lieber Gert und liebe Elke!*

*Auch ich möchte euch eurer Hochzeit von Herzen gratulieren. Jetzt seid ihr glücklich vereint. Das Gefühl, dass ihr jetzt euer Leben gemeinsam aufbauen werdet und dass ihr Harmonie in das Haus bringt, wo meine Kinder aufwachsen, ist schön für mich. Möge Gott seine Hand schützend über euch halten. Die guten Wünsche, die ich für euch habe, sind ehrlich empfunden, nehmt sie bitte auch so auf! Da ihr sicher auch manchmal an mich denkt, möchte ich erwähnen, dass ich mein Schicksal mit Mut und Zuversicht trage. Wenn mir die Gedanken kommen, dass mich das Schicksal von allem, was mir lieb und wert ist, getrennt hat, dann erinnere ich mich an einen einmal gelesenen Satz: »Unter der scheinbar glatten und simplen Oberfläche des Lebens lauern die Dämonen der Tragik, sie tauchen auf, wenn man anhält und nachdenkt, und sie verschwinden wieder, wenn man geschlossen weiterlebt.«*

*Man müsste daran glauben, ich will es auch.*

*Nochmals alles Gute wünscht euch*

*eure Maria*

Zwischen mir und den Arbeitern und Angestellten auf dem Gut hatte ein überaus herzliches Verhältnis geherrscht. Diese Leute zeigten ihre Anhänglichkeit auch später noch, als ich nicht mehr in Barendorf unter ihnen lebte. Als sie von meinem Besuch in Lüneburg erfuhren – ich wollte meine Kinder sehen –, wollten auch sie mich begrüßen und sie kamen mit Rädern oder mit dem Bus in die Stadt. Gert und Elke empfanden das als unangenehm, und so geschah es, dass ich meine Kinder in Lüneburg kein zweites Mal besuchen durfte. Gert wünschte nicht, dass ich in der Nähe meines früheren Wirkungskreises erschien. Er meinte, ich sei zu bekannt dort, dazu käme eine gewisse Anhänglichkeit, die für die Beteiligten jetzt nicht mehr angebracht sei. Von da an sah ich die Kinder nur einmal im Jahr in den großen Ferien. Wir verbrachten dann 14 Tage gemeinsam an der See.

Was die Leute auf dem Gut betraf – sie begannen, mir eben zu schreiben. Darüber war ich sehr glücklich – sie dachten immer noch an mich. Die Frau unseres Hofmeisters zum Beispiel schrieb mir am 4. März 1951:

*Meine liebe Frau Bockelmann!*

*Ich bin so traurig und kann es immer noch nicht glauben, dass Sie nicht mehr zurückkehren. Aber nun muss ich es ja glauben, da Herr Bockelmann wieder geheiratet hat. Sehr elegant gekleidet ist die junge Frau. Meine liebe Frau Bockelmann, das Schicksal ist hart, nehmen Sie es sich nicht zu sehr zu Herzen, damit Sie ja nicht seelisch krank werden. Sie sind noch jung und hübsch, ich habe das Bild gesehen, welches Sie Marina zu Weihnachten schickten, darauf sind Sie bildhübsch. Ich hätte auch so gerne ein Andenken von Ihnen gehabt. Ihren drei Töchtern geht es gut, sie sehen gesund aus und können gut essen. Irenchen ist jeden Tag bei uns, und sie spricht oft von der Mami und dass sie im Sommer zu Mami an die Nordsee fährt. Marina ist auch schon ein richtiges kleines Fräulein und so nett zu mir. Meine liebe, gute Frau Maria, geht es denn nicht, dass Sie vielleicht in Hamburg wohnen und dann öfter Ihre drei Töchter sehen können? Das liebe Mutterherz kann doch keiner ersetzen. Ich habe wieder sehr große Wäsche fürs Gut gebügelt. Es war alles nur Wäsche aus der Schweiz dabei. Möchte der liebe Gott geben, dass Sie, liebe Frau Maria, noch recht glücklich werden. Ich werde diesen Brief in Lüneburg in den Kasten werfen. Nun seien Sie, meine liebe, gute Frau Bockelmann, recht aufrichtig gegrüßt von*

*Ihrer Marie Schmidt*
*Gut Barendorf*

Gert schickte mir einen Auszug aus dem neuen Ehegesetz kinderlose Ehen betreffend. Er schrieb mir dazu auch:

*Also bei dem richtigen Wollen müsste es Hans möglich sein, die Scheidung zu erzwingen.*

Diesen Zeitungsausschnitt schickte ich auch Hans:

*Falls aber ein Ehepartner, der selber keinerlei Interesse mehr an der Ehe hat und dies auch durch sein Verhalten hinreichend zum Ausdruck brach-*

*te, einer Scheidung nur deshalb widerspricht, weil er dem anderen die Freiheit nicht gönnt und dessen eventuelle Wiederverheiratung verhindern will, dann wäre es sinnlos, eine solche Ehe aufrechtzuerhalten. Für solche Fälle hat das Gesetz vorgesehen, die Scheidung trotz des Widerspruchs des einen Partners auszusprechen.*

# Meine ersten Schritte in die Berufstätigkeit

Als Antwort schrieb Hans: *Ich träumte, meine Frau hätte mich freigegeben.* Jetzt wusste ich, dass er auf eine friedliche Lösung wartete. Mir war dies recht, allerdings kamen mir Bedenken, weil ich befürchten musste, dass noch viel Zeit bis zu einer Heirat vergehen würde. Daraus ergab sich für mich ein finanzielles Problem. Von Gert bekam ich monatlich einen kleinen Betrag zum Leben, der aber auf anderthalb Jahre befristet war. Also musste ich irgendeinen Beruf erlernen, um später meinen Unterhalt selbst bestreiten zu können. Die Berufsausbildung durfte in meinem Fall höchstens ein Jahr in Anspruch nehmen und keine großen Kosten verursachen. Ich entschied mich, Kosmetikerin zu lernen. Im November 1951 machte ich meine Prüfung und hoffte, eine Stellung als Diplomkosmetikerin zu bekommen. Das musste schnell geschehen, da die anderthalb Jahre der Unterstützung bald verstrichen waren. Von meinen Eltern etwas zu bekommen, war unmöglich, weil diese nach ihrer Ausbombung selbst schwer zu kämpfen hatten. Papa hatte zwar einen hohen Offiziersrang, aber wenig Dienstjahre und bezog dementsprechend nur eine kleine Pension. Dazu kam, dass mein Bruder eine zweite Ausbildung machen wollte und auf ein Stipendium wartete. Papa hatte eine kleine Heimarbeit angenommen, bei der ich ihm half. Wir fertigten kleine Nähkästchen, die ich dann in Geschäften anbot. Mit diesen Holzarbeiten schlug ich mich durch. Da nicht ausreichend Zeit zur Verfügung stand, blieb meine Suche nach einer Stelle als Diplomkosmetikerin erfolglos. So orientierte ich mich auch auf anderen Gebieten und erfuhr, dass die Schweiz Arbeitskräfte für Haushalte, Krankenhäuser und das Gaststättengewerbe suchte. Ich bewarb mich um eine Haushaltstätigkeit und bekam recht bald eine Antwort. Dann waren einige Formalitäten zu erledigen, ich brauchte ein Visum, ein polizeiliches Sittlichkeitszeugnis und mein Pass musste verlängert werden. Das Letztere sollte in Lüneburg geschehen, und ich bat Gert, sich darum zu kümmern. Die größten Schwierigkeiten bereitete mir das Vorlegen von Zeugnissen, denn ich besaß keine. Hilfe aus dem Bekanntenkreis meiner Eltern war aus gesellschaftlichen Gründen nicht zu erwarten. In meiner Not rang ich mich dazu durch, Gert zu bitten, mir ein Zeugnis zu beschaffen. Er verstand mein Anliegen aber so, als ob ich von ihm ein Zeugnis erbat. Darauf schrieb er mir zurück, dass er innerlich außerstande sei, mir in diesem Fall zu helfen. Er war erschüttert, dass ich in eine solche Zwangslage geraten war. Meine Hauswirtin erklärte sich dann schließlich bereit, mir ein Zeugnis auszustellen. Sie schrieb:

*Frau Maria Bockelmann war bei mir zur Führung meines Haushaltes vom 1. Oktober 1950 bis Januar 1952 tätig. Während meiner längeren Krankheit und meiner anschließenden monatelangen Abwesenheit (teils in Österreich, teils in Schweden) hat Frau Bockelmann mich zur vollsten Zufriedenheit vollkommen vertreten und auch meine Untermieter bestens betreut. Ich konnte mich auf Frau Bockelmann vollkommen verlassen und bedaure es sehr, diese verlässliche Stütze mit dem feinfühligen, liebenswürdigen Wesen zu verlieren. Ich kann Frau Bockelmann als Mensch und als Arbeitskraft bestens empfehlen.*

*Hanna von Mehlem*
*Graz, Lichtenfelsgasse 13*

Meine Garderobe für die Schweiz bereitete ich sorgfältig vor, aber meine Wintersachen reichten nicht aus. Deshalb gab mir meine Mutter ihren Pelzmantel und ihre warmen Schuhe. Die Bilder der Kinder und ihre Briefe waren das, was für mich an erster Stelle stand und unentbehrlich war. Vor dem, was mich nun erwartete, hatte ich Angst. Den Kindern schrieb ich, wie sehr ich mich auf diese Reise freute und dass der Aufenthalt in der Schweiz sicher ganz wunderbar werden würde. Die Kinder waren glücklich das zu hören. Elke schrieb mir, dass die Kinder ganz aus dem Häuschen seien, dass ich solch ein Glück habe. Der Glaube soll ihnen erhalten bleiben, meinte Elke, nur Mama, Gert und ich wissen, wie es genau ist.

Für die Einreise in die Schweiz hatte ich schließlich die erforderlichen Unterlagen vollständig beisammen. Auch die Einreisebewilligung aus der Schweiz traf ein – die umfangreichen Verhaltensvorschriften für Ausländer beigefügt. Unter Punkt 3. stand über »Sanitärische Eintrittsmusterung«:

*Die sanitärische Untersuchung ist sehr streng und Sie werden unter anderem geröntgt (durchleuchtet) werden. Falls Sie nicht ganz gesund sind, verzichten Sie besser auf den Antritt der Reise in die Schweiz. Sollten Sie an der Grenze zurückgewiesen werde, sind wir gezwungen, von Ihnen unverzüglich die Rückerstattung des ganzen Ihnen vorgeschossenen Reisegeldes zu verlangen.*

In einem weiteren Schreiben stand: *Treffpunkt am Reiseziel: im Wartesaal 3. Klasse, wenn möglich in der Nähe derjenigen Tür, die zum Bahnsteig führt. Erkennungszeichen: eine Zeitung unter dem rechten Oberarm eingeklemmt.*

Damit war alles geordnet, und ich konnte die Reise antreten.

Meine Route führte von Graz über Bischofshofen, Buchs, Zürich nach Bern und von dort mit der Vorortbahn nach Muri (bei Bern) zu der Familie des Arztes Dr. Bühlmann. Es sollte meine Aufgabe sein, zwei kleine Kinder zu versorgen und etwas im Haushalt zu helfen. Die Bezahlung betrug 140 Franken monatlich nebst freier Station. Das mir zugewiesene Zimmer war enttäuschend. Die Villa des Arztes war wunderschön eingerichtet. Fasziniert hat mich dort ein Ölgemälde, das Originalbild von Noldes »Mutter und Kind«. Die leuchtenden Farben und die Natürlichkeit, die dieses Bild ausstrahlte! Es stellte eine junge Mutter dar, in einem wallenden, etwas durchsichtigen Gewand, das ihre schönen Körperformen erahnen ließ. Sie hielt ihren nackten Säugling innig in ihren Armen. Ihr auffallend langes, fließendes Haar streifte seinen Körper. Das Kind zeigte dem Betrachter den Rücken. Dieses Bild wird mir unvergesslich bleiben. – Die Dame des Hauses war etwas überrascht, dass ich beim Anblick des Bildes entzückt ausrief: »Das kann nur Nolde sein!« Bei einigen der Möbel kannte ich mich ebenfalls aus, doch ich bemerkte – für mich ganz unerwartet –, dass ihr dies missfiel. Ebenso wenig passend fand sie wohl, dass ich mit einem Pelzmantel anreiste. Ihr Blick war auch eisig, als sie mein Gepäck betrachtete – meine Eltern hatten mir ihre guten Lederkoffer gegeben, die zu dem Wenigen gehörten, was ihnen nach der Ausbombung noch geblieben war. Was ich sonst noch an persönlichen Dingen mit mir hatte, hat sie ebenfalls geärgert: Silberbürste, Silberkamm, Familienfotos, einigen Schmuck und Seidenwäsche. Dazu kam noch die respektvolle und beinahe herzliche Begrüßung durch den Hausherrn. Das Gegenteil erlebte ich von der Dame des Hauses. Die Kinder bekam ich nicht zu sehen, auch nicht in der folgenden Zeit.

Frau Bühlmann war eine gebürtige Deutsche. Sie sah gut aus, aber sie hatte nichts Verbindliches in ihrem Wesen. Dr. Bühlmann dagegen machte den Eindruck eines gutmütigen Menschen. Beide Eheleute waren noch jung.

Schon der erste Abend in diesem Hause verhieß nichts Gutes. Als die Hausfrau mir die Küche zeigte und mir ihre Anordnungen gab, verlangte sie auch von mir, ab sofort eine weiße Schürze und ein Häubchen zu tragen sowie in der Küche zu essen. Mir kamen die Tränen und ich biss mir auf die Lippen, was ihr nicht entging. Als das Abendessen angerichtet war, hörte ich kurz danach ein ungeduldiges Klingeln in der Küche, wo ich mich befand. Das hat mich so schmerzlich getroffen (heute lache ich darüber), dass ich ohnmächtig zu Boden fiel. Ich weiß nur, dass ich in mein Zimmer gebracht wurde und Dr. Bühlmann mir sagte, ich solle liegen bleiben und mich ausruhen, es sei wohl etwas zu viel für mich gewesen am ersten Tag. Ich bekam etwas zu trinken, wahrscheinlich ein Beruhigungsmittel.

Der nächste Tag war genau so schlimm und sehr erniedrigend für mich. Die meiste Zeit musste ich auf dem Parkettboden knien, um ihn blank zu reiben. Frau Bühlmann stand daneben und war sich nicht sicher, ob der Boden genug glänzte, ob es sich hier und da um einen Flecken oder einen Schatten handelte. So scheuchte sie mich von einer Ecke in die andere. Mein Herumkriechen verschaffte ihr sichtlich Genugtuung.

Im Hause Bühlmann trat für mich auch in der Folge keine Besserung ein. Ohne zu übertreiben, kann ich sagen, ich wurde schikaniert. Das berichtete ich Hans, nicht aber den Barendorfern, denn damit hätte ich nur die Kinder belastet. Hans antwortete mir mit einem Telegramm, dass er mich sofort abholen wolle. Aber wohin? Zu seinen Eltern, die aus Danzig geflüchtet waren und als bescheidene Flüchtlinge an der Mosel lebten? Welch eine Belastung ich doch für sie gewesen wäre. Das Gleiche empfand ich damals auch meinen Eltern gegenüber, die mir allerdings zu so etwas niemals Anlass gegeben hatten. Sowohl die Eltern von Hans als auch meine hätten statt einer zusätzlichen Last Hilfe gebraucht. Wie freute sich Hans, als ich seinen Eltern zu Weihnachten zwei Hühner schicken ließ. (Ich hatte Gert gebeten, das für mich zu tun.)

Hans schickte mir ein besorgtes Telegramm. Schlug er darin ernsthaft vor, dass ich mit ihm nach Brasilien auswandern würde? Er hatte ja drei Jahre in São Paulo bei seinem Bruder gelebt und war am dortigen Theater engagiert gewesen. Aber er musste doch wissen, dass Brasilien für mich nicht in Frage kam, auch jetzt nicht. Ich wollte niemals so weit entfernt von meinen Kindern leben, vor allem, weil dann keine Aussicht mehr bestehen würde, sie jemals zu bekommen.

So entschloss ich mich, weiterhin in der Schweiz zu bleiben und nur die Stelle zu wechseln. An meinem zweiten freien Tag – d. h. freihatte ich nur einmal in der Woche, nachmittags von 15 bis 18 Uhr, wollte ich meine Nöte der Eidgenössischen Fremdenpolizei (man sagte mir, die sei dafür zuständig) vortragen. Es ist anzunehmen, dass dieser Behörde der Haushalt Bühlmann als ein sehr schwieriger bekannt war, denn es wurde mir versprochen, mir ganz schnell eine neue Stelle zu vermitteln. Nach 14 Tagen konnte ich das Haus Bühlmann verlassen. Im selben Ort Muri bei der Familie des Fabrikanten Steiger begann meine neue Arbeit. Dort wurde ich herzlich aufgenommen und blieb anderthalb Jahre. Mit den beiden Töchtern Tutti und Edith verband mich innige Zuneigung. Tutti war 20 Jahre alt, Edith 17 – beide waren hübsch und intelligent. Durch meine anfänglichen Schwierigkeiten in der Schweiz hatte ich meinen Kindern seltener als sonst geschrieben. Das beunruhigte sie. Auch Gert und seine Mutter baten mich, ausführlicher über meine Lage zu berichten. Dank der neuen Stelle konnte ich den Barendorfern meine Situation positiver schildern.

Mit meinen Kindern war ich immer in regem Briefkontakt. Ihre Zeilen haben mir viel bedeutet, wenn sie auch die Sehnsucht verstärkten, die zu einem Dauerleiden geworden war. Ein Tag glich dem anderen und musste bewältigt werden. Jeden Tag gab es Tränen – zum Glück konnte ich weinen. Wie schlimm geht es denen, die das nicht können!

Oft ging ich auf den Friedhof, setzte mich auf eine Bank und dachte an die Vielen, die dort ruhten und deren Leiden beendet war. Dieser Gedanke tröstete mich. Eine Lebende beneidete die

Toten um ihre Ruhe – aber noch gehörte ich nicht zu ihnen und hatte die Pflicht, das Leben zu bejahen, auch wenn es ein solches war wie das meine. Das musste ich mir immer wieder sagen, denn es lagen Jahre vor mir, die von unglaublichen Schwierigkeiten bestimmt waren. Ich durfte nicht müde werden zu kämpfen, sonst würde ich meine Kinder nie bekommen.

# Meine Eltern bekommen ihre alte Wohnung zurück

Ich überlegte mir, ob ich die Schweiz verlassen sollte, um zu versuchen, in Norddeutschland eine Tätigkeit zu finden. Dort könnte ich mich leichter mit den Kindern treffen. Doch bald schon musste ich diesen Gedanken fallen lassen, weil mein Vater mir schrieb, dass es möglich sei, unsere alte Wohnung, die total ausgebombt war, für nur 5000 DM zurückzuerwerben. Diesen Betrag wollte ich aufbringen, hatte aber bis zu diesem Zeitpunkt lediglich einen kleinen Teil davon angespart. Die Schwierigkeit bestand darin, dass ich in der kurzen Frist, die für den Kauf angesetzt war, den großen Restbetrag nicht verdienen konnte. Somit musste der größere Teil geliehen werden. Meinen Eltern sagte ich jedoch den *ganzen* Betrag zu. Alles das machte erforderlich, dass ich in der Schweiz blieb. Da niemand in meinem Bekanntenkreis mir den Restbetrag hätte leihen können, wandte ich mich mit der Bitte um ein Darlehen an den Verlag Lothar Hemshorn in Wilhelmshaven. Herrn Hemshorn hatte ich im Sommer kennengelernt, als ich mit den Kindern an der See war. Da er an mir als einer möglichen Mitarbeiterin sehr interessiert war, hatte ich den Mut, ihn um ein Darlehen in Höhe von 3500 DM zu bitten, zumal er sein Interesse mehrmals schriftlich bekundet hatte. Seine Antwort auf meine Bitte lautete:

*Sehr verehrte gnädige Frau,*

*für ihre Zeilen vom 15. August 1952 danke ich ihnen recht herzlich.*

*Allerdings bedauere ich sehr, Ihnen mitteilen zu müssen, dass ich für dieses Jahr keine Möglichkeit sehe, Ihnen einen Betrag von DM 3500 zum Ankauf einer Wohnung zu Verfügung stellen zu können, da der für solche Zwecke bei mir vorgesehene Etat bereits auf zwei Jahre ausgeschöpft ist, bedingt durch eigene Bauvorhaben in Westdeutschland.*

*In der Hoffnung, dass es Ihnen gut ergeht, würde ich mich freuen, recht bald wieder einmal von Ihnen zu hören.*

*Mit herzlichem Gruß*

*Ihr L. Hemshorn*

Eine Absage! Jetzt musste ich mich an Gert wenden, was ich als unangenehm empfand. Aber ich kannte niemanden, der in der Lage gewesen wäre, mir das Geld zu leihen. Auch Papa schrieb ich davon. Hier einige seiner Briefe an mich:

*Graz, 3. August 1952*

*Liebe Maria!*

*Kaum schrieb ich dir über unsere Wohnung, so langte gestern von Dr. Kapun als Vertreter der Hauseigentümer des Hauses Morellenfeldgasse 8 das Angebot ein, dass unsere ehemalige Wohnung – derzeit bestehend aus zwei Zimmern, Kabinett, Küche, Speiseschrank, Bad, WC mit Vorraum, Vorzimmer, Wirtschaftsbalkon und Kellerabteil – als Wohneigentum abgegeben wird. Der Kaufpreis beträgt 150 Schilling je qm. – Unsere Wohnung hat 134,19 qm, somit wäre der Kaufpreis 20 130 Schilling, der bei der Errichtung des Kaufvertrags, jedoch spätestens bis 15. September 1952, bar zu bezahlen ist. Hierzu kommen noch die mit dem Vertrag und seiner Durchführung verbundenen Steuern, Gebühren, Abgaben und Kosten zu unseren Lasten. – Laut Wohnhaus- und Wiederaufbaugesetz muss ich mich binnen 30 Tagen nach Zustellung des Angebotes, das wäre bis Ende August des Jahres, äußern, ob ich von dem Angebot Gebrauch mache, da sonst das mir gesetzlich eingeräumte Optionsrecht erlischt. So steht nun die Situation. Am Dienstag haben wir fünf Altmieter eine Besprechung, welche Schritte zu unternehmen wären, um den Kaufpreis und Zahlungstermin zu erleichtern. Ob ein Erfolg sein wird, kann ich noch nicht sagen. Alte Bekannte gratulieren mir zu dem Angebot! Nun, liebes Punkerl, musst du dich sofort erkundigen, wie Gerts Angebot greifbar gemacht werden kann.*

*Von Mama und mir tausend innige Küsse*

*dein Papa*

---

*Graz, 23. August 1952*

*Liebe Maria!*

*Habe deinen lieben Brief vom 20. d. M. erhalten und du dürftest auch mittlerweile im Besitz des meinen sein, in welchem ich dir vom Prüfstein H. Hemshorn schrieb. – Da Samstagnachmittag die Banken geschlossen sind, kann ich mich erst Montag über den Prämienkurs erkundigen und dir denselben sogleich mitteilen. – Mein Konto in der Kreditanstalt Bankverein, Filiale Graz, ist Sparbuch 61108. Da mir Gert schrieb, dass er zur Lösung der Wohnungsfrage alles tun wird, was in seinen Kräften steht, jedoch vieles nicht schreiben und er momentan nicht abkommen kann, habe ich mich entschlossen, am 2. September dieses Jahres – bis dahin ist mein Einreisevisum gekommen – zu ihm zu fahren und glaube nun, dass alles gut gehen wird, zumal von deiner Seite schon ein guter Grundstock geschaffen ist. – Also sei unbesorgt, liebes Punkerl, die Wohnung wird uns nicht entkommen! Armand machte mich auf seinen ihm bekannten Großkaufmann in Graz aufmerksam, dessen Schwiegersohn ein Holzhändler in der Schweiz ist, der evtl. Interesse an Schweizer Franken hat.*

*Dieser Großkaufmann kommt erst Montag von seiner Reise zurück, wo ich ihn dann aufsuchen werde und dir berichte.*

*Welch großen Wert eine Wohnung in Graz hat, kannst du daraus ersehen, dass man für die Ablöse von Wohnungen 30 000 bis 40 000 Schilling bietet. Gert habe ich nebst meiner Ankunftsmitteilung Folgendes von dir geschrieben: »Für Marias neue Pläne – Sehnsucht nach Selbstständigkeit und in der Nähe ihrer Kinder sein zu können – habe ich Verständnis, und es schrieb uns auch Maria, dass sie jede Änderung ihrer jetzigen Lage wohlweislich überlegen wird, was auch wir ihr wärmstens ans Herz legten und sie vor jeder Überstürzung warnten« – Sei von uns allen innigst umarmt und geküsst.*

*Dein Papa*

---

*Graz, 25. August 1952*

*Liebe Maria!*

*Deinen lieben Brief vom 22. dieses Monats habe ich erhalten und danke dir herzlich. Gleichzeitig kam auch ein Brief von Gert mit folgendem Inhalt:*

*Lieber Oskar!*

*Maria und ich werden es wohl bis zum 15. September gemeinsam schaffen. Reg dich nicht auf! Wenn nichts dazwischenkommt, scheint alles zu klappen, und du kannst im Oktober kommen.*

*Mit herzlichen Grüßen an Malvine und dich*

*dein Gert*

*Ihr sollt wenigstens euren Lebensabend in Ruhe verbringen!*

*Wirklich rührend von Gert. Überglücklich atmeten wir alle auf und dankten Gott, dass er uns von unserer großen Sorge befreite. Selbstverständlich fahre ich jetzt am 2. September nicht nach Barendorf, sondern erst nach unserer Übersiedlung, die voraussichtlich im Oktober sein wird. Heute habe ich mich in der Bank über den Prämienkurs erkundigt, und derselbe beträgt am heutigen Tag 5,91 Schilling, die für einen Schweizer Franken ausgezahlt werden.*

*Dieser Kurs ändert sich je nach der Notierung des Schillings in Zürich. – Momentan steht der Franken etwas besser. Nun liebes Punkerl, bin ich so froh, dass ich nicht sogleich hinausfahren muss, da ich nur ein paar Tage hätte dort bleiben können, und so kann ich nach der Übersiedlung in Ruhe Barendorf genießen. Wir sind alle gesund und hoffen von dir das Gleiche und senden dir viele innige Küsse.*

*Dein Papa*

---

*Graz, 30. August 1952*

*Liebe Maria!*

*Dein liebes Schreiben vom 25. dieses Monats mit einem weiteren Brief Gerts habe ich erhalten und danke dir herzlichst. Habe mich wegen des günstigsten Kurses sogleich an den von Armand empfohlenen Großkaufmann, dessen Schwiegersohn ein Schweizer ist, gewandt und ihm den Franken mit 6,30 Schilling angeboten. Er schrieb dies sofort an seinen Schwiegersohn und hofft, Montag, den 1. September Antwort zu haben. Bei allen anderen wäre nur der Prämienkurs 5,91 Schilling zu bekommen. Auf jeden Fall werden wir uns mit 4000 Franken helfen können. Ich werde dich, sobald ich die Antwort vom Großkaufmann habe, benachrichtigen.*

*Sollte aber die Antwort negativ ausfallen, dann müsstest du die Franken auf mein Konto bei der Kreditanstalt Bankverein, Filiale Graz, Sparbuch*

*Nr. 61108, einzahlen lassen. Die Kreditanstalt Bankverein hat ein Konto in der Schweiz, sodass ich hier in ein paar Tagen darauf die Schilling mit dem Prämienkurs bekommen kann. Also, liebes Punkerl, warte nur noch die Antwort des Großkaufmanns von mir ab. Hoffentlich ist das Geld von Gert schon in deinen Händen. Schreibe mir dies gleich. Die Wohnung wird Ende September vollkommen fertig sein, sie ist wunderbar und ich kann dir nur von ganzem Herzen gratulieren, zu einem so schönen Hausbesitzanteil zu kommen, sodass deine großen Sorgen nicht umsonst waren und sind. Von Gert erhielt ich gestern einen Brief, in welchem er mir die Auskunft, die er über Hemshorn in Wilhelmshaven einholt, ganz objektiv mitteilte.*

*Du musst aber Gert gründlich »eingeheizt« haben, weil er nun so besorgt um dich ist. Gert schrieb mir, dass er die Auskunft auch dir mitteilen wird, weshalb ich sie dir nicht schreibe. Ich halte die Bekanntschaft mit H. ganz gut, weil man nicht wissen kann, ob man ihn nicht doch mal brauchen kann. Wir sind alle gesund und hoffen von dir das Gleiche. Sei innigst umarmt und geküsst von uns,*

*dein Papa*

Inzwischen hatten meine Eltern die Eigentumswohnung bezogen und ich war sehr glücklich darüber. Für mich konnte das bedeuten, dass Graz mein zukünftiger Wohnsitz würde und ich dort ein Kind zu mir nehmen könnte. So schrieb ich Gert, dass ich jetzt ein schönes Zuhause für Tamara hätte. Was die Schule anbelangte, würden die Großeltern eine wirkliche Hilfe für sie sein. Großmutter war ja Lehrerin gewesen und auch Großvater hätte viel Zeit für Tamara. Ich wäre dann zwar berufstätig, aber das bedeutete für sie keinerlei Entbehrung, Finanziell wäre das keine zusätzliche Belastung für Gert. Ich würde an Unterstützung nur das beanspruchen, was Tamara ohnehin in Barendorf benötigte.

Aber Gert wollte leider nichts davon hören. Er schrieb mir, dass Tamara sich jetzt gut mit ihren Geschwistern verstünde. Er wisse nicht, wieso es im Interesse von ihr wäre, wenn sie zu mir käme. Ich solle nicht aus Egoismus ein Nest zerstören, oft könne man durch Entsagen mehr für ein Kind tun. Wörtlich schrieb er: *Ich kann dich persönlich voll verstehen, dass du jetzt, wo du selbst fühlst, dass dein Traum, aus Hans einen großen Künstler zu machen, langsam im Sande verläuft, dich anderen Aufgaben zuwen-*

*den willst.* (Meine Anmerkung dazu: Als wenn mir *jetzt* erst bewusst würde, dass ich auch Kinder habe!) *Aber ist es im Interesse von Tamara? Ich kann heute im Ausland keinen Pfennig für ein Kind zusteuern. Um den 20. Februar bin ich voraussichtlich in der Schweiz, hoffe, dich zu sehen, und wir wollen dann beraten, wie wir dir helfen können. Meiner Ansicht nach ist eine Rückkehr jetzt nach Graz ein großer Fehler und ein Rückschritt.*

Ob ein solches Treffen und sein Angebot, mir zu helfen, mir wirklich nützen würden? Obwohl ich nicht davon überzeugt war, sahen wir uns. Weil er direkt von den Kindern kam, war ich voller Erwartung, viel über sie zu erfahren, denn ihre Briefe konnten mir nie erschöpfend genug sein. Auch diesmal war ich fest entschlossen, Gert nur freundschaftlich zu begegnen, denn ich war nicht mehr seine Frau. Er buchte im Hotel »Baur au Lac«. Nach dem Abendessen gingen wir zum See, ein paar Schritte vom Hotel entfernt. Ein herrliches Panorama bot sich uns – das Ufer war hell erleuchtet und viele Schwäne zogen an uns vorüber. Wir lehnten an der Balustrade und sprachen über uns und unsere Kinder. Dann sagte Gert, er wolle mir jetzt etwas erzählen, worüber ich mich sehr freuen würde. Da dachte ich sofort, es ginge um Tamara und Graz. Aber das war leider nicht der Fall. Stattdessen berichtete er vom 70. Geburtstag seiner Mutter, der im großen Kreis gefeiert worden war. Es waren Ansprachen gehalten worden, wobei sich etwas Außergewöhnliches ereignete. Werner, Gerts älterer Bruder, hatte um Aufmerksamkeit gebeten und gesagt: »Ich möchte heute ein paar Worte über Maria sagen. Sie hat uns ja verlassen, was wir nicht verstehen konnten und worüber wir sehr traurig sind. Aber die Art und Weise, wie sie ihr Leben meistert, verdient unserer Hochachtung. Erheben wir unser Glas auf sie.«

»Siehst du«, sagte Gert, »wie dich meine Familie immer noch liebt.« Ich dachte bei mir, dass es viel wichtiger gewesen wäre, wenn man mir während der Ehekrise solche Zuneigung erwiesen hätte. Vieles im Leben kommt eben zu spät.

# Zurück nach Norddeutschland

Nachdem ich trotz der schönen Wohnung in Graz keine Aussicht hatte, ein Kind zu mir nehmen zu können, entschloss ich mich, die Schweiz zu verlassen und nach Norddeutschland zu ziehen. Ich bewarb mich bei Herrn Hemshorn in Wilhelmshaven. Nach einem Einführungsgespräch mit Herrn Hemshorn konnte ich am nächsten Tag meine Tätigkeit aufnehmen. Da Gert etwas gegen diesen Schritt hatte, holte er Auskunft über den Verlag ein, wie er Papa bereits mitgeteilt hatte.

*Die Auskunft, die ich über Hemshorn erhalten habe, stammt von einer amtlichen Stelle,* schrieb mir Gert. Persönlich werde nichts Ungünstiges über Hemshorn berichtet. *Um ein bekanntes Verlagshaus handelt es sich hier nicht, sondern um eine neu gegründete Verlagsbuchhandlung, die erst drei Wochen, bevor du Herrn Hemshorn kennengelernt hast, ins Handelsregister eingetragen wurde.*

Sicher fand Gert auch nicht gut, dass meine drei Mädels bei unserem Aufenthalt an der See so hellauf begeistert von Herrn Hemshorn waren. Auch nach meiner Abreise bemühte sich Herr Hemshorn weiter um meine Kinder und wie sich zeigte mit Erfolg, denn sie schrieben ihm auch noch aus Barendorf und schickten ihm Bilder. Sie beklagten sich ihm gegenüber auch über Langeweile. Er schrieb ihnen zurück und schickte Bücher.

Hans hatte immer noch keine Scheidung erwirkt, sosehr er sich auch darum bemühte. Seinem Bestreben, die Scheidung auf freundschaftlicher Basis zu erreichen, hatte ihn bislang noch keinen Schritt vorangebracht. Der Grund dafür, dass seine Frau nicht zustimmte, lag im finanziellen Bereich. Als Schauspieler verdiente Hans nicht sehr viel, doch seine Frau wollte das Wenige nicht mit mir teilen. Undenkbar, wie mir Hans sagte, war für sie auch der Gedanke, einen Beruf ergreifen zu müssen. Mein Einkommen war ebenfalls gering, sodass ich Hans nicht unterstützen konnte, was er auch nie wollte. Von mir einen Pullover oder Kaffee, Zigaretten oder 50 Franken annehmen, konnte er nur mit gemischten Gefühlen. Genauso litt er darunter, dass er mir nicht bei der Finanzierung der Grazer Wohnung helfen konnte oder Geld beisteuern, damit ich die Kinder öfter hätte besuchen können. Vielleicht hätte Gert sich dann nicht so gegen häufigere Treffen mit den Kindern gesperrt. Oder eben doch – das festzustellen, hatte ich jedenfalls keine Gelegenheit.

Bevor ich meine Tätigkeit in Wilhelmshaven antrat, traf ich mich mit Hans. Zuletzt hatten wir uns vor einem halben Jahr in der Schweiz gesehen, aber nur für zwei Tage, wie es auch diesmal nur zwei Tage waren. Große Freude, Hans wiederzusehen, konnte nicht recht aufkommen, weil ich noch unter dem Eindruck der Trennung von meinen Kindern stand. Ich war 14 Tage mit ihnen zusammen gewesen, und wieder folgte ein Abschied auf ungewisse Zeit und mein Herz war schwer. Die darauffolgenden Briefe von Hans waren voller Sorge über unsere Zukunft. So schrieb er mir:

*Es ist doch nicht möglich, dass sich zwischen uns etwas Fremdes aufrichtet. Wir sind für unser ganzes Leben unlösbar miteinander verbunden. Und diese unsere große Liebe muss und wird sich durchsetzen, allen feindlichen Gewalten zum Trotz. Wie oft bezeichnen wir Menschen etwas, was wir mit unserem Verstande nicht fassen und begreifen können, als ein Wunder, was in Wahrheit eine Fügung Gottes ist. Eine solche Fügung war es, die uns vor vier Jahren zusammenführte, die uns einander finden ließ in einer Liebe, die durch nichts zu erschüttern war, sondern immer größer und tiefer wurde, und der sich entziehen zu wollen, unmöglich war. Und jetzt, knapp vor der Erfüllung aller Wunschträume, unterzieht sie uns der schwersten Prüfung. Jeder sitzt allein, 1000 Kilometer vom anderen entfernt, verzehrt sich in Sehnsucht und muss warten, warten. Wie lange noch? – Wie auch du mich fragst. Ich werde um dich kämpfen, mein Liebstes, mein Engel – es gibt keinen besseren Namen für dich als diesen. Ich liebe dich über alles und werde nie von dir lassen und dich halten, denn ohne dich kann ich nicht leben. Und ich weiß, dass mit dir erst mein Leben beginnen wird. Mein bereits eingeschlagener Weg der langsamen Trennung, wo ich glaubte, dass er zum Ziele führen wird, ist scheinbar nicht der richtige. Täglich und stündlich beschäftigt mich der Brief, den ich in nächster Zeit meiner Frau schreiben werde. Es bleibt nicht bei der Absicht, mein Schatz, denn auch ich glaube an kein Wunder mehr. Deine Sorgen und Gedanken decken sich mit meinen. Wie könnte ich nur alles am besten machen, wie allen gerecht werden, wie helfen und wie (in Abänderung) so schnell wie möglich mit dir zusammenkommen, denn ich werde die Angst nicht mehr los, dass, wenn ich nur für dich da sein werde, du mir bereits verloren bist. Gebe Gott, dass das nie sein möge. Ich liebe dich und betrachte das gegenwärtige Leben nur als ein Übergangsstadium zu dem neuen Leben mit dir. Wie ein Schlag traf mich die Nachricht, dass Gert dich noch in diesem Jahr besuchen will. Was das bedeutet, ist mir klar und macht mich wahnsinnig. Gebe Gott, dass ich das aushalten kann. Dass ihm, wie mir, die Sache mit Hemshorn nicht zusagt, und zwar aus den gleichen Motiven, ist für mich ebenfalls sehr schmerzlich. Denn seine Motive müssten objektiverer Natur sein, als die meinen, sind es aber nicht. Für ihn bin ich jetzt Feind Nummer eins und H. Nummer zwei.*

Gert hat mir oft geschrieben, und es war mir nicht gleichgültig, wenn er meinte: *Ich muss dich unbedingt sehen, mach dich frei von dem Dämon Hans, denk an dich, an deine Kinder und alle, die dich lieb haben, wozu auch ich gehöre.*

In vielen Briefen von Gert war von Hans die Rede, immer mehr Frauengeschichten wurden dort erwähnt, abstoßende Behauptungen über Hans' Liebschaften, wovon ich vieles widerlegen konnte. All das hat mich sehr gekränkt, und ich bat Hans, dazu Stellung zu nehmen, was wiederum ihn kränkte. So schrieb er mir:

*Ich danke dir auch für das, was du an Gert meinetwegen geschrieben hast. Trotz aller scheinbaren Männlichkeit kommt er mir manchmal doch sehr unmännlich vor, wenn er sein Ohr so elendem Tratsch und Klatsch leiht, ohne zu erkennen, dass alles dem Hass einer bis heute maßlos eifersüchtigen Armen (meines längst verjährten Fehltrittes) entspringt. Im Gegenteil, er scheint mit Wonne alles zu hören und dir zu schreiben, was mich in den Schmutz ziehen könnte – vielleicht um selbst noch in einem edleren Nimbus erstrahlen zu können. Denn auch bei ihm ist es Eifersucht.* – Dann schrieb er mir auch: *Und ich werde dieses Jahr bis zu einem hoffentlich guten, neuen Engagement schon durchkommen. Ich habe sehr oft im Funk zu tun.*

Aus diesen Zeilen, die mir Hans schrieb, war zu ersehen, dass er wieder finanzielle Schwierigkeiten hatte. Finanzielle Schwierigkeiten – auf seiner wie auf meiner Seite – begleiteten uns schon jahrelang. So war es uns nur selten möglich, uns zu treffen. Oft vergingen viele Monate. Es ist dann auch nicht verwunderlich, dass einen Gedanken befielen, die auf nichts Gutes mehr hoffen ließen, von denen ich auch Hans schrieb, und er nach Langem erst in der Lage war, mir zu antworten, wie in folgendem Brief:

*Meine heiß geliebte Maria!*

*Lange ist es her, seit ich dir den letzten Brief schrieb. Es war ganz schrecklich. Ich konnte dir einfach nicht schreiben. Denn damit, dass du den Glauben an unsere Zukunft verloren hast, hast du auch mir meinen ganzen Halt entrissen. Wir sind ja so aufeinander abgestimmt, dass alles auf Gegenseitigkeit beruhen muss. Wenn du an mir keinen Halt mehr hast, ist die Reaktion umgekehrt genauso. Das ist die erschütternde, hoffentlich nicht anhaltende, Wendung nach unserem Wiedersehen. Wenn du dich einkapselst, fühle ich das insofern, als du mir entfliehst, nicht greifbar bist, plötzlich unendlich fern bist. Jetzt habe ich das Gefühl kennengelernt, das du mir gegenüber schon zwei-, dreimal hattest, nämlich, dass alles tot ist, dass man keines Empfindens mehr fähig ist, und das war furchtbar. Trotzdem wusste ich immer, dass ich dich über alles liebe. Ein Beweis dafür mag es wohl kaum sein, dass mich diese relative Kleinigkeit so umgeworfen hat. Ich bin glücklich, heute so weit zu sein, dir schreiben und das alles sagen zu können, und ich weiß, dass du mich verstehen wirst. Denn ich glaube, es wird dir ganz ähnlich gegangen sein. Seit gestern bin ich in Baden-Baden und habe sehr viel am Theater zu tun.*

*Meine Maria, warum ist das Leben manchmal so schwer, es macht mii gegenwärtig gar keine Freude mehr. Hoffentlich erhalte ich bald Post von dir, ich sehne mich sehr danach. Ich liebe dich, meine Maria, ich liebe dich, meine Maria, ich liebe dich, immer bleibe ich*

*dein Hans*

Meine Tätigkeit bei Hemshorn, die jetzt angelaufen war, bestand im Werben von Mitgliedern für den Bertelsmann-Lesering. Dafür wurde ein Bus zur Verfügung gestellt. Dieser trug außen in großer Schrift den Namen »Hemshorn-Verlag«. Innen war er mit Bänken und Tischen ausgestattet. Im Ganzen waren für solch einen Bus vier Mitarbeiter vorgesehen, einer fuhr diesen Bus und war der Leiter. Schon nach ein paar Tagen in Wilhelmshaven bekamen wir von Herrn Hemshorn die Order, uns im Raum Hamburg niederzulassen, und zwar für einige Wochen. Als ich dies hörte, überlegte ich, wie ich dieser für mich so peinlichen Situation entkommen konnte. Denn in Hamburg hatte ich viele Bekannte, und mein Schwager Erwin lebte mit seiner Familie dort. Er war Generaldirektor für British Petroleum für ganz Deutschland. Deren Raffinerien standen in Hamburg. Sein Bekanntenkreis setzte sich aus der ersten Gesellschaft der Stadt zusammen. Viele dieser Leute kannte ich vom Derby, von Tennisturnieren oder auch von Konzerten, die ich mit Gert oder mit meiner Schwiegermutter häufig besucht hatte, denn die Entfernung Barendorf – Lüneburg – Hamburg war mit dem Auto nicht groß.

Ich war nun meinen Kindern sehr nahe, doch diese demütigende Tätigkeit, Leute auf der Straße ansprechen zu müssen, um sie für den Lesering zu gewinnen, und dabei womöglich erkannt zu werden – das war doch schlimmer als in der Schweiz, wo ich ein Schürzchen tragen musste und Dienstbote war. Meine Mitarbeiter meinten, ich wirke so verwirrt, dass sie sich wunderten, wenn es mir gelinge, Aufträge abzuschließen. Doch ohne Aufträge war ich verloren, denn ich brauchte Geld. Herrn Hemshorn zu bitten, wäre gefährlich gewesen, denn ich wollte auf keinen Fall von ihm abhängig werden. So sagte ich mir, dass es möglich sein müsse, mich zu überwinden. Aber es fiel mir sehr schwer, da ich von frühester Jugend an auf die gesellschaftliche Stellung einer Dame hin erzogen worden war und meine Heirat eine noch größere Verpflichtung mit sich gebracht hatte.

Meine Kinder sollten nicht erfahren, wie es in Wirklichkeit um mich stand. Ich wollte, dass sie mich in Erinnerung behielten, wie zu der Zeit, als ich noch glücklich gewesen war und schön gekleidet und edlen Schmuck trug. Ich konnte sie noch vor mir sehen, wie sie fröhlich lachten, als sie mich im weißen Kostüm mit einem rosa Zylinder zum Derby fahren sahen. Wenn jetzt mein Arbeitstag zu Ende war und mich keiner von meinen Bekannten gesehen hatte, war ich froh. Inzwischen hatte ich ein Zimmer in Wandsbeck gemietet. Abends konnte ich nicht schnell genug dort sein. In meinen vier Wänden konnte ich weinen, an meine Kinder und Hans schreiben, lesen und lesen. Denn ich wollte die Bücher, die ich den Kunden empfahl, selbst gelesen haben. Meine Wirtin, Frau Asmussen, war sehr herzlich. Sie kochte mir abends oft ein Essen, wobei sie stolz war, mir das Hamburger Gericht Birnen, Speck und Bohnen vorzusetzen. Ich kannte es nicht und musste mich sehr an den Geschmack gewöhnen.

Meine Kinder haben mich dort mehrmals besucht. Ich war dann immer gut vorbereitet. Hatte ich gerade keine Einnahmen, halfen Frau Asmussen oder meine Kolleginnen mir aus der Verlegenheit, sodass meine Kinder davon nichts merkten. Eine Hilfe war auch die einmalige Aufnahmegebühr von zwei Mark, die jedes geworbene Mitglied zu zahlen hatte, denn diesen Betrag konnte man gleich einbehalten. Die Provision dagegen wurde erst später ausgezahlt, damit eventuelle Stornierungen berücksichtigt werden konnten. Manchmal kam es vor, dass Kunden, die storniert hatten, dennoch den Provisionsbetrag, der mir sonst abgezogen worden wäre, an den Verlag überwiesen, damit mir kein Schaden entstünde. Dazu waren sie keinesfalls verpflichtet. Auffällig war auch, dass es sich dabei meist um Menschen handelte, die selbst nur ein geringes Einkommen hatten, wie aus den für die Kundenkartei festgehaltenen Personalien hervorging.

Mehr als anderthalb Jahre bereiste ich das Bundesgebiet, um Mitglieder für Bertelsmann zu gewinnen. Freude bereitete mir dabei, dass ich die Möglichkeit hatte, meinen Kindern gute Bücher zu schenken, da ich sie preiswert erwerben konnte. Dazu bekamen sie auch Bücher-Krippen, jedes Kind in einer anderen Holzfarbe. Dies war mir aber nur möglich dank Ratenzahlung.

Meine jetzige Tätigkeit hatte zwar im Gegensatz zu der Stellung in der Schweiz den Vorteil, dass ich meine Kinder öfter sehen konnte, aber auch Nachteile: ein geringerer Verdienst, dessen Höhe immer ungewiss war; außerdem war ich ständig auf Reisen, wodurch keine Aussicht bestand, die Kinder jemals zu mir nehmen zu können. Mir war deshalb klar, dass ich nach einer anderen Arbeitsstelle Ausschau halten musste. Ich beschloss daher, meiner Freundin zu schreiben. Sie stammte, wie ich, aus Dubrovnik und lebte jetzt mit dem Grafen Demestre verheiratet auf Schloss Gymnich bei Köln. Dort hatte ich sie auch schon einmal besucht.

*Hamburg, 7. August 1954*

*Meine liebe Miranda!*

*Nun bin ich schon seit April wieder in Deutschland, aber ich hatte keine Gelegenheit, dich aufzusuchen. Wie geht es dir? Hast du wieder aus dem Süden Besuch gehabt! Zu uns nach Graz wollte Tante Tizzi Ziska kommen, dies wäre für meine Mutter eine ganz große Freude. Weißt du, Miranda, ich möchte auch mal gerne nach Dubrovnik fahren, unsere liebe, alte Heimat!!! In den letzten Jahren habe ich sehr oft den Wunsch gehabt, sie wiederzusehen. Ich glaube, es würden viele nette Erinnerungen wach. Dort habe ich auch Gert kennengelernt. Wer dachte damals an Schicksalsschläge … Wie einfach stellte man sich eine Ehe vor. Später kamen Krankheiten, Krieg, Trennung. Sollte vielleicht das Schicksal diese sonderbaren Wege gewählt haben, um einen zu erziehen? Man muss eben mit allem fertig werden.*

*Da ich jetzt in Hamburg arbeite, leider aber nur für einige Wochen, kann ich jede Woche nach Lüneburg fahren und meine Kinder besuchen. Das ist sehr schön. Marina ist jetzt im Mai 16 Jahre alt geworden, Tamara ist 13 und Irenchen elf Jahre alt. Es würde mir schwerfallen, wieder monatelang auf Reisen zu gehen – für die Buchgemeinschaft; so trage ich mich mit dem Gedanken, eine andere Arbeit zu beginnen, bei der ich dann einen festen Wohnsitz hätte. Ob ich Kosmetik machen soll? Ich habe ja mein Diplom. Sehr gute Stellen sind etwas schwer zu bekommen, da man sie mit solchen Kosmetikerinnen besetzt, die eine jahrelange Praxis haben. Die habe ich natürlich nicht. Genau das Gleiche gilt auch für Sekretärinnen – es wird Praxis verlangt. Ich kann ja auch nicht stenografieren. In Österreich oder in der Schweiz möchte ich mich auch nicht gerne niederlassen, da mir die Kinder so weit entfernt wären, obwohl ich in Graz eine sehr schöne Wohnung habe und hier in Deutschland überhaupt nichts. Ich will mir dann hier ein bis zwei Zimmer einrichten. In Baden-Baden habe ich noch einige Kleinigkeiten stehen.*

*Wüsstest du, Miranda, eine passende Stelle für mich? Soll ich für dich etwas machen? Wenn z. B. du und dein Mann euch etwas kaufen würdet und ich es für euch dann führte? Bekannte von mir haben auch Ähnliches getan, um ihr Vermögen etwas zu verteilen. Es gibt Verschiedenes, was unternommen werden könnte – sei es ein kleiner Hof in der Gegend, der dir und deinem Mann besonders gut gefällt, oder eine kleine Villa in der Stadt, die man vermieten könnte, oder sonst ein gut gehendes Geschäft.*

*Das ist mir so durch den Kopf gegangen – sicher wirst du über meine Vorschläge lachen. Ich habe allerdings meinen Kindern versprechen müssen, wieder zu heiraten. Die stellen sich dies so einfach vor und nach deren Ansicht müsste ich nur so etwas im Kopf haben. Sie ahnen nicht, dass mein Leben ein Kampf ist.*

*Hast du um Frühjahr meinen Gruß aus der Schweiz bekommen? Ich besuchte meinen Mann dort, der sich einer schweren Lungenoperation unterziehen musste. Es ging alles noch gut. Ich hätte so gerne Ina Detonis Adresse.*

*Nun sei herzlichst umarmt! Grüße bitte deinen Mann!*

*Stets deine Maria*

Darauf ihre Antwort:

*Schloss Gymnich, 4. September 1954*

*Meine liebe Mizzi!*

*Wenige Tage nach meiner Rückkehr aus Cannes bekam ich deinen Brief vom 8. August. Ich hätte dir so gerne sogleich geantwortet, aber während meiner Abwesenheit hatte sich so viel Arbeit angesammelt, die dringend erledigt werden musste, sodass ich nun beim besten Willen bis heute nicht dazu kam, irgendjemandem auch nur zwei Zeilen zu schreiben. Und das ist, liebe Mizzi, der einzige Grund, warum ich so lange auf meine Antwort warten ließ, wofür du hoffentlich Verständnis hast und mir nicht allzu böse bist.*

*Obwohl du schriebst, dass du nur noch wenige Wochen in Hamburg bleiben wirst, und seitdem nun schon mehrere Wochen vergangen sind, hoffe ich doch, dass dich dieser Brief bestimmt und recht bald erreichen wird, obwohl er dir leider keine gewünschte Antwort bringt. Ich kann dir gar nicht sagen, liebe Mizzi, wie sehr es mir leidtut, dass ich deine Anfrage betreffs einer eventuellen Arbeitsmöglichkeit bei oder durch mich und meinem Mann negativ beantworten muss, denn ich kann nur allzu gut deinen Wunsch nach einer Beschäftigung verstehen, bei der du einen festen Wohnsitz hättest und auch nicht allzu weit entfernt von deinen Kindern wärest. Sei bitte überzeugt, dass ich glücklich wäre, wenn ich dir zu Verwirklichung dieses Wunsches irgendwie behilflich sein könnte, was aber leider so ganz außerhalb meiner Möglichkeiten steht. Bei uns selbst deshalb nicht, da wir leider durch die Bodenreformgesetze dermaßen blockiert sind, dass wir geschäftlich nichts unternehmen können, und all die Arbeitsstellen, die wir bei derzeitiger Lage zu vergeben hätten, sind schon seit Jahrzehnten besetzt. In derselben Situation wie wir befinden sich auch alle unsere Verwandten und Freunde, sodass ich dir leider noch nicht einmal etwas vermitteln könnte. Und auch nicht bei den bei uns bekannten Rechtsanwälten und Ärzten (von denen ich mit einigen diesbezüglich sprach), da alle als unerlässliche Bedingung Stenografie und Erfahrung in Büroarbeit verlangen. Nun kann ich mir denken, wie sehr dich wohl meine Antwort enttäuschen wird, und du kannst mir glauben, dass ich viel darum geben würde, wenn ich dir eine bessere und schönere geben könnte. So aber bleibt mir nichts anderes übrig als zu hoffen, dass du doch bald irgendetwas Günstiges finden wirst, was ich dir auch von ganzem Herzen wünsche!*

*Sonst, liebe Mizzi, wüsste ich nicht, was ich dir noch schreiben könnte und was dich interessieren würde, denn aus Dubrovnik habe ich keine interessante oder amüsante Neuigkeit oder Tratsch gehört. Die Meinigen schreiben mir zwar recht regelmäßig, aber ihre Briefe sind ganz persönlich und ganz kurz, da sie aus begreiflichen Gründen auch nicht anders sein können. Was ich aber sonst von Zeit zu Zeit über die Lebensumstände dort erfahre, ist nach wie vor dermaßen deprimierend, dass ich gar keinen Wunsch habe, meine Liebe, die alte Heimat in diesem Zustand wiederzusehen.*

*Hier bei mir gibt es auch keine besonderen Neuigkeiten. Wir hatten eine Autoreise nach Frankreich gemacht und verbrachten fünf wunderschöne Wochen in Cannes, wo ich endlich wieder einen richtigen – wenn auch etwas kurzen – Sommer erlebt habe. Ich brauche dir wohl nicht erst zu sagen, wie sehr ich das herrliche Badewetter (das ich auch reichlich ausgenutzt habe) und das amüsante Leben dort genossen habe.*

*Jetzt aber muss ich diesen Brief beenden, damit er noch heute (endlich) abgeschickt werden kann. Ich wäre dir sehr dankbar, wenn du mir den Empfang bestätigen würdest, damit ich weiß, ob er dich erreicht hat.*

*Mit allerbesten Wünschen und herzlichsten Grüßen*

*bin ich deine Miranda*

Nachdem ich mit Mirandas Hilfe nicht rechnen konnte, suchte ich weiterhin, etwas Passendes für mich zu finden.

Dann besuchte ich Gert in Arosa und war überrascht, wie viel an warmen Gefühlen für Gert noch in mir steckte – und das vier Jahre nach unserer Scheidung und den vielen Kränkungen, die er mir zugefügt hatte sowie seiner Verständnislosigkeit für meine Anliegen die Kinder betreffend. Als ich mit ihm zusammen war, vergaß ich das alles. Ich war dann auch unglücklich, mich von ihm trennen zu müssen, und so besorgte ich vor meiner Abreise noch Blumen für ihn – einen Strauß Vergissmeinnicht!

Bei meinem Besuch sprach ich mit Gert auch über Marinas Konfirmation und dass ich auch in der Kirche sein würde. Ich fuhr dann auch nach Lüneburg, wo ich in der Johanniskirche Gerts Familie begrüßte und mich zu ihr setzte. Sie war über mein Kommen informiert.

Sofort nach der Konfirmation verließ ich die Kirche, küsste Marina am Ausgang und überreichte ihr einen kleinen Strauß Veilchen. Dabei lachten wir, weil ihre Freundinnen zu ihr gesagt hatten: »Du hast uns von dieser Schwester nie erzählt«, worauf Marina mich stolz als ihre Mutter vorstellte.

Von der Kirche ging ich in mein Hotel. Es lag ganz in der Nähe der Johanniskirche und galt als das Erste am Platz. Die Besitzer, die Möllerings, kannte ich. Ihnen gehörte auch eine Brauerei. In Lüneburg blieb ich eine Nacht, weil mich am Tag darauf die Kinder besuchen wollten.

Die Briefe, die Gert mir in den ersten vier Jahren nach der Scheidung schrieb, waren sehr unterschiedlich – mal herzlich, mal herzlos. Als ich ihm einmal schrieb, wie schön die Wohnung meiner Eltern in Graz jetzt sei, dass sie mir zur Verfügung stünde und dass es eine ganze Reihe von Gründen gäbe, die eine Übersiedelung Marinas zu mir rechtfertigen würden (sie hätte mich ganz allein für sich, ich würde mich ausschließlich ihr widmen können, was sich günstig auf die Erziehung auswirken würde), lautete seine Antwort: *Deine Mutter soll nervlich nicht gut sein. Ich kann doch in solche Verhältnisse hinein kein Kind geben.* Gert hatte vor meiner Mutter schon immer etwas Angst gehabt. Sie hatte ihn oft zur Rechenschaft gezogen, als sie noch in Barendorf lebte. Sie war es, die seine Seitensprünge unter keinen Umständen billigte und unsere Ehe durch diesen Leichtsinn gefährdet sah. Auch Gert wusste, dass meine Mutter ihm die Hauptschuld an unserer Scheidung gab. Ich hingegen fragte mich, warum sein gutes Verhältnis zu meinem Vater ihn nicht bewegen konnte, Marina nach Graz zu geben. Denn er verehrte und bewunderte ihn all die Jahre, besonders wegen seines Einsatzes und seiner großen Hilfe für die Familie in den Kriegsjahren. Es bestand eine innige Freundschaft zwischen den beiden, die durch die Scheidung nicht unterbrochen wurde. Mein Vater liebte Gert – manchmal glaubte ich, mehr als mich. Hans existierte für ihn gar nicht, sein Name wurde nicht einmal erwähnt. Das wusste auch Hans, der mir dazu einmal schrieb: *Ich weiß, dass dir wehtut, wenn auch deine*

*Eltern von mir keine Notiz nehmen wollen – teils, weil sie wahrscheinlich beeinflusst sind, teils, weil sie positive Resultate vermissen.*

Gert versuchte, mir in fast jedem Brief klarzumachen, dass die Kinder nur bei ihm glücklich sein könnten und dass nur er für die Kinder die Verantwortung trüge. Er schrieb weiter: *In unserem Vertrag steht* (hier irrte Gert, denn wir haben nie einen Vertrag geschlossen), *wenn du heiratest und in Deutschland eine feste Wohnung hast und wir das Gefühl hätten, dass es im Interesse des Kindes wäre, sollte das Kind zu dir. Vom Vormundschaftsgericht bin ich als verantwortlicher Erzieher bestimmt und ich allein trage dem Gericht gegenüber die Verantwortung. Auch das Vormundschaftsgericht müsste seinen Segen geben.*

Das Amtsgericht Lüneburg hatte mir damals geschrieben:

*In der Sorgerechtssache Bockelmann beabsichtigt das Gericht, die Sorge für die Person Ihrer Kinder nach Maßgabe der angeblichen Vereinbarung zwischen Ihnen und Ihrem geschiedenen Ehemann auf den Vater der Kinder zu übertragen. Falls Sie Einwendungen hiergegen zu erheben haben, mögen Sie diese dem Gericht innerhalb einer Frist von zehn Tagen mitteilen.*

Wie konnte ich aber Einwendungen erheben, wenn ich mit Gert abgemacht hatte, in Zukunft alles freundschaftlich zu lösen und ich ihm vertraute! Gert kränkte mich auch – ob gewollt oder ungewollt –, als er mir schrieb, dass Elkes Mutter auch an der See sein würde, während ich mich mit den Kindern und dem Kinderfräulein dort aufhielt. Er hat das als eine Hilfe für mich angesehen. Doch ich wehrte mich entschieden dagegen, denn ich wollte mit meinen Kindern allein sein. So klein waren sie ja nicht mehr, dass ich so viel Hilfe für sie brauchte. Sie waren zehn, zwölf und 14 Jahre alt. Gert schrieb mir, es sei nicht geplant gewesen, dass Elkes Mutter mit an der See sei; sie sollte nur vorübergehend dort sein, falls ich später käme. Und das Kindermädchen Fräulein Bruni sollte mir als Gehilfin zur Seite stehen.

Ein anderes Mal schrieb er Folgendes:

*Deine Verantwortung für die Kinder liegt in der Zukunft, wird also erst in einigen Jahren gefragt sein, wenn sie selbstständiger sind und dich brauche werden.* (Als ob sie mich in dieser Zeit nicht bebraucht hätten, sondern erst, als sie groß waren!) *Du hast einige Zeit noch, dir eine Position zu verschaffen, um dann auch den Kindern etwas geben zu können; die Zeit solltest du* vernünftig nutzen *und arbeiten und was schaffen. Geschwister gehören als Kinder zusammen; wenn sie erwachsen werden, sind sie bestimmt sehr froh, wenn sie eine Mutti haben, die es im Leben zu etwas gebracht hat und ihnen helfen kann. Darum, liebe Maria, nütze die Zeit, damit du es später nicht bereust. Mach jetzt keinen Unsinn; auch deine Zeit kommt. Je mehr du dich darauf vorbereitest, desto stolzer und schöner wird es nachher für dich sein. Glaube es mir, ich meine es ernst für dich und die Kinder.*

Beim Lesen solcher Briefe von Gert wurde mir manchmal schlecht, aber Feinfühligkeit war nun einmal keine von Gerts hervorstechenden Eigenschaften. Allerdings erinnere ich mich auch an die Briefe, in denen er voller Liebe und Sorge um die Kinder war. Seine Liebe zu ihnen war groß, jedoch stärker, solange sie noch klein waren. Später mangelte es ihm an Verständnis für sie. Bezaubernd war zum Beispiel ein Brief von ihm aus dem Jahr 1952, als er mit den Kindern im Harz war und sehr an ihrer Freude teilnahm:

*Ich war elf Tage in Braunlage zu den deutschen Ski-Meisterschaften. Die letzten vier Tage kamen Tamara und Irenchen mit Fräulein Bruni. Wir hatten ideale Schneeverhältnisse – in Braunlage zwei Meter Schnee, sehr viel Sonne und Frost. Die Kinder waren süß, hatten ja noch nie einen Berg gesehen, geschweige so viel Schnee. Den ganzen Tag tummelten sie sich auf den Skiern herum, liefen schon sehr nett. Hatten einen Mordshunger, sahen prima aus. Es waren nette Tage. Das Rotwild zog vor Hunger in die Dörfer, dies war etwas für Tamara. Sofort hatte sie Freundschaft geschlossen mit den Hirschen; einige ließen sich von ihr streicheln, einer machte einen kleinen Ringkampf mit ihr. Tamara ergriff die Flucht und der Hirsch lief mit ihrer Mütze fort. Nun musste Papi in Aktion treten und dem Hirsch die Mütze abjagen. Wir haben sehr gelacht …*

Nach meinen jahrelangen Bemühungen, die Kinder zu mir zu nehmen, und Gerts hartnäckiger Behauptung, sie seien nur bei ihm gut aufgehoben und glücklich, stellte ich mir oft die Frage: Will Gert mir damit wehtun oder ist er wirklich davon überzeugt, richtig zu handeln? Heute glaube ich eher, dass Letzteres der Fall war.

Ich halte Gert nicht in schlechter Erinnerung, aber ich bin unendlich traurig, dass er so gar keine Gabe hatte, sich in die Lage der Kinder oder in meine zu versetzen. Tiefe Gefühle anderer hielt er meistens für Spinnereien; er fand, dass solche Menschen nicht mit beiden Beinen auf der Erde stehen. So sah er auch mich in den ganzen Jahren unserer Ehe. Er meinte immer, ich schwebte in höheren Regionen. In der Tat war es oft so, dass ich vieles anders sah und anders empfand als er oder als manch lieber Mensch in Barendorf, mit dem ich zu tun hatte. Ob dies für mich von Vorteil war oder nicht, kann ich nicht sagen.

# Nach langem Warten: Eine meiner Töchter kommt zu mir

Auf meiner Suche nach einer neuen und besseren Arbeitsstelle ergab sich der glückliche Zufall, dass ich ein Ehepaar kennenlernte, das Freunde in Regensburg hatte, die für ihr Pelzgeschäft eine zuverlässige Kraft benötigten. Ich bewarb mich um diese Position und wurde gebeten, zu einem Vorstellungsgespräch dorthin zu kommen. Das war allerdings nicht so leicht für mich, weil ich das Fahrgeld für die Bahn nicht besaß, sodass mir nichts anderes übrig blieb, als per Anhalter zu fahren. Begleitet von der ständigen Angst, von vorbeifahrenden Bekannten gesehen zu werden, erreichte ich ohne Komplikationen mein Ziel in Regensburg. Das Gespräch mit dem Ehepaar Reif, den Inhabern des Pelzgeschäfts, führte dazu, dass ich sofort als feste Angestellte bei ihnen anfangen konnte. Es herrschte von Anfang an ein sehr gutes Einvernehmen zwischen uns, sodass ich ihr Angebot spontan und glücklich annahm. Für mich bot diese Anstellung auch den Vorteil, Mitglied einer Krankenkasse zu werden und außerdem wusste ich von nun an genau, mit welchem Monatseinkommen ich rechnen konnte. Ich blieb drei Tage in Regensburg, um mich einzuarbeiten.

Die Firma Reif stellte mir einen Bus und einen Fahrer, ferner 100 Pelzmäntel, schriftliche Unterlagen und Geld. Mein Arbeitsgebiet wurde Norddeutschland, was mein ausdrücklicher Wunsch war. Von nun an hatte ich tagtäglich mit einer mir wenig bekannten Materie zu tun, die mit ihrer Vielfalt, ihrer natürlichen Schönheit und Geschmeidigkeit sowie mit einem den Edelmetallen vergleichbaren Glanz eine große Faszination auf mich ausübte. So ging ich mit viel Freude an meine neuen Aufgaben heran, und schon nach kurzer Zeit erwarb ich Kenntnisse, für die sonst eine viel längere Ausbildung erforderlich gewesen wäre. Bald schon war auch meine Meinung in der Werkstatt gefragt, wenn es um die Anfertigung neuer Modelle ging, für die ich dann Pate stand. Meine Bewunderung galt ebenso der Veredelung der Pelze, die sie kostbar, aber auch für viele unerschwinglich machte.

Zweieinhalb Jahre arbeitete ich für die Firma Reif – und das sehr gerne. Umgekehrt bestätigten mir auch die Inhaber oft, dass ich alle ihre Erwartungen erfülle.

Natürlich wäre es mir lieber gewesen, nicht dauernd unterwegs sein zu müssen. Wäre ich in einer Stadt sesshaft geworden, hätte ich vielleicht eines meiner Kinder bei mir haben können, auch ohne Gerts finanzielle Unterstützung. Aber auf diesen Moment musste ich lange warten – noch vier Jahre, wie sich herausstellen sollte. Als dieser Wunsch dann endlich in Erfüllung ging, merkte ich, wie müde ich des Wartens auf Hans geworden war. In dieser ganzen langen Zeit war es ihm nicht gelungen, freizukommen. Die Hauptursache dafür lag in den äußeren Umständen: seiner schlechten finanziellen Lage, der angegriffenen Gesundheit seiner Frau und auch darin, dass er in mir immer die Stärkere sah, was ihn hoffen ließ, ich könnte noch länger auf ihn warten. Das hätte ich auch getan, wenn meine Gefühle für ihn nicht so schwach geworden wären. Ich verstand das selbst nicht: Wie konnte sich das so entwickeln, wo es doch um meine große Liebe ging, die mir so viel bedeutete? In einer Ehe mit Hans hatte ich mein größtes Glück gesehen und geglaubt, ihn bei seinem künstlerischen Fortkommen fruchtbar unterstützen zu können. Auf diese neue Aufgabe hatte ich gleich nach der Scheidung begonnen, mich vorzubereiten. Unter anderem besuchte ich häufig das Schauspielhaus, die Kammerspiele und das Opernhaus. Graz bot hier wegen des hohen Niveaus dieser Häuser ausgezeichnete Möglichkeiten. Im Laufe eines Jahres besuchte ich ungefähr 100 Vorstellungen, machte hiervon einige Aufzeichnungen und dachte in meiner Fantasie Hans darin jeweils eine Rolle zu. (Da ich auch von Marinas künstlerischen Anlagen überzeugt war, machte es mir Freude, sie mit einzubeziehen und auch für sie in manchen Stücken eine passende Rolle zu finden – natürlich für die fernere Zukunft.)

Meine Liebe zu Hans erschien mir seinerzeit wie ein Wunder und machte mich sehr dankbar, Derartiges erleben zu dürfen. Durch diese Liebe erfuhr ich, dass die wahre Erfüllung nur aus einer Verbindung des Körperlichen mit dem Geistig-Seelischen hervorgehen kann und das Körperliche nicht für sich allein dasteht. Das bedeutet, dass eine Befriedigung des Triebes keine Befriedigung im schönen Sinne sein kann, sondern allenfalls eine animalische Scheinbefriedigung. Sich ganz geben zu können, mit Leib und Seele, das ist das große Geheimnis. Und so offenbart die Liebe viele Geheimnisse, wenn sie rein und selbstlos und eben eine gebende Liebe ist. Sie gab mir denn auch Kraft und Motivation, auf Hans zu warten. So schrieb ich in meinem »Schweizer Album«, einem Tagebuch und Reiseführer für meine Kinder:

*... Unbegreiflich ist euch auch, dass Onkel Hans und ich immer noch nicht geheiratet haben. Es ist auch nicht schön für mich, so immer allein zu sein, aber ich habe Onkel Hans gern und habe auch den Mut, euch dies zu sagen, und ebenso dass ich auf ihn warten werde.*

*Das folgende Gedicht von Rainer Maria Rilke, welches ich schon von meiner Schulzeit her kenne, beziehe ich auf Onkel Hans und mich. Hier zitiere ich es einmal für euch:*

*Wie soll ich meine Seele halten, dass*
*sie nicht an deine rührt? Wie soll ich sie*
*hinheben über dich zu andern Dingen?*
*Ach gerne möcht ich sie bei irgendwas*
*Verlorenem im Dunkel unterbringen*
*an einer fremden stillen Stelle, die*
*nicht weiterschwingt, wenn deine Tiefen schwingen.*
*Doch alles, was uns anrührt, dich und mich,*
*nimmt uns zusammen wie ein Bogenstrich,*
*der aus zwei Saiten eine Stimme zieht.*
*Auf welches Instrument sind wir gespannt?*
*Und welcher Spieler hat uns in der Hand?*
*O süßes Lied.*

Was hat mich bewogen, in meiner großen Liebe gleichgültiger zu werden? Vielleicht brauchte ich meine ganze Kraft, um meine Kinder wiederzubekommen und ihnen bei mir ein Zuhause zu schaffen, das Gert akzeptieren würde. Vielleicht war ich sogar erleichtert darüber, dass meine Gefühle zu Hans immer schwächer wurden. Ich wollte mich auch nicht mehr mit ihm treffen. Dagegen glaubte Hans daran, dass unsere Liebe noch zu retten wäre, wenn wir uns sehen und aussprechen würden. Aber ich war dazu nicht mehr bereit.

Er schrieb mir weiterhin, doch in immer größeren Abständen, dabei wartete er die ganze Zeit auf meine Antwort.

Währenddessen kämpfte ich um meine Existenz und reiste mit meinen Pelzen von Stadt zu Stadt, wo ich jeweils drei bis vier Tage blieb. Nur auf den Inseln hielt ich mich länger auf. Meine Arbeit für die Firma nahm mich ganz in Anspruch, dazu gehörte: das Ankündigen der Ausstellung in Zeitungen, das Suchen und Anmieten eines passenden Lokals und dann der Verkauf selbst. Schließlich musste ich häufig Änderungen selbst vornehmen, weil dies Bestandteil des Kaufs war. Eine Änderung im Stammhaus hätte Misstrauen erregt, zumal ich mich in den Städten nie lange aufhielt. Außerdem erfolgte bei rascher Änderung die Bezahlung zügiger, was die Firma sehr begrüßte. Daher arbeitete ich manchmal auch nachts. Sonderbestellungen gab ich telefonisch nach Regensburg durch. Neben den laufenden Mitteilungen über Ein- und Ausgaben erfolgte einmal pro Monat eine Generalabrechnung, wozu ich immer mit dem Firmenbus nach Regensburg fuhr. Bei der Gelegenheit nahm ich auch neue Ware in Empfang. Der Fahrer unseres Wagens übernahm das Ein- und Ausladen der Pelze, die Auslieferung an die Kunden, den Paketversand ans Stammhaus, die Kundenbedienung und er half mir auch bei Buchhaltung und Schriftverkehr wie überhaupt bei der ganzen Abwicklung.

Am Wochenende fuhr er zu seiner Familie nach Wilhelmshaven – und ich nach Oldenburg, wo ich ein Zimmer gemietet hatte. Dorthin ging auch meine Post und dort besuchten mich manchmal meine Kinder. Zu meinem Zimmer gehörte auch eine Terrasse, worüber ich sehr froh war, denn sie erweiterte den an sich kleinen Raum. Das war von besonderem Vorteil, wenn die Kinder da waren.

Je länger ich gezwungen war, immer auf Achse zu sein, um so schwerer wurden meine Sorgen. In diese Zeit fiel auch der zweite Herzinfarkt meines Vaters und Tamaras Unfall, über den Gert mir schrieb.

Immer häufiger quälte mich der Gedanke, im Leben meiner Kinder könnte sich etwas zu ihrem Nachteil entwickeln – und ich wäre unfähig, ihnen zu helfen. Damals befand ich mich ständig unter starkem Druck und weinte oft.

Noch etwas bedrückte mich stark: Mir kommen noch heute die Tränen, wenn ich an Tamaras Konfirmation im Jahr 1956 denke. Darüber führten Gert und ich einen erbitterten Briefwechsel. Sein Brief vom 12. März 1956 lautet wie folgt:

*Heute kamen Marina und Tamara etwas entsetzt zu mir mit deinem Plan, die Familie in der Kirche zu zerreißen, ich mit einem Kind auf der einen Seite, du mit dem anderen Kind auf der anderen Seite. Beide waren sehr bestürzt. Du weißt, dass ich bei der ersten Konfirmation überhaupt nicht dabei war und deine Anwesenheit dadurch noch eher gerechtfertigt war. Was du jetzt vorhast, ist mir unvorstellbar. So wie die Dinge liegen, kommt eine große Aufregung in die Feier hinein, keiner hat was davon, für alle, auch für dich,* eine Qual*! Ich kann mir nicht vorstellen, dass du einigen Lüneburgern ein Schauspiel geben willst, einen Gefallen tust du keinem damit. Tamara hat eine große Angst vor Komplikationen, sollte sie vor Aufregung schlappmachen, wirst du es auf dein Konto schreiben müssen. Ich habe nie die Kinder gegen dich beeinflusst und habe deinen Eltern geholfen, deinem Bruder viele nützliche Sachen zukommen lassen und habe dadurch meinen Willen zum Frieden vor den Kindern durch Taten bekräftigt. Ich kann es verstehen, dass du dabei sein willst, aber dies* mit seelischen Qualen der Kinder als Folge, das verstehe ich nicht. *Vor zwei Jahren musste ich auch aus Vernunftgründen verzichten. Am liebsten würde ich unter den Umständen nicht zur Kirche gehen, um den Kindern zu helfen, davon wollen sie aber nichts wissen. Die Kinder wollen zusammenbleiben, und zwar in diesem Fall bei mir. Ich würde keine Machtproben auf Kosten der Kinder machen, ich glaube, du würdest es sehr bereuen. Die Kinder wollen dir nicht wehtun, aber mit deinem Erscheinen in der Kirche tust du es, denn jetzt müssen sie dir wehtun, was keiner will, auch ich nicht. Liebe Maria, ich meine es gut mit dir und den Kindern, bring die Kinder nicht in seelische Zwangslagen und verdirb Tamara nicht den Tag. Glaube mir, es ist besser so. Ich hoffe, dass die Einsicht bei dir siegen wird.*

*Herzliche Grüße*

*dein Gert*

*Maria Bockelmann*
*Marschweg 64*
*Oldenburg, 15. März 1956*

*Lieber Gert!*

*Deinen Brief bezüglich Tamaras Konfirmation habe ich erhalten. Ich bin sehr erstaunt über deine Einstellung. Du schreibst, dass Tamara und Marina entsetzt zu dir kamen mit meinem Plan, die Familie in der Kirche zu zerreißen; ich mit einem Kind auf der einen Seite, du mit dem anderen Kind auf der anderen Seite.*

*Was hat mein einstündiger Besuch in der Kirche zur Konfirmation meiner mir zugesprochenen Tochter (Anmerkung: Es handelt sich um eine Vereinbarung, die ich als verbindlich ansah!) nach sechs Jahren der Trennung mit dem Auseinanderreißen der Familie zu tun?*

*Wie ich als Mutter allein, während ihr mit den Kindern feiert, nach der kirchlichen Weihstunde mit der seelischen Qual, wie du meinst, fertigwerde, wirst du nicht, geschweige noch die Kinder, gewahr. Du hättest am allerwenigsten darunter zu leiden.*

*Sind es nicht unsere Kinder? Wer gibt dir das Recht, sie alleine zu beanspruchen? Du scheinst ganz zu vergessen, dass ich die Mutter bin, und wenn dich zehn Richter auf dieser Welt freisprachen, weil ich schwieg; aber der Höchste, wie denkt er darüber? Der liebe Gott lässt nichts ungestraft.*

*Als ich deinen Brief las, dachte ich unwillkürlich: »Diese Zeilen werden im 20. Jahrhundert geschrieben!« Die Kirche ist ein Ort, wo jeder Zutritt hat und der über alle irdischen Gesetze hinweg, in diesem Falle für eine kurze Zeit, einem die Möglichkeit gibt, wirklicher Christ zu sein und nicht, wie du meinst, eine Bühne, auf der ich ein Schauspiel geben wollte.*

*Diese Bemerkung von dir hat sehr weh getan. Sie war mir ein erneuter Beweis, wie wenig du dich in meine Lage hineinversetzen kannst und wie viel du auf das Gerede anderer gibst. Wenn du nämlich auch den Kindern gegenüber mein Erscheinen in der Kirche als eine Selbstverständlichkeit und als mein gutes Recht vertreten hättest, wären die Kinder nie dazu gekommen, dieses als unangenehm zu empfinden. Du stellst ja jetzt alles dar, als ob die ganze Angelegenheit eine Machtprobe auf Kosten der Kinder wäre. Ich wüsste nicht, was ich mit meinem Erscheinen in der Kirche für eine Macht an mich reißen sollte. Gert, bist du denn von Sinnen? Weißt du denn noch nicht, dass ich doch nur für die Kinder lebe? Wie oft habe ich mein Dasein als zu schwer empfunden und nur den Kindern zuliebe wei-*

*tergekämpft. Was ich sowieso erleide und durchzumachen habe, kümmert dich auch nicht, und ich erhebe auch gegen niemand Anklage, aber mir diese kleine Freude auch noch zu nehmen, veranlasst mich nunmehr, nicht in der Kirche zu erscheinen, um den Kindern ihren Frieden zu erhalten. Es kommt für mich als Mutter auf ein bisschen mehr Schmerz auch nicht mehr an. Ich bin immer froh, wenn ich den Kindern beweisen kann, wie lieb ich sie habe.*

*Über meine Gefühle sei dies der letzte Brief meines Lebens, den ich dir schreibe.*

*Da noch einiges gesagt werden muss, kann ich dir den Vorwurf nicht ersparen, dass du mitunter nicht menschlich an mir gehandelt hast. Mit kleinen Brocken, die du mir zuwarfst, beruhigtest du dein Gewissen. Nicht ich allein bin an unserer Scheidung schuldig. Das Leid, welches dadurch entstanden ist, hat dich, die Kinder und mich betroffen. Gott hat es dir durch Elke in Glück verwandelt. Den Kindern waren wir bestrebt, alles nur Erdenkliche zu bieten, vorzutäuschen, zu schweigen, damit wir es ihnen erleichtern. Es war uns gelungen. Und jetzt komme ich dran. Mich hat man übergangen. Wenn ich mich regte und bei euch in Erinnerung brachte, wurde ich als lästig, als überflüssig empfunden. Man gab mir deutlich genug zu verstehen: Du hast nichts mehr zu sagen. Dass mir Tamara zugesprochen wurde, ist für dich, Gert, auch von keiner Bedeutung. Die Gefahr, dass ich ein Kind zu mir nehmen könnte, also, dass ich in der Lage wäre, dem Kind das zu bieten, was es in Barendorf hat, besteht nicht.*

*Man weiß, dass das Leben für eine alleinstehende Frau nicht so einfach ist. Man muss sich schwer durchschlagen und ich kann noch so schuften, noch so entbehren, ich schaffe es nicht.*

*Hast du jemals daran gedacht? Jedem Flüchtling wäre man bereit zu helfen … Du schreibst mir, dass du meinen Eltern geholfen hast, dass du meinen Bruder unterstützt. Ich bin dir dankbar dafür. Sobald ich kann, werde ich dir das meinen Eltern geliehene Geld zurückzahlen. Auch werde ich Karl darum bitten, dass dieses schnell erledigt wird. Nun – um zum Schluss zu kommen, möchte ich dir heute mitteilen, dass unsere geplante Zusammenkunft nicht zustande kommen wird, da ich diese als sinnlos betrachte. Bei dir werden die Zukunftspläne unserer Kinder bereits festliegen, meine Meinung wird sowieso nicht ins Gewicht fallen. Meinen Vorschlag, den ich dir unterbreiten wollte, kann ich dir ja jetzt mitteilen. Ich dachte, da Marina und Tamara demnächst einen Beruf erlernen werden, mir eine Wohnung zu mieten in der Stadt, in der die Kinder die Ausbildung bekommen. Ich würde für die beiden sorgen, statt sie bei*

*Fremden wohnen zu lassen. Dir wäre es ja gleich, ob ich sie hätte oder eine andere Familie. Kosten würde dich das auch nicht mehr bei mir. Ich könnte jederzeit in derselben Stadt halbtätig arbeiten und somit meinen Unterhalt bestreiten. Ich glaube, du würdest den beiden Mädels eine größere Freude damit machen, als du es annimmst.*

*Und jetzt teile mir bitte mit, wie oft ich das Recht habe, die Kinder zu sehen, du hast sicherlich einen Rechtsanwalt zur Hand, der dir das sagt, sonst kann ich mich auch danach erkundigen. Mit dem heutigen Tage ist eine Bindung, die wir den Kindern zuliebe lange aufrechterhalten haben, gebrochen. Ich bitte dich, meinen Entschluss zu respektieren. Ich brauchte fast sechs Jahre, bis ich mich zu diesem Schritt durchgerungen habe, aber jetzt ist es so weit. Vielleicht ist es dir so recht. Jedenfalls hat es keinen Zweck mehr zu versuchen, mich umzustimmen. Du kennst mich, dass, wenn ich etwas beschlossen habe, es dabei bleibt.*

*Sag bitte Mama, dass es mir leidtut, dass alles so kommen musste, und ich ihrer immer in Liebe und Dankbarkeit gedenken werde. Anbei ein Brief für die Kinder.*

*Leb wohl!*

*Maria*

---

*Barendorf, 19. März 1956*

*Liebe Maria!*

*Deinen Brief vom 15. habe ich erhalten. Da du mich darin sehr scharf angreifst und einige Sachen verdrehst, möchte ich dazu kurz Stellung nehmen. Ich bin dir nicht im Geringsten böse, denn man soll Menschen verzeihen und nicht brechen, wenigstens bin ich so erzogen worden.*

*Alles, was vor sieben Jahren geschehen ist, wurde von beiden Seiten gebilligt. Ich habe* nichts *getan, was du nicht gewusst hast, genauso umgekehrt. Wenn du nun bei der Scheidung »nicht geschwiegen« hättest, hättest du Geschichten vorgebracht, die am Urteil nichts geändert hätten, als ich mich durchgerungen hatte, im Interesse der Kinder eine neue Ehe aufzubauen (mit dir) und ich dich am Gründonnerstag bat, die Brücken hinter dir abzubrechen und mit mir zu versuchen, eine neue Ehe für die Kinder aufzubauen, nachdem wir beide* gleich *gefehlt hatten, wolltest du nicht von Hans lassen – er brauche dich und er würde an deiner Seite ein großer Schauspieler werden usw. … Ich ließ dir Wochen, ja Monate Zeit, ein Wort hätte genügt, du weißt es selbst, wie ich darauf im Interesse der Kinder gewartet hab. Du wolltest nicht, obwohl dich alle gewarnt hatten. So musste ich dich freigeben. Du gingst fort, um ein Leben mit Hans zu leben und opfertest damals in deiner Liebe zu Hans alles, auch deine Kinder. Hans sagte tröstlich, sobald du geschieden wärest, sorge er für dich. Du gingst von mir fort, nicht um Bücher und Pelze zu verkaufen, sondern um aus Hans einen großen Künstler zu machen. Wenn du es nicht hast, so musst du dich an den wenden,* dem du zuliebe alles geopfert hast *und der dich völlig im Stich ließ. Ich habe dich freigegeben, weil* du *es so wolltest!*

(Anmerkung: Gert formulierte es öfter so, als habe Hans mich im Stich gelassen. In Wirklichkeit jedoch hatte Hans es nicht geschafft, seine Scheidung durchzusetzen, wohl auch aus Rücksicht seiner Frau gegenüber, wegen ihrer Gesundheit und der finanziellen Versorgung. Ich hatte immer auf eine friedliche Lösung gehofft und nie Druck ausgeübt. Durch die lange Zeit des Wartens wie auch aufgrund meines beruflichen Engagements und weil jetzt meine Kinder öfter bei mir waren, wurde mein Abstand zu Hans immer größer. Dennoch blieb seine Scheidung und unser gemeinsames Leben für ihn immer oberstes Ziel.)

*Als ich vor Jahren zu der schweren Operation schritt und nicht wusste, ob ich nicht bald vor dem höchsten Richter stehen würde, habe ich mein Gewissen überprüft, und ich schwöre dir, ich hatte nicht das geringste schlechte Gewissen. Ich bedauerte nur, dass du nicht auf mich gehört hast.*

*Alles, was ich deinen Eltern, deinem Bruder und dir dann getan habe, habe ich nicht aus schlechtem Gewissen getan, sondern aus Anhänglichkeit, weil ich deinen Vater und Bruder gern habe, deine Mutter verehre und an dir bis heute hänge. Dieser Giftpfeil von dir ist eine böse Verleumdung und Lüge und deiner unwürdig!!!*

*Du schreibst, Tamara wäre dir* zugesprochen. *Vom Gericht sind mir* alle drei *Kinder zugesprochen. Es bestand* eine Vereinbarung *zwischen uns, dass, wenn du Hans heiratest und ein bürgerliches Leben führst und Marina und Tamara sich so weiter zanken, dass du dann Tamara für Jahre zu dir nimmst. Da Hans dich im Stich ließ, fehlte die Voraussetzung dafür. Von* zugesprochen *ist keine Rede! Bitte keine Verdrehungen.* Ich kann ja nichts dafür, *wenn Hans dich im Stich ließ und deine Liebe, deine Ideale zerstörte. Du musst nun mich nicht zum Sündenbock für Hans machen. Du wolltest zu Hans trotz allem Warnen, und* dein *Wunsch ist geschehen, obwohl ich dich Wochen – ja Monate bat, bei uns zu bleiben. Du schreibst »unmenschlich« – war es menschlich, einen Mann und drei Kinder zu verlassen, aus purem Egoismus? Wie habe ich dich gebeten, mit mir eine neue Ehe aufzubauen!*

*Und jetzt der letzte Punkt. Die Kinder baten und flehten mich an, ich sollte dich bitten, nicht zur Kirche zu kommen. Nicht weil sie dich nicht liebten, sondern weil du ihnen leidtust und sie nur Scham haben wegen des Geredes: Da kommt nun die Mutter, die von ihrer Familie wegen eines Scharlatans fortging. Weder Erwin mit Lilo noch Villwocks kamen gestern zur Kirche, da sie Angst hatten, du könntest wieder so »unauffällig« kommen wie vor zwei Jahren. Es hat alle damals sehr* verstimmt! *Nicht weil man dich als lästig empfindet, sondern weil es für die Kinder sehr schwer ist.*

Von meiner *Seite gibt es* keinen *Bruch, ich werde aber deinen so lange respektieren, bis du die schmutzigen Verleumdungen zurückgenommen hast.*

*Alles, was ich für euch getan habe, habe ich aus Liebe und nicht aus* schlechtem *Gewissen getan. Möge der Herrgott dich vor weiteren Fehlschritten bewahren!*

*Gert*

Im Alter von 17 Jahren kam Marina für ein Jahr nach Obernkirchen in eine Hauswirtschaftsschule. Diese Schule war wichtig für die Unterweisung im Praktischen wie Haushaltsführung, Kochen, Nähen usw. Auch einige Kenntnisse für die Landwirtschaft wurden vermittelt. Marina schrieb mir häufig und ich ihr auch. Nach vier Wochen hätte sie zum ersten Mal übers Wochenende nach Hause fahren dürfen, wollte sich aber lieber mit mir treffen. Glücklich war Marina in Obernkirchen nicht. Um sie etwas zu erfreuen, versprach ich ihr, jedes Wochenende ein Päckchen zu schicken, und zwar während der ganzen Zeit ihres Aufenthalts dort. Ihre Briefe an mich waren voller Dankbarkeit und Liebe. Am 25. November 1956 schrieb sie mir:

*Meine liebe, süße Mizzi!*

*Heute ist Sonntag, ein sehr lang ersehnter Tag, draußen sind eine schreckliche Kälte und Sturm. Vor mir liegt dein lieber Brief, für den ich mich sehr bedanken möchte. Die Babyschokolade hat sehr gut geschmeckt und das Geld ist sofort in meine Reisekasse gewandert. Ich werde bis zu unserer*

*Abreise ungefähr 70 bis 80 DM gespart haben. Ich finde die Idee, am 25. Dezember, abends, sechs Uhr zu fahren sehr gut. Nur eins lastet auf meinem Gewissen, schwer wie Blei, dass du am Heiligabend nicht bei deinen Eltern sein kannst, sondern allein bist … Nun habe ich mir etwas überlegt: Ich habe mir ein Programm für dich ausgedacht. Also: Am Abend vom 24. Dezember gehst du in die Kirche zur Andacht. (Ich nehme an, dass du in Oldenburg sein wirst.) Danach gehst du in dein Zimmer, das du dir vorher schon recht gemütlich mit Tannen, warmem Ofen und gutem Essen, nicht zu vergessen sind Kerzen, gemacht hast. Und dann wirst du dir sagen: Morgen, am 25., sind nur noch ein paar Stunden, dann bin ich mit meinen Kindern zusammen. Mausi kommt natürlich zur Bahn, und am nächsten Tag, in Graz, werdet ihr gemeinsam den Heiligabend nachholen. Verstehst du mich? Wenn du das so machst, wird es nicht so schlimm sein, aber eins sage ich dir, wenn du in deinem Zimmer sitzt und heulst, liebe Mizzi, werde ich es in Barendorf fühlen und im gleichen Moment auch traurig sein, und davon haben wir beide nichts. Also, versuche es so zu machen, wie ich es schreibe, meine Süße, dann wird es für uns alle leichter sein …*

Anmerkung: Ich hatte in Kauf genommen, Heiligabend allein in meinem Zimmer in Oldenburg zu feiern, weil Gert uns nur den ersten Weihnachtstag für unser Treffen zugestand.

Noch so ein lieber Brief von Marina:

*15. Februar 1957*

*Meine liebe, süße Mizzi!*

*Dass Engel auf der Erde so frei herumlaufen, werden die meisten Menschen nicht wissen. Ich aber kenne einen – er heißt Mizzi. So etwas Rührendes, mir trotz deiner Krankheit so schnell ein Päckchen zu schicken. Das Porzellan ist zauberhaft, genau das Richtige, und sowie ich mit der Schule fertig bin, am 21. März, schicke ich dir alles, vorsichtig verpackt zurück. Oder wenn ich vor Ostern nach Oldenburg fahren darf, bringe ich alles mit. Auch tausend Dank für die Wiener Mandeln und das Geld. Du denkst an alles; bist meine allerbeste Freundin, und wenn wir uns wiedersehen, werde ich* nie *wieder in irgendeiner Weise grob zu dir sein. Du Süßes! Ich bin in den letzten zwei Jahren immer so gereizt und nervös gewesen. Das hat daran gelegen, dass ich immer unzufrieden war, mit mir selbst und mit meiner Umwelt. Natürlich war das nicht immer so, ich denke an Wien und Graz … Weißt du noch, liebe Mizzi? Österreich ist für mich einfach alles, ich liebe dieses Land und seine Menschen. Und ich möchte unter allen Umständen später einmal dort leben dürfen. Vielleicht in Wien, wer weiß?*

*Gestern telefonierte ich mit Omi/Villa, und sie erzählte mir auch von deinem lieben Brief, den du ihr zum Geburtstag schriebst. Weißt du, schreib der Pascha einmal. Sie liegt seit Wochen mit einem kranken Fuß (soll Thrombose sein) im Bett. Jetzt hat sie auch noch eine Rippenfellentzündung dazubekommen. Es soll ihr aber wieder besser gehen. Vielleicht schreibst du ihr eine Karte auf Russisch. Die Birgit ist mit Tante Elke für zehn Tage in den Harz/Braunlage gefahren. Birgit hatte in den letzten Tagen viel Husten und mit den Hylusdrüsen zu tun. Nicht ernstlich, aber sie ist ja so zart, man muss doch vorsichtig sein. Liebe Mami, bist du jetzt auch wirklich wieder ganz gesund? Ich mache mir Sorgen. Du Ärmste, ganz allein in Oldenburg und krank. Wer hat dich gepflegt?*

*Tausend Küsse und nochmals vielen Dank für alles!*

*Deine Marina*

Im Februar 1957 starb mein Vater. Bevor ich selbst darüber schreibe und meine Empfindungen ausdrücke, möchte ich Marinas Brief vom 20. Februar 1957 wiedergeben:

*Meine liebe Omi, liebe Mami, lieber Carlo!*

*Soeben erfuhr ich von Papi, dass unser lieber Großpapa ruhig eingeschlafen ist. Wir alle haben ihn so sehr lieb gehabt, haben ihn geschätzt und bewundert. Dass er nun nicht mehr unter uns sein kann, kann ich im Moment noch gar nicht erfassen. Ich will es auch gar nicht und ihr dürft auch nicht so denken, denn er ist immer noch bei uns. Er sieht uns nicht mehr von der Erde aus – aber dafür aus dem Himmel. Großpapa wird von oben auf dich, liebe Omi, auf Mami und Carlo und auf seine Enkelkinder sehen, wird glücklich sein mit uns. Wir können dieses Glück nicht sehen – aber doch fühlen.*

*Liebe Omi, ich weiß genau, dass du nicht verzweifelt bist, denn du hast Mami und Carlo und in ihnen einen Teil von Opi. Schau, wie viele Mütter haben im Krieg die ganze Familie verloren … Vielleicht ist es so für Großpapa am besten, der liebe Gott wird schon einen Grund gehabt ha-*

*ben. Liebe, liebe Omi, im Sommer, es sind ja nur noch ein paar Monate, werde ich bei dir sein. Du sollst dich in deiner großen Wohnung nicht einsam und verlassen fühlen. Wir zwei werden oft zu Großpapas Grab gehen, es mit Blumen schmücken und ganz fest und lieb an ihn denken. Was meinst du, wie er sich freuen wird.*

*Papi hat mir den Vorschlag gemacht, zu euch zu fahren, aber da ich mitten im Examen stehe, wäre es für mich äußerst schwierig gewesen, auf dem schnellsten Wege zu euch zu fahren.*

*Ihr Lieben, es bleibt sich gleich, an welchem Ort ich bin, ob in Oberkirchen, Barendorf oder in Graz. Mein Herz, all meine Gedanken sind mit euch.*

*Dem Großpapa zuliebe seid tapfer und dankbar für die schönen Stunden, die ihr mit ihm verleben durftet. Ich versuche, es auch zu sein.*

*In inniger Liebe und Verbundenheit*

*eure Marina*

*Bald bin ich bei euch!*

Mit dem Tod meines Vaters kamen quälende Gedanken in mir auf. Ich machte mir Vorwürfe, ob Papas Herzinfarkte nicht durch meine Scheidung mit hervorgerufen worden waren. Nie hatte Papa mit mir über die Scheidung gesprochen, auch hatte er nie zu erkennen gegeben, wem er die Schuld gab. Ich glaube, dass er Gert und mich ohne Unterschied liebte. Den Kontakt zu ihm hielt er auch nach der Scheidung aufrecht, und die beiden trafen sich weiterhin häufig. Dass Papa sich um meine anfällige Gesundheit Sorgen machte, wusste ich – auch, dass er meinen Existenzkampf kannte, der mir das Äußerste abverlangte und es mir so schwer machte, meine Kinder öfter zu sehen. Darunter litt ich ständig unsagbar.

Ich konnte mit Papa viel über meine Kinder sprechen. Er liebte seine drei Enkelinnen, für die er pausenlos etwas bastelte.

Damit machte er mir große Freude. Das wusste er. Meine Eltern waren sehr glücklich, dass sie sieben Jahre nach der Ausbombung ihre alte Wohnung wieder beziehen konnten. Und ich war noch glücklicher, diejenige gewesen zu sein, die ihnen das ermöglichte. Wie schon berichtet, konnte ich dies durch meine Tätigkeit in der Schweiz zum größten Teil finanzieren. Die noch fehlende Summe erbat ich von Gert, so schwer mir das auch fiel. Gert hat sofort zugesagt.

Nur vier Jahre lebte mein Vater in dieser Wohnung und versuchte, sie mit geringsten Geldmitteln zu verschönern. Mein geliebter Papa, nun kann ich dich mit nichts mehr erfreuen und dir auch beim Verschönern der Wohnung nicht mehr helfen. Wie traurig macht mich das!, dachte ich jetzt bei mir. Das Letzte, womit ich ihm eine Freude machen konnte, war eine leichte Wolldecke, die ich ihm aus Oldenburg schickte. Denn ich hatte erfahren, dass er wieder mit einem Herzinfarkt im Bett lag. Mein Geschenk nahm er so dankbar an, sagte aber, wie ich später erfuhr, doch: »Jetzt hat sie wieder Geld für mich ausgegeben, mein armes Hascherl.« Mitleid zeigte er mir gegenüber nie und ich wollte das auch nicht. Stattdessen war er immer voll des Lobes und der Anerkennung und sehr stolz auf mich. Manchmal tat mir mein Bruder leid, der im Gegensatz zu mir oft lange auf sein Lob warten musste. Erst als er seinen Weg als Lehrer mit Erfolg eingeschlagen hatte, war Papa glücklich und auf stolz ihn.

Zu Papas Beerdigung ist Gert nicht gekommen, er schickte aber eine große Schale Heidekraut. Ich war damals allerdings davon ausgegangen, dass es Gert ein Bedürfnis gewesen wäre, von Papa Abschied zu nehmen, da die beiden sich so nahestanden.

Die Wohnung in Graz war auf Papas Namen eingetragen. Nach seinem Tod ging sie auf Mama über, die zu meinen Gunsten verzichten wollte. Sie war der Meinung, sie gehöre mir, weil ich Papa das erforderliche Geld gegeben hatte. Doch ich nahm diese Geste nicht an, da dies meinem Bruder gegenüber nicht gerecht gewesen wäre. Denn die Wohnung war nur deshalb so günstig zu erwerben gewesen, weil meine Eltern dort vor der Ausbombung schon Mieter gewesen waren. Aber mein Bruder verzichtete ebenfalls. Schließlich klärte uns der Notar darüber auf, dass, wenn wir alle aus gegenseitiger Rücksichtnahme verzichteten, die Wohnung letztlich dem Staat zufallen würde. Daraufhin entschied Mama, dass sie *beiden* Kindern gehören sollte. Da ich nicht die österreichische Staatsangehörigkeit besaß, konnte die Wohnung nur auf den Namen meines Bruders eingetragen werden, was dann auch erfolgte.

Im September 1957 kehrte Marina aus Paris zurück. Ein halbes Jahr lang lautete ihre Anschrift: 28 Avenue Pasteur Gentvilly, Chez Madame Olivier-Vengarra, Paris. Der Aufenthalt dort hatte für sie vor allem den Zweck, Französisch zu lernen. Die Familie beschloss nun, Marina zur Berufsausbildung nach Frankfurt zu schicken. Sie sollte eine Lehre bei Peek & Cloppenburg absolvieren und anschließend in der Textilbranche arbeiten. Zunächst wohnte sie bei Onkel Werner, der, wie schon berichtet, Oberbürgermeister von Frankfurt war.

Am 27. September 1957 schrieb sie mir folgenden Brief.

*Meine liebste Mizzi!*

*Ja, nun bin ich in Frankfurt. Die Geburtstagsfeier ist vorbei (es handelte sich um den 50. Geburtstag von Onkel Werner), die viel Aufregung mit sich brachte. Es war ein fantastisches Fest. Zwei Ober aus den besten Hotels servierten – alle Damen in schönen Cocktailkleidern, die Herren im Smoking. Onkel Werner ist beschenkt worden, du machst dir keinen Begriff, bestimmt im Werte von 10 000 DM: z. B. Fernsehapparat, große Musiktruhe, Teppiche, Bücher, Lederkoffer, beste Leica, Silber, elektrische Geräte, Platten, Lampen etc., Tausend andere herrliche Dinge noch. Heute Morgen haben Tante Rita und ich die schönen Hunderte von Blumen und Körben sortiert, in Vasen eingestellt. Beide, Onkel Werner und Tante Rita, sprachen von deiner Kunst, Blumen einzustellen und waren begeistert davon.*

*Nun zu mir!*

*Am 1. Oktober fange ich bei der Firma Peek & Cloppenburg an (350 Angestellte). Von morgens 8:30 bis abends 6:30 stehe ich im Geschäft. Kleidung: Schwarz und Weiß wird getragen. Schwarze Schuhe, schwarzer Rock sind Vorschrift. Dazu können weiße Blusen oder schwarze Jacken getragen werden. Anfangsgehalt: ein kleines Taschengeld von 55 DM. Sonnabends wird im ersten Jahr bis 4 Uhr nachmittags gearbeitet, im zweiten Jahr bis 2 Uhr. Alles ganz gut und schön, aber der kleine Haken kommt jetzt. Ich wohne in einem Studentenheim, schlafe mit zwei anderen Mädchen (Studentinnen) zusammen. Mittags esse ich in einer Kantine (im Geschäft), Frühstück und Abendbrot in diesem Heim. Der Preis? Für Wohnen und Verpflegung im Monat 150 DM. Das ist sehr billig und für Papi angenehm. Mir tut nur etwas* sehr *leid, nämlich, dass ich kein Einzelzimmer habe. Es gibt fast keine dort, und die ein bis zwei, die da sind, sind besetzt. Ich habe mich so auf eine kleine Bude für mich alleine gefreut, bei einer ordentlichen Familie (in Paris habe ich ja auch ganz selbstständig gelebt). In Obernkirchen habe ich es ertragen, mit anderen Mädchen zusammen zu schlafen, ich kannte dort alle. Aber diese Mädchen kenne ich nicht, stell dir vor, sie schnarchen oder Husten nachts, und ich bekomme bei meiner Nervosität die ganze Nacht kein Auge zu. Und wenn man von morgens bis abends spät arbeitet, den ganzen Tag stehen muss, dann möchte man doch abends einmal alleine sein können, nicht wahr? Papi meint, im Laufe der Zeit würde sich schon ein Zimmer finden lassen, aber es müssten Leute sein, die Onkel Werner kennt. Onkel Werner hat so viel zu tun, dass ich ihn um nichts mehr bitten mag, Tante Rita ebenfalls. Es ist mir peinlich. Liebste Mami, kennst du irgendwelche anständigen Leute in Frankfurt? Vielleicht kannst du mir helfen, ich wäre der glücklichste Mensch.*

*Ich habe mich dummerweise so aufgeregt, dass ich vorgestern Nacht zwei bis drei Stunden Nasenbluten hatte, entsetzlich. Das Zimmer kann primitiv sein, nur alleine will ich sein, Ruhe brauche ich! Bitte schreibe mir, was du darüber denkst! Vorige Woche war ich im Kino, habe »Krieg und Frieden« gesehen, gestern in der Oper mit Andrej: »Fliegender Holländer«, hat mir sehr gut gefallen. Beste Plätze gehabt. Du siehst, die Sache hat zwei Seiten. Aber manchmal denke ich: Wärst du doch nach München gegangen, hättest du dein Einzelzimmer gehabt, und Freunde hätte ich auch gefunden.*

*Hoffentlich geht es dir gut, Liebste, bald schreibe ich wieder, festen Kuss,*

*deine Marina*

Marinas Briefe aus Frankfurt klangen unglücklich. So fuhr ich zu ihr, um mir ein Bild von der Lage zu machen. Daraufhin war ich auch bereit, nach Frankfurt zu ziehen, weil ich überzeugt war, dass Marina mich braucht. Ich wollte meine Firma fragen, ob sich im Raum Frankfurt eine Tätigkeit für mich schaffen ließe. Wegen meiner Haltung war Gert mir böse. Er schrieb mir am 8. November 1957:

*Liebe Maria!*

*Etwas traurig bin ich, dass du dich von Marina hast etwas umstimmen lassen. Das Mädchen ist zu schlau und geschickt und weiß genau, wo sie anpacken muss. Ich hoffe, dass sie bei Textil bleibt. Wenn es damit nicht klappt, werde ich wohl Marina zurücknehmen. Gegen ein Zusammenleben von euch beiden habe ich im Prinzip nichts, aber denk mal nach: Du bist die ganze Woche fort, und Marina* allein *in zwei Zimmern; ich werde niemals meine Zustimmung dazu geben. Marina will nur die »Freiheit«, und sie weiß, dass du mindestens fünf Tage fort bist – damit* rechnet sie!

*Dies kommt nicht in Frage. Ich bin gewarnt worden, Marina keinesfalls alleine wohnen zu lassen.*

(Dazu fällt mir nur ein: In Paris war sie doch auch alleine!)

*Marina wird dir dein Opfer* nicht *danken, du wirst mir später, wenn es zu spät ist, wieder recht geben. Die anderen Mädels müssen sich auch fügen. Bitte werde nicht weich, ich bin für alles Vernünftige, aber ich lasse mich nicht um den Finger wickeln; und ich kenne Marina besser als du. Sei nicht böse auf mich, ich weiß, was du für ein gutes Herz hast, und verstehe dich nur zu gut. Aber* wir beide müssen zusammenhalten *im Interesse der Kinder, und du hast mir versprochen, dabei zu helfen. Unternimm keine voreiligen Schritte wegen Frankfurt. Ich weiß, dass du durch das harte Leben gereift bist, und erwarte von dir diesmal* Vertrauen! *Ich will für Marina das Beste und bestehe gar nicht darauf, dass sie unbedingt bei P & C bleibt. Aber Marina ist ein Wirrkopf, der sehr verwöhnt ist! Ich bin immer für dich da und du kannst mich jederzeit sprechen, wenn du meinst, dass es im Interesse der Kinder ist.*

*Marina will dich nach Frankfurt haben, da sie weiß, dass du fünf Tage fort bist und sie dann »frei« ist.* Ohne mich!

*Anders wäre es, wenn du ständig abends zu Hause bist, aber dann würdest du mir bald leidtun. Marina muss man hart leiten, sie braucht das! Versuch mich zu verstehen; ich hoffe, am* 16. *einiges zu klären. Unternimm bitte nichts, ohne dich vorher mir ausgesprochen zu haben.*

*Herzliche Grüße*

*dein Gert*

Marinas Briefe blieben weiterhin wie Hilferufe:

*Habe dich so nötig, niemand liebe ich so, wie dich. Möchte endlich mal bei meiner Mutter leben. Mich verachten alle, Elke besonders, bin so unglücklich, alle sind wahnsinnig enttäuscht von mir. Dich loben sie bis in den Himmel (bin stolz auf dich, Liebste).*

*Liebste Mizzi, ach, lass es nur mit Bremen für uns klappen.*

Ich hatte ihr nämlich geschrieben, dass ich in Bremen für sie eine passende Ausbildung finden würde. Das Suchen einer Wohnung in Bremen begann. Ich schaltete einen Makler ein und in ganz kurzer Zeit fand ich das Gewünschte: drei Zimmer mit Balkon, Bad, Küche und Garderobe. Ein Raum war sehr groß, mit drei riesigen Fenstern. Die Wohnung lag im ersten Stock an einer

Einkaufsstraße mit namhaften Geschäften und in einer Gegend, die damals noch eine gute Adresse war: Vor dem Steintor. Die Miete betrug 350 DM kalt; für die damalige Zeit war das sehr hoch. Ich war mutig und nahm sie, wobei ich kein einziges Möbelstück besaß. Das Wenige, das mir gehörte, befand sich in der Grazer Wohnung. Zwei Schlafstellen mussten als Erstes gekauft werden – ich dachte an Marina und mich –, ebenso Herd, Kühlschrank und Tisch sowie Gardinen, Bettwäsche und Geschirr. Das war das Allernötigste. Und wenn Marina wirklich zu mir kommen sollte, müsste für sie ein Radio da sein, vielleicht kombiniert mit einem Plattenspieler. Auch eine große Bodenvase – immer gefüllt mit Blumen – sowie weitere Pflanzen durften nicht fehlen. Mehr Gedanken um die Wohnungseinrichtung konnte ich mir nicht machen. Jetzt ging es vor allem darum, dass ich eine Tätigkeit mit einem festen Sitz in Bremen fand, um nicht mehr reisen zu müssen. Meine damaligen Bemühungen wegen Frankfurt waren hinfällig geworden, weil Marina mittlerweile mit Erlaubnis von Gert nach Bremen tendierte. Denn es stellte sich immer mehr heraus, dass ihre Arbeit in Frankfurt nicht ihren Neigungen entsprach, was schließlich auch Gert einsah.

Ich fuhr nach Regensburg zu meiner Firma, um den Vorschlag zu machen, in Bremen eine Filiale für Pelzmoden einzurichten, die ich leiten wollte. Aber für eine ständige Niederlassung in Norddeutschland gab es kein Interesse, was man mir gegenüber ausdrücklich bedauerte. Daraufhin fasste ich, wenn auch ungern, den Entschluss, mich von der Firma Reif zu trennen und andere Pelzfirmen auf meinen Plan anzusprechen. Zunächst konzentrierte ich mich auf Hamburg. Ich stieß gleich beim ersten Unternehmen, bei dem ich vorsprach, der Conti-Pelz AG, auf Interesse.

Meine Wohnung schien mir für ein Etagenpelzgeschäft gut geeignet. Das schlug ich auch der Hamburger Firma vor, zumal die Lage ausgezeichnet war: in einer Geschäftsstraße und in unmittelbarer Nähe von drei Straßenbahnhaltestellen. Im selben Hause befand sich ein namhaftes Kinderbekleidungsgeschäft. Der Raum war groß genug für mindestens 80 bis 100 Pelzmäntel und durch drei große Fenster auch ausreichend erhellt. Dazu kam, dass ich für diese Branche die erforderlichen Kenntnisse besaß. Alle drei Inhaber der Conti-Pelz AG sprachen sich für eine Niederlassung in Bremen aus, nachdem ich ihnen alle Einzelheiten dargelegt hatte. Bereits am nächsten Tag besichtigten sie meine Räume. Einen Teil der für den Abschluss erforderlichen Unterlagen hatten sie schon mitgebracht. Ein Telefon wurde beantragt. Die Herren waren sich einig, die Filiale sofort unter meiner Leitung zu eröffnen.

Nach einigen Tagen brachte man mir genug Ware und die nötige Ausstattung: Kleiderstangen, Pelzbügel, Spiegel, Beleuchtungskörper und einen großen Schreibtisch. Werbung und die Bekanntgabe des Eröffnungstermins der Filiale erfolgten durch die Zeitung und an der Fassade angebrachte Hinweisschilder. Nach der Eröffnung lief der Verkauf gut an und die Hamburger Geschäftsführung war sehr zufrieden, erst recht natürlich ich selbst.

Meinem erneuten Vorschlag, Marina zu mir zu nehmen, konnte Gert nun nichts mehr entgegensetzen, weil ich mit der Übernahme der Filiale nicht mehr reisen musste. Somit stimmte er endlich zu, dass Marina ab jetzt bei mir wohnen und zur Sprachenausbildung die Berlitz-Schule besuchen durfte.

So geschah es. Marina war begeistert. Sie fühlte sich bei mir sofort sehr wohl. In allem war sie bescheiden und anspruchslos, besonders, was das Essen anbelangte. Für sie hätte es jeden Tag Pfannkuchen geben können und für die Schule eine Apfelsine. Das Lernen machte ihr Freude und sie war sehr fleißig.

Weil ich auf Provisionsbasis arbeitete, war ich natürlich auf jeden Verkauf angewiesen. Marina nahm lebhaft Anteil daran – ihre erste Frage, wenn sie von der Schule nach Hause kam, lautete: »Hast du was verkauft?«

Marina besaß wenig Garderobe, doch das Wenige pflegte sie mit großer Sorgfalt. Ihr Taschengeld war knapp bemessen, aber in allem war sie zufrieden. Sie war ein hübsches Mädchen mit einem großen Interesse an Kunst.

Wir beide freuten uns unsagbar über jede Kleinigkeit, die unsere Wohnung verschönerte. Alte Gegenstände entzückten uns besonders. Einiges bekamen wir sogar von Kunden, oft auch Blumen, Gemüse und Obst aus dem Schrebergarten. Von einer mir unvergesslichen Kundin, Frau Mansius, bekamen wir fertig- gekochte Gerichte und Wurstwaren. Sie war um meine Gesundheit sehr besorgt, was sich leider bald als berechtigt herausstellen sollte.

Fast jede Woche kam einer der drei Herren aus Hamburg und brachte neue Ware. Die Kollektion musste wegen der erfolgten Verkäufe komplettiert werden und zur Änderung vorgesehene Mäntel wurden mit in die Hamburger Werkstatt genommen. Die Abrechnung der verkauften Ware sowie der angefallenen Unkosten erfolgte monatlich. Wurden größere Beträge umgesetzt, überwies ich diese auch zwischendurch nach Hamburg oder gab sie den Herren persönlich mit.

Zu meinem größten Erstaunen stellte sich heraus, dass die Geschäfte in Hamburg immer schlechter liefen und die Firma dem Konkurs entgegenging. Selbst der gute Umsatz der Bremer Filiale konnte die Auflösung der Conti-Pelz AG nicht aufhalten. Anderthalb Jahre nach der Eröffnung musste Bremen ebenfalls geschlossen werden. Finanzprüfer aus Hamburg kamen zu mir, da sie vermuteten, dass die Bremer Filiale die Unregelmäßigkeiten der Firma gekannt und gedeckt haben könnte. Aber anhand der Bücher, die ich sehr gewissenhaft geführt hatte, konnten sie feststellen, dass dies nicht der Fall war.

# »Pelzmoden Maria Bockelmann«: Ich mache mich selbstständig

*Maria Bockelmann (um 1960)*

Wieder einmal musste ich mich um meine Existenz sorgen und eine Entscheidung treffen, wie mein Auskommen weiterhin gesichert werden konnte. Ich hegte den kühnen Gedanken, die Filiale zu übernehmen, und das ohne Eigenkapital. In diesen besonderen Umständen sah ich meine Chance. Auch war es ein großer Vorteil für mich, dass Herr Paul, der Seniorchef, mir immer großes Vertrauen entgegengebracht hatte und stets hilfsbereit gewesen war. So unterbreitete ich ihm mein Vorhaben, das Inventar und einen Teil der Ware auf Wechselbasis zu erwerben. Die Wechsel sollte ich aus den Einnahmen der kommenden Verkäufe einlösen. Herr Paul war damit einverstanden. Ich konnte das Geschäft auf meinen Namen eintragen lassen und nannte es »Pelzmoden Maria Bockelmann«. Jetzt hatte ich meine eigene Firma! Zugute kam mir, dass ich mir unter meinen Kunden durch meine vorhergehende Tätigkeit bereits einen guten Namen gemacht hatte. Aber natürlich musste jetzt alles geändert werden: die Schilder an der Geschäftsfassade, der Firmenkopf auf den Auftragsblocks, Briefbögen und Geschäftskarten und auch die Etiketten in den Mänteln (in Seide gefertigt). In den Inseraten erschien nun mein Name.

Meine Kinder freuten sich sehr über meine Firmengründung. Sie waren begeistert und stolz auf mich. Aber es lagen nur ein paar Tage zwischen dieser großen Freude, die ich ihnen bereitete, und dem Kummer, den ich ihnen nicht ersparen konnte. Denn ausgerechnet am Eröffnungstag erlitt ich einen starken Hustenanfall – der anderthalb Stunden andauerte. Ich musste den Laden schließen und zum Hausarzt gehen, der mich zu einem Lungenfacharzt überwies. Dieser stellte Tuberkulose fest. Die Kinder kannten die Gefährlichkeit dieser Krankheit, weil Gert sie vor Jahren gehabt hatte.

Mich quälte jetzt der Gedanke, dass sie womöglich schon angesteckt waren, denn mit Marina lebte ich seit einigen Monaten zusammen und Tamara sowie Irene waren in letzter Zeit auch etliche Male zu Besuch gewesen. Alle hatte ich oft geküsst!

Ich erkrankte 1960. Erst seit 1952, also erst seit acht Jahren, gab es das Medikament Tebesium, das Tuberkulose erstmals wirksam bekämpfte. Die Krankheit hatte ihren Schrecken verloren, jetzt auch für mich. Es war zudem ein großes Glück, dass der Krankheitsherd bei mir nicht tief lag, es war nur von »beiderseitigen Streuungen« die Rede. Dennoch machte mein Zustand einen Sanatoriumsaufenthalt erforderlich, dessen Dauer am Anfang noch nicht feststand.

Für den Weiterbestand des Geschäfts waren nun umfangreiche Vorbereitungen nötig. Herr Paul bot sich an, mich zu vertreten, und Gert wollte mir helfen, den Meister meiner Werkstatt in Oldenburg zu bezahlen, falls dies erforderlich werden würde. Es sollte durch meinen Krankenhausaufenthalt keine Unterbrechung eintreten, weil ich auf die Verbindung zu dem Meister angewiesen war, den ich erst kürzlich verpflichtet hatte. Mich quälten große Sorgen, aber ich musste sie zerstreuen, wollte ich meine Genesung, die ich so sehr herbeiwünschte, nicht gefährden. Die Leidtragenden wären dann neben mir wieder einmal die Kinder gewesen, die mit unvorstellbarer Liebe an mir hingen. Gerade jetzt, da der Kontakt mit ihnen so eng und beglückend war – alle drei durften mittlerweile ihre Ausbildung in Bremen absolvieren –, musste ich so krank werden!

Zwei Briefe aus dieser Zeit – von Irene – möchte ich hier wiedergeben.

*Wennigstedt, 3. August 1959*

*Liebste Mami!*

*Danke dir für deine liebe Karte!*

*Du sollst nicht so viel herumreisen, denn du brauchst Ruhe und Erholung. Aber ich freue mich so sehr, dass du dich ganz wohlfühlst, meine Gedanken sind immer bei dir, das weißt du auch. Unsere Ferien gehen leider zu Ende. Es waren herrliche Tage, voll Sonnenschein und vor allem mit lieben Freunden. Ich esse unwahrscheinlich viel, zu einer Mahlzeit ungefähr sieben Scheiben Brot und ich bin kaum satt zu kriegen. Papi kommt vielleicht noch für drei bis vier Tage; Mami, du glaubst kaum, wie goldig er ist, er freut sich wie ein kleines Kind, ist ausgelassen und erfüllt einem jeden Wunsch. Er schreibt gerade, dass er und Tante Elke bei Onkel Erwin zu einem großen Gartenfest eingeladen sind –* 200 *Personen – ist das nicht herrlich? Wenn ich mal groß bin, Mamilein, dann machen wir beide auch große Feste mit, nicht wahr? Manchmal träume ich, dass ich glücklich verheiratet bin und du mit bei uns wohnst, denn eine solche Mutter wie du muss immer bei mir sein, und wir werden ein schönes und interessantes Leben haben. Ich sehne mich oft so schrecklich nach dir, und es ist dann so schön, bei dir zu sein, denn du bist die entzückendste und* charmanteste *Frau – nein, Dame, die es gibt. Und dies sage nicht nur ich, sondern sehr viele. Ich wäre sehr froh, wenn ich ein bisschen von deinem Charme und Aussehen hätte. Ich habe hier ein Bild von dir aufgestellt, die Kinder von Amtages sind ganz begeistert!!! Es ist ein herrliches Leben hier. Den ganzen Tag laufen wir in Hose und Pulli herum, Haare und Aussehen spielen keine große Rolle und die Stimmung ist wunderbar. Solche Ferien müsstest du auch haben! Liebe Mami, hast du zurzeit viel zu tun? Ruhst du dich auch immer aus? Du musst mir unbedingt schreiben, was du machst und vor allem, wie es dir immer geht! Sonntag geht es wieder nach Hause, aber ich habe noch zwei Wochen Ferien und da darf ich noch mal zu dir kommen. So, jetzt wird wieder gegessen – es gibt Grießbrei. Wir sind genau neun Personen. Die beiden Kleinen sind so lebendig und natürlich Mittelpunkt.* Früher *war ich es!*

*Ich umarme dich ganz innig.*

*Festen Kuss, deine Irene*

---

*Barendorf, 4. November 1959*

*Meine allerliebste Mami!*

*Seit deinem Anruf bin ich so glücklich wie seit Langem nicht, und am liebsten möchte ich mir einen Zug nehmen und zu dir kommen. Auch bin ich Herrn Paul so dankbar, dass er zu dir hält, immer, wenn du ihn brauchst, und auch oft noch mehr! Am Telefon warst du wie ein kleines Mädchen, so lustig und vor allem ein wenig glücklich.*

*Ach, Mamilein, jetzt musst du dich schonen, und noch mehr. Du* willst *doch gesund sein, nicht nur du, sondern wir alle!!!!! Als ich von Bremen zurückkam, ein wenig bedrückt, dich schon wieder allein lassen zu müssen, hat Papi mich so nach dir ausgefragt und war so besorgt, dass jeder gemerkt hat, wie lieb er dich noch hat. Du kleines Biest, du glaubst es wieder nicht, aber es ist die volle Wahrheit. Liebe kleine Mami, ich sehne mich so schrecklich nach dir, und nun ist auch Weihnachten nicht mehr lang! Es war schön, deine Stimme wieder zu hören, und ich könnte mich schlagen, dich nicht eher angerufen zu haben. Anbei schicke ich dir ein Bild von dir, du wolltest es doch Herrn Paul zeigen!!! Ich finde es so bildhübsch und du musst es mir unbedingt bald wieder schicken!! Es ist ein entsetzliches Wetter draußen, und du musst ganz doll aufpassen, dass du dich nicht erkältest! Hörst du! Im Moment ist ja keiner da, der dir das sagt. Papi fährt bald nach Frankfurt, denn er hat einen großen Plan und will ihn mit seinen Brüdern besprechen. Er will eine Beregnungsanlage anlegen lassen. Und die wird ungefähr 120.000 DM kosten. Mizzilein, vielleicht freust du dich, wenn du jetzt hörst, dass ich Klavierunterricht habe, zweimal die Woche. Die Stunde kostet 6 DM. Sehr viel, nicht wahr? Ich will noch an unsere Tamara schreiben, sie ist wirklich so lieb und vernünftig! Liebste Mami, meine ganze Liebe zu dir kann ich dir gar nicht beschreiben! Es küsst dich ganz innig*

*deine Irene*

*PS: Bitte versuche, noch drei Pfund zuzunehmen. Sehr wichtig!!*

Inzwischen lag ich im Sanatorium in Mölln, wo ich in der ersten Woche fast ununterbrochen schlief. Der Professor besuchte mich oft und gab hinsichtlich meines Schlafens Order, mich völlig in Ruhe zu lassen. Allerdings meinte er später doch, dass ihn mein großes Schlafbedürfnis sehr gewundert hatte. Langsam erholte ich mich und durfte auch aufstehen. Das tat ich aber nur selten, da Liegen bei dieser Krankheit so wichtig ist. Nach einem Vierteljahr stellte sich der Genesungserfolg ein und ich konnte entlassen werden. Mir wurde strenge Weisung gegeben, jegliche Überanstrengung zu vermeiden und nach einem halben Jahr nochmals für einige Wochen in ein Sanatorium zu gehen. Unter ärztlicher Kontrolle musste ich sowieso noch bleiben.

Gerne denke ich an meinen Aufenthalt in Mölln zurück, besonders an Marinas Verlobung, die in diese Zeit fiel. Zusammen mit ihrem Verlobten besuchte sie mich. Welch eine Freude! Ich erinnere mich auch noch gut an den Professor, der mich behandelt hat. Seine Villa lag auf dem Gelände des Krankenhauskomplexes. Oft kündigte er an, wenn er Klavier spielen wollte. Unsere Fenster waren dann weit offen, und ich war glücklich, Musik zu hören – besonders, weil sie für mich bestimmt war.

Ich fertigte eine Liste an, die das Notwendige für Marinas Aussteuer enthielt, und schickte sie an Gert in dem Glauben, allen damit geholfen zu haben. Sie löste aber nur Gelächter aus, wie mir später berichtet wurde. Meine Vorschläge seien nicht zu gebrauchen, hieß es. Als Vorlage hatte mir meine eigene Aussteuer gedient, die recht bescheiden gewesen war, jedenfalls für mich als Offizierskind. Allerdings bestand die Ausstattung aus hochwertigen Materialien, individuell nach meinen Entwürfen angefertigt. Meine Vorschläge für Marina hingegen umfassten keinesfalls Sonderanfertigungen oder besondere Qualität. Am Ende bekam sie nur zehn Prozent dessen, was ich für notwendig erachtet hatte. Wieder einmal zeigte sich, wie wenig mein Wort galt, wenn es um meine Kinder ging. Dass ich später dann alles in meiner Macht stehende tat, um sie zu beschenken, zu verwöhnen und immer für sie da zu sein, ist wohl die natürlichste Reaktion einer Mutter, die zehn Jahre lang dazu keine Möglichkeit hatte.

Zur Hochzeit war ich in Barendorf eingeladen. Kurz vorher schrieb Marina an ihre Großmutter.

*30. August 1960*

*Liebe Omi!*

*In drei Stunden fahren Paul und ich zum Standesamt. Ich heirate den besten Mann der Welt. Am Freitag findet der Polterabend statt und am Samstag die Hochzeit. Am Polterabend werden ca. 60 Personen sein, bei der Hochzeit 50. Mein Kleid ist bezaubernd schön, ich schicke dir dann bald ein paar Fotos! Paul lässt dich und Carlo herzlich grüßen, wir telefonierten eben miteinander. Vorgestern war ich bei Mami in Bremen, sie sieht fabelhaft aus und freut sich schon auf die Hochzeit. Ihr Tischherr wird Dr. Reimar Odefey sein, mein anderer Schwager.*

*Anbei zwei Einladungskarten, damit du siehst, wie sie ausgefallen sind. Die Zeitungsanzeige schicke ich dir dann ebenfalls. Am 4. September abends fahren Paul und ich nach Italien, bei Rimini, der Ort heißt »Riccione«. Wir bleiben dort dreieinhalb Wochen, dann fahren wir noch zur Weltmeisterschaft im Reiten nach Venedig, die anschließend an die Olympiade stattfindet.*

*Natürlich machen wir dann noch ein paar andere Ausflüge, eventuell nach Milano, nach Verona etc. auch, um dort einzukaufen.*

*Tamara kommt am Donnerstag (abends, ziemlich spät) in Lüneburg an. Sie wird mit uns tüchtig feiern und anschließend wieder nach Wyk (Föhr) fahren. Es ist wirklich sehr, sehr schade, dass du und Carlo nicht hier sein könnt. Ich habe euch schrecklich lieb. In zweieinhalb Stunden heiße ich nicht mehr Bockelmann, ein komisches Gefühl!*

*In Liebe eure Marina*

Marina und Paul wurden in der schönen alten Johanniskirche zu Lüneburg getraut, an deren Orgel schon Johann Sebastian Bach gespielt hatte. Dieser großen und stilvollen Hochzeit gab die Johanniskirche den feierlichen Rahmen. Zehn Jahre war ich aus Barendorf schon fort. Marinas Hochzeit führte mich jetzt wieder dorthin, wenn auch nur für einige Stunden. Beim Betreten meines früheren Zuhauses fühlte ich keinerlei Beklemmung oder Wehmut im Herzen, denn jetzt war ich hier eine Fremde und sah mich auch als solche. Als ich aber dann mein ehemaliges Personal wieder traf, erschrak ich über meine eigenen Gefühle und dessen Herzlichkeit und Anhänglichkeit mir gegenüber. All das war beglückend, aber zugleich auch erschütternd.

*Hochzeit v. Marina und Paul Odefey*

*Maria Bockelmann, Liselotte Bockelmann*

Was mir den Besuch in Barendorf erleichterte, war die Tatsache, dass die Hochzeitsfeier in der Villa stattfand und nicht im Herrenhaus, wo ich zirka zehn Jahre gelebt hatte. (Die restlichen drei Jahre im Wirtschaftsgebäude.) So berührte mich mein Aufenthalt dort wenig. Die Villa, die mir nicht vertraut war, hatte mein Schwiegervater seinerzeit für Gäste bauen lassen. Inzwischen wohnten Gert und Elke dort. Allerdings sah ich einen Großteil meiner Möbel aus dem Herrenhaus wieder, was ich doch als etwas unangenehm empfand.

Für dieses Fest hatte ich große Sorgfalt auf mein Äußeres verwendet. Das sollte meine Waffe sein, denn ich rechnete damit, von Marinas neuer Familie, die ich nicht kannte, abgelehnt zu werden. Dieser hatte man sicherlich, wie schon oft anderen, erzählt, dass ich wegen eines Scharlatans Familie und Barendorf verlassen hätte. Der Tag und der Abend verliefen aber wohltuend, meine Befürchtungen bestätigten sich nicht. Von allen Seiten brachte man mir Respekt und Herzlichkeit entgegen.

*Villa in Barendorf*

In einem weiteren Brief an ihre Großmutter schrieb Marina: *Mami wurde von allen Anwesenden bewundert, geschätzt und geliebt.*

Ich glaube, so äußert sich nur ein Kind, das seit Langem die Sehnsucht hat, die Mutter endlich von allen akzeptiert zu wissen, statt in ihr – wie bisher – die Alleinschuldige zu sehen. Marina meinte: Mami ist die beste Mutter, die wir uns wünschen können. Dieses und Ähnliches zu hören, bereitete mir große Freude.

Anerkennung und Bewunderung von meiner früheren Großfamilie kamen nun nicht mehr selten, doch sie kamen jetzt zu spät. Ich habe sie sogar als überflüssig angesehen, ja diese Bekundungen verloren immer mehr an Bedeutung – vielleicht, weil die Zeit und der Reifeprozess in mir vieles geheilt hatten.

Gerts Mutter schrieb nach der Hochzeit Folgendes an meine Mutter:

*Marina sah als Braut sehr gut und sehr lieb aus. Ein Paar, dass ausgezeichnet zusammenpasste. Sie machten einen so glücklichen Eindruck. Ich habe das Gefühl, dass Paul sehr auf Marina wirkt. War noch nicht bei ihnen, höre aber von allen Seiten, dass sie ein sehr schönes Heim haben. Die ganze Familie sehr solide und sympathisch, eine gute, alte Hamburger Familie. Freute mich besonders, Maria hier auf der Hochzeit gesehen zu haben. Sie sah sehr gut aus, erholt und hübsch, sehr elegant angezogen, stand ihr gut … Maria ist so fleißig, Gott sei Dank hat sie seit Jahren immer eine Tochter bei sich.*

Ja, Gott sei Dank, sagte auch ich, dass ich seit Längerem immer eine Tochter bei mir hatte. Zu dieser Zeit war es Irene. Auch sie besuchte, wie vorher Marina, die Berlitz-Schule.

Im Geschäft war ich voll eingespannt. Aber mein Einsatz lohnte sich, denn jetzt konnte ich mir sogar einiges leisten, was beinahe ein wenig an Luxus grenzte. Herr Paul war oft da und erledigte fast alles Schriftliche. Das Journal allerdings führte ich und legte es monatlich der Steuerberaterin vor. Ich war dauernd im Rückstand und hatte somit ständig Angst vor der Steuerprüfung. Die Steuerberaterin ermahnte mich regelmäßig und ich gelobte Besserung.

Ein Haus weiter gab es eine italienische Eisdiele mit einem sehr großen Schaufenster. Wie üblich wurde dieses Geschäft im Winter geschlossen, was mir die Gelegenheit bot, es auf Jahre – jeweils für die Wintersaison – zu mieten. Unter großen Umständen mussten alle Pelzmäntel, ja, das gesamte Pelzsortiment sowie die Felle für die Maßanfertigung, die Futterseiden etc. nach unten geschafft werden, ebenso fast die ganze Büroeinrichtung. Das Fenster wurde oft neu dekoriert. Das besorgte ich selbst und freute mich, wenn es mir gelang, ein wenig künstlerisch zu gestalten.

Nach Jahren besuchte mich Hans in Bremen, ungefähr neun Jahre waren seit meiner Scheidung inzwischen vergangen. Wir hatten uns bzw. ich ihn aus den Augen verloren. Jetzt stand er vor mir – ein Mann, der mir wenig bedeutete. Über einen Handkuss kam unsere Begrüßung nicht hinaus. Sieben Stunden debattierten wir, in deren Verlauf ich mehr höflich als herzlich war. Bei der Schilderung meines Weges in den zurückliegenden Jahren blieben bittere Töne nicht aus. Danach war Hans sehr betroffen und unglücklich; dennoch kam bei mir kein Gefühl des Mitleids für ihn auf, aber auch keine Genugtuung. Als er mir am Anfang gegenübersaß – neben ihm sein Köfferchen – schien er glücklich und stolz zu sein, mir anzukündigen: »Liebste, ich kann drei Tage bei dir bleiben.« Und was antwortete ich ihm: »Hans, geh heute noch fort, und ich bitte dich, frage nicht warum!« Ich hatte Angst, jetzt wieder in eine Lage zu geraten, die mich unglücklich machen würde, wie schon oft vorher. Mein Ziel, die Kinder zu behalten und meine Existenz zu sichern, hatte ich erreicht. Und das wollte ich nicht gefährden. Vielleicht war ich feige, aber mir schien, die Zeit sei gekommen, für diese Liebe keine Opfer mehr zu bringen. Den Mut dazu hatte ich nicht mehr, weshalb ich Hans nun zurückwies. Allerdings kamen mir später Zweifel, ob das die Lösung war. Oft stellte ich mir die Frage, ob es nicht richtiger gewesen wäre, auch weiterhin Unangenehmes in Kauf zu nehmen und an diese Liebe zu glauben.

Schließlich begleitete ich Hans zum Bahnhof – mit großer Kühle. Ohne eine Spur menschlicher Wärme verabschiedeten wir uns voneinander. So war es denn auch nicht verwunderlich, dass er mich in einem darauffolgenden Brief als »geliebte Bestie« anredete. Er konnte mein Verhalten nicht verstehen.

*Es ist klar, dass du mit deinem reizvollen Äußeren und deinem charmanten Wesen sehr begehrt wirst und dass man dann versucht, dir verständlich zu machen, dass ich deiner Liebe nicht wert bin. Ich bin es aber trotzdem, meine unendliche Geliebte, denn ich liebe dich unsagbar* – so oder ähnlich schrieb er mir damals. Und dann schrieb er mir den Brief mit der besagten Anrede, den er mir nach unserer letzten Begegnung sandte und der mich anfangs gar nicht berührte, sondern erst viel später. Er lautete:

*30. März 1959*

*»Schöne Nemesis, geliebte Bestie!*

*Damit dein Gewissen nicht eventuell belastet sei und falls es zu deiner Beruhigung dienen sollte, möchte ich dir mitteilen, dass ich dank meiner zähen Natur, die sich schon vor einem Jahr bewährt hat, zu meiner Verwunderung bereits heute Nachmittag fähig bin, dir einige Dankeszeilen zu schreiben und somit Aussichten habe, auch diesen im Vergleich zum vorigen Jahr ganz erheblich schwereren Fall zu überstehen. Ich möchte dir danken, liebe Maria, für die liebevolle Art, in der du es mir in knapp sieben Stunden ermöglicht hast, einen großen Teil meiner Schuld abzubüßen. Es war eine umsichtsvolle und meisterlich durchgeführte Pferdekur, die zwar, das merke ich jetzt nach dem Weichen der Narkose, hart an die Grenzen des für einen einzelnen Menschen Erträglichen ging, aber sie war gekonnt. Ich kann dir, wie bei fast allem, was du anpackst hier meine hohe Anerkennung nicht versagen. Gut, dass du auch meinen heutigen Tag zum Zurückfinden aus der Narkose mit einbezogen hast. Ja, Maria. Wie du mir einst das höchste Glück meines Lebens geschenkt hast. So hast du mir gestern die größte, aber absolut verdiente Demütigung zugefügt, die man einem Mann überhaupt nur antun kann. Wie gesagt, liebe Maria, ich weiß, wie sehr ich alles verdient habe, und darum versteh diesen Brief nicht falsch. Er soll auch nicht den Anflug eines Vorwurfes enthalten, sondern wirklich ein Dankesbrief für die ungewöhnlich liebenswerte Art sein, auf die du mich seziert hast. Ich habe die herrlichste Narkose bekommen, die man sich denken kann, bestehend aus Schönheit, Charme und Liebenswürdigkeit, sodass es mir möglich war, bei der Folge von Schnitten und Stichen beglückt zu lächeln. Die Wundschmerzen setzen ja bekanntlich erst nach dem Weichen der Narkose ein und da befand ich mich schon im Zug. Sie waren und sind allerdings sehr stark, aber sie kommen von dir, und darum habe ich sie gern. Vorhin habe ich ein Musikstück im Radio gehört, das du bestimmt auch kennst und das mir heute erschien, als wäre es für uns geschrieben. Wenn ich die Platte bekomme, lege ich sie dir in das Päckchen, und ich glaube bestimmt, dass auch dir diese Musik gefallen wird. Vielleicht denkst du dabei dann noch einmal an mich. Ich möchte gern dein Freund bleiben, Maria.*

*Sei sehr herzlich gegrüßt von*

*deinem Hans*

Kurz danach erhielt ich die Schallplatte von ihm: Smetanas »Moldau«. Beim Hören dieser Musik muss ich immer an ihn denken.

Am 3. Dezember 1978 starb Hans, drei Jahre nach einem letzten Gespräch, das mich noch heute belastet. Er hatte mir damals am Telefon sein Beileid zu Gerts Tod ausgedrückt und im Verlauf dieses Gesprächs hatte ich ihm heftige Vorwürfe gemacht, die in den Worten gipfelten: »Du bist an allem schuld.« Es war nicht schön von mir, so etwas zu sagen. Leider war gerade dies das *letzte* Gespräch zwischen uns und es zeigte Hans, dass Gerts

Tod mir sehr naheging. Ich war am Telefon sehr verzweifelt gewesen. Hans musste auch annehmen, dass von meiner Seite noch andere Gefühle zu Gert bestanden. Ich glaube, dass ihn dies am schmerzlichsten traf.

Mein Abschied von Hans war also überschattet von jenem unwürdigen Gespräch. Eine so große Liebe, die wir beide als allumfassend empfanden, hätte nicht so unharmonisch enden dürfen. Ich versuchte diesen Gedanken zu verdrängen, was mir damals aber nur zeitweise gelang.

Heute, da ich darüber schreibe, will ich mich noch einmal ganz zu dieser Liebe bekennen, denn sie besaß großes Gewicht in meinem Leben. Sie hat mich bereichert, wenn auch der Preis sehr, sehr hoch war.

Ich war glücklich, Irene jetzt bei mir zu haben. Sie ist ein liebes und fröhliches Geschöpf und fand in Bremen schnell viele Freunde. Oft brachte sie diese mit und manchmal übernachteten sie bei uns. Auch wenn das Übernachten beinahe einem Zelten glich, verlor das Beisammensein nicht an Fröhlichkeit und Herzlichkeit. Im Kreis unserer deutschen Turnierreiter war sie sehr gern.

An meiner Tätigkeit als Geschäftsfrau nahm Irene regen Anteil. Einerseits war sie stolz auf mich, andererseits aber auch besorgt wegen der nie abreißenden Arbeit. In mancher Hinsicht glich ein Tag dem anderen. Jeder begann mit Freude und Energie und der Hoffnung auf gute Geschäfte und endete fast immer mit Erschöpfung, gemischt mit Dankbarkeit, den Tag gemeistert zu haben. Das Pelzgeschäft ist ein Saisongeschäft, im Winter geballte Arbeit, aber fast ohne Geldsorgen infolge größerer Einnahmen. Die Sommerzeit ist nicht so arbeitsintensiv, jedoch sind die Einnahmen geringer bei gleichbleibenden Verpflichtungen wie Mieten, Löhnen, Steuern, Wechseln etc. Daher neigt man dazu, den Winter trotz der zu erwartenden Mehrarbeit herbeizusehnen. Die Pelzkollektion für die Saison wird im Sommer eingekauft, ebenso die unverarbeiteten Felle für die eigene Werkstatt. Der Einkauf bringt immer Spannung mit sich, und man stellt sich die Frage, ob die getroffene Auswahl und die georderte Anzahl stimmen. Die Versuchung, beim Anblick so vieler schöner und kostbarer Pelze immer mehr einzukaufen, war groß, und es fiel mir schwer, an meine finanziellen Grenzen zu denken. Die Wechsel für die Ware wurden unterschrieben, bald war die Laufzeit vorüber und die Fälligkeit da. Nicht immer war ich in der Lage, die Wechsel gleich bei der ersten Vorlage einzulösen.

Für mich begann ein normaler Geschäftstag um sieben Uhr morgens und endete zwischen 20 und 22 Uhr. Um neun wurde geöffnet, nachdem ich vorher für Ordnung und Sauberkeit gesorgt hatte. Denn am Vorabend schaffte ich es immer nur, flüchtig aufzuräumen. Zu den morgendlichen Arbeiten gehörte das Auffüllen der Lücken an den Stangen mit neuer Ware. Auch die Schaufensterpuppen sahen nicht mehr so attraktiv aus, weil sie teilweise entkleidet worden waren. Oft kam es vor, dass Kunden ausgerechnet den Pelz anprobieren wollten, den eine der Puppen trug. Fast jeden Morgen musste ich daher das Schaufenster aufs Neue herausputzen, wozu auch Blumen gehörten. Bereits gegen acht wurden Pakete zugestellt und zwar die, die unsere Werkstatt in Oldenburg per Bahnexpress sandte und die von meinen telefonischen Bestellungen bei Lieferanten. Denn Maßanfertigungen sowie Änderungen und Ausbesserungen wurden in Oldenburg ausgeführt. Beim Auspacken der Kartons überkam mich jedes Mal etwas Angst, ob vielleicht das eine oder andere Teil nicht so ausgefallen war, wie der Kunde es erwartete. Doch ich konnte mich auf meinen Meister, Herrn Speck, verlassen, der ein sehr guter Kürschner war. Nachdem ich die angelieferte Ware begutachtet und für in Ordnung befunden hatte, benachrichtigte ich die Kundin und legte ihr nahe, ihren Pelz recht bald abzuholen. Der Grund: Ich brauchte Geld zum Einlösen meiner Wechsel. Es war selten, dass ich mich nicht in einer solchen Lage befand. Täglich fielen Wechsel und Schecks an und das Konto musste ausgeglichen werden. An manchen Tagen kamen nur kleine Papiere vor mit Beiträgen von etwa 1000 DM, aber auch in einer Größenordnung von 5000 DM. In dieser Höhe unterschrieb ich ungern und seltener Wechsel. Oft machte ein solcher Betrag den Preis für nur einen Mantel aus.

In den Jahren, in denen ich das Pelzgeschäft betrieb, begegneten mir viele liebenswerte Menschen. Immer wieder überraschte mich ihre Hilfsbereitschaft und ihre Anhänglichkeit. Unvergesslich blieb mir Frau Mansius. Sie war eine weise Frau, besaß viel Humor und ein Herz für alle Menschen. Sie war ständig mit voll beladenen Taschen unterwegs, früher mit dem Fahrrad, später im Alter zu Fuß bzw. mit der Bahn. Ihre Taschen quollen über mit allen möglichen Sachen. Der Inhalt war oft ganz zerdrückt. Sie verteilte kleine Aufmerksamkeiten unter ihren Bekannten und Freunden, Illustrierte, die sie meist selbst geschenkt bekommen hatte oder günstige Angebote, die sie entdeckt und für uns gekauft hatte. Sie half mir unzählige Male, sei es, dass sie mir Kunden aus ihrem Bekanntenkreis brachte, die sie davon überzeugt hatte, etwas zu versäumen, wenn sie nicht bei mir kauften, sei es, dass sie mich mit Blumen aus ihrem Schrebergarten versorgte. Auch kochte und backte sie sehr oft für mich. Sie nahm Anteil an meinen Sorgen und freute sich an meinem Erfolg. Über meine Kinder musste ich ihr immer viel erzählen wie auch über mein Leben damals in Barendorf. Sie fand meine Familie so aufregend und interessant.

Als ich sie einmal auf der Straße traf, wieder mit vollen Taschen, machte ihr das Tragen offensichtlich Schwierigkeiten. Ich nahm ihr die Taschen ab, begleitete sie zur Straßenbahn und half ihr beim Einsteigen. Da sie sehr dick war, fiel ihr das sehr schwer, weshalb ich sie förmlich hineinschob. Unterwegs kamen ihr in Bezug auf das Nachhausetragen Bedenken, und sie wandte sich an den Fahrer mit der Bitte: »Lassen Sie einen Ihrer Kollegen kommen, der meine Taschen nach Hause trägt. Ich steige an der Elisabethstraße aus.« Und tatsächlich – beim Aussteigen in der Elisabethstraße wartete mein Straßenbahnfahrer, er war ihr behilflich und trug ihr die Taschen bis zur Haustür.

Vormittags beschäftigte ich eine Verkäuferin, die zehn Jahre bei Karstadt gearbeitet hatte und sehr gut war. Nachmittags kam eine Näherin, die kleine Näharbeiten verrichtete. Sie war schon älter und das Arbeiten fiel ihr manchmal sichtlich schwer. Ich bezahlte sie stundenweise. In ihr hatte ich eine zuverlässige Person, wenn ich für einen Tag nach Hamburg oder nach Frankfurt zum Einkaufen musste. Manchmal besuchte ich auch eine Modenschau oder, zur Orientierung, andere Geschäfte. Zur Werkstatt nach Oldenburg fuhr ich meist spätabends oder sonntags.

Drei meiner Grossisten suchten mich alle paar Monate auf und präsentierten ihre Kollektion. Sie kamen aus Münster in Holstein, Fürth in Bayern und Offenbach am Main. Aus Offenbach reiste Herr Gabler an, ein junger, sympathischer und korrekter

Kaufmann, bei dem ich hauptsächlich einkaufte. Er begleitete mich während meiner ganzen Geschäftszeit und wir besprachen alle wichtigen Fragen, wobei mir sein fachkundiger Rat sehr wertvoll war. Manchmal besuchte ich auch die Pelzmetropole Frankfurt am Main. Bei großen Pelzmodenschauen war ich gern gesehen. Man bemühte sich um mich mit besonderer Höflichkeit, denn mein Name stand in Zusammenhang mit dem Oberbürgermeister der Stadt. Mein Schwager war dort sehr beliebt und geschätzt.

Wenn ich auch durch mein Geschäft stark beansprucht war – Zeit für meine Kinder nahm ich mir immer. Sie kamen zuerst, dann kam das Geschäft. Heute noch sind sie es und ihre Kinder, die an erster Stelle stehen, die mir alles bedeuten und mein Glück ausmachen. Irene arbeitete damals bei der Lufthansa in Frankfurt als Stewardess. Einmal rief sie mich von dort an und klagte, sie könne nachts schlecht schlafen, weil sie von irgendwelchen kleinen Tieren gebissen wurde. Nach ihrer Beschreibung konnte es sich nur um Wanzen handeln. Ich war sehr beunruhigt und beschloss, unverzüglich zu ihr zu fahren. Dort angekommen bestätigte sich meine Vermutung, und mir war klar, dass Irene das Zimmer sofort verlassen musste. Die Hauswirtin war empört über die Ursache meiner Kündigung. Sie wehrte sich und meinte, dass Irene durch ihre Flüge die Wanzen eingeschleppt hätte. Diesem Vorwurf hielt ich entgegen, dass in der kurzen Zeit, in der Irene dort wohnte, nicht solch eine Menge von Wanzen auftreten konnte, sie hatten sich bereits hinter Tapeten und Holzleisten ausgebreitet. Ich drohte ihr, dieses Vorkommnis bekannt zu geben, sodass sie uns schließlich, aus Angst, sofort ausziehen ließ.

Irene hatte auf ihren Flügen mit der Lufthansa viel Interessantes zu sehen bekommen, besonders Thailand bezauberte sie. Von überall schickte sie mir Briefe und Kartengrüße. Ihr Beruf machte ihr sehr viel Freude.

Auch Tamara, die in Wyk auf Föhr in einem Kinderheim ein Praktikum machte, schien zufrieden zu sein und bekam auch ein sehr gutes Zeugnis. Im Anschluss daran trat sie im St.-Jürgens-Krankenhaus in Bremen eine Ausbildung als Säuglingsschwester an. Als ich sie in ihrer Schwesterntracht das erste Mal sah, kamen mir vor Freude die Tränen. Sie sah bezaubernd aus und ich war sehr stolz auf sie.

# Die Familie wächst

Er ist so bezaubernd – der kleine Alexander, und ich kann mich an ihm nicht genug satt sehen sowie ich auch dieses Glück nicht fassen kann. Marina und ihrem Sohn geht es sehr gut. Paul ist überglücklich. Die Familien Odefey und Bockelmann sind stolz auf das große Ereignis. In Reinbek, im Hause von Paul und Marina, trafen wir uns alle, um Alexander zu sehen. Ich durfte ihn gleich auf meinen Arm nehmen, mein gutes Recht als Großmutter, wie alle meinten. Nur Paul sagte, ich solle daran denken, dass es sein Sohn sei. Nun – ich zog mich mit meinem Enkelkind in die Wohnzimmerecke zurück und hüllte ihn in eine weiße Nerzstola, die ich an diesem Tage trug. Gert kam mehrmals zu uns beiden, denn er wollte gerne ein Gespräch mit mir führen. Ich war aber sehr wortkarg. Auch er sah seinen Enkel liebevoll an, doch dann meinte er schließlich: »Jetzt hast du ihn wirklich lange genug angeschaut, komm doch mit mir zu den anderen. Ich bitte dich darum.« Die Art, in der er dies sagte, verriet seine Gefühle, die er noch immer für mich hegte. Dabei waren wir mittlerweile schon 13 Jahre getrennt, nach ebenfalls 13 Jahren Ehe.

Alexanders Taufe sollte, wie auch die meisten vorhergegangenen, in der Familie, in Barendorf unter der großen Hängebuche im Park stattfinden. Zu dieser Feier war auch ich eingeladen. Es war das zweite Mal nach meiner Scheidung, dass ich Barendorf besuchte. Das erste Mal war Marinas Hochzeit der Anlass gewesen. Mit gemischten Gefühlen fuhr ich jetzt dorthin und stand wieder einmal inmitten des zahlreich vertretenen und beherrschenden Bockelmann-Clans. Auch diesmal bemühte die Familie sich um mich, wobei ich selbst wenig bewegt war.

Mir waren alle und alles fremd geworden in dieser Welt, die nicht mehr die meine war. In meiner kleinen Welt, in der ich jetzt lebte, sah alles so ganz anders aus. Sie war so sonnig, denn meine Kinder waren es, die mit ihrer großen Liebe mir das gaben, was ich zum Glücklichsein brauchte. Es gab keine schöneren Momente für mich, als wenn sie mich umarmten und dankbar sagten: »Liebste Mami, beste Freundin.«

Sie waren damals meistens bei mir in Bremen und so sehnte ich mich auch dorthin zurück, denn dort fühlte ich mich zu Hause. Die Gedanken an Barendorf verdrängte ich und fuhr gleich nach der Taufe zurück. Das Geschäft brauchte mich und meinen ganzen Einsatz.

Als Erstes nach meiner Ankunft machte ich mich daran, das Schaufenster neu zu dekorieren. Als ich nach einigen Stunden damit fertig war, erfüllte es mich mit Freude, zu sehen, dass meine Arbeit einen gewissen Chic aufwies – und durch Form und Farbe auch Harmonie. Die Dekorationspuppen waren adrett gekleidet, die Preise gut sichtbar und die Blumen frisch – alles in allem ein einladendes Fenster. Das Besondere an der Dekoration waren diesmal kleine Hunde, die ich aus verschiedenen Fellarten in Frankfurt hatte anfertigen lassen, in den Farben Schwarz, Weiß, Braun und Grau. Diese stellte ich nun, der jeweiligen Farbe entsprechend, zu den Pelzmänteln und Jacken. Neben die Preisschilder schrieb ich noch »echtes Fell«, um deutlich zu machen, dass es sich hier nicht um Plüschtiere handelte. Die Bezeichnung »echtes Fell« brachte mir am nächsten Tag großen Ärger ein. Vor dem Schaufenster gab es Protestrufe – ein älterer Mann tat sich besonders hervor, indem er sogar gegen die Scheibe schlug. Dabei schrie er: »Man müsste dieses Geschäft anzeigen, das auch noch die Geschmacklosigkeit besitzt, dazuzuschreiben: Echtes Hundefell!« Viele Passanten blieben stehen. Ich ging vor die Tür und erklärte dem Mann, dass hier nichts von »echtem Hundefell« geschrieben stehe, aber er war schwer zu beruhigen. Schließlich ging er schimpfend weiter, und auch die Leute, die herumstanden, zerstreuten sich.

Tamara, die mir manchmal im Geschäft half, erwies sich als gute Verkäuferin. Es machte mir Freude, sie zu beobachten. Für ihre ersten Verkaufserfolge belohnte ich sie mit einem Lammfellmantel. Bei diesem Stück für Tamara ist es nicht geblieben. Im Lauf der Jahre schenkte ich meinen Kindern immer wertvollere und schönere Mäntel oder Jacken. Für sie das jeweils Passende auszusuchen machte mir große Freude. Auch Marinas Wunsch, einen Ozelot zu besitzen, konnte ich erfüllen.

Bezaubernd fand ich damals die Briefe, die Marina mir im Namen von Alexander schrieb – aktuelle Berichte, die mich brennend interessierten. Im letzten Brief stand, dass er mich bald in

Bremen besuchen wolle, worauf ich vor Freude außer mir war. Sogleich kaufte ich ein Bettchen für ihn. Ich nahm mir vor, mir für den Besuch viel Zeit und Ruhe zu nehmen, um in diesen wenigen Tagen mein Glück voll zu genießen. Paul brachte Marina und Alexander mit dem Auto hierher, fuhr aber wegen seiner Arztpraxis sofort wieder zurück. Es war unsagbar schön, mein Enkelkind in Bremen zu haben. Am letzten Tag bereitete Alexander uns eine Überraschung. Er hatte sich an den Stäben des Bettchens hochgezogen und stand zum ersten Mal. Aus lauter Freude darüber jauchzte er, obwohl wir das so genau nicht sagen konnten, denn im selben Moment erschien sein Vater in der Tür: Paul war gekommen, um seine kleine Familie wieder abzuholen.

Danach stand wieder einmal eine Reise nach Graz an. Karl hatte bezüglich seiner Musikanlage neue Wünsche: einen Tonkopf mit elliptischer Nadel – nicht mit einer runden. Den Unterschied kann man nur mikroskopisch feststellen, weshalb er mich bat, dies im Fachgeschäft selbst zu kontrollieren. Es handelte sich um das »Ortofen-System« und es gelang mir, eine solche Nadel in Bremen zu besorgen. Karl war mit meinem Mitbringsel dann auch sehr zufrieden und dankbar. Weil ich wusste, dass mein Bruder sich sehr dafür interessierte, dass in Barendorf schöne alte Musik gespielt wurde, brachte ich ihm auch den Programmzettel eines Hauskonzerts mit.

Mein Pelzgeschäft florierte und verlangte äußersten Einsatz von mir. So kam es manchmal vor, dass durch Überanstrengung mein Kreislauf etwas durcheinandergeriet. Ich litt unter Schwindelanfällen, was mir immer große Angst bereitete, sodass ich die Hand meines Arztes, den ich in solchen Fällen zu mir bat, nicht eher loslassen wollte, bis mein Zustand sich gebessert hatte. Der nette Dr. Poppendiek hat dies nicht selten über sich ergehen lassen müssen.

In dieser Zeit fuhr ich des Öfteren am Wochenende nach Bendesdorf in der Heide. Dort konnte ich mich gut erholen. Ich machte ausgiebige Spaziergänge, aß gut, schlief mich aus und genoss die gute Luft. Auf meinen Wegen freute ich mich über die gepflegten Gärten und Häuser, die in der Mehrzahl Hamburgern gehörten. Das Gasthaus, in dem ich wohnte, war gemütlich und gut geführt. Die Schlafräume befanden sich in einem separaten Haus im Wald. Auf meine besonderen Wünsche wurde sehr geachtet. Ich wollte zum Beispiel alleine sein und bevorzugte einen kleinen Tisch am Fenster, aber ich wollte auch, dass meine selbst gepflückten Wald- und Wiesenblumen in Vasen gestellt und an meinen Tisch gebracht wurden. Die kleine Flasche Rotwein zu den Mahlzeiten fehlte auch nie. Der Besitzer wusste, dass ich ein Pelzgeschäft hatte und kaufte auch einige Teile. Die Ware schickte ich ihm zur Ansicht aus Bremen oder seine Familienangehörigen suchten mich dort. Bald hatten meine »Pelzmoden« auch in Bendesdorf und Umgebung einen guten Klang, denn ich wurde weiterempfohlen.

Mein Kundenkreis dort war sehr verschieden – verwöhnte Bremer Damen gehörten ebenso dazu wie Kunden aus der ländlichen Umgebung, die zum ersten Mal in ihrem Leben ein Pelzgeschäft betraten. Sie kamen sich meist recht verloren vor und waren ganz auf meine Hilfe angewiesen. Ihnen galt meine besondere Fürsorge, das Geschäftliche stand hier nicht an erster Stelle. Der Dank war mir sicher – ja, ich selbst hatte große Freude mit solchen Verkäufen, vor allem wenn ich die Zufriedenheit der Kunden sah. Sie gab mir neuen Auftrieb.

Wie schon gesagt, zog mein Geschäft sehr unterschiedliche Kunden an. So kam eines Tages ein hübsches, junges Wesen und gab mir folgenden Auftrag: einen hautengen Hausanzug aus goldgefärbtem Leder, nach Maß gearbeitet. Diese Bestellung war mit viel Aufwand verbunden, weil die Kundin auch noch effektvolle Extras wünschte, wobei der Preis keine Rolle spielte. Sie benahm sich korrekt, sogar ausgesprochen höflich, ihre Kleidung und ihr Schmuck zeugte von gutem Geschmack. Auffällig war dann nur, dass sie im Voraus zahlen wollte und auf der Quittung keine Adressangabe wünschte. Ich ließ mir nicht anmerken, dass mir inzwischen klar war, welchem Gewerbe sie nachging.

Bei späteren Gelegenheiten kaufte sie weitere Pelzstücke und brachte auch Kolleginnen mit. Wenn ich auch sonst von vielen meiner Kundinnen die Lebensgeschichte erzählt bekam – diese Damen vertrauten sich mir nicht an. Und wenn sie es getan hätten, wäre ich dabei sicherlich ein wenig verlegen geworden.

Als besonders lohnend erwies sich für mich der Kreis von Kunden, die selbst ein Geschäft betrieben, das wiederum in mein Interessengebiet fiel, wie z. B. Orientteppiche, Schmuck oder Antiquitäten. Es war damals ein Vorteil für mich, einen Pelzmantel gegen einen Orientteppich einzutauschen, auch weil ich dazu keine Barmittel benötigte.

Mitte Februar 1964 fuhr ich zu Marina nach Reinbek, um ihr beim Umzug nach Aumühle zu helfen. Dieser fiel in eine Zeit, die für sie äußerst ungünstig war, denn sie erwartete in Kürze ihr zweites Kind. Dass sie vor dem Umzug ihren Schmuck nicht rechtzeitig in Sicherheit gebracht hatte, bereitete ihr Sorgen. Sie fürchtete, er könnte verloren gehen oder gestohlen werden. So bat sie mich, ihn während des Umzugs ständig an mir zu tragen, was ich dann auch tat. Marina besaß viel Schmuck, der sehr wertvoll war und auch ein beträchtliches Gewicht hatte. Mehrmals fragte sie mich an diesem Tag: »Kannst du noch, Mami?« Den Umzug werde ich nicht so leicht vergessen, weil er auch mit der Angst verbunden war, Marina könnte zu schwer heben.

Eine freudige Erinnerung verbindet mich mit dem 1. März: An diesem Tag wurde Constantin, mein zweites Enkelkind, geboren – ein gesundes, sonniges Kerlchen, das ich noch am selben Tage streicheln konnte.

Als Marina und Paul das Haus verließen, um in die Klinik zu fahren, hatte sich Marina mit ernstem Gesicht umgedreht und dem kleinen Alexander zugewinkt, den ich am Fenster festhielt. Meine guten Wünsche begleiteten sie. Wenig später schon hielt sie überglücklich ihren kleinen Constantin in den Armen. An ihrer Hand funkelte ein wunderschöner Ring, den sie von Paul zur Geburt geschenkt bekommen hatte. Ich blieb noch eine Weile bei ihr und dem Baby, während Paul sich von uns verabschiedete und zu Marina sagte: »Ruf doch bitte wegen des Essens an, dass ich etwas später komme.« Dabei musste ich denken: So sind die Ärzte! Marina hatte erst vor ein paar Stunden ihr Kind bekommen und schon wurde sie wieder in die Pflicht genommen.

Nach meiner Rückkehr nach Bremen stand für mich eine Pelzausstellung in Berlin auf dem Programm. Mein Geschäft in Bremen konnte 14 Tage ohne mich auskommen. Herr Paul und Frau Samland, die tüchtige Verkäuferin, würden ihre Sache schon gut machen. So stellte ich die Kollektion für Berlin zusammen und war voller Zuversicht, dass mich dort ein gutes Geschäft erwartete. Und so war es auch.

In Berlin ging ich abends nach Geschäftsschluss meistens in die Fasanenstraße, wegen der vielen Antiquitätengeschäfte. Als meine Ausstellungszeit zu Ende ging, kaufte ich mir einen Glasparavent aus der Empirezeit. Der Korpus bestand aus Mahagoniholz mit Bronzeapplikationen. Die kleinen Glasscheiben glänzten wunderschön. Der Paravent erreichte Bremen unbeschadet. Das war kein Wunder, die Verpackung – ein Holzverschlag – war so kompliziert, dass ich zum Auspacken einen Tischler benötigte. Als der Mann bis zur letzten Schutzhülle, die aus getränkten Öltüchern bestand, vorgedrungen war, dachte ich, jetzt müsste Leonardo da Vincis »Mona Lisa« zum Vorschein kommen!

# Besselstrasse 31: Mein eigenes Heim

Fünfzehn Jahre – so lange war es nun schon her, dass ich nicht mehr in Barendorf lebte. Der Ort hatte durch seine neue Kirche, die Schule und andere Bebauungen sein Gesicht verändert. Die Einwohnerzahl war gestiegen, geblieben war im Mittelpunkt die Familie Bockelmann, da die meisten Barendorfer direkte oder indirekte Beziehungen zum Gut hatten. Das Interesse der Bewohner zeigte sich in ihrem freundlichen Entgegenkommen und in der Achtung unserer Familie gegenüber. Selbst die kleinsten Geschehnisse wurden mir immer noch zugetragen. Barendorf ist das Zuhause meiner Kinder, es wird mir nie gleichgültig sein.

Anfang 1965 wurde die neue Kirche feierlich geweiht – Holz aus Ostpreußen und Bernstein von der Ostseeküste zieren sie. Gebaut wurde sie von dem Architekten von Mansberg und geweiht vom Landesbischof. Gert sprach als Bürgermeister den Dank der Gemeinde aus für die Hilfe, die ihr von allen Seiten zuteil geworden war. Einige Tage danach war wieder ein Festtag in Barendorf: Die neue Mittelpunktschule wurde ihrer Bestimmung übergeben. Kultusminister Langenheine hielt die Festrede. Wiederum begrüßte Gert in seiner Eigenschaft als Bürgermeister die Ehrengäste im Namen der elf Gemeinden. Und dies möchte ich meinen Kindern sagen: Dass diese Schule heute in Barendorf steht, ist zum größten Teil der Verdienst eures Vaters. Er hat sich sogar im Ausland umgesehen, sich Anregungen geholt, um dann dem Ministerium in Niedersachsen Vorschläge zu unterbreiten. Nun steht ein Prachtschulbau da, der so glücklich Zweckmäßigkeit und Architektur mit Gediegenheit in der Ausführung verbindet, wie man es selten findet. Es zogen 400 Kinder ein, die auch mit ihrer schönen Turnhalle und dem Sportplatz zufrieden sein konnten. Damals las ich in der »Lüneburger Landeszeitung«, dass Kultusminister Langenheine in seiner Festrede sagte: »Ohne die Verdienste anderer schmälern zu wollen, darf ich sagen, dass der Name Bockelmann beim Kultusministerium einen sehr guten Klang hat. Wir haben uns ganz besonders für diesen Bau interessiert, weil er ein Beispiel für ähnliche Vorhaben geben soll. Auf die Frage, ob sich dieser Bau in die Vorstellung des Ministeriums einordne, kann ich nur feststellen: vollkommen.«

In diesem Jahr geschah noch mehr, was speziell meine Kinder bewegte. Tamara lernte Peter Altfeld kennen und schrieb ihrer Großmutter nach Graz:

*Ich habe einen lieben Bekannten, von Zeit zu Zeit besuchen wir uns, ich bin sehr glücklich …*

Marinas Brief vom 19. Juni 1965, ebenfalls an ihre Großmutter, ist aufschlussreich sowie der von Irene vom 13. Oktober.

*Meine liebe Omi!*

*Über euer liebes Telegramm zu meinem Geburtstag habe ich mich sehr gefreut! Habt vielen Dank dafür. Ich habe viele schöne Sachen bekommen, mein Geburtstags-Blumenstrauß bestand aus 28 weißen Königslilien mit vielen blauen Iris dazwischen. Er sah bildschön aus und hielt 14 volle Tage. Von Mami bekam ich einen schicken grauen Flanellrock und ein grünes Chiffonkopftuch. Mami hat ihren Geburtstag bei uns in Aumühle verlebt. Sie kam mit Herrn Paul, Tamara und Peter (Tamaras Freund). Ich habe ihr einen Porzellanleuchter (Dresden) geschenkt für ihren Schreibtisch – passend zu den anderen Sachen, die sie dort stehen hat.*

*Den kleinen Jungs geht es gut. Wir hatten ja so heiße Tage, und da haben sie viel mit ihrem aufblasbaren Badebassin geplanscht. Sascha ist ganz braun wie ein kleiner Negerjunge. Heute ist es auf einmal kühl, und da waren sie ein wenig traurig, nicht baden zu können. So sind wir im Sachsenwald spazieren gegangen, Elli hat einen schönen Apfelkuchen gebacken und so haben wir dann alle gemeinsam Kaffee getrunken. Unser Garten ist im Augenblick so schön. Wunderbare Rosen blühen und der Rasen ist wie ein Teppich. Warum wohnst du nur so weit von uns?! Wir sprechen oft von dir und Carlo und vom lieben Großpapa. Der Papi sagt immer, dass niemand so fabelhaft kochen kann auf der ganzen Welt wie du! Isst du immer noch drei Gänge zu Mittag? Ich würde dir ja zu gerne meinen kleinen Haushalt zeigen und dein Urteil hören! Nun, vielleicht kommst du ja bald einmal. Sonst müssen wir eine Österreichtour machen! Im Juli wollen wir für eine Woche nach Kopenhagen fahren und vielleicht auch noch nach Schweden. Und dann anschließend will ich für drei Tage zu Mami nach Bremen. Ihre Wohnung ist so hübsch. Und an Tamara hättest du deine Freude. Sie spart für ihren zukünftigen Haushalt, ist so ordentlich mit ihren Sachen. Du würdest staunen! Schade, dass Carlo nur so wenig Zeit hatte! Sonst wäre ein kleiner Urlaub in Bremen, Barendorf und Aumühle doch schön für ihn gewesen! Irenchen hat uns neulich besucht, sah sehr süß in Uniform aus, richtig kess – wie aus dem Film. Aber der Beruf ist anstrengend und eigentlich nichts für zarte Nerven!*

*Liebe Omi, ich hoffe, dass es dir gesundheitlich gut geht, dass du den »Bettlern« nicht* zu viel *gibst – wie früher, – etwas an dich selbst denkst und dich schonst!*

*Sei lieb umarmt von deiner*

*Marina*

*PS: Die britische Königin war doch in Deutschland, und Onkel Erwin, Tante Lilo, Onkel Werner und Tante Rita waren zweimal eingeladen, einmal auf dem Petersberg und einmal auf Schloss Brühl zum Galadinner. Sie waren ganz angetan von der Queen und Prinz Philipp.*

*Herzl. Grüße von Paul und den kleinen Süßen*

---

*Meine liebe Omi!*

*Ganz herzlich möchte ich dir zu deinem Geburtstag gratulieren. Es tut mir jedes Mal weh, dass niemand von uns gerade bei dir ist, aber ich habe gehört, dass du uns bald in Deutschland besuchen willst. Das wäre das schönste Geschenk an uns.*

*Vor drei Tagen war ich bei Mami in Bremen, mit jedem Mal fällt mir der Abschied schwerer. Nun ist sie wieder für einige Tage in Berlin, hoffentlich geht das Geschäft weiterhin so gut. Ich arbeite immer noch in Frankfurt am Flughafen und werde vielleicht im nächsten Jahr ganz zum fliegenden Personal gehen. Das heißt, dass ich ständig irgendwo in Europa unterwegs bin. Die Fliegerei macht mir immer noch Spaß.*

*Kommendes Wochenende fliege ich nach Hause. Papi und Elke werden uns Kindern ein kleines Fest geben, zu dem Marina und Tamara auch kommen werden. Unserer Omi Bockelmann geht es ersichtlich gut, zurzeit ist sie gerade bei Tante Lilo und Onkel Erwin in Hamburg. Es geht überhaupt der ganzen Familie sehr gut. Von Mami hörte ich, dass du wieder in Jugoslawien warst. Ich würde wirklich einmal gern dorthin reisen.*

*Seit Tagen herrscht hier furchtbares Nebelwetter, man merkt den Herbst kommen.*

*Meinen letzten Urlaub habe ich mit Marina und Paul an der Côte d'Azur verbracht. Es waren herrliche acht Tage. Wir haben es sehr genossen, viel gesehen und uns vor allem gut verstanden. Tamara arbeitet noch weiter-*

*hin im Bremer Krankenhaus. Sie hat einen ganz reizenden Freund, einen Medizinstudenten. Ich glaube, dass die beiden einmal heiraten werden.*

*Liebe Omi, ganz lieb umarme ich dich und hoffe, dich bald einmal zu sehen.*

*An Carlo liebe Grüße und einen Kuss*

*deine Irene*

Die Verschönerung meines Heims sowie auch der Wohnräume meiner Kinder lag mir von jeher am Herzen. Heute noch bestimmen mich diese Wünsche. Für mich ist der Anblick eines gelungenen Objektes beglückend, ja er fasziniert mich. Wenn es sich dann auch noch um einen alten Gegenstand handelt, bedeutet er für mich, dass ich mit seiner Geschichte in einem weitläufigen Zusammenhang stehe. Das Geheimnis seines früheren Daseins und die unbekannten Erinnerungen, die ihm anhaften, haben etwas in sich, dass sich mit mir verbindet. Die Schönheit eines solchen Stückes, seine Einmaligkeit schaffen Raum und Wärme und der Besitzer entwickelt große Bindung an ihn. Es kommt nicht in erster Linie auf die Kostbarkeit der Ausstattung einer Wohnung an, sondern darauf, sie so zu gestalten, dass wir uns in ihr heimelig fühlen können, so sein dürfen, wie wir sind – ohne Zwänge. Es geht darum, dass eine Wohnung unseren Bedürfnissen und unserem Stand entspricht und die Behaglichkeit ausstrahlt, die wir in freien Stunden suchen. Wenn wir einen solchen Ort geschaffen haben, dann haben wir ein schönes Zuhause. Um ein solches war ich stets bemüht. Meine Eltern waren mir darin ein Vorbild, ich wiederum meinen Kindern und Enkelkindern. Mich macht es so glücklich, dass meine große Familie ein Auge für liebenswerte Dinge hat. Die ästhetische Ausstrahlung eines schönen und harmonischen Wohnbereichs ist für mich wie eine Liebkosung. Die Liebe zum Detail ist dabei sehr wichtig.

Meinem schönen Heim messe ich mehr Bedeutung zu als meiner Garderobe. So lässt sich kaum ermessen, was mir der Kauf des Hauses in der Besselstraße 31 im April 1967 bedeutete. Damals war der Moment gekommen, wo ich sagen konnte: »My home is my castle.« Der Erwerb war nur dank eines Bausparvertrags möglich gewesen. Eine größere Summe aus dem Pelzgeschäft zu nehmen, hätte diesem geschadet. Das wusste ich und so vermied ich es auch. Kurz vor dem Kauf des Hauses traf mich auch noch eine Steuerprüfung. Diese ergab eine erhebliche Nachzahlung. Nun war ich gefordert, mich persönlich noch mehr für mein Geschäft einzusetzen, um den Gewinn zu steigern. Das war besonders deshalb nötig, weil Umbauten und Verschönerungen des Hauses viel Geld verschlangen.

Ich fing an, Näharbeiten und Entwürfe selbst auszuführen, um Kosten einzusparen. Aber der Tag reichte dazu nicht aus, sodass ich noch die halbe Nacht arbeiten musste. Dennoch war ich glücklich, diese zusätzliche Arbeit leisten zu können.

Meine Familie wuchs und scharte sich immer mehr um mich. Es kam Peter, Tamaras Freund, hinzu. Allerdings gab es in dieser Zeit auch kleine Probleme. Tamara und Peter wollten heiraten, doch seine Eltern hielten nichts von der Bindung, was sie Tamara deutlich zeigten. Darüber hinaus hatte Peter sein Medizinstudium noch nicht beendet. Die Situation der beiden bildete meinen Hauptantrieb, dieses Haus zu kaufen, in das sie dann schließlich auch einzogen und wo sie über 15 Jahre ihr Zuhause hatten.

Ich kannte Peters Eltern schon seit Längerem, denn sie hatten einmal mein Geschäft aufgesucht und einen Pelzmantel gekauft. Dass ich allerdings die Mutter von Tamara bin, erfuhren sie erst kurz vor der Hochzeit. Ob dieses Wissen später ihre Einstellung zu Tamara günstig beeinflusst hätte, ist die Frage. Ich war jedoch sehr erstaunt, dass Peters Vater, dieser so sympathische und höfliche Arzt, meine Tamara ablehnte. Von seiner Frau konnte man sagen, dass sie sehr zurückhaltend war. Sie überließ es mir, das für sie passende Stück auszusuchen. Peters drei Schwestern, eine von ihnen war noch klein, begleiteten ihre Eltern – sie schauten neugierig zu, sagten aber nichts. Erst beim Fortgehen, merkte man ihnen den Stolz auf ihre Mutter an.

Die Arbeiten am Haus in der Besselstraße wurden abgeschlossen. Die Fassade erhielt einen freundlichen hellgelben Anstrich, das Geländer wie auch die Stufen waren in Weiß gehalten. Das Haus besaß zwei Eingänge mit dunkelgrün gestrichenen Türen. Den oberen Eingang schmückten zwei runde Zierlorbeerbäume, den unteren ein Bottich mit Grünpflanzen. Bei der Renovierung achtete ich stets darauf, dass der Stil des Hauses, das aus dem vorigen Jahrhundert stammt, erhalten blieb.

Ich plante jetzt, mein Geschäft im Steintor aufzugeben und stattdessen in der Besselstraße eine Pelzboutique zu eröffnen. Da ich

*Maria Bockelmann (1975)*

auch dort wohnte, versprach ich mir einiges an Arbeitserleichterung. Alles war unter einem Dach, darüber hinaus würde ich noch die Geschäftsmiete im Steintor sparen. Die Ladenfläche in der Besselstraße war zwar bedeutend kleiner, was ich aber gern in Kauf nahm. Entschlossen traf ich sofort die erforderlichen Vorbereitungen.

Dazu gehörte auch das Anschreiben an meine Kunden, um ihnen meine neue Geschäftsadresse mitzuteilen. Ebenso gab ich diese in einer Zeitungsannonce bekannt. Es gelang mir, ansprechende Firmenschilder zu entwerfen: den Namen in goldenen Buchstaben auf dunkelgrünem Hintergrund. Ich stattete meine Boutique auch mit einigen Antiquitäten aus, was ihr einen besonderen Reiz verlieh.

Meine besondere Liebe galt meinem kleinen Garten hinter dem Haus. Dort pflanzte ich eine Buche, eine Birke und eine Tanne. Dass dieser Garten wirklich klein ist, bestätigte mir mein Enkel Alexander auf lustige Weise: Er kam mit seinen Eltern aus Hamburg, um mein neu erworbenes Haus zu besichtigen. Als wird danach in den Garten gingen und mitten darin standen, zog mich Klein-Alexander an der Hand und sagte: »Bitte Omi, zeig uns jetzt deinen Garten!« Wir mussten lachen. Offensichtlich zählte das Stückchen Land für ihn nicht als Garten. Die Freude über das gekaufte Haus ging durch die ganze Familie. Meine Töchter waren der Meinung, dass mein Leben jetzt viel leichter und bequemer sein würde.

# Zwei Töchter heiraten

Palmsonntag 1968. Im Radio wird bekannt gegeben, dass Werner Bockelmann bei einem Verkehrsunfall auf der Autobahn bei Leonberg tödlich verunglückte. Das war für viele eine unfassbare Nachricht. In mir löste sie eine so große Trauer aus, dass ich lange Zeit nicht aufhören konnte, zu weinen. In der Woche darauf fuhr ich nach Graz zu Mama und Karl und dann weiter nach Dubrovnik. Im Zug musste ich beim Gedenken an Werner immer wieder weinen. Dieser Schwager verkörperte für mich das Ideal eines Mannes, der nie müde wurde, für eine gute und gerechte Sache zu kämpfen. Zurecht überschrieb die »Landeszeitung Lüneburg« ihren Nachruf mit den Worten: »Sein Leben war ein großer Brückenschlag«. Er war der Fairste in der großen Familie Bockelmann. Besonders seine Bescheidenheit habe ich bewundert.

Nach meiner Scheidung hatte ich damit gerechnet, dass er sich von mir zurückziehen würde, aber das Gegenteil war der Fall. Auch meine Schwägerin verhielt sich weiterhin sehr herzlich zu mir und bemühte sich, den Kontakt aufrechtzuerhalten, weshalb ich auf den Familienfesten nie fehlen durfte. Ich hätte von beiden jede Hilfe erhalten können, doch ich wollte es nicht. Obwohl ich sie in den Jahren nach der Scheidung wirklich nötig gehabt hätte.

Meine Schwiegermutter überlebte ihren Sohn nur um einige Wochen. Zu ihrer Beerdigung hielt ich mich nicht in Deutschland auf. Meine Gefühle für sie waren stets herzlich und ihre mir gegenüber ebenso. Sie war immer liebevoll und besorgt um mich gewesen, selbst nach der Scheidung.

Am 13. Oktober 1968 feierten wir Irenes Verlobung mit Hans-Christian Sarrazin. Dabei wurde mir seine große Familie vorgestellt – wir begrüßten uns herzlich.

Vorher war Irene mit Hans-Christian bei mir in Bremen gewesen, und ich hatte meinen zukünftigen Schwiegersohn zum ersten Mal gesehen. Mein Staunen und meine Begeisterung konnte ich nicht verbergen und ich sagte spontan zu Irene: »Einen so gut aussehenden Mann habe ich noch nie gesehen.« Abends führte er uns in das Lokal »Ausspann Schnoor Nr. 2«. Ich genoss diesen stilvollen Abend mit meinen zwei Kindern. Der Rahmen ist es oft, der eine wunderbare Atmosphäre schafft, die man nicht so leicht vergisst. Doch rund wird alles erst, wenn auch die Personen in solch einen Rahmen passen. Das konnte man von Hans-Christian sagen.

Ich kannte die Liebe meiner Tochter für schöne alte Sachen und immer wieder machte ich sie auf besondere Stücke aufmerksam. Auch bei der Auswahl ihrer Aussteuer war ich ihr behilflich. Die Mittel hierfür kamen von ihrem Vater – ich war damals leider nur in der Lage, Kleinigkeiten beizusteuern. Der Betrag, der Irene zur Verfügung stand, war nicht sehr groß. Wir mussten uns auf vier bis fünf Antiquitäten beschränken und wählten einen Sekretär aus dem vorigen Jahrhundert, einen halbrunden Wandtisch, einen englischen Esstisch mit vier Stühlen – alles aus Mahagoni. Schlafzimmer und Küche mussten zurücktreten. Von ihren Nahostflügen hatte sie einiges an schönem Silber, sie besaß auch ein paar wertvolle Stiche. Dazu kamen Geschenke zu Verlobung und Hochzeit. Mit die-

*Gert Bockelmann, Irene und Hans-Christian Sarrazin (1969)*

sen Sachen konnten sie und Hans-Christian ihre Wohnung sehr geschmackvoll einrichten. Den Blickfang bildeten zwei Ahnenbilder in Öl.

Zur Hochzeit wurden Mama und Karl aus Graz erwartet. Unerwartet erschien auch Irenes Vetter Udo, der als Udo Jürgens Karriere machte.

Die »Lüneburger Landeszeitung« schrieb dazu:

*Zur Hochzeit sang Udo*

*Lüneburg/Barendorf. Der erfolgreichste Volksschüler von Barendorf war die Riesen-Überraschung bei einer Hochzeitsgesellschaft im Hause Bockelmann: Udo Jürgens, umjubelter Plattenstar und internationaler Showman mit Traumgagen, kam von London »auf einen Sprung« nach Lüneburg. Er wollte seiner Cousine Irene Bockelmann, mit der ihn Erinnerungen an gemeinsame Jahre Kindheit in Barendorf herzlich verbinden, als jungvermählter Braut einen Glückwunsch à la Udo Jürgens darbieten: Ein selbst verfasstes und -komponiertes Hochzeitsständchen.*

14 Tage vor der kirchlichen Trauung wohnte Irene bei mir in Bremen. Standesamtlich hatten die beiden bereits geheiratet. Wegen der Wohnungsbeihilfe der Bundeswehr war dieser frühe Termin nützlich. Die kirchliche Trauung mit Messe fand dann am 3. Mai in der Kapelle in Barendorf statt, die wunderschön mit Blumen geschmückt war.

Ich saß mit meiner Mutter in der ersten Bank und war sehr gerührt beim Anblick Irenes als Braut. Als sie dann mit Hans-Christian vor den Altar trat, und der Moment da war, in dem ihr Glück in Gottes Hände gelegt werden sollte, stiegen Tränen in mir auf. Ich versuchte jedoch, sie vor meiner Mutter zu verbergen, denn von jeher war ich nicht bereit, ihr gegenüber meine Gefühle zu zeigen. Das galt auch für diesen Augenblick, denn sie hätte ja annehmen können, dass ich weinte in Erinnerung an meine eigene Trauung, als ich vor dem Altar kniete und noch an mein Glück glaubte.

Irene, in Weiß, mit dem Orchideenstrauß, sah so zart und anmutig aus, dass ich richtig stolz auf sie war.

Beim Auszug aus der Kirche schritt das Paar unter den Degen von Hans-Christians Bundeswehrkameraden hindurch, die Spalier standen. Feierlich war danach auch das Hochzeitsessen, bei wel-

*Maria Bockelmann, Malvine und Karl Hörzer (1969)*

*Maria Bockelmann (1969)*

cher Gelegenheit Gert eine schöne und herzliche Rede an das Brautpaar hielt. Selbstverständlich wurden von der Tafelrunde viele Fotos gemacht. Wie aus einem Bilderbuch wirkte meine Mutter, schlank, elegant und für ihre 77 Jahre in wundervoll gerader Haltung. Ihr schwarzes Kleid mit kleiner Schleppe, das sie zur Hochzeit trug, war in Bremen angefertigt worden und ein Geschenk von mir. Auch ich trug ein langes Kleid, aus grüner Seide, und dazu eine Nerzstola aus meiner Boutique.

Mama und Karl reisten bald wieder nach Graz zurück, wohin ich sie begleitete und einige Tage bei ihnen blieb. Zurück in Bremen erwarteten mich meine Kinder und meine zwei Enkel, die mit mir meinen Geburtstag feiern wollten. Vor zwei Jahren am 4. Juni hatten wir uns zu meinem Fünfzigsten getroffen. An diesem Tag begingen wir damals gleichzeitig den Kauf des Hauses in der Besselstraße. Viel Mühe und der Grundsatz, mir nie ein bequemes Leben zu machen, hatten zu diesem Erfolg geführt.

Viel dazu beigetragen hatte im Übrigen der Demosthenes-Kursus für Redeschulung und erfolgreiches Verkaufen, an dem ich vor 40 Jahren in der Schweiz teilgenommen hatte. In diesem Lehrgang wurde auch viel davon gesprochen, wie unerlässlich Anstrengungen seien, wenn man etwas erreichen will. Denn bekanntlich bekommt man nichts umsonst. Demosthenes könnte ein Vorbild für alle strebenden Menschen sein, weil sein Leben nicht nur eine Geschichte aus alter Zeit ist, die sich vor mehr als 2000 Jahren in Griechenland abspielte, sondern sich in ähnlicher Form zu allen Zeiten wiederholt. Diesen Mann machten nicht seine berühmten Reden anziehend, sondern der Mensch dahinter. Demosthenes hat sich aus eigener Anstrengung zu einem der einflussreichsten Männer seiner Zeit erzogen. Er gehörte zu den von der Natur schwer Benachteiligten, und niemand hätte ihm je zugetraut, einmal ein führender Mann zu werden: Er stotterte, lispelte, konnte viele Silben nicht aussprechen. Aber nicht genug: Er war unschön von Gestalt, linkisch und vor allem äußerst gehemmt. Er fürchtete sich vor den Menschen: Er musste zusehen, wie in einem Prozess ein redegewandter Anwalt die Richter so zu beeinflussen wusste, dass diese einen Schuldigen freisprachen. Der junge Demosthenes war innerlich aufgewühlt. Wenn die Rede eine solche Macht ist, dass sie sogar dem Unrecht zum Recht verhelfen kann, um wie viel mächtiger musste sie dann noch sein, wenn sie für das Recht eingesetzt würde. So fasste er den Entschluss: »Ich will euch ein Redner werden!« Durch planmäßige Übungen und zäheste Ausdauer hat Demosthenes sich zu dem geschult, was er später wurde.

Das Jahr 1970 brachte zwei weitere Höhepunkte in meinem Leben: Im Mai wurde meine Enkelin Victoria geboren und im August fand Tamaras Hochzeit statt.

Ihr Zuhause hatten Tamara und Peter bereits in der Besselstraße gefunden und sich auch schon hübsch eingerichtet. In ihrer Wohnung fand auch Modernes Platz. Auf kostbare Materialien und gediegene Ausführung legten sie großen Wert, eben sowie auf Antiquitäten. Das Bremer Haus bot genug Platz für zwei Haushalte und meine Pelzboutique.

Tamaras Hochzeit, wie auch die von Marina und Irene, wurde bei Gert in Barendorf gefeiert. Die Villa mit dem schönen großen Park war dafür besonders gut geeignet. Die meisten Freunde von Tamara und Peter kamen aus Bremen, auch Peters Großmutter, die er von Herzen liebte und Tamara nicht weniger. Ihr hatten die beiden viel zu verdanken. Sie hatte immer zu ihnen gehalten in der ganzen Zeit, als Tamara bei Peters Eltern keine Gnade fand.

*Hochzeit v. Tamara und Peter Altfeld (1973)*

Wir empfanden Erleichterung, dass zur Trauung dann doch beide Familien vollzählig anwesend waren. Tamara freute sich auch, dass meine Mutter und mein Bruder aus Graz gekommen waren. Sie sah wunderschön als Braut aus. Unmittelbar vor der Trauung brach sie vor Aufregung zusammen, doch ihre Schwager Paul behandelte sie und zum Glück kehrten ihre Lebensgeister rechtzeitig zurück. Die Trauung und die anschließende Feier verliefen dann sehr harmonisch. Vor uns stand ein glückliches Paar.

Peters Eltern waren feierlich gekleidet und sie verhielten sich korrekt, wenn auch zurückhaltend. Gert bemühte sich um Peters Mutter, ich um seinen Vater. Sie gingen dann als Erste, aber nicht ohne sich von allen zu verabschieden.

Nach der Hochzeitsfeier fuhren Tamara und Peter zurück nach Bremen in die Besselstraße, wo der Bräutigam für seine Angetraute einen romantischen Empfang vorbereitet hatte. Mit

Hunderten von Moosröschen war ihr Bett geschmückt, auch die Eisenstäbe (das Bett stammte aus der Jahrhundertwende) hatte er mit Rosen umwickelt. Eine liebevolle Geste.

Alle meine drei Töchter glücklich verheiratet zu sehen, war die ganzen Jahre mein Wunsch gewesen. Mit dieser Hochzeit hatte er sich erfüllt.

Die Jahre 1973, 1974 und 1977 waren für mich von großer Bedeutung: Annabelle, Boris und Jan-Igor kamen zur Welt. Irene bekam ihre bezaubernde zweite Tochter und ich eine wunderschöne zweite Enkelin. Sie wurde in der St.-Johann-Kirche zu Bremen getauft. Zusammen mit einer Ordensschwester schmückte ich dafür das Gotteshaus mit Blumen. Auf meine Bitte hin hatte man die Weihnachtsbäume bis zur Taufe stehen gelassen – sie boten eine großartige Kulisse hinter dem Taufbecken.

Anschließend versammelte sich die Familie bei mir in der Besselstraße. Wir Großmütter, Nori von der Decken und ich, hielten unsere Enkelin abwechselnd in den Armen, die alles mit einer außergewöhnlichen Ruhe über sich ergehen ließ. Sie war damals vier Monate alt. Boris dagegen war noch nicht mal zwei Wochen auf der Welt, doch er war auch mit dabei, denn Tamara wollte uns stolz ihren ersten Sohn zeigen. Er trug einen leuchtend grünen Strampelanzug, von dem meine Tochter wusste, dass uns diese Farbe ein wenig überraschen würde. Die vielen Tanten und Onkel um Boris herum brachten den süßen kleinen Kerl aber zum Weinen, sodass Tamara ihn hinausbringen musste. Insgesamt war die Feier sehr gelungen und sie klang harmonisch aus.

Nach drei Jahren bekam Boris ein Brüderchen: Jan-Igor, mein sechstes Enkelkind. Es war ein besonderes Glück, dass er wie Boris bei mir im Hause aufwuchs. Eine schöne und kostbare Zeit war dies für mich und es entstand ein inniges Verhältnis zu diesen beiden Kindern.

Meine Mutter und mein Bruder verbrachten Weihnachten 1977 in Bremen und teilten mit uns die Freude über Jan-Igors Geburt. Immer wieder musste ich meine Mutter damals ermahnen, den Kleinen, erst ein paar Tage alten Säugling, nicht so oft anzufassen. Tamara und Peter sagten nichts dazu, doch ich wusste, was Peter als Arzt in solchen Momenten dachte.

Wie gerne erinnere ich mich an meine Enkelkinder, als sie noch klein waren und gierig aus ihren Fläschchen tranken. Wechselte man den Sauger und der neue hatte eine kleinere Öffnung, gab es ein Geschrei, weil sie nicht wie vorher mühelos und schnell trinken konnten. Ihre Lieblingsspeisen bewältigten sie später in kürzester Zeit, nur bei den weniger geliebten dauerte es endlos, und ich war froh, dass es die mit heißem Wasser gefüllten Wärmeteller gab, dank derer sie ihre Mahlzeit noch warm einnehmen konnten.

Das Baden zählte bei ihnen – in jedem Alter – zu den Höhepunkten des Tages. Oft konnte man neben der Badewanne schwimmen. Aber ich wurde in solchen Situationen nicht ärgerlich, weil ihnen das Planschen doch solch einen Spaß bereitete.

# Grossmutters Pflichten

Eigentlich sollte ich hier nicht an erster Stelle von Pflichten sprechen. Die mir als Großmutter zugedachten Aufgaben waren eher ein Geschenk, denn sie erfüllten mich mit großer Freude. Die Geburt eines Enkelkindes zählte immer zu den schönsten Erlebnissen in meinem Leben. Es bedeutet ein unvergleichliches Glücksgefühl, das kleine geliebte Wesen zuerst in den Armen zu halten, später seine Kindheitsjahre zu verfolgen (und sei's auch nur aus der Ferne) und dann an seinem Glück und Erfolg im Leben teilzuhaben. Auch in dem Wissen, dass einem seine Zuneigung sicher ist.

Weil ich für meine Enkel immer abrufbereit war, vermittelte ich meinen Töchtern ein beruhigendes Gefühl. Sie konnten auch darauf vertrauen, dass ich ihre Wünsche in ihrer Abwesenheit strikt befolgte. Ratschläge an mich waren nicht nötig, denn eine Großmutter gehorcht hier ausschließlich ihrem Herzen. Mir war bewusst, dass ich eine große Verantwortung trug, wenn ich mit den Enkeln allein war. Ein wenig Angst erfüllte mich immer, doch die Anspannung ließ nach, sobald die Kinder schliefen. Dann holte ich mein Notizbuch hervor, in dem ich die Tage meines Einhütens vermerkte. Ich freute mich, dass wieder ein Tag gut zu Ende gegangen war, den ich jetzt mit Erleichterung streichen konnte.

Als Erste wurden mir meine Hamburger Enkel Alexander und Constantin anvertraut, dann folgten Victoria und Annabelle und etwas später Boris und Jan-Igor. Diese beiden wohnten einige Jahre bei mir in Bremen, was mir eine ganz besondere Freude war. Mit allen habe ich viel gespielt. Beschäftigungen wie Backen, Kochen, Pflanzen, Kastanien sammeln und Burgen bauen waren sehr beliebt. Aber Versteckspielen rangierte auf der Skala an oberster Stelle, dicht gefolgt vom abendlichen Vorlesen. Dann freuten sie sich immer schon auf den nächsten Tag und waren gespannt, was ich mir wohl wieder ausdenken würde, und hofften, dass es viel zu lachen gäbe. Ich versuchte ihre Neigungen herauszufinden, stellte mich auf sie ein und förderte behutsam ihre kleinen Talente. Ich war jedes Mal entzückt, wenn etwas Überdurchschnittliches zutage kam. Meine sechs Enkelkinder waren so grundverschieden in ihrem Wesen, aber gleich in ihrer innigen Liebe zu mir – als Kinder wie auch später als Erwachsene.

Alexander und Constantin verbrachten die Schulferien 1971 mit ihren Eltern auf Bornholm. Besonders die Kinder wollten, dass ich mitfahre, was ich natürlich gerne tat. Wir fuhren mit dem Auto dorthin, einem großen, geräumigen Amerikaner. Dieser Urlaub bot uns viel Sehenswertes. Das Wetter war leider nicht immer gut, es herrschte viel Wind auf Bornholm. Marina wollte gern schnell braun werden, aber das war nicht einfach bei dem oft bedeckten Himmel. Ihr zuliebe wechselten wir manchmal zwei- bis dreimal am Tag den Strand in der Hoffnung, dass sich der eine oder andere weniger windig zeigte. Mit dem Wagen waren die relativ großen Entfernungen leicht zu bewältigen – nur schade, dass wir so viel Zeit im Auto verbrachten! Auf der anderen Seite war es aber schön, durch die bezaubernde Landschaft zu fahren. Immer wieder sahen wir kleine Kirchen, stiegen aus und besichtigten sie. Die gepflegten Häuser mit ihren besonders schönen Türen beeindruckten mich stark. Die dänische Gastronomie verdient eine Erwähnung.

Mit meinen Enkeln Boris und Jan-Igor verbrachte ich schöne Ferien an der Ostsee und auch am Bodensee. Dort segelten wir und wurden zweimal von einem starken Sturm überrascht. Die »Petabori« (was für Peter-Tamara-Boris-Igor steht) war ein schönes und gepflegtes Schiff, das sie alle sehr liebten. Das Gleiche gilt mittlerweile für die »Petabori II«. Die erforderlichen Handhabungen beim Auslaufen sind anstrengend, aber die Jungs machten ihre Sache gern und sehr gut. Wenn ich sie dabei beobachtete, war ich immer stolz auf sie.

Mit meiner Enkelin Victoria unternahm ich eine Reise nach Dubrovnik, als sie 13 Jahre alt war. Mich erstaunte damals ihre Wissbegierde, die mir besonders bei unseren Museumsbesuchen in Zagreb auffiel. Einmal erweckten einige Stücke aus der Bronzezeit so stark ihre Aufmerksamkeit, dass es sogar die Museumsdirektorin auffiel, die sich gerade in unserer Nähe aufhielt. Sie sprach mich daraufhin an und meinte, sie habe noch nie ein Kind erlebt, das so intensiv und so lange Gegenstände betrachtete und so viel wie möglich über sie wissen wollte – Gegenstände, die an sich nicht besonders ansprechend waren.

Dubrovnik bot Victoria viel Interessantes – Kirchen, Paläste, Brunnen, die Stadtmauern und Europas älteste Apotheke, die sie besonders schön fand. Die Stadt hat auch einen Roland.

Jeder Tag brachte für sie etwas aufregend Neues. Damals nahm ich mir vor, mit jedem meiner Enkelkinder nach Dubrovnik zu reisen, weil Victoria so viel Interesse und Freude an meiner Geburtsstadt gezeigt hatte. Während ich dies jetzt schreibe, muss ich an die große Zerstörung der Stadt denken, und mir graut es vor den weiteren Auswirkungen des Krieges und ihren Folgen für die armen liebenswerten Menschen dort. Schade, dass es vor zwei Jahren, vor Ausbruch des Krieges, bei der Planung einer Reise mit Annabelle und Boris geblieben ist. Es wären vielleicht ein paar Wochen für die beiden gewesen, an die sie sich später in ihrem Leben gern erinnert hätten.

Als glückliche Großmutter möchte ich hier einige kurze Geschichten über meine sechs geliebten Enkelkinder erzählen.

*Alexander und Constantin* spielten gerne »Doktor«, dem Beispiel ihres Vaters folgend, und sie wollten natürlich später zusammen eine Praxis eröffnen. Einmal fragte der Kaufmann im Ort Constantin nach seinem Namen, worauf er antwortete: »Constantin Doktor Odefey«. Er glaubte also, auch »Doktor Odefey« zu heißen. Alle im Geschäft haben laut gelacht.

Als ich wieder einmal in Aumühle einhütete, gab es einen Stromausfall. Am nächsten Tag bemerkte ich, dass die Uhr im Schlafzimmer stark nachging und glaubte, die Kinder hätten damit gespielt. Ich schimpfte ein wenig, doch Alexander, der noch nicht zur Schule ging, meinte: »Oma, die Uhr kann ja nicht richtig gehen! Wir hatten ja gestern eine Zeit lang keinen Strom und diese Uhr ist eine elektrische!« (Elektrische Uhren waren damals noch eine Seltenheit.)

Der Aumühler Garten bot Alexander und Constantin ideale Möglichkeiten, ihre Kettcars zügig auszufahren – um das ganze Haus herum. Nach mehreren Runden bedienten sie sich der für sie bereitgestellten Getränke, ohne aussteigen zu müssen. Dabei behielt ich die Gläser im Auge, denn wegen der Wespen war

*Constantin Odefey, Boris Altfeld, Maria Bockelmann, Jan-Igor Altfeld, Victoria Sarrazin, Annabelle Sarrazin, Alexander Odefey*

Vorsicht geboten. Einmal aber hatten sie kein Interesse, mit den Kettcars zu fahren. In einer Ecke im Garten, in der Nähe des Komposthaufens, waren sie emsig mit Graben beschäftigt. Das Objekt ihres Fleißes war eine tote Ratte oder ein Maulwurf, den bzw. die sie immer wieder ein- und ausgruben. Es passte ihnen gar nicht, als ich das schließlich unterband.

*Annabelles* sehnlichster Wunsch war ein Hund. Ihre Eltern jedoch meinten, mit einem Tier wäre man sehr gebunden. Sie bettelte einige Jahre – vergeblich. Schließlich wandte sie sich in ihrer Not an den lieben Gott. Jeden Abend wenn sie in ihrem Bett lag, sah man sie, bevor das Licht ausgemacht wurde, mit ernstem Gesichtchen ihre Lippen lautlos bewegen. Einmal hörten wir sie leise sprechen: »Lieber Gott, gib, dass ich einen Hund bekomme.« Einige Monate hörten ihre Eltern sich das an, dann gaben sie nach, und Annabelle bekam ihren Attila, einen schönen und besonders lieben Rauhhaardackel.

*Vicky* hatte ihren ersten Verehrer während unseres Aufenthaltes in Dubrovnik. Es handelte sich, so glaubten wir, um den Sohn des Inhabers eines kleinen Lokals, in das ich Vicky einmal ausführte. Es lag gegenüber des Hotels Imperial und war mir von früher bekannt. Über ein paar Stufen gelangte man in den Garten, wo einige Palmen und Akazien standen und unter einem Baum ein oder zwei Tische. Von Baumkrone zu Baumkrone waren bunte Lichterketten gespannt.

Als junges Mädchen war ich einige Male von meinem Vater dorthin ausgeführt worden. Damals gab es in der Mitte des Gartens eine kleine Tanzfläche, und man tanzte zu dezenter Musik. Daher wollte ich unbedingt, dass Vicky dieses Lokal kennenlernte. Beliebt waren dort vor allem Hummer und Austern. Unsere Bestellung, ein einfaches Gericht, nahm der erwähnte junge Mann auf, in dem wir den Sohn des Inhabers vermuteten. Sein gutes Benehmen fiel uns auf – und auch, dass er sich fast ausschließlich um unseren Tisch kümmerte und unentwegt Vicky anschaute. Die übrigen Gäste überließ er seinen Kollegen. Er passte genau auf, ob es wieder an der Zeit war, Vicky etwas Saft nachzuschenken. Als wir dann aufstanden, um zu gehen, beeilte er sich, ihr ihren Hut zu reichen und begleitete uns auffallend weit, fast bis zur Straße. Vicky war ziemlich verlegen geworden, doch es gefiel ihr, als junge Dame angesehen zu werden. Es machte sie stolz.

*Boris'* große Freude war das Dekorieren, worin er viel Geschick zeigte. Er besaß eine gute Kombinationsgabe und einen sicheren Blick für das, was schön war und zusammenpasste – nach Farbe, Form oder Material. Wenn er mit Zweigen dekorierte, suchte er nicht die geraden, starren und häufig vorkommenden, sondern die gebogenen, die ausgefallenen aus. Entzückt war er, wenn er einen bizarr geformten Zweig fand, den er dann mit viel Fantasie verwendete. Jedes Mal, wenn ich so etwas sah, war ich nicht nur begeistert, sondern auch sprachlos. Seine Begabung förderte ich, wo ich konnte. Ich schenkte ihm verschiedene kleine Steintiere, die aus Skandinavien importiert wurden und sehr ansprechend aussahen. Manchmal ging ich sogar auf Flohmärkte in der Hoffnung, etwas Bescheidenes zu finden, was seiner Vorliebe entsprach.

Boris' Liebe zum Dekorieren begann schon mit seiner Einschulung. Besonders in den Jahren, als er bei mir wohnte, hatte ich viel Gelegenheit, ihn zu beobachten. Alles, was ich in dieser Zeit zu sehen bekam, erfreute mich sehr.

*Jan-Igor* zeigte bereits als 14-Jähriger eine ungewöhnliche Vorliebe für alte Möbel und Kleinkunst. Wenn wir über diese Sachen sprachen, merkte ich, dass er eine Menge davon verstand. Sein Wissen hatte er aus Büchern, von denen er viele besaß, und durch das Aufsuchen von Antiquitätengeschäften. Als er einmal bei mir in Bremen war, bat er mich, mit ihm in so ein Geschäft zu schauen, was ich sehr gern tat. Dort stellte er dem Besitzer bescheiden einige Fragen, und dieser war gleich bereit, dem Kind ausführlich zu antworten. Dafür war Jan-Igor dankbar und traute sich bald, über einige Sachen seine eigene Meinung zu äußern. Das wiederum versetzte den Inhaber so ins Staunen, dass er anderthalb Stunden lang seine besonders schönen alten Stücke zeigte, ihre Herkunft erläuterte und über Alter und Stil Auskunft gab.

Die Fülle von Empfindungen und Erlebnissen mit meinen Enkelkindern wühlen mich beim Schreiben regelrecht auf, vor allem Alexanders schwere Krankheit und die damit verbundene große Angst der Familie, von der ich nun berichten möchte.

Alexander entkam damals knapp dem Tod. Er hatte einen Blindarmdurchbruch, und die bange Frage, die sich uns Tag und Nacht stellte, lautete: Wird er durchkommen?

Wie leicht und oft spricht man davon, dass jemand »den Verstand verliert«. Doch Marina war nicht weit davon entfernt. Gleich nach ihrem Anruf und der Mitteilung, dass Alexander im Krankenhaus liege, fuhr ich zu ihr und blieb, bis feststand, dass er außer Lebensgefahr war. Den ganzen Tag hielten wir uns fast nur auf dem Flur der Intensivstation auf. Als man uns bat zu gehen, führte uns unser Weg in die Krankenhauskapelle. Dort saßen wir stumm nebeneinander. Ich betete mit der ganzen Kraft meines Glaubens.

Nach einigen Tagen erhielten wir schließlich die erlösende Mitteilung, dass Alexander außer Gefahr sei. Ich kann nicht beschreiben, welch eine Freude das für uns war. Wir gingen gleich zu ihm, befreit von der großen Angst.

Marina schlug mir vor, sofort nach Bremen zurückzufahren, denn sie wusste, dass ich das Haus ohne das Nötigste erledigt zu haben, verlassen hatte. Das tat ich auch, weil ich nun beruhigt war.

Alexander wurde bald aus dem Krankenhaus entlassen. Es dauerte nicht lange und er besuchte mich in Bremen. Mein Genesungsgeschenk für ihn: ein großer weißer Flügel aus Pappe, gefüllt mit Mozartkugeln und einem Zettel:

*Lieber Alexander!*

*Im April hattest du deinen eigentlichen Geburtstag.* (Er war 28 Jahre alt geworden.) *Im Mai, als du im Krankenhaus wieder aufstehen konntest, dachten wir alle, du bist uns neu geschenkt.*

Ich war oft mit Alexander in Graz bei Karl. Dort war er gern gesehen, denn die beiden verband ein starkes Interesse an Musik. Es kam nicht selten vor, dass sie sechs bis sieben Stunden hintereinander Schallplatten hörten. Natürlich besuchten sie auch Konzerte. Ihr Leben ist eben die Musik – nichts bedeutet ihnen mehr. Von ihrer Liebe zur Musik könnte ich viel erzählen.

Es war mir immer eine Freude, mit meinem Enkel zu reisen. Immerhin sind wir in der Zeit seines Mathematikstudiums elfmal nach Graz gefahren.

Es ist schön, Enkelkinder zu haben, auch wenn man manchmal große Ängste um sie ausstehen muss.

Das traf auch auf Victoria zu, als sie vor ihrem Jurastudium mit 19 für ein Jahr als Au-pair-Mädchen nach Kalifornien ging. Sie erlebte dort, in Piedmont bei Oakland, ein starkes Erdbeben – d. h. sie befand sich im Zentrum des Bebens! Von ihrem Fenster aus sah sie die Oakland Bridge einstürzen. Das Erdbeben forderte viele Tote und Verletzte. Es gab keine Telefonverbindung mehr, sodass Victoria uns nicht erreichen konnte und wir sie auch nicht.

Es waren furchtbare Stunden für ihre Eltern, mich und die ganze Familie. Wie unsagbar froh waren wir, als uns das erste Lebenszeichen von ihr erreichte. Vor Glück weinte auch ich.

Doch selbst dieses schlimme Erdbeben konnte sie nicht dazu bewegen, abzureisen, wie ihre Eltern es vorschlugen. Im Gegenteil gelang es ihr, sie dafür zu begeistern, sie in Kalifornien zu besuchen. Bei ihrem Aufenthalt dort erlebten sie ebenfalls ein Erdbeben, allerdings nicht in der Stärke des vorherigen.

Viele kleine und große Aufregungen hat es in den Jahren gegeben, in denen ich Großmutter bin. Oft habe ich gelitten und mich geängstigt, wenn meine Enkelkinder krank waren. Doch es zählt nur die Freude, die ich durch sie erfahren habe. Denn ich kann mit Fug und Recht behaupten: meine Enkel sind mein Lebensglück!

# Auflösung meines Pelzgeschäfts

Über zwölf Jahre hatte mich meine Firma in Atem gehalten. Die Spuren der Erschöpfung wurden sichtbar. Ich stellte immer öfter Überlegungen an, ob ich meiner Gesundheit zuliebe das Geschäft nicht aufgeben müsste. Nur, wenn ich es später meinen Kindern hätte übergeben können, wäre es sinnvoll gewesen, die Anstrengungen weiter auf mich zu nehmen. Doch niemand wollte das Geschäft übernehmen.

Im Jahr 1974 war die Pelzbranche noch geschätzt und lukrativ. Auch aus diesem Grund schien es mir passend, den Absprung zu wagen, Verluste waren nicht zu befürchten. Ich wollte einen sauberen Abschluss und alle Zahlungsverpflichtungen einhalten.

Doch es tat mir auch weh, alles das aufzugeben, das ich unter großen Anstrengungen aufgebaut hatte. Immerhin war meine Boutique zu einem gefragten und beliebten Pelzgeschäft in Bremen geworden. Zu meinen Lieferanten pflegte ich ein gutes Verhältnis. Das beiderseitige Vertrauen erleichterte die Zusammenarbeit. Auch nach der Liquidation der Firma war ich ein gern gesehener Gast bei meinen ehemaligen Grossisten, die selbst kleine Pelzwünsche, die in meiner Familie oder in meinem alten Kundenkreis anfielen, gern erfüllten.

Nach dem Ausverkauf wurden die Geschäftsräume für meine Enkelkinder als Spielzimmer eingerichtet – wobei auch eine Sandkiste ihren Platz fand. Der große viel geliebte Spiegel kam in die obere Etage in den Flur, die Firmenschilder aus Glas warf ich nicht gleich weg, sondern lagerte sie zunächst auf dem Boden. Meine Ware konnte ich vollständig verkaufen, nachdem ich einen Nachlass von 30 Prozent auf alle Pelze gegeben hatte. Da ich nur Qualität führte, waren meine Sachen sehr gefragt.

Nicht weit von meinem Geschäft gab es einen Hutladen, der auch Pelzhüte führte, die jedoch wesentlich teurer waren als meine. Verzweifelt kam die Inhaberin zu mir und klagte, dass sie wegen meiner günstigen Ausverkaufspreise kaum noch Umsatz erziele und große Schwierigkeiten für ihr Geschäft in der laufenden Wintersaison befürchte. Das tat mir sehr leid und ich wollte ihr helfen. So bot ich ihr einen Teil meiner Ware zum Einkaufspreis an, damit sie diese zu den gleichen Konditionen wie ich verkaufen konnte. Diese Aktion wirkte sich für mich nicht besonders negativ aus. Es waren nur einige Hüte, die ich weniger verkaufte.

Fast ein Vierteljahr dauerte mein Totalausverkauf. Wenn mir auch mehrere Leute halfen, so lag doch die Hauptlast auf mir. Es waren erhebliche Anstrengungen nötig, um ein gutes Ergebnis zu erzielen. Als sich dann das Ende abzeichnete und für mich ein geruhsamer Lebensabschnitt beginnen sollte, starb Mamas Zwillingsschwester Mary in Dubrovnik und ihre etwas jüngere Schwester Tizzi lag mit gebrochener Hüfte zu Hause und weigerte sich, sich in ein Krankenhaus einweisen zu lassen. Stattdessen ließ sie sich von ihrem »Hausgeist« pflegen, einer alten Frau, die eher unzurechnungsfähig war, denn eine Hilfe. Tante Tizzis behandelnder Arzt zog aus diesen Gründen eine Ordensschwester heran. Die hatte sich dann nicht nur um meine Tante zu kümmern, sondern musste auch ständig auf das »Dienstmädchen« aufpassen, das in seiner Verwirrtheit eine Gefahr für das ganze Haus darstellte, z. B. durch achtloses Umgehen mit Feuer.

Mehr als 30 Jahre hatte sie meinen Tanten treu gedient und die Schrecken des Krieges, die die Familie besonders getroffen hatten, miterlebt. Wie schon einmal erwähnt, wurden der Mann und der Sohn von Tante Tizzi von Partisanen umgebracht. Die beiden Schwestern standen danach plötzlich mittellos da, weil sie aufgrund des politischen Hintergrundes der Männer keine Pensionen erhielten. Das Haus und die Ländereien in Popovići trugen nicht ausreichend zu ihrem Unterhalt bei, weil das Dienstmädchen Kate dort inzwischen alt war und auch die Felder nicht mehr bestellt wurden.

Nach Kates Tod blieb das Haus für mehr als fünf Jahre verschlossen. Die Schlüssel hielten meine Tanten in der Stadt eisern fest und gaben sie auch nicht den Nachbarn, damit diese hin und wieder dort nach dem Rechten sehen konnten. Den Garten allerdings, das verstand sich wohl von selbst, durften sie pflegen und auch den Damen Blumen in die Stadt mitbringen, wenn sich eine Möglichkeit dazu bot.

# Mein Einsatz in Dubrovnik

Zur Beerdigung von Tante Mary flog ich nach Dubrovnik und nahm für die kranke Tante Tizzi einiges mit. Ich hatte gehört, dass es ihr immer noch am Notwendigsten mangelte, obwohl der Krieg schon so lange vorüber war. Um wirklich helfen zu können, war das dennoch zu wenig. Am schlimmsten erschien mir der Umstand, dass die Kranke auf einer miserablen Matratze lag. Es war glücklicherweise nicht schwer, eine neue zu besorgen. Dies war aber nicht das Einzige, was dringend benötigt wurde, und bald musste ich aus Bremen Geld anfordern. Durch den Ausverkauf sah mein Sparkassenkonto günstiger aus als sonst.

Es kostete mich viel Mühe, jemanden zu finden, der nachts bei meiner Tante schlief, wenn ich fort war. Für eine Ordensschwester war das nicht üblich, aber für mich machten sie eine Ausnahme. Dafür versprach ich, fünf Ordensschwestern vollständig einzukleiden. Die Stoffe besorgte ich aus Hamburg, denn es war ein besonderes Material nötig, das nur eine Firma in Hamburg führte.

Meine Verpflichtungen zwangen mich schon bald, nach Bremen zurückzufliegen. Es war gut, dass ich abreiste, denn um meine Gesundheit war es mittlerweile bedenklich bestellt. Ich kriegte den hohen Blutdruck nicht in den Griff. Schuld daran war auch das Chaos, das ich vorgefunden hatte – nicht nur in der Stadtwohnung, sondern auch in dem Haus auf dem Land. Vielleicht war das alles zu viel, wenn ich nur an die unzähligen Behördengänge denke. Das jahrelang unbewohnte Anwesen auf dem Land, das ich für meine Tante herrichten sollte, damit sie dorthin übersiedeln konnte, erwies sich als unbewohnbar. Es waren umfangreiche Arbeiten erforderlich. Doch ich fand Handwerker in Popovići, die dann auch bald mit der Arbeit begannen.

Ich will kurz versuchen, das Chaos im Haus auf dem Land zu beschreiben. Wer einmal einen Film über ein altes Spukschloss gesehen hat, kann sich in etwa vorstellen, welcher Anblick sich mir bot, nachdem ich ängstlich aufgeschlossen hatte – meine Tante hatte mich nämlich vorgewarnt. Drinnen fiel ich zunächst fast durch in den Keller, weil einige Bretter gleich hinter der Tür nicht mehr trugen, wahrscheinlich waren sie in jahrelanger emsiger Fleißarbeit von Mäusen zerknabbert worden. Nachdem ich mich gerade noch festhalten konnte, schlich ich vorsichtig zu den Fenstern und öffnete die Läden, denn die Elektrik war defekt. Viel Helligkeit drang nicht herein, weil ein Fenster ziemlich zugewachsen war. Ich blickte hoch und sah überall Spinnweben. Auch hörte ich es rascheln, sodass ich fest mit Fledermäusen rechnete. Doch die Geräusche stammten wohl von Mäusen. In der kleinen Küche, die als solche nicht mehr zu erkennen war, standen noch Töpfe und Geschirr – so, als wären die Herren dieses »Spukschlosses« plötzlich von Feinden überrascht worden und hätten alles stehen und liegen lassen müssen.

In den oberen Räumen entdeckte ich zu meinem Erstaunen, dass einige Teppiche noch gut aussahen, während andere zerfressen waren. Im Keller stieß ich auf viel Gerümpel, das ich später mit einem Lastwagen abholen ließ. Die Geräte zum Weinkeltern und Schnapsbrennen sowie kleine und große Fässer, Krüge und dergleichen blieben selbstverständlich dort.

Schließlich beendete ich meine Inspektion und saß dann ziemlich erschöpft im Bus nach Dubrovnik. Was ich erlebt hatte, war jedoch erst der Anfang eines Unternehmens, dessen weiterer Verlauf noch dramatischer werden sollte. Die Fahrt dauerte fast eine Stunde, denn der Bus hielt an vielen Ortschaften. Er war schon überfüllt, als ich einstieg, und unterwegs kamen immer mehr Gäste dazu. Ich fühlte mich in diesem Gedränge sehr unwohl, aber noch größer war meine Angst, der Fahrer könnte nicht genug Bewegungsfreiheit haben; auch war es ihm nicht möglich, die rechte Seite ganz zu überblicken. Die Strecke mit ihren gefährlichen scharfen Kurven, die – ohne Leitplanken – steil zum Meer hin abfiel, kannte ich gut. Nicht selten waren dort Fahrzeuge abgestürzt. Ich nahm mir also vor, in Zukunft mit dem Taxi zu fahren, was ich auch einige Male tat. Doch bald musste ich auf den Bus zurückkommen, weil dieser wesentlich preiswerter war.

In Dubrovnik musste ich noch einmal umsteigen, um nach einer kurzen Strecke Boninovo zu erreichen, wo unser Haus stand. Meine Tante erwartete mich in Tränen aufgelöst – sie hatte solche Angst gehabt, dass mir unterwegs etwas passiert sein könnte. Der Nonne war es nicht gelungen, sie zu beruhigen. Ein weiterer trauriger Anblick war das alte Hausmädchen, das sich an den Türrahmen lehnte und wirr um sich schaute. Sie trat auf mich zu und wollte mich festhalten. Wie ich ihren Worten entnehmen konnte, sah sie in mir eine himmlische Gestalt. Jetzt wurde Tante Tizzi erst recht ungehalten und schrie die Arme voller Hass an und befahl ihr, das Zimmer zu verlassen. Ein Ausbruch verletzender Worte wie »Du Mörderin« und viele andere hässliche Beschuldigungen folgten, bis das Mädchen sich ängstlich entfernte. Ich empörte mich über die Herzlosigkeit meiner Tante, besonders, weil ich sie bisher nur von ihrer gütigen Seite kannte. Vor Antritt dieser Reise hatte ich mir vorgenommen, ihr eine Tochter zu sein, als Ersatz für ihren auf so schreckliche Weise umgekommenen Sohn. Warum war sie so aggressiv dem Hausmädchen gegenüber, fragte ich mich voller Enttäuschung. Bald erfuhr ich, dass Tante Tizzi ihr die Schuld am Tod ihrer Schwester gab. Hätte die sich intensiver um sie gekümmert, würde ihre Schwester heute noch leben, glaubte sie. Sie erkannte nicht, dass dieses bedauernswerte Geschöpf dazu gar nicht in der Lage gewesen war. Lange Jahre hatte sie für meine Tanten gearbeitet. Doch jetzt war sie krank – verwahrlost, ausgehungert und total verängstigt.

In dieser Situation war ich für meine Tante ein Hoffnungsträger, weil sie mir zutraute, die Nichte des alten Hausmädchens ausfindig zu machen, damit diese sich um ihre Tante kümmern und sie aus dem Haus bringen sollte. Ich konnte schon bald Kontakt mit der Nichte aufnehmen und erlebte eine große Überraschung, von der ich noch berichten werde.

Ich trug also die Verantwortung für zwei völlig hilflose Menschen – die eine ans Bett gefesselt, die andere nicht wissend, was sie tut. Zuerst kümmerte ich mich um Essen für beide, was meine Tante aber meistens ablehnte. Sie bevorzugte Alkoholgetränke, woran es bisher wohl nicht gemangelt hatte, wie ich feststellen konnte. Katica, das Hausmädchen, jedoch zeigte großes Interesse an meiner Kocherei – ihr Appetit war sagenhaft, ihre Freude an Speisen rührend. Nach dem Essen empfahl ich ihr, sich schlafen zu legen. Wir gingen zusammen zu ihrem Zimmer, weil ich bei der Gelegenheit einmal einen Blick hineinwerfen wollte. Aber die Türe war abgeschlossen, und sie meinte, den Schlüssel verloren zu haben. Daraufhin sagte ich ihr, sie solle in ihrer Schürzentasche nachschauen, ob er sich nicht dort befände. So war es auch. Sie hielt den Schlüssel fest in ihrer Hand, wollte aber nicht aufschließen. Ich versuchte beruhigend auf sie einzuwirken, damit sie mir den Schlüssel gebe, was sie schließlich tat.

Beim Öffnen der Tür schlug mir ein unglaublicher Gestank entgegen und lautes Miauen – im Raum wimmelte es von kleinen Kätzchen. Auf dem Boden lagen Stroh und Lumpen sowie verschiedene Essnäpfe. Der Gestank erinnerte an faule Eier, und tatsächlich fand ich ihre Hausschuhe gefüllt mit Eiern, von denen einige angeschlagen waren. Das Schlimmste war der Kot der Tiere, den sie anscheinend nie entfernt hatte und der zu einem unglaublichen Haufen angewachsen war. Ich habe an diesem Abend nichts mehr unternehmen können. Denn meine Tante war keinesfalls zur Ruhe gekommen und rief mich ununterbrochen, weil es sie ärgerte, mich im Flur mit Katica sprechen zu hören. Katica wiederum fragte mich: »Warum ist sie auf mich so böse, und wo ist die gnädige Frau Mary?«

Ich sagte ihr, dass sie tot sei. Seufzend meinte sie, die sei besser gewesen als »die dort im Zimmer«.

Nachdem ich Tantes Bett mit unendlicher Anstrengung frisch bezogen und die Laken sogleich ins Wasser gelegt hatte, ging ich auf mein Zimmer, in meiner zitternden Hand hielt ich vorsichtig ein Glas Slibowitz – denn mir war übel geworden.

Ich ging mit dem Gedanken schlafen, dass ich am nächsten Morgen sofort zu meiner Freundin gehen wollte, um mir bei ihrem Mann, dem Anwalt Dr. Grbić, Rat zu holen. In 14 Tagen, denn so lange wollte ich noch in Dubrovnik bleiben, hoffte ich, einen Teil meiner Probleme lösen zu können. Fast jeden Tag suchte ich meinen netten Anwalt auf und besprach mit ihm meine äußerst verworrene Lage. Einiges über meine Situation war ihm schon zu Ohren gekommen. Bezüglich Katica sagte er mir, dass die Behörden sie nicht in eine Anstalt einweisen würden, auch wenn sie geistig krank sei. Sie genieße den Schutz meiner Tante und werde als Familienmitglied angesehen, weil sie seit Jahrzehnten unter einem Dach mit meinen beiden Tanten gelebt habe. Dazu komme, dass Katicas kleine Rente dem gemeinsamen Haushalt zugeflossen war. Dadurch fiele ihr nicht nur das lebenslängliche Wohnrecht zu, sondern ein Teil des Hauses gehöre ihr sogar. Dass durch ihr unberechenbares Verhalten dem Haus und den Bewohnern Gefahr drohte, berücksichtigte man im ehemaligen Jugoslawien nicht. Als ich das erfuhr, fühlte ich mich wie in einer Falle. In Anbetracht dieses Sachverhalts konnte ich meine Tante hier nicht allein lassen. Es waren keine Geldeinnahmen in näherer Zukunft zu erwarten. Die Ländereien lagen brach, eine Pension bekam meine Tante nicht und auch alle Wertgegenstände waren veräußert. Es bestanden Schulden und die Gläubiger traten jetzt von allen Seiten an mich heran. Dabei wusste ich noch nicht einmal, ob alles stimmte. Ich wäre nur dann beruhigt gewesen, wenn ich meine Tante in Popovići auf dem Lande gewusst hätte, wo sie von unseren weitläufigen Verwandten gepflegt werden könnte. Finanziell wäre ich einigermaßen in der Lage gewesen, das zu ermöglichen. Die Arbeiten im Hause dort waren noch nicht abgeschlossen. Einen Umzug von Dubrovnik nach Popovići lehnte meine Tante allerdings ab, denn sie befürchtete, dass die Nichte von Katica mit ihrem Freund sofort einziehen würde, sobald sie das Haus verließe.

Um mir Klarheit zu verschaffen, ob die Sorge meiner Tante berechtigt war, rissen meine Besuche bei Dr. Grbić und bei diversen Behörden nicht ab. Es gab täglich neue, enttäuschende Auskünfte. So gern ich das Haus in Dubrovnik für meine Kinder behalten hätte, sah ich die einzige Lösung in meiner jetzigen Lage darin, es zu verkaufen. (Es gehörte sowieso nur noch eine Hälfte uns, weil meine verstorbene Tante Mary die andere verkauft hatte.) Um verkaufen zu können, musste ich aber erst Katica irgendwo unterbringen. Ihre Nichte reagierte darauf ablehnend und änderte ihre Strategie. Sie kümmerte sich von nun an auffallend fürsorglich um ihre Tante, kaufte ihr neue Kleidung, säuberte und richtete ihr Zimmer wieder menschenwürdig her, brachte ihr von zu Hause fertiges Essen und stellte im Flur vor der Küche in einer Ecke einen kleinen Tisch und zwei Stühle auf. Diesen Tisch deckte sie sorgfältig mit einem Leinentischtuch, einer Serviette und mit Silberbesteck. Am Abend zündete sie auch noch eine Kerze an, und sonntags sah man eine Blume auf dem Tisch. Wie gern hätte sie es gesehen, wenn Tante Tizzi oder ich auch nur einmal von ihrem mitgebrachten Essen etwas angenommen hätten. Fast täglich bot sie uns ihre guten Sachen an, doch für meine Tante war es undenkbar, darauf einzugehen.

Verloren und traurig saß Katica jeden Tag an dem kleinen Tisch, als würde sie die Welt nicht mehr verstehen und schaute mich wie um Entschuldigung bittend an. Tagsüber war sie nun selten zu Hause. Nachts stellte ihre Nichte für sich eine Liege in ihr Zimmer, was mir nur recht war. Ich schlief dann etwas ruhiger – kurz war meine Nacht, sehr lang der Tag.

Wegen der Hitze erledigte ich meine Einkäufe zwischen sechs und acht Uhr. Danach versorgte ich Tante Tizzi. Die amtlichen Stellen, die ich fast täglich aufsuchte, hatten nur bis zwölf geöffnet. Dann erwarteten mich Kochen, Wäschewaschen und Aufräumen. Sehr viel Zeit benötigte ich, um meiner Tante Gesellschaft zu leisten. Sie wiederholte immer wieder ihre Ratschläge an mich und schickte mich zu allen möglichen Leuten, sei es, um mich dort in ihrem Namen zu bedanken oder um Forderungen einzutreiben. Das war mir unangenehm und meist sagte ich, die Leute seien nicht zu Hause gewesen. Am späten Nachmittag suchte ich häufig den Anwalt auf. Gegen diesen Besuch hatte sie nichts und freute sich über meine Berichte, bei denen ich nicht immer bei der Wahrheit blieb, um ihr Aufregung zu ersparen.

Ich bemühte mich intensiv um einen Käufer für das Haus. Es gab einige Interessenten, die kaufen wollten, aber keine Devisen besaßen, auf welche ich als Zahlungsmittel bestand. Andere hingegen verfügten über Devisen, wollten aber kein Risiko eingehen, denn als Geschäftsleute mussten sie nachweisen, woher das Geld stammte. Ich suchte weiter und fand schließlich einen in Deutschland lebenden jugoslawischen Arzt, mit dem ich mich einigte. Schwerer war es allerdings, sich mit Katicas Nichte zu einigen, die eine große Entschädigung verlangte. Aber Dr. Grbić erreichte, dass Katica auszog und ihre Nichte eine akzeptable Auszahlung bekam. In die Verhandlungen hatte sich zum Schluss auch der Freund der Nichte eingeschaltet. Ich konnte es nicht glauben, als ich ihm gegenüberstand und feststellen musste, dass es sich bei ihm um den Amtsvorsteher handelte, bei dem ich unzählige Male vorgesprochen und mein Leid über Katica geklagt sowie ihn um Hilfe gebeten hatte, mich von dieser Irrsinnigen zu befreien. Über das Verhalten der Nichte war er durch mich bestens und aus erster Hand informiert, ebenso über mein Vorhaben, das Haus zu verkaufen. Er hatte mich immer wieder ermutigt, alles genau zu berichten, was ich auch tat – in dem Glauben, nur so könne er mir helfen. Es ist wirklich komisch, dass ich die Lösung meines großen Problems vertrauensvoll ausgerechnet in die Hände des Beamten legte, der ein persönliches Interesse hatte, genau entgegengesetzt zu handeln, nämlich mit Katicas Nichte in unser Haus zu ziehen. (Da er noch verheiratet war, musste die Liaison mit der Nichte streng geheim gehalten werden.)

Der Verkauf des Hauses kam zustande – dank des Einsatzes von Dr. Grbić, wie schon erwähnt. Katicas Nichte bekam auf diese Weise eine gute Aussteuer, wenn auch nicht in der ursprünglich von ihr angestrebten Höhe.

Kurz darauf heiratete sie ihren Beamten, und die bedauernswerte Katica kam ins Krankenhaus, wo sie bald starb.

Nicht alle Menschen sind so auf ihren eigenen Vorteil aus wie diese Nichte. Ich erinnere mich an viele, die immer zuerst an die anderen dachten und zuletzt erst an sich selbst. Das trifft auch auf meine Mutter zu. Seit meiner frühesten Jugend ist mir kein einziger Fall bekannt, in dem sie zuerst ihren Vorteil suchte. Als ich mich ebenfalls in diese Richtung entwickelte, war sie sehr glücklich. »Bravo, mein Kind«, hieß es. Aber dieses Lob war mir eher unangenehm. Den Grund dafür weiß ich nicht genau, doch denke ich heute, dass es daran lag, dass ich nicht bereit war, meiner Mutter gegenüber Gefühle zu zeigen.

Der Arzt, der meine Tante betreute, machte sich bei meinem Aufenthalt in Dubrovnik auch um mich Sorgen, denn ich war gesundheitlich so angegriffen wie selten zuvor. Er riet mir, umgehend abzureisen, und versprach, sich weiterhin zusammen mit der Schwester Oberin um Tante Tizzi zu kümmern. Daraufhin flog ich zurück nach Bremen. In einigen Wochen wollte ich mich wieder auf den Weg nach Dubrovnik machen, was auch geschah. Diesmal ging es um den Umzug von Tante Tizzi nach Popovići, den ich durchführen musste. Dazu begleitete mich meine Mutter, die mir eine große Hilfe war.

In all den Jahren hatte meine Mutter einiges für ihre Schwester zurückgelegt, u. a. auch etwas Geld aus ihrer Pension. Von einem Flug nach Dubrovnik wollte sie nichts hören. Also traten wir die Reise an: erst mit der Bahn von Graz bis Split und von dort weiter mit dem Schiff. Um mehr Bequemlichkeit zu genießen, fuhren wir 1. Klasse, denn immerhin waren wir einen Tag und eine Nacht unterwegs. Leider lehnte Mama den Schlafwagen ebenso ab wie eine Kabine auf dem Schiff. (Bei unserer zweiten gemeinsamen Reise ein halbes Jahr später glaubte ich, mich durchsetzen zu können, und besorgte für uns beide eine Schlafkabine. Doch die nuzten wir kaum, weil Mama es ablehnte, darin zu schlafen – die Luft sei unerträglich. Da ich mich um sie sorgte, hielt auch ich mich kaum in der Kabine auf, um auf Deck oder im Aufenthaltsraum bei ihr zu sein.)

Doch zurück zur ersten Reise. Für Tante Tizzi hatte ich aus Bremen ein Paar Krücken mitgenommen, die mir unterwegs ziemlich lästig waren, doch sie leisteten später meiner Tante gute Dienste und in Dubrovnik gab es keine.

Als wir nach unserer anstrengenden Fahrt endlich am Ziel ankamen, erwartete mich eine unangenehme Überraschung: Tante Tizzi eröffnete mir, dass sie doch nicht aufs Land ziehen wolle. Denn sie glaubte, bald wieder laufen, in der Stadt bummeln und Kirchen besuchen zu können. Außerdem hätte sie mehr Freunde in Dubrovnik als in Popovići. Meine Mutter entgegnete ihr, dass die Nonne sie nicht auf unbestimmte Zeit weiterpflegen könne und erst recht nicht ständig bei ihr schlafen. Ihre Antwort darauf war, dass sie glaube, sich bald um sich selbst kümmern zu können.

Ich sah neue Schwierigkeiten auf mich zukommen und dass sich mein Aufenthalt in Dubrovnik verlängern würde. Mein Plan war gewesen, dass Tante Tizzi sofort umsiedeln sollte und Mama einige Wochen in Popovići bliebe. Denn sie war dort sehr gern. In früheren Jahren war sie dort immer mit Tante Tizzi gewesen, um ihre Traubenkur zu machen, den Garten sowie die kleine Familienkapelle liebevoll herzurichten und die nahe gelegene Grabstätte zu schmücken.

Von Geldangelegenheiten verstand Tante Tizzi überhaupt nichts. Genauso wenig war sie über die Preise für Lebensmittel, Textilien oder Dienstleistungen im Bilde. Ihr ganzes Leben hatte sie sich um diese Dinge nicht zu kümmern brauchen. Zuerst war es ihr Mann, später dann, als sie Witwe wurde, ihre Schwester Mary gewesen, die für sie sorgten. Nun sollte ich die Rolle übernehmen, denn, so meinte meine Tante, ich entspräche voll und ganz ihren Vorstellungen. Mit mir wollte sie von nun an halb in der Stadt, halb auf dem Lande leben. Auch die schlechten Finanzen, die ihr wohlbekannt waren, sollte ich in Ordnung bringen, was ihrer Schwester Mary in all den Jahren nicht gelungen war. Sie war überzeugt, ich würde das schaffen. Schließlich besäßen wir ja genug Ländereien, und ich würde letztlich alles erben. Ich sollte mich also bitte darüber freuen, dass sie mir alles anvertraute.

Meine Mutter war entsetzt über den Egoismus ihrer Schwester und meinte: »Ich lasse nicht zu, dass sie dich versklavt.« Wir hatten große Mühe, Tante Tizzi beizubringen, dass mein Zuhause in Deutschland bei meiner Familie ist, ich aber so oft wie möglich zu ihr kommen und mich gewissenhaft um sie kümmern würde. Ihr Protest dagegen wurde immer leiser, und schließlich sah sie ein, dass ich unmöglich bei ihr leben konnte.

Nachdem das Haus in Popovići wieder bewohnbar war, konnte ich jetzt anfangen, sie zu überreden, ganz aufs Land zu ziehen. Immer wieder erzählte ich ihr, wie schön es geworden sei und welche Ruhe man dort genießen könne. Die Stadtwohnung hatte in den letzten Jahren viel an ihrem Zauber verloren, denn angrenzend an unseren Garten hatte man ein Freilichtkino eingerichtet. Die Filme liefen bis spät in die Nacht, und manchmal war der Lärm unerträglich. Dazu kam, dass die Kinder, um ins Kino zu gelangen, über unsere Gartenmauer kletterten. Deren Höhe schreckte sie nicht, doch meine Angst um sie veranlasste mich, das Gartentor zu öffnen, um ihnen den Zugang zu erleichtern. Als die Kinoverwaltung dahinterkam, warf man mir vor, mich strafbar zu machen. Doch die strahlenden Augen der Kinder und ihr Dank machten mich mutig, ihnen unseren Garten weiterhin als Anlaufstelle zur Verfügung zu stellen.

Das Kino und alles, was damit zusammenhing, waren der Hauptgrund dafür, dass die Wohnung nicht mehr attraktiv und ein Verkauf an der Zeit war. Dem stimmte meine Tante dann endlich zu.

Damit konnte ich meine Vorbereitungen fortsetzen. Zunächst war es wichtig, für orthopädische Schuhe zu sorgen – damit Tante Tizzi überhaupt auf Krücken gehen konnte. Als die Schuhe dann da waren, engagierte ich einen kräftigen Mann, der mit ihr täglich das Laufen übte. Der Auftrag war diesem sehr willkommen, weil er so einen Teil des Studiums seines Sohnes finanzieren konnte. Auch dem Kloster kam die Deutsche Mark gerade recht und ich war auf die Pflege von Tante Tizzi durch die Nonnen angewiesen. Auch das Essen wurde im Kloster zubereitet und die Wäsche gewaschen.

Unsere Abreise wurde nur möglich, weil meine Tante mit dieser Regelung einverstanden war. Wir hatten uns entschlossen, jetzt zurückzufahren, weil sich abzeichnete, dass der Umzug so schnell doch nicht durchgeführt werden konnte.

Wieder in Bremen konnte ich von dort aus ein halbes Jahr lang alles zur Zufriedenheit der Beteiligten koordinieren. Die Kosten, die in dieser Zeit anfielen, waren nicht unerheblich, sodass der Umzug aufs Land dringlich wurde. Er hätte auch schon früher stattgefunden, wäre ich nicht wieder krank gewesen. Ein kleiner chirurgischer Eingriff war erforderlich geworden, von dem Mama auch erfuhr. Sie wollte mich daraufhin wieder auf meiner Reise nach Dubrovnik begleiten. Das nahm ich dankbar an.

Nach unserer Ankunft waren wir zunächst verstimmt, weil wir den übermäßigen Alkoholgenuss von Tante Tizzi abstoßend fanden. In unserer Abwesenheit war sie gut damit versorgt worden. Vielleicht hatte sie auch hartnäckig danach verlangt und bediente sich dazu aller Besucher, was die Nonnen nicht verhindern konnten.

Dann war es soweit: Der Umzug konnte beginnen. Die Vorbereitungen waren ziemlich mühselig, aber uns wurde von vielen Seiten Hilfe angeboten, die wir gern annahmen. Am Umzugstag benutzten wir ein Taxi. Ich hatte die Schwester Oberin gebeten, uns zu begleiten, um durch ihre Autorität mehr Sicherheit zu haben, falls sich Tante Tizzi in letzter Minute weigern sollte mitzufahren. Mit einem Gebet der Schwester Oberin traten wir unsere Reise nach Popovići an. Von meiner Mutter und Tante Tizzi war für diese Fahrt ein langsames Tempo gewünscht. Wir so fuhren wir gemächlich an vielen kleinen Kirchen und Kapellen vorbei, wobei die Nonne sich jedes Mal bekreuzigte, Tante Tizzi tat es ihr gleich. Wir erreichten den Ort in fröhlicher Stimmung. Der Fahrer stieg aus und öffnete das Eisentor, damit wir durch den Garten direkt vor das Haus fahren konnten. Tante Tizzi war von dem schönen neuen Tor, das ich hatte anfertigen lassen, begeistert. Das vorige aus Holz war verwittert und halb verfallen gewesen. Vieles im Hause war renoviert, auch ein kleines Badezimmer gab es jetzt. Darüber war sie entzückt und bedankte sich für alles bei mir.

Mama und ich waren froh, dass die Übersiedlung ein so gutes Ende genommen hatte. Ungefähr zwei Wochen blieben wir noch bei Tante Tizzi. Mama verbrachte den ganzen Tag im Garten und machte sich nützlich. Nur in der heißen Mittagszeit erlaubte ich ihr das nicht.

*Tizzi Ziska v. Trochov, Maria Bockelmann, Malvine Hörzer*

Meine Tante lag die meiste Zeit im Bett. Nur gegen Abend stand sie mit viel Mühe auf und erreichte mit Hilfe der Krücken die Terrasse oder den Garten. Die Tageshitze, der sie von jeher auszuweichen bemüht war, war vorüber. Ohne Sonnenschirm oder einen großen Hut sah man sie tagsüber nie. Abend für Abend bot sich mir das gleiche Bild: Tante Tizzi bequem in einem Lehnstuhl sitzend, immer geschminkt – meine Mutter dagegen von der Sonne braun gebrannt, lässig angezogen, mit schnellen Bewegungen dabei, die Blumen zu gießen. Oft kamen Dorfbewohner, um uns einen schönen Abend zu wünschen und manchmal brachten sie eine Kleinigkeit mit - Kekse,

Obst, selbst gebrannten Schnaps, frische Milch oder Käse. Von uns wurde ebenfalls eine Geste der Gastfreundschaft erwartet und wir boten Likör und Gebäck an. Die Leute blieben nur kurze Zeit bei da, denn sie hatten immer viel zu tun, sei es, dass das Vieh abends gefüttert, die Kühe gemolken oder die alten Eltern versorgt werden mussten.

Wir brauchten solche Arbeiten nicht zu verrichten, blieben länger auf der Terrasse und aßen auch dort, sofern die Mücken uns nicht zu sehr plagten. Zwischendurch hörten wir Nachrichten im Radio oder besprachen, was ich am nächsten Tag nach Dubrovnik mitnehmen musste.

Manchmal nahm ich meinen Badeanzug mit, denn nach der Besprechung mit Dr. Grbić und seiner Frau, meiner Schulfreundin, konnte ich gleich in der Nähe der Villa herrlich baden. Von ihrem Garten aus beobachtete mich meine Freundin. Ich fuhr nie spät von Dubrovnik nach Popovići zurück, weil ich wusste, dass man mich ungeduldig erwartete.

Zu den Abenden auf der Terrasse in Popovići gehört unbedingt, dass kein Tag verging, an dem Tante Tizzi nicht jedem erzählte, wie glücklich sie sei, nach sieben Jahren endlich wieder in ihrem geliebten Popovići zu sein. Sie genieße solch eine Ruhe, dass es ihr vorkäme wie im Paradies. Ihre Meinung änderte sich schlagartig an dem Tag, an dem Mama und ich die Abreise planten. »Die Einsamkeit hier wird sicherlich bald unerträglich werden, wenn ihr fort seid. Wie könnt ihr mich nur allein lassen!«, warf sie uns vor. Dass wir zu Hause von unseren Familien erwartet wurden, wiederholten wir einige Male und wir versicherten ihr, für ihr Wohl und ihre Pflege in jeder Hinsicht gesorgt zu haben. Auch würde eine junge Verwandte von uns nachts bei ihr bleiben und im Nebenzimmer schlafen. Das beruhigte sie ein wenig, aber nicht ganz.

Zum Schluss hatte ich eine gute Idee: Vielleicht könnte Renata, die frühere Freundin von Tante Tizzis verstorbenem Sohn, für eine Zeit zu ihr ziehen. Ich wusste von der beiderseitigen Sympathie füreinander und wie sehr Renata Popovići liebte. Einmal hatte sie sogar erzählt, dass sie sich vorstellen könnte, für immer dort zu leben, obwohl Belgrad schön sei und sie dort eine große Wohnung und viele Freunde habe. Ich schrieb ihr und fragte sie, ob sie kommen wolle. Sie antwortete sofort mit Ja.

Mama und ich fanden, dass dies eine sehr gute Lösung war, und reisten zufrieden ab.

Ach, wie schön war es, danach wieder in Bremen zu sein. Ob Mama auch ihr Graz herbeigesehnt hatte?

Leider ging nur ein halbes Jahr alles so reibungslos vor sich, dann kam die Nachricht, dass Tante Tizzi wieder gestürzt war und sich abermals die Hüfte gebrochen hatte. Die herbeigerufene Ärztin traf auf große Schwierigkeiten bei meiner Tante. Sie ließ sich nicht behandeln und schon gar nicht ins Krankenhaus einweisen. Dadurch stand für mich fest, dass sie niemals mehr würde gehen können. Pflege auf dem Dorf war künftig niemandem mehr auf Dauer zumutbar, auch nicht bei bester Bezahlung. Daher musste ich mich nach einem Altersheim umschauen, das bereit war, meine Tante aufzunehmen, wie aussichtslos dies auch erschien.

Zu diesen Nöten kam noch hinzu, dass Renata mittlerweile unter Herzbeschwerden litt. Ich musste also sofort nach Popovići reisen. Als Erstes bemühte ich mich dort intensiv um einen Platz im Altersheim in Dubrovnik. Der Direktorin trug ich meine verzweifelte Lage vor, erhielt aber noch keine Zusage. Sie wollte meine Tante erst kennenlernen und dann entscheiden. Ich bat sie, nach Popovići zu kommen. Mir war nicht ganz wohl dabei. Das Kennenlernen dauert mehr als eine Stunde. Danach meinte die Direktorin: »Ich will es versuchen.« Dies zu hören war für mich eine große Erleichterung.

Einige Wochen vergingen, bis Tante Tizzi sich im Heim niederlassen konnte. In dieser Übergangszeit hat es noch manche Aufregung gegeben. Doch schließlich kam alles zu einem guten Ende. Der Heimleitung gegenüber verpflichtete ich mich schriftlich, für alle Kosten aufzukommen. Noch hatte ich ja etwas Geld von dem Hausverkauf in Dubrovnik übrig.

Nachdem alle diese Dinge geklärt waren, konnte ich wieder zurück nach Bremen. Von Tante Tizzis erreichten mich keine Klagen. Ich besuchte sie zweimal im Jahr, auch Mama kam mit, einmal sogar Marina. Eine Cousine aus Amerika kam jedes Jahr einmal mit ihrer Familie vorbei. Verwandte aus Popovići und Freunde aus Dubrovnik sahen mehrmals in der Woche nach ihr und versorgten sie mit allem, was sie brauchte und im Heim nicht bekam. Fast viereinhalb Jahre lebte sie dort noch. Als sie zuletzt an einem Leberleiden erkrankte, konnte ich sie nicht besuchen, weil zu gleicher Zeit Mama einen Schlaganfall mit Lähmungserscheinungen erlitt und ich bei ihr sein wollte. Als Tante Tizzi dann 1981 starb, konnte ich nicht einmal zu ihrer Beerdigung kommen, was mir sehr leidtat.

Ein weiterer Abschnitt in meinem Leben war zu Ende gegangen. Er dauerte fast zehn Jahre, seit dem Tod von Mary, und zählte zu einem der schwersten. Noch heute fröstelt mich, wenn ich an diese Zeit zurückdenke. Ich hatte aus Mitgefühl gehandelt (hier war ich immer ansprechbar) und aus Liebe zu meiner Mutter, die nicht mehr in der Lage war, ihrer jüngsten Schwester immer zur Hilfe zu eilen. Zuletzt, aber sehr von mir bedacht, ging es auch um das gefährdete Erbe meiner Großeltern, das nicht gering war. Es gab viele Beweise dafür, dass man mit meinen Ansprüchen nicht mehr gerechnet hatte. In kommunistischen Ländern kam man Ausländern, und dazu gehörte ich, damals in Rechtsangelegenheiten nicht sonderlich entgegen.

Dass ich die Sprache meiner Mutter perfekt beherrschte, war mir in den ganzen Jahren sehr hilfreich. Schade, dass ich diese Kenntnisse nicht an meine Kinder und Enkel weitergeben konnte.

Die Erbschaftsfragen wurden, nachdem Kroatien ein souveräner Staat geworden ist, neu aufgerollt, und das lässt hoffen, dass nunmehr demokratisch entschieden wird.

# Gerts Tod

1975 starb Gert. Die Nachricht von seinem Tod erreichte mich während meines Kuraufenthalts in Bad Salzuflen. Ich war sehr betroffen und dachte bedrückt an meine Kinder. Sofort reiste ich ab, um in ihrer Nähe zu sein. Alle, die ihn liebten, mussten für immer Abschied von ihm nehmen. Etwas Endgültiges hatte sich vollzogen, es bestand keine Möglichkeit mehr, ihm etwas zu sagen, ihn um etwas zu bitten oder ihm Sorgen anzuvertrauen. Meine Gedanken kreisten besonders um den einen Punkt, nämlich dass ich unterlassen hatte, ihm zu sagen: »Es tut mir sehr leid, dass wir geschieden sind.« So oft steht man im Leben da und muss feststellen, dass es zu spät ist für dieses und jenes. Dabei hatte ich 25 Jahre Zeit – denn so lange war es her, dass wir vor dem Richter standen. Erst als unsere Bindung schon zerbrochen war, gaben wir uns Mühe, ein wenig auf unsere innere Stimme zu hören, die uns schon längst sagte: »Es muss nicht soweit kommen, denn da ist vieles, das euch verbindet. Etwas Reife wäre nötig gewesen, Kränkung auch einmal zu verzeihen, sich nicht immer im Recht zu wähnen und so wichtig zu nehmen. Auch wäre es wichtig gewesen, Geduld mit dem Partner zu üben und hilfsbereit zu sein, wenn er in seelische Nöte gerät.« Ach, wäre doch zumindest das Letztere bei uns nicht ausgeblieben!

Mancher Wunsch, der nach der Scheidung bei mir entstand, blieb unerfüllt. Geblieben sind die Erinnerungen, die guten und die schlechten. Was mein Leben vor allem ausmachte, waren und sind die Kinder.

Ich fuhr zur Beerdigung nach Barendorf, wo ich die ganze Familie wiedertraf. Befremdet hat mich Elkes Verhalten. Nur ihre beiden Töchter folgten dem Sarg des Vaters unmittelbar, meine drei gingen – so war es Elkes Wunsch – dahinter. Dieses und noch manches mehr, war sicherlich nicht in Gerts Sinn.

Bei der anschließenden Feier gab es keine besonderen Begegnungen mit der Familie mehr – ich war inzwischen eben eine Fremde. Die Beerdigung war für mich, so dachte ich, die letzte Gelegenheit, Barendorf zu besuchen.

Nach einigen Wochen meldete sich Gerts Bruder Johnny bei mir und sagte, dass Gert kurz vor seinem Tod mit ihm über meine Altersversorgung gesprochen habe. Er wollte eine Testamentsänderung vornehmen, kam aber nicht mehr dazu. Mein Schwager fragte mich aus diesem Grund, ob mir mit 10 000 DM als Aufstockung der Rente geholfen wäre. Ich nahm sein Angebot an.

Es berührte mich, dass Gert diese Verantwortung noch gefühlt und sie wahrnehmen wollte.

Mit dem Tod von Gert begann das Ende des Zusammenhalts in unserer Großfamilie. Die Seele der Familie Bockelmann war meine Schwiegermutter gewesen. Sie war von uns allen bewundert worden – die Enkelkinder sprechen heute noch, lange nach ihrem Tod, gern und oft von ihr. Sie war eine wirkliche Persönlichkeit und diejenige, die über die Beziehungen innerhalb der Familie wachte und bemüht war, Harmonie zu erhalten und zu schaffen. Ihre Stellung hätte ich eines Tages einnehmen sollen, doch ich hatte Barendorf ja durch meine Scheidung verlassen.

Die Verantwortlichkeiten verschoben sich auf Gut Barendorf, als Gert Elke heiratete. Aus der Verbindung gingen zwei Töchter hervor: Birgit und Zissi.

Der Wille zu Frieden und Gerechtigkeit war bei Elke in den ersten Jahren für alle spürbar gewesen. Später fiel es ihr schwerer, *keine* Unterschiede zwischen ihren und meinen Kindern zu machen. Je älter diese wurden, umso deutlicher zeigten sich Ungerechtigkeiten, die meine Töchter natürlich wahrnahmen und Elke auch wiederholt darauf ansprachen.

Das war die Zeit, in der der Keim zu dem kommenden Unfrieden in der Familie gelegt wurde.

Was Wertgegenstände betraf, hatte Gert es ihr überlassen, diese *gerecht* zu verteilen. Doch diesen Grundsatz beachtete Elke nicht. Bei den Vorbereitungen zu meinem 70. Geburtstag entstand eine verhängnisvolle Komplikation: Es ging um ein Silberservice, das Hochzeitsgeschenk von Gerts Vater an uns, das auf Wunsch von Gert nach der Scheidung zunächst in Barendorf bleiben sollte, damit Umgebung, Hausrat etc. für die Kinder möglichst keine Veränderung erfuhren. Das Silber befand sich also in Gebrauch bei Elke.

Meinen Geburtstag wollte ich gern zum Anlass nehmen, das Service unter meine Töchter zu verteilen, und bat Elke, es mir auszuhändigen. Ich hatte es mit dieser Sache nicht eilig gehabt, sodass ich erst jetzt, lange nach Gerts Tod, die Initiative ergriff. Das stellte sich als taktischer Fehler heraus.

Ich rief Elke an, die meiner Bitte sofort nachkommen wollte und spontan fragte, ob sie das Service schicken oder Irene bei nächster Gelegenheit mitgeben sollte.

Kurz darauf aber meldete sich Elke telefonisch wieder und sagte, sie habe mit der Erbengemeinschaft gesprochen, die die Meinung vertrat, das Silber solle vorerst noch in Barendorf bleiben. Ich reagierte wütend und alles, was sich seit der Scheidung in mir angestaut hatte, wurde lebendig – und Elke bekam es zu hören. Meine Worte, mit denen ich mich gegen das mir zugefügte Unrecht aufbäumte, wurden von ihr dann insofern gegen mich verwendet, als sie alle darüber »aufklärte«, wie negativ ich zur Familie stünde.

Kurz nach unserem Telefongespräch erhielt ich einen Brief von Elke, in dem sie u. a. feststellte, dass das Silber ein Geschenk des Vaters an uns gewesen sei und dass alle Kinder und die Familie es nie anders von ihm gehört hätten. Weiter hieß es:

*So hatte ich deinen Kindern ja auch versprochen, dass sie euer Hochzeitsgeschenk einmal erben sollten, und sie glaubten es mir hoffentlich. Daher ja auch meine spontane Zusage. Aber du darfst mir bitte nicht verwehren, dass ich mich eben bei nun längerem Bedenken immer zunächst frage, was Gert dazu gesagt hätte.*

*Ich möchte meinem Brief jegliche Schärfe nehmen und nur hoffen, dass wir beide wie immer an einem Strang ziehen!*

*Johnny und Peter wollen wir also ganz aus dem Spiel lassen, denn sie wollen nach weiteren Bedenken nur Frieden.*

*Genau wie Paul und Marina zur Ruhe kommen wollten, halten sie sich auch nun heraus. Ich glaube aber zu spüren, nachdem du mir von Irenes Reaktion sprachst, dass die Kinder in eine entsetzliche Zwickmühle getrieben sind. Wollen wir doch beide nicht egoistisch sein, sondern an Kinder und Enkel denken, die endlich zur Ruhe kommen müssen. Der Gedanke, dass wieder alles auseinanderbricht, ist uns beiden doch unerträglich, denn dieses Mal sind die Kinder wirklich unschuldig und du hast das Beste gewollt in einem unglücklichen Moment. Solange wir also in der*

*Villa beisammen sind, also nicht unbedingt bis zu meinem Tode, möchte ich dich bitten, das Silber hier zu lassen, wie ich meine, dass es in Gerts Sinne geschieht! Wenn du in diesem Sinne zu deinen Kindern sprichst, vielleicht spürst du dann, dass sie zur Ruhe kommen, weil du sie von dieser Zerreißprobe erlöst hast!*

*Keiner will dich verletzen!*

*Ich werde also nicht vergessen, dass deine Kinder Kaffeekanne, Teekanne, Milchkännchen, Zuckerdose und Brotkorb bekommen werden, so wie es besprochen war.*

*Dein Geburtstag sollte also nicht überschattet werden. Ich werde nun für sechs bis acht Wochen nach Australien fliegen.*

*Dir alle nur erdenklich guten Wünsche.*

*Deine Elke*

Meine Reaktion auf diesen Brief war, dass ich am liebsten alles heruntergespielt hätte, jedoch konnte ich meine Enttäuschung vor den Kindern nicht verbergen, die ebenso fühlten wie ich. Auch Hans-Christian sprach mich in dieser Angelegenheit an und ließ sich den genauen Sachverhalt schildern. Er kam zu dem Schluss, dass Elkes Verhalten nicht gerecht war, und wollte sich mit ihr in Verbindung setzen. Ich fand es rührend von meinem Schwiegersohn, sich so für mich zu engagieren, doch warnte ich ihn, die Lage zu verschlimmern. Dennoch entschied er sich dafür, Elke zu schreiben und versuchte in seinem Brief, sie zu bewegen, das Silber herauszugeben. Nur so könne nach seiner Meinung Ruhe eintreten.

Es erstaunte mich, dass Hans-Christian sich so eindeutig auf meine Seite stellte und somit – zumindest sachlich – gegen Elke, wo er doch sehr an Barendorf hing und immer zu Elke und ihrer Familie gehalten hatte.

Die Reaktion auf sein Schreiben erfolgte nicht durch sie, sondern durch Michael, ihren Schwiegersohn. Er schrieb an Hans-Christian in einer Weise, die diesen sehr kränkte und veranlasste, jede Verbindung zu Barendorf abzubrechen. Nicht nur bei Hans-Christian, sondern auf unsere gesamte Familie hat das unselige Silber Folgen gehabt.

# Die Krankheit

Allergien werden zunehmend häufiger. Auch ich war ein Opfer und besonders stark betroffen. 15 Jahre lebte ich in Angst und Schrecken. Ich versuche, das, was ich in diesem Zusammenhang erlebt habe, zu verdrängen, und es kostet mich Überwindung, jetzt darüber zu schreiben.

Angefangen hatte es in jungen Jahren mit Heuschnupfen. In den Lebensjahren zwischen 30 und 60 hatte ich keinerlei Beschwerden. Dann aber traten Quinckeödeme im Gesichts- und Halsbereich auf. Die damit verbundenen Schwellungen der Schleimhäute können zur Erstickung führen. Nicht selten stand ich kurz davor, und ein schnelles Eingreifen war stets nötig – sei es am Tag oder bei Nacht. Abends ging ich voller Unruhe zu Bett und schlief fast immer bei Licht. Auf dem Nachtisch lagen die Medikamente, Kalzium und Kortison, griffbereit für den Notfall. In leichten Fällen konnte ich mir selbst helfen, meistens aber brauchte ich einen Arzt. Jahrelang war es mein Glück, dass ich diesen im Hause hatte: meinen Schwiegersohn Peter, der gleich zur Stelle war, wenn ich ihn brauchte.

Wenn ich ihn nachts wecken musste, fand er voller Liebe beruhigende Worte für mich, und nie ging er zurück ins Bett, bevor die Spritze ihre Wirkung zeigte. Bei solchen Gelegenheiten spürte ich auch: Peter war zum Arzt berufen.

Die vielen Tests zur Feststellung der Ursache meiner Allergie brachten kein Ergebnis, auch nicht der dreiwöchige Aufenthalt im St.-Georg-Krankenhaus in Hamburg im Jahr 1978. Ob meine Erkrankung vielleicht psychosomatisch war? Denn alles, was wir erleben, beeinflusst sowohl unseren Körper als auch unseren Geist.

Was ich in dieser Zeit auf so dramatische Weise durchmachte, kommt mir heute wie ein böser Traum vor. Wenn ich höre, dass jemandem etwas Ähnliches widerfährt wie mir damals, werde ich sehr traurig. Ich frage mich dann, ob dieser Mensch die Kraft haben wird, den Gedanken zu entfliehen, seine Lage sei hoffnungslos, ja, es könnte noch schlimmer werden? Ob er sich trotz allem auf jeden Tag neu freuen kann? – Mir war dieses geschenkt und ich bin sehr dankbar dafür. Dem kommenden Tag ging ich entgegen und machte oft die Erfahrung, dass er viel Gutes bereithielt.

Seit Jahren bin ich jetzt von dieser Krankheit verschont geblieben. Gebe Gott, dass es so anhält.

# Die Geburtstage

Würde mir heute jemand die Frage stellen, welcher von meinen 75 Geburtstagen der schönste war, würde ich spontan antworten: der 21., denn meine vier Tage alte Tochter Marina überreichte mir damals ihren ersten Blumenstrauß. Er bestand aus drei Stiefmütterchen, die sie so fest in ihrem Händchen hielt, dass ich jedes einzelne Blümchen aus ihrer winzigen Faust herausziehen musste. Unvergesslich dieser Zauber, dieses Glück, das ich dieser Begebenheit verdanke!

Eine Reihe von Geburtstagen folgte, die ich als beglückend empfand. Da gab es große und kleine selbst gepflückte Blumensträuße, die mir meine drei Töchter überreichten. Zu erwähnen wären die zehn Ehrentage, die ich ohne meine Kinder verbringen musste. Ungern denke ich daran zurück, war es doch ein zu langer Zeitraum, währenddessen ich an diesen Tagen allein, ohne sie war. Nach jener so belastenden Zeitspanne erlebte ich jeden darauffolgenden Geburtstag mit doppelter Freude. Meine Familie wuchs. Sie scharten sich um mich – die Kleinen und die Großen. Jedes ihrer Geschenke war liebevoll ausgesucht. An Fantasie hat es nicht gefehlt. Jedes Mal war ich überrascht und begeistert von ihren Ideen. Das, was ich mir am meisten wünschte, nämlich ihre Zuneigung, bekam ich in einem Maße, das alle Erwartungen übertraf. So konnte ich all die verlorenen Jahre der Trennung vergessen.

Über meinen 65. Geburtstag wäre viel zu erzählen, aber ich möchte mich auf ein Gedicht von Marina beschränken. Ich glaube, es war ihr erstes – das sie mit 44 Jahren verfasste.

*Wir sind versammelt hier zu Amis Wiegenfeste*
*und wünschen ihr das Allerbeste!*
*Nun will sie in die 65 gehn,*
*noch altersjung und wunderschön;*
*sie war es immer – nicht nur heut*
*obgleich sie hatte manches Leid.*
*Dies wollen wir jedoch vergessen*
*und ihre Güte preisen stattdessen.*

*Sie kann nicht immer bei uns sein,*
*denn die Familie ist groß – nicht klein.*
*Alle lieben sie gar sehr,*
*die Enkel noch ein bisschen mehr.*
*Wir großen und kleinen Kinder sind froh, sie zu haben*
*und denken dankbar zurück an die vielen Gaben,*
*an denen wir so viel Freude haben.*
*Wir Kinder alle – groß und klein,*
*nennen Ami einen Sonnenschein.*
*In unseren gemeinsamen Jahren*
*haben wir viel von ihr erfahren.*
*So mög es bleiben immerdar,*
*das wünscht ihr heut die ganze Schar!!!*

Mein Siebzigster war ein wenig feierlicher als die vorangegangenen. Ich wählte das Parkhotel für diesen Anlass und nannte dort meine Wünsche. Die Tischdekoration wollte ich aber allein gestalten – dazu zählte das Blumenarrangement. Es hat mir besondere Freude gemacht, dies mit dem Floristen zusammenzustellen. Das Ergebnis war eine Sinfonie in Blau. Die Tischkärtchen, von mir selbst gefertigt, waren in Muschelform mit eingestickter Perle. Am Platz von jeder meiner Töchter stand eine kleine Meißnerfigur: ein Mädchen, nur mit einer Schärpe bekleidet und – jeweils in einer anderen Farbe – auf dem Schoß ein winziges Körbchen mit Blumen, in einer Hand eine Blüte haltend. Diese Figuren habe ich im Laufe der Jahre gezielt gesammelt. Die erste erwarb ich in Berlin, die zweite in Bremen und – unerwartet – in einer Kleinstadt an der holländischen Grenze die dritte. In jeder Stadt, in die ich kam, suchte ich die Antiquitätengeschäfte auf und hielt Ausschau nach meinen kleinen Porzellanmädchen.

Peter hielt die Tischrede, die mir durch ihre Schlichtheit und Herzlichkeit sehr gefiel.

*Liebes Geburtstagskind!*

*Vor dir sitzt deine Familie, deren Mittelpunkt du in den vergangenen Jahren immer stärker geworden bist. Nach Papis Tod ist es dir gelungen, das seinerzeit entstandene Vakuum rasch auszufüllen.*

*Anfangs waren es vielleicht vor allem deine drei Töchter, die Bremen zum neuen Mittelpunkt erkoren; bald jedoch folgten deine Schwiegersöhne und schließlich sämtliche Enkelkinder. Wie selbstverständlich haben wir uns in der zurückliegenden Zeit zweimal im Jahr hier getroffen, um entweder deinen Geburtstag zu feiern oder ein paar weihnachtliche Stunden mit dir zu verleben. Und ich bin sicher, dass du, lieber Carlo, ebenso selbstverständlich dabei gewesen wärst, wenn die Entfernung nicht so groß wäre. Dass du aber heute die weite Reise nicht gescheut hast und dadurch die Familie komplettierst, soll besonders hervorgehoben werden und verdient unser aller Dank.*

*Liebe Mami, ich kann mich noch recht gut an die Zeit unseres Kennenlernens erinnern: Mit welcher Herzlichkeit bist du mir entgegengetreten! Ich bin sicher, dass es Paul und Hans-Christian nicht anders ergangen ist!*

*Und dann die Jahre, in denen wir in deinem Haus in der Besselstraße wohnen durften! Nie hast du dich in die Belange deiner Untermieter eingemischt, wie es sich doch für eine Schwiegermutter eigentlich geziemt hätte! Ich glaube, Tamara war mehr als einmal enttäuscht, dass ihre Mutter ihr nicht voll recht gab.*

*Schließlich kam die Zeit, in der die Enkel heranwuchsen: erst Alexander und Constantin, dann Vicky und Annabelle und kurz darauf Boris und Igor. Mag sich auch jeder von ihnen noch so sehr von den anderen unterscheiden, Du, liebe Mami, hast immer wieder ein ganz persönliches, individuelles Verhältnis zu ihm gefunden. Dies äußerte sich – für uns alle erkennbar – vor allem beim Spielen und ganz besonders beim Auswählen deiner Geschenke. Gerade hier entwickeltest du Ideen, die uns Eltern gar nicht so selten sprachlos machten. Die Herzen der Kinder waren aber jedes Mal beglückt.*

*Liebes Geburtstagskind, du hast es wahrlich nicht leicht gehabt, seitdem du aus dem sonnigen Süden in den weniger freundlichen Norden gekommen bist. Ich kann mir recht gut vorstellen, dass du schon lange wieder in Österreich oder Jugoslawien lebtest, wenn du nicht deine Familie hier oben hättest. Und diese kleine Familie – darüber bin ich ganz besonders froh – ist heute vollzählig erschienen, um ihrem Geburtstagskind zu gratulieren und mit ihm diesen Tag zu feiern.*

*Wir genießen es wieder, von dir verwöhnt zu werden, sind aber vor allem stolz und glücklich, dass du diesen Tag bei bester Gesundheit erleben kannst.*

*Wir wünschen dir auch für die kommenden Jahre, in diesem Kreis noch recht viele derartige Geburtstage feiern zu können. Lasst uns unsere Gläser erheben und auf die Erfüllung deiner Wünsche und auf deine Gesundheit trinken!*

Für den 75. Geburtstag wünschten sich meine drei Töchter, diesen ganz allein mit mir zu verbringen. Meinen Enkeln war das gar nicht recht. Meine Töchter setzten sich aber durch und es wurde ein sehr schöner Tag.

# Das Haus nebenan

Der Wunsch, das Haus nebenan zu kaufen, beschäftigte mich zunehmend. Wenn sich meine ganze Familie um mich versammelte, waren die vorhandenen Räumlichkeiten für alle etwas knapp. Ein bis zwei Gästezimmer könnten das Problem lösen, dachte ich. Weitere Überlegungen kamen dazu, die sich auf später bezogen und die noch mehr Gewicht hatten: Beide Häuser nebeneinander könnten für meine drei Töchter eine »kleine Burg« sein.

Meine Nachbarin wohnt schon sieben Jahre nicht mehr in ihrem Haus, sondern in einem Seniorenheim. Dann und wann kam sie vorbei und machte einen Rundgang durch ihre Räume, die sich auf zwei Etagen erstreckten. Die Parterrewohnung hatte sie vermietet.

Das Haus war in einem desolaten Zustand, was mich aber nicht schreckte. Der Kaufpreis müsste daher sehr gering sein, dachte ich. Was die Renovierung des Objekts betraf, fühlte ich genügend Energie in mir, diese in Angriff zu nehmen. Meine Pläne behielt ich zunächst für mich. Erst, wenn es zu einem Kauf käme, wollte ich meine Familie informieren.

Am 1. November 1991 entschloss ich mich, Frau Lange, meine Nachbarin, brieflich auf die Sache anzusprechen. Vorausgegangen war ein Gespräch zwischen uns, bei dem sie mir gesagt hatte, dass sie die Absicht habe, einem Handwerker das Haus zu schenken.

*Bremen, 1. November 1991*

*Liebe Frau Lange!*

*Wir sind seit 25 Jahren Nachbarn. In dieser Zeit begegneten wir einander mit Respekt und Herzlichkeit, aber zu wenig weiß jeder vom andern – deshalb dieser Brief heute.*

*Vor ein paar Tagen fragte ich Sie, ob Sie mir Ihr Haus verkaufen würden. Sie antworteten, es sei in schlechtem Zustand und ich hätte damit keine Freude. Ferner wäre Herr Becken, der bei der Firma Haller ange-*

*stellt ist, an einem Haus in dieser Gegend interessiert. Da er Handwerker ist, würde es ihm leichter fallen, ihr Haus in Ordnung zu bringen. Es war auch davon die Rede, dass Sie es ihm unentgeltlich überlassen wollen. Meine Bitte an Sie, liebe Frau Lange, ist: Verkaufen Sie mir in diesem Fall dann nur das halbe Haus. Ich weiß – Sie sagten mir, es läge Ihnen nichts am Geld. Es ist aber doch vernünftig, wenigstens für das halbe Haus Geld zu nehmen. Sie könnten es vielleicht außer der Reihe für Ihre Gesundheit doch einmal brauchen. Sie haben für dieses Haus ja schließlich Opfer gebracht.*

*Etwas über meine Familie erzählte ich Ihnen unlängst. Heute möchte ich Ihnen auch etwas Persönliches anvertrauen. Dass ich geschieden bin, wissen Sie, glaube ich. Aber nicht gesagt habe ich Ihnen, welche Folgen für meine drei Töchter dadurch entstanden sind und wie schwer ich daran trage. Es quält mich geradezu und ist auch Ursache mancher Krankheit von mir. Mein Mann hat wieder geheiratet, aus der Ehe sind zwei Töchter hervorgegangen. Mein Mann ist gestorben und seine Frau interessieren nur ihre Töchter. Langsam aber sicher hat sie meine Töchter hinausgeekelt. Meinen Kindern ist dadurch ein sehr, sehr schönes Zuhause verloren gegangen. Das tut mir auch leid für meine Enkelkinder. So möchte ich etwas wiedergutmachen und bat Sie deshalb, mir das halbe Haus zu verkaufen. Nie wieder wird sich solch eine Gelegenheit bieten, mein Haus durch einen Durchbruch zu erweitern.*

*Meine Familie ist groß – es sind 14 Personen. Wenn auch alle nicht mittellos dastehen, ist es doch mein größter Wunsch, dass nach meinem Tod Bremen, die Besselstraße, ihnen ein Zuhause ist. Darum, liebe Frau Lange, wende ich mich an Sie. Helfen Sie mir, dieses zu verwirklichen. Ich bitte Sie!! – Der Herr von der Firma Haller hat eine kleine Familie, da reicht auch ein halbes Haus.*

*Zusätzlich ist für mich, d. h. für meine Kinder, dieser Tage noch ein Verlust entstanden: Mein Haus in Dubrovnik habe ich durch den derzeitigen Krieg verloren. In Dubrovnik bin ich geboren und aufgewachsen. 1917 war mein Vater als Österreicher dort stationiert. Meine Mutter stammt aus Dubrovnik.*

*Meine liebe Frau Lange, seien Sie mir nicht böse, dass ich Sie mit meinen Sorgen belästigt habe. Vielleicht sehe ich Sie noch heute – es würde mich freuen.*

*Herzlichst!*

*Ihre Maria Bockelmann*

Ein paar Tage danach sprach ich mit Frau Lange. Sie hatte mein Anliegen verstanden und dachte positiv darüber. Wir sprachen auch von meinem Anwalt, der für uns ein Konzept entwerfen und zu dem sie dann ihre Meinung äußern könnte.

Ich suchte Dr. Gätjen auf, erklärte ihm meine Situation und bat ihn vor allem um seinen Rat, wie ich mich verhalten sollte in Bezug auf die Zusage von Frau Lange gegenüber Herrn Becken, dem schon erwähnten Handwerker, ihm das Haus zu schenken. Unter anderem erzählte ich ihm von Frau Langes Vorschlag, ich solle mich mit Herrn Becken in Verbindung setzen, um ihn über mein Vorhaben, das Haus zur Hälfte zu kaufen, zu informieren. Ich hätte Frau Lange daraufhin vorgeschlagen, dass es besser wäre, wir würden uns zu dritt zusammensetzen.

Dr. Gätjen befürwortete dieses Vorgehen und so fand das Dreiergespräch statt. Mir fiel auf, dass Frau Lange sich daran mit keinem Wort beteiligte, sondern stattdessen unsere Unterhaltung mit Spannung verfolgte und genoss.

Bei dieser Zusammenkunft kam es mir darauf an, Herrn Becken davon zu überzeugen, dass es Frau Lange guttun würde, ein wenig Geld für ihr Haus zu bekommen, wenigstens für das halbe, das ich kaufen wollte. Ferner versuchte ich ihm klarzumachen, dass große Mittel erforderlich wären, um das Objekt instand zu setzen. Zu zweit, so sagte ich ihm, wäre das leichter zu tragen. Meinen Argumenten konnte er nicht ausweichen und meinte daraufhin, er sehe ein, dass Frau Lange ein Recht zumindest auf einen Teilerlös hätte. Ich freute mich, dies von ihm zu hören. Die baulichen Schwierigkeiten durch die Teilung des Hauses waren mir bekannt, ich hielt sie aber für lösbar, ebenso wie mein Vorhaben, beide Häuser durch einen Durchbruch zu verbinden.

Die Finanzierung dieses Projekts durch die Sparkasse war bereits sichergestellt, weil diese mein jetziges Haus als Sicherheit bekommen würde. Das waren meine Gedanken, die mich beruhigten. Am Schluss dieses zweistündigen Gesprächs hatte ich Herrn Becken für meine Gedanken gewonnen und war meinem Ziel nähergekommen. Nur wie Frau Lange, die die ganze Zeit unbeteiligt dabei gesessen hatte, darüber dachte, wusste ich nicht. Nachdem Herr Becken gegangen war, hielt ich es für richtig, noch eine Weile bei Frau Lange zu bleiben. Als wir nun allein waren, wurde sie wieder gesprächig und erzählte mir, dass Herr Becken vor einer Woche zu ihr gesagt habe, dass, wenn er in ihr Haus einziehe, müsse »ihr Mieter ausziehen oder Sie«. Seine Äußerung hätte sie erstaunt und befremdet. Mein Eindruck war, dass ihr Vertrauen zu ihm daraufhin nicht mehr sehr groß war und die Chance, das Haus geschenkt zu bekommen, geringer. Meine Aussichten hingegen, es zu kaufen, stiegen. Sicherlich dachte Herr Becken, zwei Wohnungen wären für Frau Lange nicht erforderlich, da sie doch im Heim gut untergebracht war. Aber gerade darauf kam es ihr an, die Möglichkeit zu behalten, ihr Haus aufzusuchen und sich dort ein wenig aufhalten zu können. Etwas kannte ich meine Nachbarin doch und wusste daher, dass sie jetzt, nach dieser Erfahrung mir Herrn Becken, Zeit brauchte, um zu einer neuen Entscheidung zu kommen. Übereiltes Handeln war ihr verhasst, sie sagte mir sogar, sie nehme es mir übel, erst jetzt wegen des Kaufes an sie herangetreten zu sein. Vor 20 Jahren hätte ich es schon tun sollen. Mir war klar, dass ich mit einer zügigen Durchführung meines Anliegens nicht rechnen konnte.

Dennoch fragte ich sie am gleichen Nachmittag, ob ich meinen Anwalt nicht unverbindlich um Entwürfe für einen Kaufvertrag bitten sollte. Zu meiner großen Überraschung antwortete sie: »Warum nicht?«

Es war eine neue Situation entstanden, denn es war nicht mehr nur von einem halben Haus die Rede. Darüber informierte ich Dr. Gätjen und betonte besonders das Wohnrecht in der Besselstraße, das Frau Lange unbedingt einzuräumen sei. Es vergingen nur einige Tage und ich konnte Frau Lange den Entwurf des Kaufvertrages vorlegen. Wir, d. h. Dr. Gätjen, Frau Lange und ich, trafen uns nicht in seinem Anwaltsbüro, sondern in meiner Wohnung, was der Unterredung einen weniger offiziellen Charakter verlieh. Mir war es sehr recht, dass ich mich am Anfang im Hintergrund mit dem Einschenken des Kaffees beschäftigen konnte. Die Persönlichkeit von Dr. Gätjen war es, die eine mühelose Verständigung ermöglichte und eine fast herzliche Atmosphäre schuf. Jedes seiner Worte besaß Gewicht. Berührungspunkte gab es auch durch Frau Langes Verwandte und deren Firma, die Dr. Gätjen gut kannte und schätzte. Hinzu kam, dass sie Mitglied des Goethe-Bundes war, deren Präsident

Dr. Gätjen war. Alles das weckte Vertrauen für das weitere Vorgehen, besonders auch dadurch, dass Dr. Gätjen sich als unser beider Anwalt zeigte. Das merkte Frau Lange. Er riet ihr, den Entwurf mit nach Hause zu nehmen und ihn in Ruhe durchzulesen. Sollte sie dann Einwände haben, versprach er, diese zu beheben.

Zwei Tage danach telefonierte ich mit ihr und konnte mich schon mit ihr zur Unterzeichnung des Vertrags verabreden. Wir wollten uns in zwei Tagen wieder in meinem Haus treffen. Frau Lange kam an diesem Tag etwas früher als abgesprochen. Sie war heiter und mir schien, dass sie sich auf den Abschluss freute.

Sie hatte ihre Kleidung mit besonderer Sorgfalt gewählt und wartete nun mit mir etwas ungeduldig auf Dr. Gätjen, der an diesem Tag besonders in seiner Eigenschaft als Notar auftreten würde. Zunächst las er uns den Kaufvertrag noch einmal vor und dann konnten zuerst Frau Lange und danach ich unterschreiben. Ich war sehr glücklich über das Erreichte und dachte, wie dankbar ich Dr. Gätjen sein musste. Mir fiel dabei ein, was ich einmal so Treffendes über den typischen Bremer gelesen hatte:

*Wir Bremer sind nie heftig für poetische Gefühle.*
*Man schilt uns drum von einer steifen Kühle.*
*Doch, wenn es gilt, zu handeln, packen, halten*
*mit Hand und Herz, da zählt uns niemand zu den Kalten.*

Damals hätte ich meinem Anwalt sagen sollen, dass ich bei diesem Sprichwort an ihn denken musste.

Weihnachten stand vor der Tür. Wie jedes Jahr traf sich meine ganze Familie am vierten Advent bei mir in Bremen. Dieses Mal kündigte ich ihnen eine große Überraschung an. Keiner konnte etwas vom Kauf des Hauses nebenan ahnen. Von meinem ersten Brief an Frau Lange bezüglich des Hauskaufs bis zum Abschluss am 7. Dezember waren nur fünf Wochen vergangen – eine kurze Zeit, die mir dennoch lang erschien, weil ich diese Neuigkeit bis Weihnachten für mich behalten wollte. Am Telefon wurde ich oft ausgefragt und gebeten, wenigstens die Richtung meiner Überraschung anzudeuten. Ich habe es nicht getan, umso mehr verblüffte mich mein Enkel Alexander kurz vor unserer Feier mit der Frage: »Kann es sein, dass du das Haus nebenan gekauft hast? Einmal sagtest du, wie gerne hätte ich doch dieses Haus.« – »Ja, das ist die Überraschung«, antwortete ich ihm und verbot ihm, es den anderen weiterzusagen.

Von der Weihnachtsbescherung trennten uns nur ein paar Stunden. Alle hatten ihre mitgebrachten Geschenke auf die 14 Plätze verteilt, was fast im Dunkeln erfolgen musste, weil die Geschwister sich bei mir auch gegenseitig beschenkten. Die für mich mitgebrachten Gaben türmten sich auf meiner Liege im Weihnachtszimmer. Ich war froh, dass meine Lieben aus Bonn, Freiburg, Hannover, Hamburg und Graz gut angekommen und nun um mich versammelt waren. Jeder von ihnen strahlte Heiterkeit und Herzlichkeit aus, alle waren feierlich und hübsch gekleidet.

Die Herren saßen um den großen runden Tisch beim Whisky, bereits in lebhaftem Gespräch. Wir Damen waren nicht so sesshaft, führten aber eine ebenso angeregte Unterhaltung. Attila, dem Dackel war etwas zu viel Bewegung in den Räumen; er war erst glücklich, als er sein Körbchen in der ihm vertrauten Ecke fand. Nach kurzer Zeit sprang er heraus und folgte den Speisegerüchen, die unser Mittagessen verbreitete. Sie kündigten auch seine Hauptmahlzeit an.

Zu unserer Weihnachtsfeier lasse ich mir jedes Jahr bei der Tischdekoration etwas Neues einfallen. Es liegt es mir sehr am Herzen, meine Familie mit dem Essen zu verwöhnen, wobei mir meine österreichischen Rezepte zu Hilfe kommen. Mit den Vorbereitungen beginne ich zwei bis drei Wochen vorher, dazu gehört auch das Umstellen einiger Möbel. Für diese Arbeiten wie auch das Holen der Krippe vom Dachboden sind meine Enkelkinder Boris und Jan-Igor zuständig. Die drei ineinander gehenden Wohnräume werden zur Weihnachtszeit umfunktioniert. Aus dem Esszimmer wird ein Weihnachtszimmer. Denn die Krippe, die ich vor einigen Jahren anfertigen ließ, ist sehr groß. Es braucht Platz, die vielen Tiere aufzustellen: Pferd, Kuh, Esel und Schafe. Auch das Federvieh ist vertreten, ebenso kleines Gerät wie Futtertröge, Kannen, eine Leiter, Pferdegeschirr und Körbe. Um das heilige Paar sind zahlreiche Engel angeordnet. (Es sind kleine Püppchen, die von mir Flügel angefertigt bekommen haben.) Vor dem Stall stehen Tannenbäumchen und Zweige mit Kerzen. Ihr Licht flackert schwach und der Duft von Bienenwachs verbreitet sich im Raum. Der Weihnachtsstern ist die einzige elektrische Lichtquelle und beleuchtet die Kamelgruppe im Hintergrund. Diese holzgeschnitzten Tiere sind ein Geschenk meines Schwiegersohnes Hans-Christian, ein Mitbringsel aus Israel. Die ganze Familie freut sich jedes Jahr beim Anblick der großen und kleinen Kamele mit ihren hübschen bunten Sätteln.

Am frühen Nachmittag findet immer die Bescherung statt, da am Abend die meisten Familienmitglieder zurück nach Hause fahren. Meine besondere Überraschung wollte ich bei der Weihnachtsbescherung präsentieren. Die Spannung hatte aber derart zugenommen, dass keiner mehr warten wollte, und so wurde der große Augenblick auf mittags vorverlegt. Wie eine Glucke, die ihre Küken zusammenruft, kam ich mir jetzt vor. Denn die Großen wie die Kleinen waren doch meine Kinder, für die ich etwas erworben hatte, was ich nun bekannt geben wollte. Bewegt und voller Stolz sagte ich: »Ich habe das Haus nebenan gekauft. Beide Häuser werde ich für euch verwalten, bis ich in ein paar Jahren zu meinem Bruder nach Graz ziehe.« Letzteres gefiel ihnen allerdings nicht. Den Kaufvertrag gab ich meiner Enkelin Victoria, der angehenden Juristin, zum Vorlesen. Die Atmosphäre nach meinen Worten und dem Verlesen des Kaufvertrags war eine wunderbare Mischung aus Staunen, Stolz und Dankbarkeit – ein Erlebnis, das ich nie vergessen werde. Jeder drückte seine Empfindungen anders aus. Tamara zum Beispiel rief: »Mir wird schlecht, mir wird schlecht!« – Ich habe dieses Haus unter einigen Schwierigkeiten erworben. Doch ich habe sie nicht gescheut – ich tat es für meine Kinder. Doch auch diesmal machte ich die Erfahrung, dass ich durch ihre Freude selbst beschenkt wurde.

Anschließend bat ich alle ins Weihnachtszimmer an die Gabentische. Ich war von solch einem Glück erfüllt, dass es mir schwerfiel, meine Tränen zurückzuhalten. Besonders bei unseren Weihnachtsfeiern spüre ich die innige Zusammengehörigkeit der ganzen Familie. Ich wünsche mir, dass das immer so bleibt. Denn das ist mir das Wichtigste: die Herzlichkeit unter den Geschwistern, das gute Verständnis unter den Cousinen und Cousins und die gegenseitige Achtung der Schwiegersöhne.

In meinem Bruder Karl hat die Familie einen sehr lieben Onkel. Auch darüber freue ich mich.

Seit Jahrzehnten steuerte ich auf das Ziel hin, Bremen, Besselstraße zum Treffpunkt des Clans auszubauen – deshalb der Kauf des zweiten Hauses. Mir ist aber bewusst, dass ich dies für die Zukunft nicht erzwingen kann und es vielleicht ein Wunsch von mir bleiben wird.

Wenn ich so zurückblicke, sind doch sehr viele meiner Sehnsüchte in Erfüllung gegangen. Auch dieses jährliche Familientreffen könnte später dazuzählen.

# Einsichten

Als ich begann, an meiner Biografie zu arbeiten, war ich von dem Gedanken beseelt, auch anderen damit zu helfen, weil ich auch Fehler schildere. Beim Schreiben musste ich erkennen, dass viele dieser Fehler vermeidbar gewesen wären, hätte ich die Ratschläge zumindest der Menschen beherzigt, die mir nahestanden. Doch ich ignorierte sie, weil sie nicht in mein Wunschdenken passten. Selbst jenen, zu denen ich immer aufblickte, gelang es nicht, mich zu überzeugen. Auch gute Bücher, deren unschätzbaren Wert ich kannte, bewirkten keinen Sinneswandel. Es ist im Leben in den meisten Fällen so, wie ich es neulich las: »Alles, was mit unseren persönlichen Wünschen übereinstimmt, erscheint uns als wahr.« Oft, wenn man von seinen Gefühlen bedrängt wird – was bei mir zutrifft –, sieht man nicht klar. Wie war es sonst möglich, dass ich es zu einer Scheidung kommen ließ? Diese Entscheidung – und alles, was damit zusammenhing – war meinem Wesen so fremd, und ich empfinde sie als unwürdig. Wie krank muss meine Seele gewesen sein, und danach auch mein Körper, dass ich nicht in der Lage war, das Wesentliche zu erkennen und zu verteidigen! Heute hätte ich, im Unterschied zu damals, nicht versagt. Denn meine Verträumtheit hat sich an dem rauen Alltag gestoßen und in Wachheit verwandelt (wenn ich mir auch noch einen Rest hiervon zugestehe und nicht verlieren möchte).

Mich schmerzt sehr, dass jeder, der in seelische Nöte gerät wie ich damals, seine Erfahrung selbst machen muss und in den seltensten Fällen meine für ihn anwendbar sind. Heute sehe ich, dass mein großer Fehler die mangelnde Bereitschaft war, Gott um Hilfe zu bitten. Ich wusste wohl, dass ich durch meine Liebe zu Hans Zündstoff in meine Ehe gebracht hatte. Ich fragte mich immer wieder: Wie konnte es zu einem derart unverständlichen Verhalten von Gert, mir und Hans kommen? Ich habe darauf keine befriedigende Antwort gefunden.

Vor 40 Jahren entschloss ich mich, alle Briefe von Gert, seiner Familie, von Hans und von Freunden zu sammeln, ebenso alles, was im Zusammenhang mit meiner Trennung von Gert stand.

Auch dadurch erhoffte ich mir eine klärende Antwort. Bis heute habe ich diese Unterlagen aufbewahrt und sie für dieses Buch verwendet. Beim Verfassen habe ich mich um Ehrlichkeit bemüht. Vieles sehe ich nach 40 Jahren anders, aber ganz objektiv kann es dennoch nicht sein, weil es sich eben um meine eigene Geschichte handelt, die ich aufschreibe. Mehrere Jahre habe ich daran gearbeitet, alles intensiv überdacht und noch einmal erlebt. Manche Geschehnisse riefen in meiner Vorstellung Bilder hervor, die ich nicht mit Worten wiedergeben konnte. Wenn ich also nicht alles genau geschildert habe, ist dies kein bewusstes Verschweigen.

Eins weiß ich heute: In meinen Gefühlen war ich damals erwachsen, aber nicht in der Verantwortung. Nach der Scheidung in den Jahren von 1950 bis 1990 hat sich meine innere Haltung zu der Frage, wie schuldig ich war, mehrmals geändert. Es müssen unterschiedliche Kräfte auf mich eingewirkt haben, dass ich in dieser Zeitspanne zu vier verschiedenen Schlussfolgerungen kam:

Die erste: Alle Schuld trifft nur mich allein, eine Verurteilung ist berechtigt.

Die zweite: Nach einigen Jahren, in denen ich ums Überleben kämpfte und sich gesundheitliche Schäden einstellten, gelangte ich zu der Überzeugung, dass mir großes Unrecht geschehen war, das ich niemals verdient hatte. Denn kein einziges Versprechen wurde gehalten, keine Hilfe wurde mir zuteil. Ich war allein gelassen – ohne meine Kinder und der Verzweiflung nahe.

Die dritte: Wieder waren viele Jahre vergangen und ich hatte mich aus meiner Misere selbst befreit. In dieser Zeit war ich immer mehr davon überzeugt, unschuldig zu sein. Jahrelang hielt dies an.

Die vierte Schlussfolgerung lautete: Mir wird klar, dass ich meinen Anteil der Schuld an der Scheidung habe.

Wenn auch Gerts Verhalten mir gegenüber in all den Jahren nicht gut war, verstehe ich ihn doch heute besser. Ich hatte ihn zutiefst verletzt, weil ich ihm meine Liebe entzog. Innerlich ist er damit nie fertiggeworden. Er behielt unsere Kinder und war zu keiner Zeit bereit, sie mit mir zu teilen. Einmal schrieb er mir: »Ich habe zwar die Kinder, doch ich bin nicht glücklich.« Durch unsere drei Töchter wurde er ständig an mich erinnert, und wahrscheinlich sind seine Gefühle mir gegenüber nie erloschen. Dennoch kam er von dem Gedanken, dass allein ich an allem schuld bin, nie los.

Noch ein Umstand erschwerte seine Lage, nämlich der, dass seine Familie mich schätzte, ja sogar liebte – nach der Scheidung vielleicht noch mehr als vorher. Und auch hielt ich den Kontakt aufrecht. Dass ich nicht erneut geheiratet habe, machte es für Gert vielleicht nicht einfacher. Einen endgültigen Schritt auch von meiner Seite hätte er sicherlich begrüßt.

Gert ist nun schon lange tot, aber in diesen Tagen muss ich besonders viel an ihn denken, denn Gut Barendorf wird verkauft. Dieses Gut hat er zur Blüte gebracht – es war sein Lebenswerk. Den Beginn seines Einsatzes und seiner Liebe zu diesem schönen Fleckchen Erde habe ich miterlebt. 13 Jahre habe ich ihn begleitet, in allem unterstützt und mich um seine Leute gekümmert, für die er in vorbildlicher Weise sorgte. Das war, was ich an ihm besonders liebte.

Mich berührt dieser Verkauf, obwohl ich mit dem Gut nichts mehr zu tun habe und es lange, lange her ist, dass dort mein Zuhause war, wo ich glückliche Zeiten mit Gert und den Kindern verbrachte. Doch diesen folgte ein Abschnitt, der bei Weitem der schlimmste in meinem Leben war und tiefe Narben hinterließ.

Bei der Durchsicht einiger Unterlagen zu diesem Buch bin ich über Gerts und mein Handeln erschrocken. Wie unreif waren wir beide doch! Schade! Weil ich damals nun einmal einfach so war, sollte ich heute nicht so viel hinterfragen, sondern es hinnehmen als etwas Gegebenes, wozu ich Ja sagen muss. Ich kann, was geschehen ist, nicht mehr rückgängig machen. Dagegen tue ich gut daran, meine ganze Kraft für positive Gedanken zu verwenden, also Platz zu machen für Freude, Glück, Gesundheit, Hilfsbereitschaft und für manches Gute und Schöne mehr, um dadurch eine geistige Haltung einzunehmen, die mir Frieden bringt. Es müssen aber *meine* Gedanken sein, von mir gewählt, die mich dann glücklich machen und mir körperliche Kräfte verleihen, in einem Maß, wie man es oft nicht für möglich hält.

In unzähligen Fällen habe ich das erfahren: Während des Krieges in Barendorf, als die Flüchtlinge aus dem Osten mit ihren Trecks zu uns auf das Gut kamen und Hilfsbereitschaft in großem Maß erforderlich war. Für all die Unterstützung, die notwendig war, reichte der Tag nicht aus, und man musste mit wenig Schlaf auskommen. Ich wurde mit unsagbarem Leid konfrontiert und vergaß darüber mich selbst, konnte Unglaubliches leisten, wobei die Liebe sehr wichtig war.

So erging es mir auch, als ich mein Pelzgeschäft gründete. Ich wollte meinen Kindern endlich ein Zuhause bei mir ermöglichen. Meine körperliche Leistung wuchs ins Erstaunliche, ich entwickelte Energien und Kräfte, die mir bis heute in der Rückschau selbst rätselhaft sind.

Wenn man sagt, ich wäre schließlich noch jung gewesen, so ist das nicht der einzige Grund. Denn im Alter von 76 Jahren nahm ich ein Projekt in Angriff, von dessen Notwendigkeit ich überzeugt war und das mir ebenfalls enorme Kraft abforderte. Es ging darum, einen nassen Keller in eine trockene moderne Wohnung zu verwandeln. Ab sechs Uhr morgens beaufsichtigte ich die Arbeiten. Jeder Tag brachte neue Probleme und immer höherer finanzieller Aufwand wurde nötig. Die Beseitigung der Feuchtigkeit in allen Kellerräumen zog sich über einige Monate hin, sie dauerte doppelt so lange wie vorgesehen. Doch selten fühlte ich mich in dieser Zeit müde. Es stimmt, wenn es heißt: »Wo ihre Interessen liegen, da sind auch ihre Energien.« Ich war in Hochstimmung, wenn die Arbeiten gut vorangingen. Die Arbeitskräfte, die mir zur Verfügung standen, verdienten höchstes Lob. An menschlichen Kontakten hat es in dieser Zeit nicht gemangelt, und das war es, was sehr zum Gelingen beitrug. Am Ende steht nun ein Objekt da, das mir unglaubliche Freude bereitet. Allerdings habe ich nicht die Absicht, ein zweites Mal auf diese Weise meine Energien zu erproben.

Ich habe eine Reihe von Einsichten niedergeschrieben. Was Gert anbelangt, wäre noch hinzuzufügen, dass ich glaube, jetzt zu wissen, dass seine Reaktionen nach der Scheidung mir gegenüber nicht seinem eigentlichen Charakter entsprachen. Ich vertraute ihm vor und nach der Scheidung restlos. Auch heute weiß ich noch nicht, ob ihm irgendwann bewusst wurde, dass er sehr enttäuscht war und ich ebenfalls. Was er erkannte und was ich erkannte, lief nicht immer parallel. Es wird wohl so gewesen sein, dass meine Erwartungen sehr groß waren, weil ich glaubte, verstanden zu werden. Doch das war ein Irrtum. Darüber noch mehr zu schreiben, erscheint mir Gerts und meiner unwürdig. Wir haben beide unseren Preis bezahlt. Ich habe dazugelernt, dass Leid meist einen Sinn hat. Wenn man das akzeptiert, verliert es an Schwere. Es gehört zum Leben wie das Glück, wie unsere Träume.

Ich habe bereits erwähnt, dass ich viel von meiner Verträumtheit ablegen musste. Doch weil mein Herz begeisterungsfähig geblieben ist, lässt es mich weiterträumen. Und das verschönert und überstrahlt meinen Lebensabend.